青少年成长必读丛

马克·吐温短篇小说选

Selected Short Stories of Mark Twain

〔美〕马克·吐温／著
董衡巽／译

成长 必读
名译足本
阅读经典 获益一生

代表美国文学的世界一流作品！

立足素质教育，致力于提高青少年的科学文化素养和培养人文情怀，使青少年智商、情商手拉手、齐发展。

选择决定成长 阅读成就人生

山东人民出版社

全国百佳图书出版单位 国家一级出版社

图书在版编目（CIP）数据

　　马克·吐温短篇小说选／（美）马克·吐温著；董衡巽
译 . -- 济南：山东人民出版社，2014.5（2016.5重印）

　　（青少年成长必读丛书）

　　ISBN 978-7-209-08162-7

　　Ⅰ．①马… Ⅱ．①马… ②董… Ⅲ．①短篇小说－小
说集－美国－近代 Ⅳ．① I712.44

　　中国版本图书馆 CIP 数据核字（2014）第 034270 号

责任编辑：王　路　刘锦平

马克·吐温短篇小说选

〔美〕马克·吐温　著　董衡巽　译

───────────────────

山东出版传媒股份有限公司

山东人民出版社出版发行

社　址：济南市经九路胜利大街 39 号　邮　编：250001

网　址：http://www.sd-book.com.cn

发行部：(0531) 82098027　82098028

新华书店经销

山东新华印务有限责任公司

───────────────────

规　格　16 开（170mm × 240mm）

印　张　20.5

字　数　333 千

版　次　2014 年 5 月第 1 版

印　次　2016 年 5 月第 2 次

ISBN　978-7-209-08162-7

定　价　28.00 元

───────────────────

如有质量问题，请与印刷厂调换。(0531) 82079112

读书——无可替代的人生体验

读书是在别人思想的帮助下，建立起自己的思想。这是鲁巴金非常著名的一句话。

关于阅读，作为这个信息流通近乎爆炸的时代的一分子，大家必然都能了解阅读对我们生存的重要性。尤其对于成长中的青少年来说，阅读更是头等大事。青少年时期是极其重要的一个人生阶段，正处在世界观、人生观、价值观形成的关键时期，其身心健康、道德修养、文化素养、综合素质都有赖于知识的滋养和浸润，而阅读是青少年增长知识、开拓眼界和陶冶情操的有效途径。理想的书籍是智慧的钥匙，它能带给青少年对这个复杂的世界的一个全新的思维方式，教会他们以多个独特的视角去看待这个多元化的世界。人的影响短暂而微弱，书的影响则广泛而深远。阅读从本质上不只是知识的简单积累，更重要的是它增益了读者的心灵，丰富了读者的语言韵律，充实了读者的精神世界，不断地提高青少年读者对于语文方面的综合驾驭能力，包括欣赏不同的作品和锻炼自己的写作水平。

书的质量良莠不齐，正如人有益友也有损友。一本好书不啻为一位优秀的人生导师，对青少年的健康成长起着积极的引导作用；反之，一本充满糟粕的不良书籍无异于一剂毒害心灵的毒药，对青少年的成长将造成负面影响。只有选择那些经时间沉淀的、公认的好书，才能对读者的思想和心灵产生深刻而有益的影响，因此，作为人类共同精神财富的、古今中外的名著就成为青少年读者的首选。

因此，我们编写了这套《青少年成长必读丛书》，致力于为广大青少年读者提供一块洁净的阅读圣域。这套丛书既符合素养教育需求下语文学习的各项要求，又兼顾了不同年龄、不同爱好的学生的阅读需求，扩展了他们的课外阅读范围。本套丛书分为中、外两大部分，我们从浩如烟海的图书中甄选出那些对青少年成长特别有价值的名篇佳作，在还原原汁原味的阅读本身的基础上兼顾了实用性和全面性这两大特色。本套丛书与同类图书相比有以下显著特征：

1. 高水准的翻译。这套丛书所收录的外国名著系列中，所有的名著都是忠实于原文的翻译，翻译者本身都是我国国内非常具有权威性的专家、学者和老师，译文极其贴合原著的精神和行文风格，忠实于原著内容。

2. 有针对性的作品收录。我们在广泛调查、大量翻阅工具书的基础上确定书目，从古今中外四个方向上，全面地收集了各个国家最具代表性的文学作品，呈现了不同时期的不同文化风貌，新老中外文学作品融贯联合，形成了一个更新、更全的阅读体系。

3. 严谨细致的注释。本系列中，尤其以中国名著系列最为显著，其中很多晦涩难懂或者引经据典的地方，都添加了精准的注释，使全书呈现出学术性和艺术性完美结合的特征，更好地帮助学生理解原文主旨。

在本套丛书中，我们并没有多加一些华丽的导读和问题思考等板块，衷心希望呈现给青少年读者的不仅仅是轻松的课外阅读，更是最本色的"安静"名著，保持住原著最经典、最永恒的地方，真的能让他们静下心来，思考这些名著所承载的更深层次的涵义，从而提高青少年读者的文学修养和艺术品位。希望我们对于书籍最本质的呈现，能带给读者们纯正的阅读感受，为青少年建立自己丰富而坚实的文学和精神世界，做出尺缕的贡献。

丛书编委会
2014 年 4 月

马克·吐温短篇小说选

马克·吐温原名塞缪尔·朗荷恩·克列门斯，1835 年生于密苏里州的弗罗里达村，小的时候随家迁居到密西西比河边的小镇汉尼伯尔。马克·吐温的父亲收入不多，命运不济，买了田地未见收益，开店又赔本，"逼得他的子女长期为生活而在世上挣扎"。马克·吐温在这样的家境里没有受多少正规的教育，12 岁时父亲去世，他只好去印刷所当学徒，生活清苦。

大约在他 21 岁的时候，他的生活发生了变化：有机会在密西西比河航行的轮船上干活，他学会了领港的本事。这一段生活是他最难忘的。他接触到各种各样的人，从船长、水手到南方各州的绅士、移民、人贩子等等，为他今后的创作积累了许多素材。

但好景不长，南北战争爆发（1861）后，密西西比河航运业停止，他只得去西部发展。他先去淘金，后去报馆当记者，这是他写作生涯的起点。他写幽默滑稽小品、故事出了名以后便去了东部。不几年他发表了《傻子国外旅行记》（1869）和《过苦日子》（1872）两部作品，前者是他为报馆所写的旅欧报道，所谓"傻子"，是指天真无知的美国人。他们到了欧洲，嘲弄欧洲的文化古迹，而自己又土头土脑，举止粗俗。这些报道写得滑稽、有趣，很受读者欢迎。《过苦日子》是回忆他在西部的生活，从随他哥哥到内华达写到他开始作幽默演讲为止。

19 世纪 70 年代初，他同一位富商的女儿奥·兰登结了婚，定居康涅狄格州的哈特福德。1874年，他同人合作写了一部长篇小说《镀金时代》，嘲讽当时弥漫全国的投机、发财的气氛。此后，马克·吐温以写作为生，收入颇丰，生活稳定。

在哈特福德定居期间，马克·吐温创作了十来部长篇，是他最为多产的时期。《汤姆·索亚历险记》（1876）是对童年生活的生动描写，小主人公汤姆不喜欢呆板乏味的小镇生活，追求新奇、冒险的生活感受。《在密西西比河上》（1883）回忆了作者当年的航行生涯，包括拜师学艺，大河景象，有的章节写得极有诗意，透出马克·吐温深深的怀念。这个时期，他主要作品是《哈克贝利·费恩历险记》（1884）。主人公哈克是一个穷白人的儿子，曾在《汤姆·索亚历险记》中出现过。他害怕醉鬼父亲的毒打，也受不了正规家庭的种种戒律，便与黑奴吉姆为伴，乘坐木筏沿密西西比河漂流，寻找自由州。一个白人男孩和一个逃亡的奴隶相依为命，经历了种种险情，反映了南北战争以前美国的社会生活。哈克起初陷入为难的境地，但经过内心斗争，终于克服了"畸形的意识"，没有出卖黑奴吉姆，"健全的心灵"取得了胜利，这正是马克·吐温自由、平等的民主理想。这部小说运用生动活泼的美国口语写成，而且各种人物有各种不同的语言，为美国文学开创了新的文风。这一切都使这部小说成为美国19世纪文学的经典之作。

从19世纪80年代末开始，马克·吐温的创作进入后期，幽默、滑稽的笑声少了，讽刺、批判的成分多了，主题也趋向严肃的社会问题。《亚瑟王朝上的康涅狄格美国人》（1889）被誉为当代"黑色幽默"的先驱。这部小说把一个19世纪的美国人打发到6世纪的英国去，用一种特有的幽默风格揭露专制独裁的社会体制。《傻瓜威尔逊》（1893）通过两个婴儿调包的故事批判美国社会的种族歧视。《冉·达克》（1896）歌颂法国民族英雄，浪漫的气氛浓重。

19世纪80年代后期马克·吐温投资"佩奇排字机"的试制工程，又经办出版公司，这两项工作均告失败。为了节省开支、偿还债务，1891年，马克·吐温离开了哈特福德的寓所，到世界各地去巡回演讲，于1900年回国。出了美国，他发现欧美帝国主义在世界各地的种种罪行，写了《赤道环游记》（1897）谴责帝国主义的殖民政策，赞扬殖民地人民的反帝斗争。

回国之后，他继续撰文抨击欧美帝国主义的侵略行为。尤其令我们觉得可亲的是他赞扬中国人民的反帝斗争，1900年在八国联军入侵北京的前一天，他说"我的同情是在中国人民一边，欧洲掌权的盗贼长期以来野蛮地欺凌中国，我希望中国人把所有的外国人都驱逐出境，永远不许他们再回来"，并预言"中国将获得自由，拯救自己"。

晚年，马克·吐温的主要作品是《自传》，发表在他去世之后（1924）。其他一些作品带有悲观色彩，流露出对"人"的失望情绪。他这种思想变化，有人归之于他企业经营的失败、发财梦的幻灭、爱妻的去世、爱女的早逝，也有人认为是社会风气的堕落使他看不到光明。

1835年，马克·吐温诞生那一年，哈雷彗星划过长空，该星于1910年返回。马克·吐温预言他将随这颗彗星而去。1910年4月19日，哈雷彗星闪现在天际，4天之后，马克·吐温果真随之离开了人间。

马克·吐温的短篇小说是从写幽默作品起步的。他称之为"随笔"、"小品"或者"故事"，但其中有人物、有故事，具有短篇小说的基本要素。他这种体裁轻松自如，灵活多变，是同美国西部的幽默传统密切相关的。

美国西部的幽默故事有着悠久的传统。自从有人向西开发以来，就有探险的趣闻轶事在拓荒者中间流传。荒野的篝火旁，航行的轮船上，林间的小木屋里，都是传播这些滑稽故事的地方。人们讲述这些见闻和故事，原是为了解除一天的疲劳，在没有文化娱乐的地方聊作消遣。这些趣闻的特点是滑稽、幽默、夸张、离奇。它们都是口述的，又经过不同的讲故事人的渲染，添枝加叶、变换角度，因而富有感染力，成了美国口头文学一宗宝贵的财富。

早在马克·吐温诞生之前，这种幽默滑稽文学已经从口头流传发展到书面印刷。作者大多数是来自东部的文化人：记者、教师或者官员。他们喜爱这些粗犷、夸张、滑稽的故事，并且根据各自的趣味，把它们整理改编之后发表在报纸上。马克·吐温先在内华达当记者，后在旧金山等地采访，这段时间正是西部幽默创作的繁荣时期。马克·吐温这个笔名（意为"测标两寻"，即12英尺，水位安全，船可通过）就是他在内华达当记者时取的。他的成名作《卡拉维拉斯郡驰名的跳蛙》写于旧金山，那时他已经30岁。后来他根据自己的见闻撰写了大量的幽默短篇，以19世纪六七十年代产量最多。

从这些故事看来，马克·吐温的作品有三个特色。

第一，他在西部幽默传统的基础上，发挥极度夸张的艺术想象。

例如《田纳西的新闻界》写的是新闻界的乌烟瘴气，办报的胡说八道，看报的蛮不讲理，乃至发生武斗。"主笔"与"上校"之间相互枪击，但枪枪都打在"我"这个小编辑身上，像是一场闹剧。

我们熟悉的《竞选州长》也有这类滑稽文字：

> 有一家报纸登出一条新的耸人听闻的案件，再一次恶意中伤，严厉地控告我因为一家疯人院妨碍我家的人看风景，我就将这座疯人院烧掉，把里面的病人统统烧死。

这是非常夸张的写法。"马克·吐温"把疯人院里"病人统统烧死"，这不是犯了命案了吗？怎么不吃官司，还跑来竞选？在这篇小说中，细心的读者会发现，有些"罪名"与"罪状"不相符。例如，"侵占一小片芭蕉地"怎么会构成"伪证罪"？诬蔑对方祖父"拦路抢劫被处绞刑"怎么成了"盗尸犯"？这是马克·吐温有意用错位手法制造极度夸张的喜剧效果。

第二，作品常常以第一人称"我"为主人公。这个"我"像我国相声里的主人公一样，扮演各种喜剧性人物。他们大都天真、老实、无知，思想单纯，什么事都一厢情愿，结果常常事与愿违。

这类例子很多。《神秘的访问》的主人公自作聪明，炫耀财富，才中了圈套。《哥尔斯密的朋友再度出洋》的主人公，中国人艾送喜，离别"备受压迫和灾难深重的祖国"，来到"人人自由、人人平等"的美国，以为进了天堂，但等待他的是警察的踢和打，行李被没收，走在街上被狗咬，任人取笑，结果还以"扰乱社会治安"的罪名进了监狱。

马克·吐温用天真老实人做主人公是有意识的。他说，主人公的"单纯、天真、诚恳和浑然不觉要装得非常之像"，"才能收到美妙动人的效果"。《关于我最近辞职的事实经过》中的小秘书怎么也不明白：为什么他这么关心国家大事，反倒招人恨？艾送喜最后还在迷糊：他为什么进监狱？这里，我们看到主人公越单纯、越天真，反差的效果就越强烈。主人公总是怀着某种理想或某种单纯的想法，但在现实中处处碰壁，说明他这个理想是不现实的，行不通的，而他越不明白这一点，就越显出理想与现实之间的差距。

第三，幽默里含有讽刺。他在《自传》里总结他写幽默小说的经验，说："为幽默而幽默是不可能经久的。幽默只是一股香味儿和花絮。我老是训诫人家，这就是为什么我能够坚持30年。""30年"，是指从他开始写作至写自传时为止。他所谓"训诫人家"是说他写小说含有抑恶扬善的严肃的创作目标。

马克·吐温的讽喻成分是逐步加强的。他早期的作品滑稽成分多。像《田纳西的新闻界》、《我怎样编辑农业报》等一些笑话新闻界的作品，有时滑稽得像闹剧。但到了中期，他创作的主题严肃起来，像《哥尔斯密的朋友再度出洋》、《一个真实的故事》，写的是美国种族歧视这个社会问题，虽然他表面上嘻嘻哈哈，但受害者的遭遇让读者笑时含着泪。

在金钱对人的诱惑、腐蚀这个主题上，最能说明马克·吐温从幽默到讽刺的发展。《百万英镑》写得滑稽、有趣，欢乐之情溢出纸面，《3 万元的遗产》就含有讽喻，我们看到金钱怎么扭曲人们的思想感情，以致主人公昏头昏脑，最后"沉浸在模糊的悔恨和悲伤的梦境里"，临死之前，男女主人公体会到"暴发的、不正当的巨大财富是一个陷阱"。在《败坏了赫德莱堡的人》中，马克·吐温收起了笑脸，满怀辛辣的讽刺，把那些"诚实的、自豪的"正人君子的虚伪外衣剥下来，暴露出他们"既要当婊子又要立牌坊"的贪婪面目。这也可以称作"笑"，但那是一种冷峻的笑。

总的来说，马克·吐温的"笑"是对普通人、小人物的一种爱。即便是嘲笑揶揄，也常常是善意的，富于同情的。他说："我从来没想过要去教化那些有教养的阶级，我无论从天性上还是从训练上都不具备那种本领。而且我也从来没有产生过那种野心。我总是想猎取更大的猎物——群众。"

为了便于读者更好地了解马克·吐温创作思想的发展，除首篇《百万英镑》外，本书各篇小说大致按发表的时间顺序排列，时间的跨度从 19 世纪 60 年代中期到 20 世纪初。依据的原文版本主要是《马克·吐温短篇小说全集》，美国戴伯台公司出版的 1983 年版。

董衡巽

百万英镑

　　我 27 岁时在旧金山一位矿业经纪人手下当雇员，对证券交易的每一个细节都非常熟悉。当时我在世上无亲无故，除去聪明的头脑和清白的名声，我简直一无指靠；可是，就凭这些条件，我就能走上一条最终发迹的康庄大道，我对这一前景感到满意。

　　每星期六下午收盘后的时间由我自己支配，我习惯的休闲方式是在海湾里驾驶小帆船。一天，我胆子太大了，结果把小船远远地驶进了大海。黄昏来临，当我几乎已经绝望时，被一艘开往伦敦的小型方帆双桅船救起来。旅途漫长，风涛险恶，船上管事的没让我出船钱，只是要我不拿工资干普通水手的活，用这个办法来抵账。当我在伦敦登岸时，身上穿的是一堆破烂，口袋里只装着 1 美元。就靠这一块钱我勉强维持了一天的食宿。第二天，我就既无果腹之粮又无栖身之所了。

　　第二天上午，10 点钟左右，衣衫褴褛、饥肠辘辘的我步履蹒跚地在波特兰广场附近徘徊。一个小孩子让保姆领着在我身边经过，他把一只甘美无比的大鸭梨——只咬了一口——扔进了阴沟。我当然站住了，充满饥渴的目光死死盯住那沾满污泥的宝贝。我嘴里满是口水，胃里着实需要它，我整个生命都渴求它。然而，每当我挪动身子想把它捡起来时，总会有过路人的目光窥透我的意图，我当然只好站直身子，装出一副冷漠的样子，好像自己对那只鸭梨根本没有起过意。这样的情景重复了多次，我始终未能把那只梨弄到手。当我终于下定决心，准备不顾一切羞耻把梨一把抓起来时，我身后的一扇窗子向上推开了，一位绅士向外喊道：

　　"请你进屋来。"

　　我被一名身穿华丽制服的仆人领进一个豪华的房间，屋里坐着两位年长的绅士。他们把仆人支走后，请我坐下来。他俩刚用完早餐，看到吃剩下来的食物，我几乎无法自持。面对着那些好吃的东西，我差点儿失去理智，但是既然主人并没有请我品尝，我就得竭力忍受痛苦。

当时我对不久前在那里发生的事还一无所知，我是过了很多天以后才获悉此情的，不过，我想现在就把这件事告诉你们。两天前，这老哥儿俩曾进行过一场热烈的争辩，最终他俩决定采用英国人解决一切问题的方式——打赌——来决定胜负。

诸君想必还记得：英格兰银行为与某个外国做某项公共交易的特殊需要，曾发行过两张大钞，每张票面都是百万英镑。不知什么原因，实际使用并注销的只有其中一张；而另一张大钞仍躺在银行的保险库里。是这么回事，老哥儿俩在闲谈中偶尔想到：如果有一个非常诚实和聪明的外地人流落到伦敦，他在这里连一个朋友都没有，身边除那张百万英镑大钞外分文全无，并且还无法证明他就是那张大钞的合法所有者，那么他的命运将会怎样？一个说，这人会饿死；另一个说，决不会。一个说，这人不能把大钞拿到银行或其他地方去用，因为他会当场被捕。于是老哥儿俩继续争论下去，直到那另一个说，他愿意拿两万英镑打赌，他认为这个外地人靠那张钞票，不管怎么说，也能活30天，并且不会进监狱。他的兄弟接受了他提出的条件。于是他就直奔银行把那张大钞买了回来。你瞧，他像个真正的英国人，浑身是胆雄赳赳。接着他口授了一封信，由他的一名秘书用漂亮的正体写下来，然后这哥儿俩就在窗前坐了一整天，想物色一名适当人选，把信交给他。

他俩看见许多面相诚实的人走过，但这些人又显得不够聪明；许多面相聪明的人又显得不够诚实；许多人面相既聪明又诚实，但又不像是穷人；还有些人虽然具备了上述三个条件，但又不像是外地人。在我走过之前，他俩看到的人们总是有欠缺；他俩认为我符合全部条件，一致选定了我，现在我就在他们家里等着，想知道他们把我叫进屋来的原因。他们开始问有关我个人的问题，很快就弄清了我的来龙去脉。最后，他们告诉我说，我完全符合他们的意图。我说，我真的很高兴，并打听他们的意图究竟是什么。老哥儿俩之一递给我一个信封，说是我可以从中得到答案。我刚要把它拆开时，他说：别拆；要我带回寓所，然后仔细观看，不要慌不要忙。我满腹狐疑，要求他们把这件事解释得稍微详细一点，但却遭到了拒绝；于是我只得告辞，心里感到很屈辱，这明明是个恶作剧之类，而自己成了他们取笑的对象，然而我必须忍受，因为按照我目前的处境，我是不能对有财有势人物加于我的侮辱表示愤恨的。

现在我真想把那只梨捡起来当众吃掉，但是找不到了；就为了这桩倒霉的买卖把梨子丢失了，想到这一点，我对这两个人，登时气儿不打一处来。我刚走到看不见那座房子的地方，就把信封拆开，看见里面装着钱！我要告诉你，我对这两个人的看法改变了！我一秒钟都不耽误，把信和钱往背心口袋里一塞，就冲进附近一个廉价餐厅。好啊，瞧我是怎么吃的！等我把肚子撑得多一口都容不下时，我拿出那张钞票，把它打开，只瞥了一眼，我差点儿没晕过去。百万英镑！合 500 万美元呢！怎么啦，它让我感觉天旋地转。

我准是晕晕乎乎坐在那里，面对那张钞票直眨巴眼，足足有一分钟之久才清醒过来。接着，我第一个注意的目标就是那家餐厅的老板。他的眼睛盯住那张钞票，整个人都僵住了。他全身心都在顶礼膜拜，但是看样子似乎手脚都不能动弹了。霎时间我有了主意，采取了在那场合唯一合理的行动。我把那张钞票递给他，并以漫不经心的口气说：

"请你找一下。"

他也恢复了常态，口里一迭连声地道歉说，他实在找不开，我把钞票往他手里塞，他连连缩手，连碰都不敢碰它。他想看那张钞票，他饥渴的目光牢牢盯住它，似乎怎么看都看不够，但是他不敢碰它，似乎那是一件圣物，绝不是可怜的肉身凡胎可以接触的。我说：

"很抱歉，给你们添麻烦了，不过我还得请你给破开；我身边只有这张钞票。"

他说，这点小事不算什么，他很乐意把这笔小账延迟到下次再收。我告诉他，这一阵子我可能不会到这一带来；他说，毫无问题，他可以等，不但如此，我可以随意选择任何时间来吃任何食品，并且愿意什么时候付账就什么时候付账。他说，我完全是因为生性诙谐才故意在穿着打扮上和大家开个玩笑，他希望自己没有因此就怀疑起像我这样有钱的一位绅士来。刚说到这里，另一位顾客走了进来，老板示意让我把那件圣物收好，别让他瞧见；接着，老板一路打躬作揖把我送出店门。我径直回到那两位兄弟的住宅，趁着警察还没有把我拘捕，想请他们帮助我纠正刚才发生的错误。我紧张极了，说实话，我害怕得很，当然，这并不是我的错。我洞悉人情事理，我知道，当他俩发现自己把一张百万英镑大钞错当成一英镑送给一名流浪汉时，一定会把满腔怒火发泄在他头上，而不会通情达理地责怪自己的近视眼。当我来到那座房子前面时，紧张的心情有所缓和，因为那里一片宁静，这使我确信，他们尚未发现那桩重大的错误。

马克·吐温短篇小说选

我拉响门铃。应门的还是刚才那位仆人。我说想见那两位绅士。

"他们不在。"用的是那一类仆人惯用的傲慢、冰冷的口气。

"不在？他们在哪儿？"

"出门旅行了。"

"去哪儿了？"

"我想是去大陆了吧。"

"大陆？"

"是的，先生。"

"去哪儿——走哪条路线？"

"我说不上来，先生。"

"他们什么时候回来？"

"他们说，过一个月。"

"一个月！噢，太糟了！请你尽量给我想个办法，我要给他们说句话。这可是件极端重要的事。"

"真的，我不能。他们在哪儿我一点都不知道，先生。"

"那么我一定要见这家的其他主人。"

"其他主人也不在；出国都几个月了——我想是在埃及和印度吧。"

"老兄，这里发生了一件大错。不等天黑他们准会回来的。请你转告他们好吗：我来过了，以后还要来，直到把这件大错纠正过来，请他们不必担心。"

"如果他们回来，我会转告他们的，不过我看他们不会回来。他们说来着，要不了一个小时你就会跑来打听一件什么事的，不过我必须告诉你：事情一切正常，他们会及时回来，在这儿等候你。"

于是我只得放弃努力，离开那里。这一切究竟是个什么样的谜！我几乎要发狂。他们会"及时"回来的。这是什么意思？噢，也许他们的信能提供答案。我把他们的信忘掉了，我拿出信来看。信是这么写的：

> 看你的脸就知道：你是一位既聪明又诚实的人。我们推测你很穷，而且是个外地人。你会发现信封里装着一笔钱。这笔钱借给你30天，不要利息。限期结束，请来这里向我们汇报。我拿你打了个赌。假如我赢了，你将获得我能指派的任何职位——也就是说，你能证明自己既熟悉又能胜任的任何职位。

没有签名，没有地址，没有日期。

好啊，我掉进是非圈里去了！读者诸君对事情的起因完全清楚，可是我当时还一无所知。在我看来，这是个深不可测的、黑色的迷魂阵。我一点儿也不知道他俩玩的是什么游戏，也不知道它对我说来是个祸害还是件善举。我走进一座公园，坐下来好好想想，这究竟是怎么回事，我该怎么办才好。

一小时以后，我经过推理得出这样的结论。

也许他俩对我抱着善意，也许他俩对我怀有恶意，究竟如何，无法断定——由它去吧。他们正在玩什么游戏，搞什么阴谋，做什么实验之类，既然无法断定——由它去吧。他们拿我打赌，弄不清楚赌的是什么——由它去吧。对于无法确定的事就这么处理了；至于剩下的事那倒是明确无误、实实在在的，有把握加以归类和确定。如果我要求英格兰银行把这张钞票放进它主人的账户，银行会照办的，因为他们知道它属于谁，尽管我不知道。问题是他们准会问我这张钞票怎么会落入我的手中，如果我对他们说真话，他们就会把我送进收容所，当然，如果我编造谎言，他们就会把我投入监狱。如果我把这张钞票存入任何一家银行或拿它抵押贷款，结果也是一样。看来在他们回来之前，不管我愿不愿意，我只好始终把这个沉重的负担带在身边了。它对我毫无用处，就像是一把炉灰，然而即使我沿门乞讨时也得小心照料它，仔细保管它。即使我想把它送掉也一定送不出去，因为无论诚实的公民或拦路打劫的强盗都不会接受它或与它发生什么瓜葛。这老哥儿俩没有任何风险。即使我把他们的钞票弄丢了，或烧掉了，他们仍然万无一失，因为他们可以挂失，银行会让他们的钱完好无损；可是我却要在没有工资、没有好处的情况下受一个月的罪——除非我能帮助老哥儿俩之一打赢他的赌——不管他们打的是什么赌——我就能获得他答应我的那个职位。我当然想取得那个职位；像他们那样的人能够指派的职位是值得我去争取的。

我对那个职位充满遐想。我的期望值开始增高。毫无疑问，薪水准低不了。过一个月就可以开始就职了，从此我将一帆风顺。顷刻间我的感觉就变得极为良好。这时我又在大街上踱步了。看见一家成衣铺时，我心里升起了一个强烈的愿望，想把身上的一堆破烂扔掉，重新穿戴得整整齐齐。我买得起吗？不，除了那张百万英镑大钞，我身无分文。所以我强迫自己赶快离开。然而，我很快又回到那个地点。那诱惑在残酷地折磨我。在内心激烈交战时，我在那家铺子前来来回回走了 6 趟。我最终还是被战胜了：我不得不这样。我问他们店里有没有做得不合适被顾客退回来的服装。我询问的那名店员根本不理我，只是对另一名店员点头示意。我走到他点头示意的那个家伙面前，他还是不理我，又向另一个家伙点头示意。我又走到那人面前，他说：

"马上就来。"

我一直等他干完了他手头的工作，才被他领进后面一个房间。他解开一大堆报废的服装，挑了一套最不像样的给我。我穿上了。它一点也不合身，更说不上漂亮，不过倒是新的，我实在想要它；于是我毫无挑剔之意，只是有点不好意思地说：

"请你们照顾一下，我过几天再付款。我身上没有带零钱。"

那家伙脸上做出恶毒讽刺的表情，说：

"噢，你没有带零钱？对了，当然喽，我料到你没有带。我想象得到，像你这样的绅士身上只会带大票子。"

我被他惹火了，说：

"朋友，你对外地人不能总是只认衣衫不认人。我完全付得起这套衣服的钱，我只是不想让你因为找不开一张大票子而为难。"

听了这话，他的态度稍微好了一点，但仍然有些盛气凌人地说：

"我没有伤害人的意思，不过，对于你刚才的指责，我要告诉你，你匆匆下结论说我们找不开你身上恰好带的钞票，那你就不必替我们操心了。事情恰恰相反，我们找得开。"

我把那张钞票递给他，说：

"噢，太好了，我向你道歉。"

他接钱时发出微笑，那是一种布满整个脸蛋儿的大型的微笑，中间还有皱折、鱼尾纹和螺线纹，就像你往池塘里扔块石头一样；当他朝钞票瞥了一眼时，那微笑立即冻成了冰，霎时间脸都黄了，就像你可以在维苏威火山侧面的小平川上看到的那些波纹状的、一条条蠕虫似的凝固熔岩。在此以前我还从来没有看见过谁的微笑竟会这样固定住并且僵在那里，那个人手握钞票站着，显出一副怪相，店主人急忙跑来看，是怎么一回事，他用轻松的语气说：

"哟，怎么啦？有什么麻烦吗？还需要什么？"

我说："什么麻烦都没有。我正等着他找钱呢。"

"喂，喂，托德，给他找钱呀，给他找钱呀。"

托德回答说："给他找钱！说说倒容易，老板，您自己看看这张钞票吧。"

老板看了一眼，富于表情地吹出一声低低的口哨，接着他一头扎进那堆退回来的服装中，左翻右找，他神情激动，嘴里念念有词，似乎在自言自语：

"居然把一套蹩脚透顶的衣服卖给脾气古怪的百万富翁！托德是个笨蛋——天生的笨蛋。总是做出这样的蠢事来。他连谁是百万富翁、谁是流浪汉都分不清，从来就分不清，把光临小店的百万富翁都得罪走了。啊，我找的东西在这儿啦。先生，请把您身上穿的那玩意儿脱下来，扔进火炉里去。请您赏光把这件衬衫和这套衣服穿上，这才合适，就它合适——淡雅、高贵、庄重，真正的公爵气派；这是一位外国亲王定做的——先生，您也许认识他，尊敬的哈利法克斯大公殿下；他因母亲病危，没有取走，另外赶制了一套丧服——那位老夫人后来倒没有死。不过这一切都不成问题。事情总不能老是按照我们的——呃，他们的——好嘞！裤子刚好合身，简直神透了，先生；现在穿背心，啊哈，甭提多合适啦！现在试试上衣——天呐！您瞧瞧，哟！简直十全十美——上上下下里里外外都倍儿棒！我一辈子还没见过这么称心如意的杰作呢！"

我也表示十分满意。

"您说得对，先生，说得对；可是我还得说，这套衣服是给您凑合着穿的，以后请您看看我们按您的尺寸做的衣服是什么样子的吧。来，托德，拿本子和笔来，赶快记。腿长 32——"等等等等。我还没来得及插话，他就已经把我的尺寸量好了，并且下命令给我做大礼服、常礼服、衬衫以及其他一应穿着。等我有机会插话时，我说：

"且慢，亲爱的先生，我不能定做这些衣服，除非你能不定期限等我付款，要不就把那张钞票找开。"

"'不定期限'！这么说还不够味儿，先生，不够味儿。应该说'永远'等下去才对，先生。托德，把这批货赶出来，立刻送到这位绅士的住处，不许耽搁。让那些小客户等一等嘛。把这位绅士的地址记下来……"

"我正准备搬家呢。我以后走过这里会进来把新地址留给你们的。"

"好极了，先生，好极了。请等一等，先生，让我送您到门口。您走好……再见，先生，再见。"

好啦，你知道随后会发生什么事吗？我自然就拐进任何一家店铺去购买需要的任何东西，并拿出那张钞票让他们找。不过一星期，我已经把需要的一切生活享受和奢侈物品都购买齐全，并在汉诺威广场一家收费昂贵的内部旅馆安

马克·吐温短篇小说选

顿下来。我在那家旅馆用两顿正餐，而早餐却坚持要在哈里斯小饭店用，那就是我初次用那张百万英镑钞票吃第一顿饭的地方。我使那家廉价餐厅顿时身价百倍。到处都在传说这样一件事：一位怀揣百万英镑的、脾气古怪的外国绅士是那里的保护神。这就足够了。这家本来在勉强支撑的可怜的小店顿时变成顾客盈门、买卖兴隆的著名场所。老板哈里斯感激涕零，坚持要借钱给我花，而且不容我推辞。于是，尽管我是个穷汉，但却不缺钱花，活得像大富豪一般。我审时度势，知道自己不久就会垮台，不过我既然已经下了水，也只好奋力向前游去，或者溺水身亡。你知道，要是没有这种大祸即将临头的感觉给当前的事态指出其严肃的、清醒的，对了，还有悲剧性的一面，那么这情景就纯粹是一个荒唐的笑话了。到了晚上，在黑暗中，这悲剧性的一面总会在前台出现，它始终在警告我、威胁我；于是我痛苦呻吟、辗转反侧、夜不能寐。但是，在令人愉快的白天，悲剧的影子渐渐消退了，于是我洋洋得意，欣喜若狂，你该说我简直昏了头。

这是很自然的。因为我已成为世界第一大都会的著名人物之一，这使我头脑膨胀，不是一点点，而是整个儿发了昏。你随便拿起一张报纸，无论是英格兰的、苏格兰的或是爱尔兰的，上面总有不止一则关于那位"怀揣百万英镑的大富翁"的消息，报道他最新的言论和行动。起初，关于我的报道登在"人物琐谈"栏的最低处。后来，我列名于爵士们之上，接着，从在男爵们之下，随后又居于男爵们之上，就像这样，随着我的名声大噪，我的地位一再稳定地攀升，最终到达可能达到的最高位置——比一切非王室成员的公爵们以及除坎特伯雷大主教以外的一切神职人员都要高——于是我就稳居在这个位置上了。请注意，这还不是真正的声望；迄今为止，我只是引起了轰动而已。接着来了登峰造极的一笔——这么说吧，就像给骑士授勋一样——顷刻之间就把容易朽腐的浮名的残渣点化成永不磨灭的声望的真金：《笨拙周报》[1] 把我画成漫画刊登了！对啦，我现在已经成为名人，我的地位已经确立。也许仍有人会对我开开玩笑，但那口气里总带着敬意，绝不是粗鲁的嬉闹。人们会向我微笑，却绝不会大声嘲笑。我受嘲笑的时候已经过去了。《笨拙周报》上的我，一身破衣飘舞，正和伦敦塔[2] 的一名卫士在讨价还价呢。喂，你准能想象得出那种滋味，

---

[1] Punch：是伦敦一家带插画的周报，又名《伦敦嬉闹》（The London Charivari），创刊于 1841 年，以幽默趣味为特色，很为英国中产阶级所欢迎。

[2] Tower of London：泰晤士河北岸的一组古堡，曾先后用作王宫及监狱。

像我这样一个以前谁也不会注意的年轻小伙子，突然之间，说出的每一句话都会有人记录下来，到处传播；出门走动时总是听到人们悄悄传诵："那边走着的，就是他！"吃早饭时都有一大群人围观；每当我出现在歌剧院，总不免成为上千副长柄望远镜聚焦的对象。啊，我整天在荣耀的明光中游泳——总而言之，就是这么一回事。

你知道吗，我还留着原先那套破衣烂衫，偶尔穿着它上街买些小零碎，为的是重享以前购物受辱时掏出百万英镑、把藐视我的人吓死的那种快乐。但我很快就失去了这一乐趣。报纸上的漫画把我的这副行头弄得尽人皆知，我穿着它上街立刻就被人认出，跟踪我的人有一大堆，如果我想买一样东西，还没来得及掏出那张钞票，老板就会主动提出：整个店铺里的货物都可供我任意取用，无须付现金，记账即可。

大约在我名声大噪后的第十天，我去美国驻英使馆向公使致意，以尽到一个美国公民对祖国的责任。他用适合我身份的热情态度接待我，责备我不该这么晚才来履行公民的责任，他说，我只有一个办法能得到他的原谅，那就是出席他今晚举行的盛大宴会，一位贵宾因病缺席，我正好填补这一空缺。我说我会来的，接着我俩就随便聊天。谈话中得知他和家父原来从小就是同学，以后又一起上了耶鲁大学，直到家父去世；他俩一直保持着亲密的友谊。于是他请我一有空就来他家做客，我当然非常愿意。

事实上，我岂但愿意，简直太乐意这样做了。等到大祸临头的那天，他也许能救我，使我免遭灭顶之灾；我不知道怎么个帮法，但也许他能想出个什么办法来。如果我在伦敦奇遇的开始阶段就认识他，我会立刻就把事实真相向他袒露无余的，可是现在为时已晚，我不敢说了，我已陷得太深。那就是说，已经深到不敢向这样一位新结识的朋友袒露衷曲的地步，尽管在我看来，还不能说已经遭到了灭顶之灾。因为，你知道吗，每当我欠账的时候，我总是小心谨慎地使我的赊欠不超过我的支付能力——我的意思是不超过我的薪水。当然，我不知道自己将来能挣到多少薪水，不过我有充分的依据可以估计到这样一个事实：如果我赢得赌注，我就能选择那位富有的老绅士能指派的任何职位，只要我能够胜任——我当然有能力证明自己能够胜任，对此我充满自信。说到他们打的赌，我一点都不担心：我的运气从来都很好。我估计自己的薪水是每年600到1000英镑，也就是说，第一年挣600英镑，然后逐年加薪，最终靠自己的优秀表现达到那上限数额。迄今为止，我仅仅欠下我第一年的薪水而已。

谁都争着要借钱给我花，而我总是以种种借口谢绝了大部分这类提议，所以我的全部债务仅仅包括 300 英镑现金和另外 300 英镑生活费和购物费。我相信我第二年的薪水足以供我度过这一个月剩下的日子，只要我继续保持谨慎小心和厉行节约，我决心严格注意这一点。只要我这一个月期限结束，我的雇主旅行归来，我就将万事如意，我会立刻把我两年的薪水分别偿付给我的债主们，然后马上专心致志地工作了。

那是一次令人愉快的宴会，共有 14 个人参加。肖尔迪奇公爵和公爵夫人以及他们的女儿安妮—格蕾丝—埃莉诺—西莱斯特—等等等等；德·波亨夫人、纽盖特伯爵和伯爵夫人、奇普赛埃德子爵、布莱泽斯凯特勋爵和勋爵夫人、几位没有爵位的男女贵宾、公使和公使夫人以及他们的女儿，还有一位名叫波西娅·兰厄姆的英国姑娘，她是公使小姐的密友，年方 22 岁，没过两分钟我就爱上了她，她也爱上了我——我不用戴眼镜就看得出来。当天赴宴的还有另外一位客人，他是个美国人——不过我叙述的故事有点儿提前了。当时客人们还都在客厅里，刺激胃口准备用餐，一面冷静地观察后来的客人，这时仆人宣布：

"劳埃德·黑斯廷斯先生到。"

照通常的礼仪寒暄一番以后，黑斯廷斯一眼就瞧见了我，他直向我走来，一边热情地伸出他的手；刚准备和我握时，他忽然停住了，样子尴尬地说：

"请原谅，先生，我还以为认识你呢。"

"对呀，老朋友，你当然认识我。"

"不，您不是那位……那位……"

"怀揣百万的怪物吗？我就是。尽管用我的绰号称呼我好了，不必多虑，我已经听惯了。"

"啊呀呀，真是意想不到。有一两回我看见你的名字和那个绰号联系在一起，但我从没有想到人们所说的那位亨利·亚当斯居然就是你。怎么啦，不到半年以前，你在金山城 [1] 给布莱克·霍普金斯当办事员，挣一份薪水，为了几个加班费还时常熬夜，帮我整理及核对古尔德和柯利扩展计划的文件及统计资料。真没想到你会在伦敦，成了一位怀揣百万的大富豪，一位大名人！啊哈，这真是天方夜谭的再现。朋友，我简直无法接受这样的事实，我实在弄不懂，给我点时间，好让我脑子里的一团混乱平息下来。"

---

[1] Frisco：是旧金山的诨名。

"劳埃德，事实上你的脑子并不比我更乱。我自己也没有弄清楚。"

"天呐，这真让人目瞪口呆，不是吗？啊，那天我俩一起上矿工餐厅，算一算，到今天，不过才 3 个月……"

"不对，那天上的是'美食餐厅'。"

"说的是，是'美食餐厅'。那天我们是凌晨两点去的，我们为那些扩展计划文件苦干了 6 小时以后，才到那家餐厅吃了一块排骨，喝了一杯咖啡，我想说服你跟我一起去伦敦，还自告奋勇要替你去请假，说是一切费用都由我来出，如果这桩买卖做得成，我还答应分给你一定的好处费；可是你不听我的话，说我不会成功，还说要是你去的话，回来以后对于生意的动向就会感到生疏，这样就得花很多时间才能重新掌握要领，你实在损失不起。可是现在你却到这里来了。这一切实在太奇怪了！你是怎么来的，你究竟是怎样得到目前这种令人吃惊的有利地位的？"

"噢，这只是一次意外事件。说来话长——可以说是一个传奇故事。我以后会统统告诉你的，可是现在不行。"

"什么时候？"

"这个月底。"

"还有半个多月呢。让一个人的好奇心长期得不到满足，简直太难受了。缩短成一星期吧。"

"我办不到。以后你会知道为什么。不过，先说说你的买卖干得怎么样了？"

他的愉快情绪顿时就消失得无影无踪，他长叹一声说："你是真正的预言家，哈尔[1]，一位真正的预言家。我不来这里就好了。我不想谈论这件事。"

"你一定要谈。等宴会结束，你一定要到我的寓所去，今晚就住在那里，把一切详情都告诉我。"

"噢，我能去吗？你这话当真？"说时他的眼睛都湿润了。

"是的，我要听整个故事，一个字都不漏掉。"

"我实在太感激了！经过在此地的这些遭遇，能从别人的声音和目光里再一次感受到有人对我和我的事务的关心——天呐！为了它，我简直可以下跪！"

他紧紧握住我的手，打起了精神，从这以后，他一直兴致很好、情绪活跃，准备用餐，而筵席还没开始。确实开不出来；老问题又发生了，那就是按照缺

---

[1] Hal：亨利的昵称。

德的、让人恼火的英国礼仪办事时总要发生的排座次的问题，这问题不解决就无法入席吃饭。英国人总是吃了饭才去赴宴，因为他们懂得自己将会面临的风险；但是，谁也不会把这件事提醒一个外来的生手，所以这个生手就心平气和地走进了圈套。当然，这一次宴会谁也没有受到损害，因为我们都曾赴过宴，除了黑斯廷斯，没有一个人是生手，而公使在邀请黑斯廷斯时明明告诉过他：为了表示对英国习俗的尊重，他没有准备任何筵席。每位宾客都手挽一位女士，排着队走进餐厅，因为按照惯例这种样子是总要摆的，不过纷争恰恰从此开始了。肖尔迪奇公爵想走在前头，并且在餐桌上占据首席，他的理由是：他代表一个王国，而公使仅仅代表一个国家，因此他的级别比公使还要高；但是，我为维护自己的权利坚持斗争，决不让步。我说，在报纸上"人物琐谈"栏里，我的地位排在一切非王室成员的公爵们之上，所以有权坐在他的上首。当然，不管我俩如何争论，这个问题还是解决不了，最终他非常不明智地企图玩出身和古老家世这一手，我"看穿"他要提征服者[1]，于是就"抬出"亚当[2]来，说他就是我的直系祖先，只要看我的姓氏就能知道这一点，而他，从他的姓氏和晚近的诺尔曼血统就看得出来，他只是征服者的非嫡系旁支而已。于是我们全都列队回到客厅里面，吃了一顿直身餐——自己找伴儿，站直身子吃一碟沙丁鱼和一份草莓。在那里，人们对于排座次的追逐就显得不那么紧张激烈了；级别最高的两位来宾用扔一先令硬币的办法来角逐胜负，胜者可以先吃他那份草莓，负者可以得到那枚硬币。接着，另外两位也扔了硬币，随后又是其他两位，以此类推。吃过点心，摆开桌子，我们全都玩克里比奇牌[3]，每一局赌6便士。要是不讲输赢，英国人就不愿意玩牌——至于是输是赢，他倒不在乎。

我们度过了愉快的时光；对于其中两个人——我和兰厄姆小姐——来说，当然是这样。我被她的魅力征服了，手里的同花顺子超过两张，我就数不过来；自己的牌要赢，我却从来看不出来，还从外面那排开始，我本该局局皆输才是，幸亏那位姑娘的心情和我相同，你懂吗，她也像我一样出牌；结果我们两个人谁都没有输赢，谁也顾不上想一想为什么会这样；我们只知道我俩很快活，我们不想知道其他任何事情，也不愿意被打扰。我对她说——我确实说了——说我爱她；而她——天呐，她羞涩的脸蛋儿竟映红了头发，不过她喜欢我的表白；

[1] Conqueror：指英国历史上的"征服者威廉"（1028—1087）。
[2] Adam：指《圣经·创世记》中的人类始祖亚当。
[3] Cribbage：一种由2至4人玩的纸牌游戏，用钉子插在带孔木牌上记分。

她说了她喜欢。噢，再没有比那天晚上更美妙的了！每次我记分时总要加上一句附言；每次她记分时，边数着牌，边表示认可。啊，我在说"再加2分"时总得加一句"天呐，你看上去多可爱"！她说，"15得2，再一个15得4，再一个15得6，加上一对得8，8加8得16——你真的这么想吗？"她的目光透过睫毛，往外睨视，你想，多么可爱，多么招人喜欢。噢，这实在太美了，太美了！

唉，我以完全诚实和端正的态度对待她。我告诉她，我是个一贫如洗的人，即使是她听人们频频提起的那张百万英镑钞票也非我所有，这番话引起了她的好奇心，于是我低声把这整个故事从头向她倾诉，我的话差一点把她笑死。我真不明白，她究竟觉得这件事有什么好笑的，但她就是笑；每隔半分钟总有一些新的细节逗她发笑，我不得不暂停一分半钟，好让她平息下来。你猜怎么着，她笑得连脚都站不稳——她真这么着；我从来没见过谁笑成这样。我的意思是，我以前还从来没见过一个痛苦的故事——关于一个人遇到麻烦以及他的忧虑和恐惧的故事——竟会产生这样的效果。所以我更加爱她了，我看得出来，即使没有多少令人愉快的事，她都会这样愉快；你知道，看样子我很快就需要一位这种类型的妻子了。我当然告诉她说，我们得等待两年，等我用薪水还清积欠以后，但她对这一点倒并不在乎，她只是希望我在花钱时尽可能小心谨慎，决不能危及我们第三年的收入。说到这里，她开始有点儿忧虑起来，担心我们可能犯了错误：把我第一年的薪水估计得比我实际可得的薪水高了。这是清醒的估计，它使我感到我的自信心比以往稍稍降低了一点，不过这倒让我想到了一个正经的好主意，我把它坦白地说出来：

"波西娅，亲爱的，等我和那两位老绅士会面的那天，我想让你陪我一起去，你不反对吧？"

她稍稍有点儿犹豫，但还是说：

"那倒——没什么；如果我在你身边能给你壮胆的话。不过——你觉得这样做真的合乎礼节吗？"

"不，我不知道——说实话，我怕是并不合适；不过，你知道吗，这一步关系重大，那个……"

"那我就决定去，不管它合不合礼节，"说话时，她慷慨、热情，简直美极了，"噢，想起自己对你能有所帮助，我会感到非常幸福！"

"什么叫有所帮助，亲爱的？要知道，这一切全靠你啦。你这么美丽，这么可爱，这么招人喜欢，有你在身边，我可以把薪水的要求提得高高的，让那两位好老头破了财还不忍心杀我的价。"

哟！你真该看看她脸涨得通红，眼睛里闪现出幸福的光彩！

"你就会巧嘴滑舌恭维人！你嘴里一句真话也没有，不过我还是和你一起去。也许这会给你一个教训，教你别指望别人的眼光会和你一样。"

我的疑虑烟消云散了吗？我的信心恢复了吗？你可以从以下事实中得到回答：我当场就决定把第一年的薪水价码提高到 1200 英镑。但这一点我没有告诉她，想留着给她一个惊喜。

回去的一路上我像是走在云端里，黑斯廷斯不断地说话，我连一个字都没听进去。等我们走进我那间客厅，他对我舒适豪华的生活设施热情赞美，才使我清醒过来。

"让我在这里站一会儿，饱个眼福。天呐，这是一座宫殿——真是一座宫殿呀！凡是人渴望得到的一切，包括舒适的煤炉和现成摆在桌上的晚饭，这里一应俱全。亨利，这不但使我真正认识到你是如此富有，还使我铭心刻骨地认识到我是如此贫穷——我多么贫穷，多么不幸，被人打败，一败涂地，彻底完蛋了！"

真该死！他的话使我不寒而栗。它吓得我完全清醒了，让我意识到自己正站在火山口上方，脚下的地壳只有半英寸厚。在过去这段时间里，我不知道自己在做梦——也就是说，我故意不让自己去正视事实；可是现在——噢，天呐！我债台高筑，一贫如洗，一位可爱的姑娘的幸福或悲伤全掌握在我的手中，我的面前除了一份工资之外一无所有，就算这份工资也可能——噢，看来是——永远无法兑现的！呀，呀，呀！我毁了，没有希望了！谁也救不了我！

"亨利，从你一天的收入里，只要不小心往地下掉点零碎儿，就能……"

"噢，我一天的收入！过来，把这杯够劲儿的苏格兰威士忌干下去，提提精神。咱们一起干！还是先别干——你饿了，坐下来吃……"

"我一口东西也吃不下，我饿过劲儿了。这些日子，我吃不下饭去，不过酒是要陪你喝的，醉倒了算。来吧！"

"酒桶对酒桶，我奉陪！准备好了吗？我们来吧！喂，听着，劳埃德，趁我调酒的工夫，把你的故事说给我听听。"

"说给你听？什么，再说一遍吗？"

"再说一遍？这话什么意思？"

"怎么啦？我的意思是你还想要重新听我讲一遍吗？"

"我还想重新听你讲一遍？这话真让人猜不透呀。等等，这种酒你别再喝了，你喝不了这个。"

"听着，亨利，你让我吃惊。往这儿走的一路上我不是把我的事从头至尾都给你讲了吗？"

"你讲过了？"

"是的，我讲过了。"

"我可是一个字都没有听进去。"

"亨利，这问题就严重啦。让我大伤脑筋。你在公使馆里心思让什么占去了？"

我一切都明白了，于是就像个大丈夫似的痛快承认。

"我已经把世界上最可爱的姑娘——俘虏了！"

他冲到我面前和我握手，握了又握，握了又握，直到两人的手都握得生疼才罢。我和他一起步行3英里，他一直在讲他的故事，而我居然一个字都没有听进去，这件事他倒没有埋怨我。此刻他坐在那里，像往常一样有耐心、好脾气，把他的故事从头至尾又讲了一遍。情况大致这样：他来到英国时自认为发财的机会很大；他掌握着替"勘测者"出售"古尔德与柯利矿山扩建股票"的期权[1]，集资100万美元，如果超出这个数，超出部分统统归他所有。他拼命努力，抓住他所知道的每一根线索，一切正当的手段都试过了，花光了他的全部金钱，但还是没能说动哪怕是一位投资者，眼看他的期权到本月底就将结束。总而言之，他已经毁掉了。说罢他蹦了起来，喊道：

"亨利，你能救我！你是世界上唯一救得了我的人。你肯救我吗？你不肯救我吗？"

"说一说我怎么救你。说呀，我的朋友。"

"给我100万，还有我回家的船费，我的期权就归你！不要，千万不要拒绝。"

我心里有说不出的苦恼。这样的话几乎就要脱口而出了："劳埃德，我自己也是个穷光蛋——真正的不名一文，而且还欠了债。"正在此时，一个闪光的念头出现在我的脑际，使我赶忙把牙关咬紧，我定了定神，直到我像个真正

---

[1] Option：在规定期限内按规定价格买卖股票的特权。

的资本家那样冷静。于是我以一个买卖人的沉着口气说：

"我决定救你，劳埃德……"

"那么说我已经得救了！上帝永远赐福于你！假如我能……"

"你让我说完，劳埃德。我决定救你，但不是用你所说的办法；因为那对你不公平，因为你已经为它卖了力气，担了风险。我不需要购买矿山；没有矿山，我的资金在像伦敦这样的商业中心照样能够流动。我一向就是这么做的，下一步我还准备这么做。当然，我对那座矿山知道得很清楚；我知道它有很高的价值，要是有人不相信，我完全可以为它担保。你可以用我的名义去销售，那么不到两个星期，你就能得到300万现金，赚的钱我和你对半分。"

你知道吗，他简直乐疯了，要不是我把他绊倒后用绳子捆起来，他准会手舞足蹈，连续疯折腾，把屋里的东西统统打光，把家具敲成一堆柴火的。

他躺在地上心满意足地说：

"我可以用你的名义！你的名义——想想看吧！那些有钱的伦敦佬会成群结队来抢购这种股票！现在我是一个成功的人了，我永远是一个成功的人，只要我活着，我决不会忘记你！"

没过24小时，伦敦空前活跃起来了！我没干别的事，每天只是坐在家里，对所有来访的人说：

"没错，是我对他说可以咨询我的。我了解这个人，我了解这座矿山。他的为人无懈可击，而那座矿山的价值远远超出他的要价。"

在这段时间里，每天晚上我都在公使馆和波西娅在一起。关于矿山的事我一个字都没有向她提起，我把这件事保留起来，想将来给她一个惊喜。我们谈论薪水的事，除了薪水和爱情，我们不谈别的；有时谈爱情，有时谈薪水，有时爱情、薪水一起谈。唷！公使夫人、公使小姐对我俩的爱情关怀备至，她们不断作出巧妙的安排使我俩得以避免干扰，还把公使蒙在鼓里，从未起过疑心——啊，她俩的行为实在高尚！

等一个月期限终于结束的那天，我在伦敦郡银行已有了100万美元存款，黑斯廷斯也存上了同样一笔钱，我穿上最好的衣服，驱车来到波特兰广场那座房子跟前，从那里的情势判断，我那两位大人物准是回来了，于是我马上到公使馆去接我的宝贝，我俩又往回赶车，一路上尽量谈论薪水的事。她极度兴奋和急切的样子使她看上去简直太美丽了。我说：

"宝贝，看到你这么美丽，我一年就要他3000英镑薪水，少要一个便士就是罪过。"

"亨利，亨利，你会把我俩毁掉的！"

"别害怕。只管保持你的美貌，并且信赖我。结果一切都会尽善尽美的。"

事情就是这样，一路上我必须不断设法鼓起她的勇气。她总在央求我，说：

"噢，请你别忘了，如果我们要求过高，也许连一分钱薪水都拿不到，到时候我俩没有办法挣钱养家，那该怎么办？"

我们被领进了那座房子，前来应门的还是先前那位仆人，两位老绅士都在家。当他们看见美丽无比的宝贝跟我在一起，当然感到惊奇，但是我说：

"这很好嘛，绅士们，她是我未来的归宿和贤内助。"

我把两位老绅士介绍给她，说出了他们的姓氏。他们并不感到惊奇，他们知道，我只要查一查人名住址簿就可以弄清楚。他们请我俩坐下，对我礼貌周全，对她更是温柔体贴，尽量使她免受困窘，能感到安闲自在。这时我说：

"绅士们，我准备向你们汇报。"

"我们很乐意听，"我的那位老绅士说，"我的哥哥阿贝尔和我打赌，胜负如何，马上就可以揭晓了。假如你帮我打赢了赌，你就可以得到我有权指派的任何职位。你把那张百万英镑钞票带来了吗？"

"在这儿呢，先生。"说时，我把钞票递给了他。

"我赢啦！"他高声喊道，一面用手拍着阿贝尔的后背。"哥哥，现在你还有什么说的？"

"我要说他确实活过来了，而我却损失了两万英镑。以前我决不相信会有这样的结果。"

"我的汇报还没有作完，"我说，"下面的故事还长着呢。请允许我不久以后再来详详细细把这一整月的故事讲给你们听，我敢担保这故事还很有听头呢。现在请你先看看这个。"

"什么，伙计！20万英镑存单。这是你的吗？"

"是我的。这是在过去的30天里，我靠明智而审慎地利用你们给我这笔小小的借款挣来的。我唯一的用途只是购买一些小东西，拿出钞票来让他们找钱。"

"嗨，这真让人吃惊！真是不可思议，伙计！"

"这不要紧，我会证明这一切都是真的。别以为我在胡说八道。"

现在轮到波西娅感到吃惊了。她的眼睛睁得大大的，说：

"亨利，这真的是你的钱吗？你是不是一直在哄我？"

"宝贝，我确实在哄你。不过我知道你会原谅我的。"

她撅起了嘴唇，说：

"你可别太自信呀。你真是个顽皮的家伙，竟会这样骗我！"

"噢，你不会计较它的，心肝儿，你不会计较它的；你知道，这只是个玩笑。来，我们走吧。"

"等一等，等一等！你知道，还有职位呢，我要给你一个职位。"我那位老绅士说。

"啊，"我说，"我确实无限感激，不过那职位嘛，我真的不想要了。"

"可是你能挑选一个我有权指派的最好的职位。"

"我再一次全心全意地感谢你，不过即使是这样一个职位我也不想要了。"

"亨利，我真为你脸红。你对这位好心的绅士感谢得远远不够。我替你向他表示感谢怎么样？"

"亲爱的，如果你能表达得更加充分的话，你当然可以这样做。试试你的办法看。"

她向我那位老绅士走去，坐到他膝上，伸出手臂搂住他的脖子，在他嘴上吻了一下。两位老绅士高声笑起来，但是我却惊得目瞪口呆，应该说是僵在那里了。波西娅说：

"爸爸，他刚才说你有权指派的职位他一个都不想要，我觉得受到了伤害，就像……"

"亲爱的，他是你爸爸？"

"是的，他是我的继父，是天底下前所未有的最好的继父。那天在公使馆里，你不知道我们之间的关系，向我倾诉爸爸和阿贝尔伯父设计的游戏怎样使你忧虑和烦恼的时候，我竟会大笑起来，现在你该明白为什么了吧？"

现在我当然趁势直截了当地把话说出来，没有任何戏谑成分，一下子就说到点子上。

"噢，我最最亲爱的先生，我收回刚才说过的话。你确实有一个职位是我想要的。"

"说出来。"

"女婿。"

"好吧，好吧，好吧！不过你要知道，既然你从来没有在那个职位上服务的经历，你对于合同规定的条件，当然还有所欠缺，所以说……"

"试用我吧——噢，一定要试我一试，我求求你！只要试用我三四十年就好了，如果……"

"噢，好的，没问题，这只是个小小的请求，你可以把她带走了。"

我们俩快活吗？翻遍足本大词典也找不出一个字眼足以形容我俩快活的心情。一两天以后，我和那张钞票在一个月里的冒险经历及其结局的完整故事，在伦敦城里已尽人皆知，人们谈论这件事了吗？他们乐不乐？乐。

我的波西娅的爸爸把那张友好、慷慨的钞票拿到英格兰银行去兑现，银行把它注销以后，当作礼物送还给他，我们结婚那天他又把它送给了我们。从那时起，它被装上镜框始终悬挂在我们家里最神圣的地方，因为它给了我波西娅。要是没有它，我决不会留在伦敦，决不会出现在公使馆，永远也没有机会遇见她。我时常这样说："是的，它确实是一张百万英镑钞票，谁都看得见，但是，它生平只买过一次东西，即使那一次也只花了大约那件东西十分之一的价钱就把它买来了。"

卡拉维拉斯郡驰名的跳蛙

　　我的一个朋友从东部写信给我，我按照他的嘱咐访问了性情随和、唠唠叨叨的老西蒙·惠勒，去打听我那位朋友的朋友——利奥尼达斯·斯迈利的下落，我在此说说结果吧。我暗地里有点疑心这个利奥尼达斯·斯迈利是编出来的，也许我的朋友从来不认得这么一个人，他不过揣摩着如果我向老惠勒去打听，那大概会使他回想到他那个丢脸的吉姆·斯迈利，他会鼓劲儿唠叨着什么关于吉姆的该死的往事，又长又乏味，对我又毫无用处，倒把我腻烦得要死。如果安的这种心，那可真是成功了。

　　在古老的矿区安吉尔小镇上那家又破又旧的小客栈里，我发现西蒙·惠勒正在酒吧间火炉旁边舒舒服服地打盹，我注意到他是个胖子，秃了顶，安详的面容上带着引人欢喜的温和质朴的表情。他惊醒过来，向我问好。我告诉他我的一个朋友委托我打听一位童年的挚友，名叫利奥尼达斯·斯迈利，也就是利奥尼达斯·斯迈利牧师，听说这位年轻的福音传道士一度是安吉尔镇上的居民。我又说，如果惠勒先生能够告诉我任何关于这位利奥尼达斯·斯迈利牧师的情况，我会十分感激他的。

　　西蒙·惠勒让我退到一个角落里，用他的椅子把我封锁在那儿，这才让我坐下，滔滔不绝地絮叨着从下一段开始的单调的情节。他从来不笑，从来不皱眉，从来不改变声调，他的第一句话就用的是细水长流的腔调，他从来不露丝毫痕迹让人以为他热衷此道。可是在没完没了的絮叨之中却始终流露着一种诚挚感人的语气，直率地向我表明，他想也没有想过他的故事有哪一点显得荒唐或者离奇。在他看来，这个故事倒真是事关重大，其中的两位主角也都是在钩心斗角上出类拔萃的天才人物。对我来说，看到一个人安闲自得地信口编出这样古怪的奇谈，从不露笑，这种景象也是荒谬绝伦的了。我先前说过，我要他告诉我他所了解的利奥尼达斯·斯迈利牧师的情况，他回答如下。我随他按他自己的方式讲下去，一次也没有打断他的话。

"从前，这儿有一个人，名叫吉姆·斯迈利，那时候是 1849 年冬天，也许是 1850 年春天，我记不准了，不知怎么的，不过我怎么会想到冬又想到春呢，因为我记得他初来矿区的时候，大渠还没有完工，反正，不管怎么样吧，他是你从来没见过的最古怪的人，总是找到一点什么事就来打赌，如果他能找到什么人跟他对赌的话；要是他办不到，他情愿换个个儿。只要对方称意，哪一头都适合，只要他赌上了一头，他就称心了。可是他很走运，出奇地走运，多少次总是他赢的。他总是准备好了，单等机会；随便提起哪个茬儿，他都没有不能打赌的，正像我刚才跟你说的，你可以随便挑哪一头。如果遇到赛马，赛完时你会发现他发了财，或者输得精光；遇到狗打架，他要打赌；遇到猫打架，他要打赌；遇到小鸡打架，他要打赌；哎，即使遇到两只小鸟停在篱笆上，他也要跟你赌哪一只先飞走；要是遇上野营布道会，那他是经常要到的，他会在沃克尔牧师身上打赌，他认为沃克尔牧师是这一带最擅长劝善布道的，可也真是的，真是位善心的人。甚至如果他看见一个金龟子开始向那儿走，他也会跟你打赌要多久它才会走到它要去的地方，如果你答应他了，他会跟着那个金龟子走到墨西哥，不过他不会去弄清楚它要到那儿去或者在路上走多久。这儿的许多小伙子都见过这个斯迈利，都能跟你谈起他的事情。哎，对他这个人，这都从来没有关系，他什么都要赌，这个倒霉透了的家伙。有一回，沃克尔牧师的老婆得重病，躺了好久，仿佛他们都救不了她了，可是有一天早晨，牧师来了，斯迈利问起她身体怎样，牧师说她好多了，感谢上帝无限慈悲，身子轻松多了，靠老天保佑，她还会好的。斯迈利想也没想先说：'唔，我愿意赌上两块半，她不会好，怎么也不会。'

"这个斯迈利有一匹牝马，小伙子们管它叫作十五分钟驽马，不过这是闹着玩的，你知道，因为，当然啦，它总比这个快点。尽管它这么慢，又总是得气喘啦，马腺疫啦，要不就是肺病啦，还有这个那个毛病的，斯迈利倒常在它身上赢钱。他们常常开头先让它二三百码，然后算它在比赛，可是到了比赛临了儿那一截，它总是会激动起来，不要命似的，欢腾着迈步过来啦，它会柔软灵活地撒开四蹄，一会儿腾空，一会儿跑到栅栏那边，踹起好多灰尘，而且要闹腾一大阵，又咳嗽，又打喷嚏，又擤鼻涕，可它总是正好先出一头颈到达看台，跟你计算下来的差不离儿。

"他还有一只小不点儿的小巴儿狗，瞧那样子，你会认为一钱不值，只好随它去摆出要打架的神气，冷不防偷点什么东西。可是只要在它身上压下赌注，它就是另外一种狗了，它的下巴会伸出来，像轮船的前甲板似的，牙齿也龇出来，像火炉似的闪着凶光。别的狗也许要来对付它，吓唬它，咬它，让它摔倒两三跤，可是安德鲁·杰克逊[1]，这是那条狗的名字。安德鲁·杰克逊从来不露声色，像是心安理得，也不指望有什么别的，那一面的赌注于是一个劲地加倍呀加倍，直到钱全拿出来了，这时候，猛然间，它会正好咬住另外那条狗的后腿弯，咬紧了不放，不止是咬上，你明白，而是咬紧了不放，直到他们认输，哪怕要等上一年。斯迈利拿这条狗打赌，最后总是赢家，直到有一回他套上了一条狗，这条狗压根儿没有后腿，因为都被圆锯锯掉了，等到事情闹得够瞧的了，钱都拿出来了，它要施展最得意的招数，它这才一下子看出它怎么上了当，这条狗怎么，打个比方说，把它诓进门了，它于是露出诧异的样子，后来就有点像泄气了，它再也不想打赢了，终于给弄得凄惨地脱了一层皮。它朝斯迈利望了一眼，仿佛说它的心都碎了，这完全是斯迈利的错，不该弄出这么一条没后腿的狗让它来施展招数，它打架主要依靠这一招，于是它一瘸一拐了一会儿，躺下死了。它是条好狗，这个安德鲁·杰克逊，它要是活下去，它会给自己扬名的，因为它有本事，它有天才——我知道它有才，因为它从来没有得到过好机会，可是像它这样在那种条件下能用这种办法打架的狗，如果说它没有才气，那也说不过去。我一想到它最后的一仗，想到打成了那个样子，我总是觉得难过。

　　"唔，这个斯迈利还养了些逮耗子的小猎狗，小公鸡，雄猫，还有形形色色的东西，闹得你不安，你无论拿出什么东西，他都不会没有跟你那个凑成一对的东西来跟你打赌。有一天，他捉住了一只青蛙，把它带回家了，他说他打算教育它；于是一连3个月他什么事也不干，只管待在他的后院里，教那只青蛙学会蹦蹦跳跳。你可以拿得稳，他也真让它学会了。他只要在那只青蛙后面轻轻戳一下，接下去你就会看见它在半空里打转，像个油炸面饼圈，你会瞧见它翻一个筋斗，也许翻两个，如果它起跳得顺当的话，还会跳下来四爪落地，稳稳当当，跟猫一样。他让它跳起来去捉苍蝇，让它经常练习，所以，凡是它看得见的苍蝇，每一次它都能捉住。斯迈利说，青蛙所需要的全靠教育，它差不多什么都办得到，我倒也相信他。嗨，我瞧见过他把丹尼尔·韦伯斯特[2]放在这儿的这块地板上，丹尼尔·韦伯斯特是这只青蛙的名字，他大喊一声：'苍

[1] 本是美国第七任总统（1829—1837年在任）名，此处用作狗名。

[2] 本是美国政治家（1782—1852）名，此处用作青蛙名。

蝇，丹尼尔，苍蝇！'你连眨眼也来不及，它就一下子跳起来，捉住柜台那儿的一只苍蝇，又噗的一声重新落在地板上，扎扎实实，像一团泥巴，它落下来以后还用后脚来搔脑袋旁边，若无其事，仿佛它做的就是随便哪个青蛙也会做的，没有一点儿稀奇。你从来没见过像它这样又谦虚又耿直的青蛙，尽管它有那么高的天赋。等到要公公正正肩并肩比跳的时候，它能一蹦老远，让你见过的它的任何同类都比不上。肩并肩比跳是它的拿手好戏，你明白吧；遇到这种情形，斯迈利只要还有一分钱，也会在它身上押上赌注。斯迈利觉得他的青蛙神气得不得了，他也应当觉得自豪，那些走南闯北、哪儿都去过的人全说它压倒了他们所见过的任何青蛙。

"啊，斯迈利把这个畜生放在一个有洞的小方匣子里，有时还常把它带到镇上打个赌。有一天，有一个家伙，在矿区上人地生疏的一个家伙，他偶然碰见斯迈利和他那只匣子，他说：

"'你在那个匣子里装的什么东西？'

"于是斯迈利说，带着点漫不经心的口气：'也许是只鹦鹉，也许是只金丝雀，也许吧，不过它都不是，它不过是一只青蛙。'

"那个家伙拿过匣子，仔细地瞧了瞧，把它转过来转过去，然后说：'唔，倒也是的。啊，它有什么用处？'

"'啊，'斯迈利随口不当回事地说，'它只有一个用处，我认为，在卡拉维拉斯郡里它能比随便哪个青蛙跳得更远。'

"那个家伙又拿起匣子，又仔仔细细瞧了很久，于是把它还给斯迈利，不慌不忙故意说：'哦，我看不出这只青蛙有哪一点比别的青蛙好一点。'

"'也许你看不出，'斯迈利说，'也许你了解青蛙，也许你不了解青蛙，也许你有经验，也许你不过是个业余玩玩的，可以这么说吧。总之，我有我的看法，我愿意赌 40 元，它能比卡拉维拉斯郡里随便哪只青蛙都跳得远。'

"那个家伙琢磨了一会儿，然后说，像有点为难似的：'啊，我在这儿是个外乡人，我没有青蛙，要是我有一只青蛙，我愿意跟你打赌。'

"于是斯迈利说，'那没有关系，那没有关系，要是你愿意拿着我的匣子待一会儿，我就去给你找来一只青蛙。'于是那个家伙拿起匣子，把他的 40元和斯迈利的放在一起，坐下来等着。

"他坐在那儿呆了好一阵，想了又想，于是把青蛙取出来，撬开它的嘴，用一只小茶匙把它喂足了打鹌鹑的铁砂，喂得几乎到了下巴颏，再把它放到地板上。斯迈利走到泥塘，在淤泥里溅来溅去好久，最后他捉到了一只青蛙，把它带回去交给了那个家伙，他说：

"'现在，要是你准备好了，把它放在丹尼尔旁边，让它的前爪跟丹尼尔的并齐了，我来发命令。'于是他说，'一——二——三——跳！'他和那个家伙都从后面碰了青蛙一下，新青蛙跳出去了，可是丹尼尔吸了口气，竖起它的肩膀——这样——像个法国人，不过这也没有用——它挪不动，它像铁砧子一样牢牢地定在那儿，它动也不能动，跟抛锚在那儿不差一点儿。斯迈利大吃一惊，他也觉得可恶，可是他一点也不知道这是怎么回事，当然啦。

"那个家伙拿起钱，动身就走，在他正要走出门口的时候，他用拇指在肩上猛然一甩——像这样——朝着丹尼尔，他又不慌不忙故意说：'哦，我看不出这只青蛙有哪一点比别的青蛙好一点。'

"斯迈利站着搔他的脑袋，向下对丹尼尔瞧了很久，最后，他说，'我真是纳闷儿，究竟为什么这只青蛙会出岔子——我倒想知道它是不是出了什么事；它好像鼓胀得很厉害，不知怎么的。'他抓住丹尼尔的颈背，一边把它拎起来，一边说，'哎哟，我敢赌咒，它少不了有5磅重咧！'他把它倒翻个儿，于是它喷出了两捧铁砂。这时候，他知道是怎么回事了，他气极了，他把青蛙放下立刻去追那个家伙，可是他从来没有捉住那个家伙。于是……"

（说到这里，西蒙·惠勒听见前院里有人叫他的名字，站起来去瞧要他干什么。）

他在走出去之前转过身来对我说："你就坐在你那儿，外乡人，放心待着吧——我去不了多一会儿。"

不过，请你原谅，我看把这个有事业心的流浪汉吉姆·斯迈利的经历继续说下去未必能使我得到许多关于利奥尼达斯·斯迈利牧师的消息，我就起身走了。

我在门口遇到爱交际的惠勒刚刚回来，他硬要留着我长谈，并且向我介绍：

"哦，这个斯迈利还有一头独眼的黄母牛，它没有尾巴，只不过那么一小截，像根香蕉似的，还有……"

"哦，让斯迈利和他那倒霉的母牛见鬼去吧！"我和颜悦色地轻轻地说，跟这位老先生告别之后我就走开了。

坏孩子的故事

　　从前有个坏孩子，名叫吉姆——不过，如果你稍加留意，便可发现，在你的主日学校课本里，几乎所有的坏孩子都叫詹姆斯。虽说奇怪，而事实如此，这一位就叫吉姆。

　　吉姆也没有一位生病的母亲——也就是他没有一位笃信上帝、身患肺病，倘若不是爱子情深、唯恐自己一死儿子遭人冷落，而宁愿躺进坟墓安息的母亲。然而，主日学校课本里的坏孩子大都叫詹姆斯，并且都有一位生病的母亲。她们都教自己的儿子学说"我要躺下睡觉"等等，都用温柔凄婉的歌声哄孩子入睡，与他们吻别，然后跪在床边流泪。可是，这个小家伙情况不同。他名叫吉姆，他的母亲安然无恙——没生肺病，也没有别的毛病。她不但不虚弱，而且挺健壮，也不敬重上帝；此外，她对吉姆毫无疼爱之情。她常说，即便吉姆折断脖子，对她也没有多大的损害。她总是用打屁股的办法催吉姆睡觉，从来不与他吻别；相反，她要离家的时候，还要赏他几个耳光。

　　一次，这个吉姆偷出厨房的钥匙，悄悄地溜进厨房，偷吃了果酱，随后又把果酱瓶子装满焦油沥青，好让他母亲看不出破绽；吉姆并没有顿生恐惧，也不觉得仿佛有什么声音悄然对他说："不听妈妈的话对吗？这么做不是罪过吗？坏孩子们偷吞了自己善良母亲的果酱之后有什么报应呢？"吉姆也没有独自跪倒在地，保证今后不再作恶，然后轻松愉快地站起身来，对母亲告以实情，请求宽恕。而母亲则是泪流满面，满怀欣慰感激之情向他祝福。不，这是课本中其他坏孩子的情况，至于吉姆，完全是另一码事，你说怪不！吉姆偷吃了果酱，还粗俗下流地说真棒；他把焦油沥青装进果酱瓶，也说真棒，还哈哈大笑，说那老太婆发现之后，"必定会气得暴跳如雷，哼哼呀呀地说不出话来"。后来母亲果然发现了，但他矢口否认，硬说不知道，结果挨了一顿臭揍，泪流满面的竟是他自己。吉姆什么事都干得稀奇，与课本上的詹姆斯们迥然不同。

有一次，他爬到农场主阿科恩的苹果树上偷苹果。可是，树枝没有折断，他既没从树上跌下来摔断胳臂，也没有被农场主的大狗咬伤，尔后也没有卧床数周，闭门思过，从此变好。总之，绝没有那回事。吉姆偷够了苹果之后，安然爬下树来；对那条大狗，也早有准备，那条狗一扑过来，他一砖头扔过去，正好击中了它。说也奇怪——这类事情那些文雅的小书里从未写过，那些小书封面上都印着大理石花纹，里面画着一些身穿燕尾服和短腿的马裤、头戴响铃礼帽的男人和腋下夹着无裙环衣裳的女人。吉姆遇到的这种情况，任何一部主日学校的课本都没写过。

有一次，吉姆偷了老师的铅笔刀，但又害怕老师发现了会受到惩罚，于是便把小刀偷偷地塞进乔治·威尔逊的帽子里——乔治是可怜的威尔逊寡妇的儿子，他的品行端正，被公认为村上的好孩子。乔治对母亲的教诲从不违拗，一向诚实，而且勤勉好学，他对主日学校尤为崇信。可是，后来那把小刀竟从帽子里掉了出来，可怜的乔治耷拉着脑袋，羞得无地自容，好像真的自认有罪。而那位伤心的老师认定小刀是他偷的。当老师举起细软的鞭子，准备抽打他那发抖的双肩时，那位纯属杜撰的白发地方治安官并没有突然出现，更没有神气十足地说道："饶恕这位品德高尚的孩子吧——罪犯正站在那儿发抖呢！休息时间，我正好从校门口路过。虽然没人看到我，而我却看到了偷窃的人！"因此乔治没有挨打，那位可敬的地方治安官也没有给感激涕零的师生们布道，然后牵着乔治的手，说他这样的孩子值得称赞，领走乔治跟他同住，让他打扫办公室，生火，跑差，劈柴，学法律，帮他内助料理家务，工余时间尽情玩耍，每月领取四角钱的报酬，自行其乐。不，书上会这样写的，但吉姆遇到的却不是这样。那个老不死的法官没有插进来制造麻烦，结果，模范孩子乔治挨了一顿臭揍，吉姆高兴得手舞足蹈，因为，你知道，吉姆恨透了那些模范孩子。吉姆说，他"最瞧不起这些娘娘腔"。这就是那个没教养的坏孩子吉姆所使用的粗俗语言。

但是，发生在吉姆身上奇而又奇的一桩事是：他在一个礼拜天去划船，并没有被淹死[1]。又一个礼拜天他去钓鱼，虽然遇上了暴风雨，却没有遭雷击。嗨，您不妨翻查主日学校的全部图书，从头至尾，反复阅读，直至下一个圣诞节，您也绝不会发现这种事情。啊，绝对不会。相反，您会发现，所有在礼拜天划

---

[1] 指星期日应该去教堂做礼拜。

船的坏孩子没有一个不淹死的，所有在礼拜天钓鱼又遇上暴风雨的坏孩子都遭雷击。礼拜天载有坏孩子的船只总是翻底，安息日坏孩子去钓鱼定有暴风雨。吉姆为什么总是能避开这些灾难，我也说不清个中的缘由。

吉姆的活动有符咒庇佑——准是有符咒庇佑。任何事儿都伤害不着他。他游动物园时甚至把一捆烟叶塞给大象，那大象也没有甩开长鼻敲碎他的脑壳。他翻遍食厨，却从来没有把硝酸错当成薄荷饮料喝进肚里。在安息日，他偷了父亲的枪出去打猎，也没有崩掉三四个指头。他一时气急，搂在小妹的太阳穴上，小妹也没有头痛不止，过夏就死，临终留下宽恕温柔的话语，令他破碎的心灵倍感痛苦。不，她居然复原了。最后，吉姆终于离家出走，浪迹海洋。但是，当他回来的时候并没有感到景况凄凉、孤苦无助，也没见他亲人长眠于安静的教堂墓地，那座他童年时期墙上爬满青藤的房屋也没有倒塌。啊，不，他跟个浪人似的，喝得酩酊大醉，没进家门就进了警察局。

吉姆成年之后结婚成家，后来又有了许多儿女。一天晚上，他突然抡起板斧砸碎了全家人的脑袋。吉姆采用各种流氓手段，欺诈坑骗而发了大财。现在他横行乡里，成了心毒手狠的坏蛋，然而却受人敬重，选入议会。

诸位请看，主日学校的课本中可从来没有哪一个坏詹姆斯，能像这位有符咒庇佑、无法无天的吉姆这样走运、这样称心如意的。

火车上的嗜人事件

前不久我去了一趟圣路易。西进途中，在印第安纳州特尔霍特换了车，就有一位四五十岁上下、面目亲善的绅士从小站上来，坐到我身边。同他心情愉快、海阔天空地聊了约一个钟头，我便发现他极有见识，讨人喜欢。他一经得知我从华盛顿来，立即询问起形形色色的政府官员和国会事务来。不久我已明白，与我谈话的是位对首都政治生活了如指掌的人，他甚至连这个国家立法机关里议员们的做事风格和程序仪式都知道得一清二楚。过了一会儿，就见两个男子在离我们不远的地方停留了片刻，一个对另一个说道：

"哈里斯，要是你肯替我办这件事，我永远忘不了你，老弟。"

我这位新旅伴的眼睛里突然闪出欣喜的亮光。好像那人的话勾起了他一段快乐的回忆。顷刻，他又露出一副思虑重重的面孔——简直有些闷闷不乐了。他转头对我说："听我给你讲个故事吧，让我把我生活中的一段秘事告诉你。这段秘事自发生后，我从来都不曾提起过。请耐心地听，答应我别打断我的话。"

我说没问题，他就如此这般地讲了下面的一段奇遇。讲解过程中时而情感迸发，时而阴郁低沉，但总是极其认真诚恳。

那是 1853 年 12 月 19 日，我从圣路易乘夜班火车去芝加哥。车上总共只有 24 名乘客。没有妇女，也没有小孩。我们的兴致很好，大家很快就混熟了。看来，这是一次快乐舒心的旅行；我猜这一伙人中压根儿就没有一位预感到很快就要经历的那种恐怖局面。

晚上 11 点钟，天下起大雪来。火车刚一离开那个名叫韦尔登的小村，就进入空旷寂寥的大草原。千里荒原，渺无人烟，一直延展到朱必利定居点。狂风呼啸着刮过平展展的荒地。那儿没有树木，没有山丘，甚至连七零八落的岩石也见不到，所以风刮起来毫无阻挡。随风飞扬的雪花，就像狂风暴雨在海浪尖上激起的浪花。雪越积越深，车速减慢。我们知道，这是火车头在积雪中开路越来越费劲了。说实在的，有时候它简直就停止不动了。大风在轨道上堆积起一个个大雪堆，活像一座座坟山。聊天也没有劲儿了，欢乐让位给焦虑。要是被大雪困住，待在荒凉的大草原上，方圆50英里可都没有人家——这种想法浮现在每个人的心头，把大家都弄得精神非常颓丧。

凌晨两点，四周的一切活动都停止了。我从不得安宁的睡眠中惊醒。可怕的实情顿时闪过我的心头——我们成了雪堆里的囚徒！"全体起来动手自救！"大家一跃而起去执行这道命令。夜茫茫漆黑一片。铺天盖地的大雪，势不可当的风暴，大家从车厢跳进这样一个世界，心里都明白，现在要争分夺秒，要不就会有灭顶之灾。铲子、手、木板——凡是能清除积雪的东西立刻都用上了。那真是一幅离奇的景象：一小撮发狂似的人跟越堆越高的积雪拼搏。雪堆下半截隐没在黑黢黢的阴影里，上半截暴露在车头反光灯炽烈的灯光下。

短短的一个小时就足以证明我们在白费力气。暴风雪积成了十几个雪堆，把路轨阻塞了，而我们仅仅刨掉了一个。更加糟糕的是，人们发现，刚才火车头对敌人发起冲锋时已经把主动轮的纵向轴弄断了！即使铁路畅通无阻，我们也无可奈何了。我们干活儿干得精疲力竭，心里又不是滋味，便进了车厢。大家围着火炉严肃地讨论眼下的处境。我们什么吃的都没有——大伙儿最窝心的就是这一点。我们是不会冻死的，因为煤水车里有的是木头，这是我们唯一的安慰。讨论到最后，大家都接受了列车员令人丧气的结论，就是说，谁想徒步在这样的雪地里走50英里路，那就等于去寻死。我们无法派人去求援，即便我们有办法去，也没人愿意来援助。我们只好听天由命，耐心等待，要么有人来救援，要么就等着饿死！我想，就是最刚强的人一听了这话，心也会马上变凉的。

过了一会儿，谈话变成了一种三三两两的窃窃私语，话题仍离不开火车，这种低语随着阵阵狂风的起落而忽高忽低；灯光昏暗起来；大多数遭难者在忽明忽暗的黑影中安下心来想——忘掉眼前，如果可能的话——睡觉，如果可以的话。

漫漫无期的长夜——我们觉得的确是漫漫无期的——终于把磨磨

马克·吐温短篇小说选

蹭蹭的时光打发走了，东方破晓，现出灰冷的晨光，亮光逐渐增强，旅客一个接一个活动起来了，显示出生命的种种迹象。一个接一个地把耷拉下来的帽子从额头上掀起来，舒展舒展僵硬的四肢，然后从窗户里向外窥视那幅萧瑟的景象。的确萧瑟透顶了！——一个生物的影子都没有，一个人家也没有；什么都没有，只有一片白茫茫的荒野，卷起的雪片随风到处飘扬——一个雪片飞舞的世界遮没了上面的天宇。

我们在车厢周围逛跶了整整一天，说的很少，想的挺多。又是一个滞留不去的愁闷的夜晚——还有饥饿。

又一个黎明——又一天：寂静、悲哀、饥肠辘辘、无望地守候着无法到来的营救者。一个睡眠不得安宁的夜晚，尽做着大摆筵席的梦——醒来后饥火烧燎着愁肠。

第四天来了又去了——接着是第五天！困了5天，着实可怕。每一只眼睛都射出饥饿的凶光，里面流露出一种怕人的含义——预示着每个人心里朦朦胧胧地自行形成了一种东西——一种谁也不敢诉诸言辞的东西。

第六天过去了——第七天破晓时，这一伙人个个鸠形鹄面，心如死灰，死亡的阴影笼罩着他们。现在非说不可了！在每一颗心里长大的东西终于要从每一张嘴里跳出来了！人体的本能已经忍无可忍了——她非投降不可了。明尼苏达州的理查德·H.加斯顿站了起来，身材高大，面如死灰。大家都知道会发生什么事情。全都准备好了——每一种感情，每一种激动的神态都被闷死了——只有一种平静的、深思熟虑的严肃表情浮现在近来显得十分粗野的眼睛里。

"先生们：事情再不能耽搁了！时间就要到了！我们必须决定：我们中间谁得死去给其余的人当饭吃！"

伊利诺伊州的约翰·J.威廉斯先生站起来说："先生们——我提田纳西州的詹姆斯·索耶牧师。"

印第安纳州的威廉·R.亚当斯先生说："我提纽约州的丹尼尔·斯罗特先生。"

恰尔斯·J.朗登先生："我提圣路易州的塞缪尔·A.鲍恩先生。"

斯罗特先生："对于我的提名，我敬谢不敏，我想成全新泽西州的小约翰·A.范诺斯特兰先生。"

加斯顿先生："如果没有异议，这位先生的要求将会得到满足。"

由于范诺斯特兰先生表示反对，斯罗特先生的推辞不予接受。索耶和鲍恩两位先生也表示辞谢，以同样的理由遭到拒绝。

俄亥俄州的 A.L.巴斯科姆先生："我提议提名到此结束，议会进行投票选举。"

索耶先生："先生们——我对这些做法表示强烈的抗议，这太不成体统了，所以我提议：立即取消这些做法，并提议选举一名会议主席，几名协助他工作的干事，这样我们就能够明智地处理眼前的事务了。"

艾奥瓦州的贝尔先生："先生们——我反对。现在不是拘泥礼仪的时候。因为已有 7 天多没有饭吃了。我们不能在无聊的讨论中浪费时间，否则只会增加我们的苦难。我对提出的人选表示满意——我相信在座的各位先生，至少我本人，不明白为什么不应该立即选出其中的一两个人来。我想提出一个解决的办法——"

加斯顿先生："这种做法会遭到反对的，而且按规定必须等到牛年马月才能解决，这样反而造成了你想避免的那种延误。这位从新泽西州来的先生——"

范诺斯特兰先生："先生们——我跟诸位素昧平生：我并不追求诸位赏赐给我的那种荣誉，我感到棘手的是——"

亚拉巴马州的摩尔根先生插话："我提议投票表决是否辩论主要提案。"

这个动议被通过了，当然也就终止了进一步的辩论。选举干部的动议通过了，按此动议，加斯顿先生当选为主席，布莱克先生当选为书记，霍尔科姆先生、戴尔先生和鲍德温先生当选为提名委员会委员，R.M.霍兰先生当选为伙食操办员，协助委员会作出选择。

然后休会半小时，召开了某种小型干部会议。木槌一响，大会开始进行，委员会提出报告，提名肯塔基州的乔治·弗格森先生、路易斯安纳州的卢西恩·赫尔曼先生、科罗拉多州的 W.梅西克先生为候选人。该报告被大会接受。

密苏里州的罗杰斯先生："主席先生——既然报告已提交议会，

我提议对它进行修正，用圣路易州的卢修斯·哈里斯先生的名字替换赫尔曼先生的名字，因为哈里斯先生是位人心所向、众望所归的人物。我不希望被人理解为有意贬责那位路易斯安纳来的先生的高尚品格和可敬立场——决无此意。我和在场的诸位先生一样，对他不胜敬仰。不过，我们大家不会对这样一件事实视而不见：在我们滞留的一星期里，他掉的膘比我们中间的任何人都多——我们谁也不会悍然不顾这样一件事实：委员会在玩忽职守，要么是出于疏忽大意，要么就是明知故犯，竟然要我们选举这样一位绅士，不管他的动机多么纯正，他身上的确没有什么滋养——"

主席："请密苏里州的这位先生坐下。本主席不能允许对委员会的公正提出质疑，除非它通过正式程序，严格按照规定提出。议会对这位先生的动议如何对待？"

弗吉尼亚州的哈利戴先生："我提议对报告做更进一步的修正，由俄勒冈州的哈维·戴维斯先生取代梅西克先生。诸位先生也许会慷慨陈词，说艰难困苦的边疆生活已经使戴维斯先生变得粗糙不堪，不过，先生们，现在难道是挑剔粗细的时候？现在难道是吹毛求疵的时候？现在难道是斤斤计较区区小事的时候？不，先生们，我们所希望的是量要大，油水要多，要有重量，要有块头——这就是我们目前的最高要求——我们需要的不是灵性，不是天才，不是教育。所以我坚持我的动议。"

摩尔根先生（激动地）："我对这一修正案表示最坚决的反对。俄勒冈的这位先生太老，何况，块头固然不小，但大只大在骨头上——肉却不多。请问这位弗吉尼亚的先生，我们是想喝稀汤呢，还是要吃些实实在在的东西？他是否要欺骗我们，叫我们捕风捉影？他是否要用一个俄勒冈的幽灵来嘲弄我们的苦难？请问，他能不能看看周围一张张焦灼的面孔，能不能注视注视我们忧伤的眼睛，能不能听听我们企盼的心声，怎么还要把这个饿得形销骨立的假货硬塞给我们？请问，他难道想不到我们的悲惨处境？想不到我们过去的悲哀，想不到我们暗淡的未来，却仍然居心不良，硬要把这个残骸、这具僵尸、这个连站都站不稳的骗子、这个从俄勒冈荒凉的海滩上来的疙里疙瘩、饱受摧残、干巴巴的瘪三强加给我们？休想！"（鼓掌。）

经过一番激烈的争论，最后这一修正案被付诸表决，没有通过。第一修正案提出的替换人是哈里斯先生。然后开始投票表决，五次投票都没有结果。第六次投票中，哈里斯先生当选，除了他一人外，全体投了赞成票。于是有人提出动议，应当鼓掌通过他的当选，这一动议由于他再次投票反对自己当选而遭到否决。

拉德威先生提议，议会现在应当关照其余的候选人，选举一人当早饭，这一动议获得通过。

第一次投票出现了僵持局面，半数人赞成某一候选人，因为他年轻；半数人同意另一个，因为他个头大。主席投了决定性的一票，赞成后者，即梅西克先生。这一结果在落选人弗格森的朋友们当中激起了相当大的不满情绪，有人在议论，要求重新进行一次投票表决，然而在此期间休会的动议被通过了，于是立即散会。

晚饭的准备工作分散了弗格森派的注意力，他们无法长时期地议论自己的不满，等他们要重新进行讨论的时候，宣布了哈里斯先生已经准备就绪这一喜讯，于是所有的不满情绪便化为烟云。

我们支起车厢座位的靠背临时凑成了餐桌，满怀感激之情坐了下来，在那7天的磨难中萦回在我们的美梦中的最精美的晚餐现在就摆在眼前。我们跟几小时之前真是不可同日而语！当时：万念俱灰，愁眉苦脸，饥肠辘辘，忧心如焚，走投无路；现在：感恩戴德，泰然自若，大喜过望。我知道这是我坎坷的一生中最快乐的时光。风在吼叫，刮得大雪在我们的牢房周围狂飞乱舞，可是风雪再也无力困扰我们了。我喜欢哈里斯。他也许还可以煮得更好一些，但我可以毫无顾忌地说，谁也没有哈里斯那样对我的胃口，使我那样称心如意。梅西克挺不错，不过就是有点儿变味，不过要讲真正的营养、肉的细嫩，我倒是要哈里斯。梅西克自有他的长处——我不想否认这一点，也不愿否认——可是要他当早饭，比一具木乃伊好不了多少，先生——简直一模一样。瘦吗？——哎，上帝保佑！——粗吗？啊，他是粗得够呛！你是无法想象的——你永远也想象不出这一类事。

"你打算给我讲——"
"请不要打断我的话。"

　　早饭后我们推选了一个从底特律来的名叫沃克的人当晚餐。他很不错，我后来给他老婆写信就是这么说的。怎么夸他都不过分，我将永远怀念沃克。他煮得嫩了点儿，可是非常好。第二天早上，我们又把亚拉巴马州的摩尔根当早餐。他是我们享用过的最好的人之———仪表堂堂，很有教养，文质彬彬，能流利地讲几种语言——一个十全十美的绅士——他是个十全十美的绅士，油水多得出奇。晚饭我们选的是那个俄勒冈的老头儿，他的确是个骗人的货色，这一点毫无疑问——又老又瘦又粗，谁也无法形容那种状况。最后我说，先生们，请你们自便，我宁可等下一个当选人。伊利诺伊州的格兰姆斯则说，"先生们，我也愿意等等。等你们选出一个有长处的人时，我将乐于与诸位再次共同享用。"不久，事实显然表明，大家对俄勒冈的戴维斯普遍表示不满，这样，为了保持我们享用过哈里斯以后表现出的一片好意，便进行了一次选举，结果是佐治亚州的贝克尔入选。他真够味儿！哎，哎——以后我们有杜利特，还有霍金斯，还有麦克罗伊（对麦克罗伊还有一点抱怨，因为他瘦小得不同一般），还有彭罗德，还有两个史密斯，还有贝利（贝利有一只木腿，这显然是个损失，其他倒蛮好），还有一个印第安少年，还有一个街头演奏手风琴的人，还有一个名叫巴克明斯特的绅士——一个木头似的流浪汉。跟大家一点合不来，当早饭也不是味道。我们很高兴把他选中之后营救队才来。

　　"那么说最后那该死的营救队真的来了？"

　　"不错，一个阳光灿烂的早晨，刚刚选举结束，营救队就来了。约翰·墨菲当选了，他是最好不过的了，我愿意作证；不过约翰·墨菲坐在前来援救我们的火车上跟我们一起回了家，到后来跟哈里斯寡妇结了婚——"

　　"谁的遗孀——"

　　"我们第一个选中的那个人的未亡人。墨菲就跟她结了婚。现在他日子过得挺好，受人尊敬，万事如意。啊，这倒像一本小说，先生——像一部传奇。我下车的地方到了，先生，那就只好再见了。你什么时候方便，跟我在一起待一两天，有你在，我会很高兴的。我喜欢你，先生；我已经对你产生了好感。我喜欢你就像喜欢哈里斯本人一样，先生。日安，先生，祝你一路顺风。"

他走了。有生以来我从来没有感到过这样的惊恐，这样的痛苦，这样的迷惑。我打心底里高兴他走了。尽管他温文尔雅，声音柔和，可是每当他把那双饿狼似的眼睛转向我时，我便感到毛骨悚然。我听到我已经赢得了他凶险的青睐，跟已故的哈里斯同样受到他的器重，这时，我的心脏简直停止了跳动！

我的困惑是不可名状的。对于他的话我深信不疑，对于他这样严肃认真的叙述我是毫无疑问的。可是，这叙述的可怕的细节给了我极大的威胁，搅得我心乱如麻。我看见列车员在瞅着我。我说："那个人是谁？"

"他曾经是个国会议员，而且还是个挺好的议员呢。不过他被困在雪堆中的列车里了，好像快要饿死了，他全身都冻僵了，因为没有吃的，又饿得筋疲力尽，过了两三个月他生了病，精神错乱了。现在他好了。只不过是偏执狂。他一提起那老话题，不把他谈到的那一车人吃光就闭不上嘴。要是让他讲到现在，他也许已经把那一车人全部结果，只是他每回非得在这里下车不可。他已经把这些人的姓名记得滚瓜烂熟。等他把大家都统统吃光，只剩下他一个人时，他总是说：'后来选举谁当早餐的时间到了，由于没有反对意见，我便提出辞职。所以我还在这儿。'"

知道自己听到的是一个疯子并无恶意、异想天开的故事，而不是一个嗜血成性的食人肉者的真正经历，我长舒了一口气，这种轻松感真是无法表达的。

我最近辞职的事实经过

我辞职不干了。政府的工作好像照常运行，但不管怎么说，它的车轮上少了我这根辐条。我原来是参议院贝类委员会的文书，现在已经放弃了这份差事。我看得出来，政府其他人员的表情也很清楚：他们就是不让我参与商议国家大事，所以，我没法子只当官差而不丢面子。我在政府任职6天，如果我把这6天当中遇到的所有气人的事情一件件、一桩桩，详详细细地说出来，我可以写上一本书。他们指定我当贝类委员会的文书，却不许我同抄写员打台球。不打球虽说冷清一些，倒还可以容忍，只要内阁其他成员给我合乎我身份的待遇。可是，他们没有一个待我客气过。我一发现某个部门的头头推行一条错误路线，我就放下手里的工作，跑去纠正他，我把这种事看成我的职责。可他们没有一回谢过我。我怀着世界上最良好的愿望去见海军部长，对他说：

"先生。我看法拉库特海军上将在欧洲啥也没干，闲闲散散，像是在郊游野餐。这个嘛，也许蛮不错，不过我不是这么看。他要是没有仗可打，还是让他回国吧。一个人带领整支舰队去旅游，没有什么好处。太浪费了。你注意，我不反对海军军官旅游——合情合理的旅游——厉行节约的旅游。现在，他们还不如沿密西西比河去放木排——"

你该听听他当时发多大的脾气！你还以为我犯了什么罪似的。可是我不在乎。我说我这个办法不花钱，既富于共和国的简朴精神，又万无一失。我说，你想安安静静地旅游，乘木排比乘什么都强。

这时候，海军部长问我是什么人，我说我在政府供职，他问我是管什么的。我心想同一个政府里工作的人居然提出这样的问题，真叫人莫明其妙，但我没有说出口来，只告诉他，我是参议院贝类委员会的文书。你猜他发多大的脾气！他命令我滚出他这个地方，以后只许管我分内的事情。我头一个冲动是想撤他的职。不过，这不光是他一个人的问题，还涉及其他人，而我又捞不到什么好处，所以才没有撤他。

接着我去找作战部部长。他压根儿不想见我，后来他知道我也在政府任职。我呢，如果没有什么要紧的事儿，我想我才不会去找他。我先问他借个火（他当时正抽着烟），接着我对他说，他维护假释李将军[1]及其战友们的条款，我没有什么意见，但是我不赞成他对付平原上印第安人的作战方式。我说他兵力过于分散。他应该吸住更多的印第安人——选一个有利的地形把他们集中在一起，双方都有足够的供应，然后来他个大屠杀。我说，对于印第安人来说，大屠杀最使他们心服。如果他不赞成大屠杀，我说第二个绝招是使用肥皂[2]和教育。肥皂和教育的效果不如大屠杀迅速，但是从长远考虑，更能致他们于死命。因为杀了一半，还剩一半，印第安人还能复原，可是如果你给他们上学，叫他们洗澡，结果他们迟早要完蛋。这个办法慢慢毁损他的体格，击中他生命基础的要害。我说："先生，是时候了，必须残酷镇压。对破坏平原的印第安人，用肥皂和拼音本加以严惩，让他们去死吧！"

作战部部长问我是不是内阁成员，我说我是内阁成员。他又问担任什么职务，我说我是参议院贝类委员会的文书。于是他下令以藐视法庭罪将我逮捕，限制了我一天的自由。

打那以后，我真想不再吭声，随政府去，它爱怎么着就怎么着。可是使命在身，我不得不听从它的召唤。我访问了财政部长。他问我：

"您要点儿什么？"

这个问题我倒是没有防备。我说："甜酒。"

他说："你有什么事情到这里来，先生，你就说，越简短越好。"

我说，他话题转得这么突然，我感到遗憾，这种做法令我反感。不过，在目前情况下，我不计较这件事，谈正事要紧。我接着恳切地告诫他，他作的报告长得出奇。我说作这么长的报告是浪费时间，没有必要，而且结构别扭。其中没有描写，没有诗，没有感情——没有主人公，没有情节，没有插图——连一幅木刻都没有。没有人会读这种报告，这是明摆着的事。我奉劝他不要因为写这样的报告而坏了自己的名声。如果他想在文学方面搞出点名堂来，他写的时候一定得多搞点花样。枯燥的细节绝对不能往上写。我说日历片之所以受大众欢迎，就是因为它上面有诗句，有谜语，他的财政报告要是处处插进一点谜

[1] 李将军（1807—1870），南北战争时期南方军队的统帅。
[2] Soap，双关语，另有收买的意思。

语，销路一定更好，比他写进报告里去的国内税收项目来劲得多。我谈这些问题的时候态度十分诚恳，可是财政部长大发雷霆。他居然说我是一头蠢驴。他存心报复，咒骂了我一通，还说如果我再敢来干涉他的工作，他就把我从窗户里扔出去。我说，既然我得不到与我官差身份相称的待遇，我就取帽告辞。我这就走了。这号人活像新冒出来的作家。他们的处女作快发表了，就自以为比谁都强。你甭想对他们提什么建议。

我在政府任职期间，好像我凡是履行职责的时候，总是碰一鼻子灰。然而我做的事，我打算做的事，用意都是为我们国家好。我受了冤屈，痛苦万分，没准会逼得我得出不公正的、有害的结论，但是在我看来，国务卿、作战部部长、财政部长和我其他同僚准是一开始就想把我撵出政府。我在政府供职那会儿只参加过一次内阁会议。那一次就够我受的了。白宫看门的那位公仆好像不情愿为我放行，后来我问他内阁其他成员都到了没有。他说都到了，我这才走了进去。他们都在场，但是没有一个人请我坐下。他们两只眼瞪着我，好像我是外人似的。总统说：

"先生，您是什么人？"

我把我的名片递给他，他念道："参议院贝类委员会文书马克·吐温。"接着他把我从头看到脚，好像从来没有听说过我这个人。财政部长说：

"就是这头捣乱的蠢驴跑来对我说，要我在报告里写诗句、出谜语，把财政报告当成日历片。"

作战部部长说："就是这个人做白日梦，他昨天跑来给我出主意，叫我用教育的办法把一部分印第安人教死，其余的印第安人统统杀光。"

海军部长说："我认识这个年轻人，就是他这个星期再三干扰我的工作。他担心法拉库特上将率领整支舰队是在旅游，用他的话说，是在旅游。他发神经病，建议海军乘木排旅游，荒唐透顶，我没法重复他说过的话。"

我说："先生们，我看你们都想对我做的每一件公务抹黑，而且我看得出你们都不想让我参与商议国家大事。今天这个会，我什么通知都没有接到。靠一个偶然的机会，我才知道要开内阁会议。可这些事我就不说了。我想知道的是一点：这是不是开内阁会议？"

总统说是内阁会议。

"那好，"我说，"咱们马上讨论正事，时间宝贵，不能浪费，不要互相揭老底，这不像样子。"

这时候，国务卿开腔了，他用最亲切的口气对我说："年轻人，你想错了。国会各个委员会的文书不是内阁成员。就好比国会议会厅看门的不是内阁成员一样，你听来好像觉得奇怪。因此，我们虽然在审议国事中很希望能听到你超群的见解，但是根据法律规定，我们不能这样做。审议国内大事，你不能参加；万一有不测的事发生，这是常有的事，你会感到难受，但你用自己的言行竭力制止过，这对你来说也是一个安慰。我祝福你，再会了。"

他这些话说得温和妥帖，我不安的内心得到了安慰，我就离开了会场。但是，国家的公仆不知安宁为何物。我刚回到国会大厦我那间小办公室，拿出议员的派头刚把两只脚跷到桌子上，贝类委员会的一位议员气冲冲地闯了进来，对我说：

"你这一整天到哪里去了？"

我说，如果此事与他有关，那么我是去参加内阁会议了。

"内阁会议？我倒想知道，你去参加内阁会议干什么？"

我说我是去出主意的——为论证的需要，我还说此事从各方面讲都同他有关。他当时极为无礼，最后说什么他找了我3天，要我抄写一份有关炸弹壳、鸡蛋壳、蚌壳还有什么乱七八糟贝壳的文件，可谁也找不到我。

这太过分了。他这根羽毛一加上去，我这个抄写员的骆驼背压折了。我说，"先生，你以为我是为6个美元一天在干活吗？你要真是这么以为，那么我建议参议院贝类委员会另请高明。我不是什么党派组织的奴隶！你那些降低我身份的差使，给我收回去吧。不自由，毋宁死！"

从那一刻起，我就不再担任政府工作了。我在那个部门坐冷板凳，受内阁的奚落，最后我想讨好的那个委员会主席训了我一顿，我蒙受迫害，被迫远离我那既冒风险、又吸引人的伟大的工作，在危急的时刻抛弃了我那正在流血的祖国。

但是，我为国家尽过力，我呈上报销单：

参议院贝类委员会文书博士

向美利坚合众国报销：

作战部咨询	50美元
海军部咨询	50美元
财政部咨询	50美元

内阁咨询	免费
往返耶路撒冷旅费[1]，途经埃及、阿尔及尔、直布罗陀与卡迪斯[2]，行程 14000 英里，每英里 20 美分	
计共	2800 美元
参议院贝类委员会文书薪金，每天 6 美元，共 6 天	36 美元
总计	2986 美元

除了文书薪金 36 美元这个小数目之外，报销单上各项竟没有一项照付。财政部长逼得我山穷水尽，拿起笔来把我其他各项支出统统划掉，只在边上批了"不准"两字。居然赖账！这国家完蛋了。

我的官场生涯眼看是完了。让那些愿意上钩的文书留下去干吧。据我了解，各部门许多文书根本不知道什么时候开内阁会议；他们对于战争、财政、商业有什么高见，国家领袖从来不去询问，好像他们不是政府里的人，而实际上他们天天在办公室干活！他们知道他们的工作对国家来说多么重要，他们一举一动不自觉地流露出来，你瞧他们在饭店里点菜时候那副神气——但他们是在工作呀。我认识一位文书，他得把从报纸上剪下来的各式各样小纸片贴到剪贴簿里去——有时候一天要贴八张、十张之多。他贴得不怎么样，可是他拿出了最大的本事去贴。这活儿是最累人的。它掏空你的才智。可是他只挣 1800 美元一年。那位年轻人有这么好的头脑，要是愿意干别的行当，他可以攒起好几千好几千美元。可是，他不——他的心向着祖国，只要祖国还剩下一本剪贴簿，他就甘心为祖国去贴。我认识几位文书，他们不知道怎么写，可是他们有多少知识就把多少知识尊敬地奉献在祖国的脚下，累死累活，受苦受难，就为这2500 美元的年薪。他们写的东西，有时候别的文书不得不重写，可是你已经为国家尽了力，国家还能埋怨你吗？有些文书，找不到文书的活儿，就等啊，等啊，等什么时候有个空缺——耐心地等待一个为祖国效劳的机会——而在他们等的时候，只给他们 2000 美元一年。这可真惨——太惨了，太惨了。如果

---

[1]（准州，指待成立、尚未正式批准的州。——译者）代表的旅费都按往返旅程报销，尽管他们一去不复返。我为什么不能这么报，百思不得其解。——原注
[2] 西班牙西南部一海港。

国会议员一位朋友很有才能又没有工作，无法施展他伟大的抱负，那位议员就会把他交给祖国，安排他在一个部门当文书。那个人就得当一辈子奴隶，为了从不替他考虑、从不同情他的国家的利益而同文件去开仗——就不过为了两三千美元一年的薪俸。我要是把几个部门所有文书的情况统统列举出来，说明他们干的是什么活儿，拿的又是多少钱，那么，你会发现文书还差一半，就他们干的活儿说，工资也还差一半呢。

马克·吐温短篇小说选

田纳西的新闻界

孟菲斯《雪崩报》的总编辑对一位把他称为过激派的记者给予这样温和的抨击："当他还在写头一句话的时候，写到中间，加着标点符号，他就知道他是在捏造一个充满着无耻的作风、冒出造谣的臭气的句子。"

——《交易报》

医生告诉我说，南方的气候可以增进我的健康，因此我就到田纳西去，担任了《朝华与约翰生县呼声报》的编辑职务。我去上班的时候，发现主笔先生斜靠着椅背坐在一把三条腿的椅子上，一双脚放在一张松木桌子上。房间里另外还有一张松木桌子和一把残废的椅子，两者都几乎铺满了报纸和剪报，还有一份一份的原稿。有一只盛着沙子的木箱，里面丢了许多雪茄烟头和"香烟屁股"，还有一只火炉，火炉上有一扇上下开关的奉下来的门。主笔先生穿着一件后面很长的黑布上装和白麻布裤子。他的靴子很小，用黑靴油擦得很亮。他穿着一件有皱褶的衬衫，戴着一只很大的图章戒指，一条旧式的硬领，一条两端下垂的方格子围巾。服装的年代大约是 1848 年。他正在吸着一支雪茄烟，用心推敲着一个字，他的头发已经被他抓得乱蓬蓬的了。他皱眉瞪眼，样子很可怕，我估计他是在拼凑一篇特别伤脑筋的社论。他叫我把那些交换的报纸大约看一下，写一篇"田纳西各报要闻摘录"，把那些报纸里面所有的有趣的材料通通简缩在这篇文章里。

于是我写了下面这么一篇：

田纳西各报要闻摘录

《地震》半周刊的编者们关于巴里哈克铁道的报道显然是弄错了。

公司的方针并不是要把巴札维尔丢在一边。不但如此，他们还认为这个地方是沿线最重要的地点之一，因此决不会有轻视它的意思。"地震"的编辑先生们当然是会乐于予以更正的。

希金斯维尔《响雷与自由呼声》的高明主笔约翰·布洛松先生昨天光临本城。他住在范·布伦旅舍。

我们发现泥泉《晨声报》的同业认为范·维特的当选还不是确定的事实，这是一种错误的看法，但在他没有看到我们的纠正之前，一定会发现他的错误。他当然是受了不完全的选票揭晓数字的影响而作了这个不正确的推断。

有一个可喜的消息：布雷特维尔城正在设法与纽约的几位工程师订约，用尼古尔逊铺道材料翻修那些几乎无法通行的街道。《每日呼声》极力鼓吹此事，并对最后成功似有把握。

我把我的稿子交给主笔先生，随他采用、修改或是撕毁。他看了一眼，脸上就显出不高兴的神气。他再往下一页一页地看，脸色简直变得可怕。显而易见，一定是出了毛病。他随即就一下子跳起来，说道：

"哎呀哈！你以为我提起那些畜生，会用这种口气吗？你以为订户们会看得下这种糟糕的文章吗？把笔给我吧！"

我从来没有见过一支笔像这样恶毒地连划带勾一直往下乱涂，像这样无情地把别人的动词和形容词乱划乱改。他正在进行这项工作的时候，有人从敞开的窗户外面向他放了一枪，把我的一只耳朵打得和另一只不对称了。

"呵，"他说，"那就是斯密士那个浑蛋，他是《精神火山报》的——昨天就该来哩。"于是他从腰带里抽出左轮来放了一枪。斯密士被打中了大腿，倒在地下。他正要放第二枪，可是因为他被主笔先生打中了，自己那一枪就落了空，只打中一个局外人。那就是我。还好，只打掉一只手指。

于是主笔先生又继续进行他的涂改和增删。正当他刚刚改完的时候，有人从火炉的烟筒里丢了一个手榴弹进来，一声爆炸，把火炉炸得粉碎。幸好只有一块乱飞的碎片敲掉我一对牙齿，此外并无其他损害。

"那个火炉完全毁了。"主笔说。

我说我也相信是这样。

"唉，没关系——这种天气用不着它了。我知道这是谁干的事情。我会找

马克·吐温短篇小说选

到他的。你看，这篇东西应该是这么写才对。"

我把稿子接过来。这篇文章已经删改得体无完肤，假如它有个母亲的话，她也会不认识它了。现在它已经成了下面这样：

田纳西各报要闻摘录

《地震》半周刊那些撒谎专家显然又在打算对巴里哈克铁道的消息造一次谣，这条铁道是 19 世纪最辉煌的计划，而他们却要散布卑鄙无聊的谎言来欺骗高尚和宽大的读者们。巴札维尔将被丢在一边的说法，根本就是他们自己那些可恶的脑子里产生出来的——或者还不如说是他们认为是脑子的那种肮脏地方产生出来的。他们实在应该挨一顿皮鞭子才行，如果他们要避免人家打痛他们的贱皮贱肉的话，最好是把这个谎言收回。

希金斯维尔《响雷与自由呼声》的叫布洛松的那个笨蛋又到这里来了，他厚着脸皮赖在范·布伦旅舍住着。

我们发现泥泉《晨声报》那个昏头昏脑的恶棍又照他的撒谎的惯癖放出了谣言，说范·维特没有当选。新闻事业的天赋的使命是传播真实消息，铲除错误；教育、改进和提高公众道德和风俗习惯的趋尚，并使所有的人更文雅、更高尚、更慈善，在各方面都更好、更纯洁、更快乐；而这个黑心肠的流氓却一味降低他的伟大任务的身价，专门散布欺诈、毁谤、谩骂和下流的话。

布雷特维尔城要用尼古尔逊铺道材料修马路——它更需要一所监狱和一所贫民救济院。一个鸡毛蒜皮的市镇，只有两个小酒店、一个铁匠铺和那狗皮膏药式的报纸《每日呼声》，居然想修起马路来，岂非异想天开！《每日呼声》的编者卜克纳这下贱的小人正在乱吼一阵，以他那惯用的低能的话极力鼓吹这桩事情，还自以为他是说得很有道理的。

"你看，要这样写才行——既富于刺激性，又中肯。软弱无力的文章叫我看了心里怪不舒服。"

大约在这个时候，有人从窗户外面抛了一块砖头进来，噼里啪啦打得很响，使我背上震动得不轻。于是我移到火线以外——我开始感觉到自己对人家有了妨碍。

主笔说："那大概是上校吧。我等了他两天了。他马上就会上来的。"

他猜得不错。上校一会儿就到了门口，手里拿着一支左轮枪。

他说："老兄，您可以让我和编这份肮脏报纸的胆小鬼打个交道吗？"

"可以。请坐吧，老兄。当心那把椅子，它缺了一条腿。我想您可以让我和这无赖的撒谎专家布雷特斯开特·德康赛打个交道吧？"

"可以，老兄。我有一笔小小的账要和您算一算。您要是有空的话，我们就开始吧。"

"我在写一篇文章，谈谈'美国道德和智慧发展中令人鼓舞的进步'这个问题，正想赶完，可是这倒不要紧。开始吧。"

两支手枪同时砰砰地打响了。主笔被打掉了一撮头发，上校的子弹在我的大腿上多肉的部分终结了它的旅程。上校的左肩稍微削掉了一点。他们又开枪了。这次他们两人都没有射中目标，可是我却遭了殃，胳臂上中了一枪。放第三枪的时候，两位先生都受了一点轻伤，我被削掉一块颧骨。于是我说，我认为我还是出去散散步为好，因为这是他们私人的事情，我再参与在里面不免有点伤脑筋。但是那两位先生都请求我继续坐在那里，并且极力说我对他们并无妨碍。

然后他们一面再装上子弹，一面谈选举和收成的问题，同时我就着手包扎伤口。可是他们马上又开枪了，打得很起劲，每一枪都没有落空——不过我应该说明的是，6枪之中有5枪都光顾了我。另外那一枪打中了上校的要害，他很幽默地说，现在他应该告辞了，因为他还有事情要进城去，于是他就探听了殡仪馆的所在，随即就走了。

主笔转过身来向我说："我约了人来吃饭，得准备一下。请你帮帮忙，给我看看校样，招待招待客人吧。"

我一听说叫我招待客人，不免稍觉畏怯，可是刚才那一阵枪声还在我耳朵里响，我简直吓得魂不附体，因此也就想不出什么话来回答。

他继续说："琼斯4点钟会到这儿来——赏他一顿鞭子吧。吉尔斯配也许还要来得早一点——把他从窗户里摔出去。福格森大约4点钟会来——打死他吧。我想今天就只这些事了。要是你还有时间的话，你可以写一篇挖苦警察的文章——把那督察长臭骂一顿。牛皮鞭子在桌子底下，武器在抽屉里，子弹在那个犄角里，棉花和绷带在那上面的文件架里。要是出了事，你就到楼下去找外科医生蓝赛吧。他在我们报上登广告——我们给他抵账就是了。"

他走了，我浑身发抖。后来那3个钟头完了的时候，我已经经历了几场惊心动魄的危险，以致安宁的心境和愉快的情绪通通无影无踪了。吉尔斯配是光顾过的，他反而把我摔到窗户外面了。琼斯又即时来到，我正预备赏他一顿皮鞭子的时候，他倒给代劳了。还有一位不在清单之列的陌生人和我干了一场，结果我让他剥掉了头皮。另外还有一位名叫汤普生的客人把我一身的衣服撕得一塌糊涂，全成了碎布片儿。后来我被逼到一个角落里，被一大群暴怒的编辑、赌鬼、政客和横行无忌的恶棍们围困着，他们都大声叫嚣和谩骂，在我头上挥舞着武器，弄得空中晃着钢铁的闪光，我就在这种情况中写着辞去报馆职务的信，正在这时候，主笔回来了，和他同来的还有乱七八糟的一群兴高采烈的、热心帮忙的朋友。于是又发生了一场斗殴和残杀，那种骚乱的情况，简直非笔墨所能形容。人们被枪击、刀刺、砍断肢体、炸得血肉横飞、摔到窗户外面去。一阵短促的风暴般的阴沉的咒骂，夹杂着混乱和狂热的临阵舞蹈，朦胧地发出闪光，随后就鸦雀无声。5分钟之内就平静了下来，只剩下血淋淋的主笔和我坐在那里，察看着四周的地板上到处铺满了的这一场厮杀得一塌糊涂的战迹。

他说："你慢慢习惯了，就会喜欢这个地方。"

我说："我可不得不请您原谅；我想我也许再过些时候，写出稿子来就能合您的意；我只要经过一番练习，学会了这儿的笔调，我相信我是能胜任的。可是说老实话，那种措词的劲头实在有些欠妥，写起文章来难免引起风波、被人打搅。这您自己也明白。文章写得有力量，当然是能够鼓舞大家的精神，这是不成问题的，可是我究竟不愿意像您这个报纸这样，引起人家这么注意。像今天这样，老是有人打搅，我就不能安心写文章。这个职务我是十分喜欢的，可是我不愿意留在这儿招待您那些客人。我所得的经验是新奇的，确实不错，而且还可以算是别有一番风味，可是今天的事情还是有点不大公道。有一位先生从窗户外面向您开枪，结果倒把我打伤了；一颗炸弹从火炉烟筒里丢进来，本来是给您送礼的，结果却被炉子的门顺着我的喉咙管溜下去了；一个朋友进来和您彼此问候，结果把我打了个满身枪眼，弄得我的皮包不住身子；您出去吃饭，琼斯就来拿皮鞭子揍了我一顿，吉尔斯配把我摔到窗户外面去，汤普生把我的衣服全都撕掉了，还有一个完全陌生的人把我的头皮剥掉了，他简直干得自由自在，就像个老朋友似的；还不到5分钟的工夫，这一带地方所有的坏蛋都涂着鬼脸来了，他们都要拿战斧把我吓得五魂出窍。整个儿说，像今天所经过的这么一场热闹，我可是一辈子没有遇到过。不行，我喜欢您，我也喜欢您对客人解释问题那种不动声色的作风，可是您要知道，我简直不习惯这些。南方人的心太容易被感情冲动，南方人款待客人太豪爽了。今天我写的那几段话，写得毫无生气，经您大笔一挥，把田纳西新闻笔调的强烈劲势灌注到里面，又不免惹出一窠马蜂来。那一群乱七八糟的编辑们又要到这儿来——他们还会饿着肚子来，要杀一个人当早餐吃哩。我不得不向您告辞了。叫我来参加这场热闹，我只好敬谢不敏。我到南方来，为的是休养身体，现在我要回去，还是为了同一目的，而且是说走就走。田纳西新闻界的作风太使我兴奋了。"

　　我说完这些话之后，我们彼此便歉然地分手了，我就搬到医院去，在病房里住了下来。

好孩子的故事

　　从前有个好孩子，名叫雅各布·布利文斯。他对父母总是唯命是听，不管他们的话多么荒唐，多么不合情理；他总是好好读书，上主日学校从不迟到。他从不逃学，虽说他明明知道那是最有好处的事情。别的孩子谁也摸不清他的脾气，对他的行为感到费解。雅各布向来不撒谎，不管有多么容易。他只是对别人说，撒谎不对，就是这个理由。雅各布老实过分，叫人看了忍俊不禁。他的那股怪劲也真够厉害，简直无以复加。即便在礼拜天，他也不玩打弹子游戏，他不摸鸟巢，不拿辣味糖给街头艺人的猴子吃。总之，他仿佛对一切正当的娱乐活动都不感兴趣。因此，别的孩子总想搞清个中的缘由，对他能有所了解。可是他们始终得不出满意的结论。我刚才说了他们只是形成一个模糊概念，觉得他"有毛病"，因此，他们便负起对他保护之责，决不让他受到任何伤害。

　　雅各布读过主日学校的全部课本，这些书给了他莫大的乐趣，这便是他的全部秘密。他深信主日学校课本里讲的那些好孩子的故事，他绝对相信。他巴望着有朝一日能够遇上书中讲的好孩子，可是他从来没有见过这样的活人。大概，他们在他出生之前都已死掉了吧。每当他读到事迹突出的某个好孩子的时候，便赶快翻到文章的结尾，看看这孩子最后究竟如何，他想跑到数千里之外，当面看个仔细。但结果总是镜花水月，那好孩子在最后一章老是死掉，中间还有一幅葬礼的插图，他的亲属和主日学校的同学围在他的墓旁，他们都身着太短的裤子，头戴过大的帽子，手拿一码半长的大手绢捂着面孔哭。雅各布的盼头便这样化为泡影。那样的好孩子他是永远见不到的，因为他们总是在最后一章里死去。

　　雅各布怀有崇高的抱负，渴望自己被写进主日学校的课本里去。他希望，课本在介绍他的事迹时，能够附些插图，描绘他不肯对妈妈说谎和妈妈为此高兴得老泪横流的情景；还描写他站在门前的台阶上正在把一个便士舍给一位身边有 6 个孩子的叫花婆，叫她随意花用，但不要浪费，因为浪费是一种罪恶；另外一些插图描写他气量宽宏，不肯告发一个坏孩子，那个坏孩子在放学之后，总是躲在拐角处等他，用板条抽打他的脑袋，然后赶他回家，雅各布在前面走，那坏孩子跟在后面，"嗨！嗨！"地喊叫。这就是小雅各布·布利文斯的抱负。他虽然希望自己被写进主日学校的课本，但是想到好孩子的结局老是死去，心里不是个滋味。要知道，他是喜欢活着的。要做一个主日学校课本中的好孩子，这是最不愉快之事。他知道做一个好孩子是有损于健康的。他也知道，像书中好孩子那样超凡脱俗，好得出奇，那比害肺病还要可怕；他还知道，书中的好孩子们没有一个活得长；即便人家把他写进书里，他也永远看不到，退一步讲，即便该书在他死前问世，也不会畅销，因为书后缺少葬礼的插图。他想到这一点，便有些苦恼。再说，如果缺少他对大伙的临终进言，这本主日学校的课本就不怎么样了。尽管如此，雅各布最后还是下定了决心，根据情况尽力而为——也就是说，平安活着，能挨多久就多久，在末日到来之前，先把临终遗言备好。

然而，不知怎的，这个好孩子老是倒霉，他碰到的事情与书中好孩子所碰到的总是两样。书中的好孩子们总是玩得尽兴，而书中的坏孩子们老是摔断双腿；他呢，好像螺丝松了，做啥事情都适得其反。他发现吉姆·布莱克在偷别人树上的苹果，便赶忙跑到树底下给他读起坏孩子偷邻居树上的苹果，掉下来摔断胳膊的故事。说来也奇，吉姆真的掉下来了，不过正好掉在他的身上，吉姆安然无恙，他的胳膊倒被砸断了。雅各布真不明白，因为书中没有这种事呀！

有一次，几个坏孩子把一个瞎子推进泥坑，雅各布赶紧跑过去把他扶起来。雅各布以为，那个瞎子定会为他祝福。可是那个瞎子不仅没有为他祝福，反而用拐杖打他的脑袋，还说雅各布是想把他抓来重新推倒，然后再装模作样扶他起来。这件事也与书中说的全然不符。雅各布翻遍了全部课本，想弄清其中的道理。

雅各布还想做的一件好事是，找一条挨饿受欺、无家可归的瘸腿狗，带回家里，好好照料它，让它永远感激他。后来他果然找到了这样的一条狗，真是满心喜欢。他把这条狗带回家里，喂养起来，但是，当他抚弄它的时候，那狗猛地扑到他身上，把他的衣服撕得稀烂，裤子也仅剩下前裆的几片。他的那副狼狈相，叫人看了大吃一惊。雅各布遍查权威性典籍，也没找出原因何在。那条狗与书中说的狗属于同种，但它的举动却大相径庭。这孩子干什么都会招来麻烦。同样的事，书中孩子们做了得益匪浅，他做了却总是倒霉。

马克·吐温短篇小说选

一次，在去主日学校的路上，他看见一些坏孩子扬帆离岸，在船上玩耍，吓得要死，因为他从书中得知，凡在星期天出去划船的孩子没有一个不被水淹死。他赶紧乘上木筏追去告诫。可是他一脚踩滑了一截圆木，失足落水。有一个人很快把他救上岸来，医生抽出他腹中的积水，又用吹风器恢复了他的呼吸，不料，他竟因此患了感冒，卧床不起，时间长达9个星期。令人不可思议的是，船上的那几个坏孩子痛快淋漓地玩了一整天，活蹦乱跳地回到家里。雅各布·布利文斯说，书里哪有这种事啊。他全糊涂了。

雅各布病愈之后，不免有些丧气。不过，他还是决心继续试下去。他知道，截至目前，他的经历还不足以被写进书里，他还没有达到好孩子年岁极限，只要坚持下去，直到生命终止，最终还是能够名存书卷的。即使别的全部落空，临终遗言还是靠得住的。

于是雅各布又去查阅权威性的典籍，发现现在正是他投身海洋、去船上当差的时候了。他拜访了一位船长，并向他提出申请。当船长跟他要推荐信时，他自豪地掏出一本宗教小册子，用手指了指上面的一行字："给雅各布·布利文斯。爱他的老师赠。"然而，这位船长是个粗俗的人，不懂斯文，他说，"啊，去他妈的，这管什么用！这丝毫不能证明你会刷盘子、倒垃圾桶，我看他不是想雇你。"这是雅各布有生以来所碰到的最难理解的事情。他读过的那些书历来都是这样说的：老师写在宗教小册子上的赞语无不打动船长的心灵，启开名利双收之门。他当时还疑心，是否听错了船长的意思。

雅各布苦头吃了不少，而权威性典籍所描绘的那种事情却一次也没碰上。后来，有一天他到处寻找坏孩子，以便进行劝诫。他发现一座老铸铁厂那里聚着一群孩子。他们正在拿狗开心，他们把十四五条狗拴成一串，还准备把硝化甘油的空桶拴到它们的尾巴上，给它们打扮一番。雅各布看了心里非常难过。他坐到一只硝化甘油的空桶上（义不容辞时，他是从不在乎油污的），用力抓住领头的那条狗的颈圈，然后转过脸去，以斥责的目光怒视着那个淘气的汤姆·琼斯。但是，恰在这时，市参议员麦威尔特满脸怒气走了过来。那几个坏孩子一哄而散，全都跑掉了。雅各布·布利文斯却神态坦然地站了起来，套用主日学校课本中演讲词的庄严词语开始讲话了。演讲词的开头总是"啊，先生！"之类的。事实上，任何一个孩子，不论是好的还是坏的，讲话从不用"啊，先生！"开头。可是，那位市议员哪有耐性听他的下文，揪住他的耳朵原地扭转过来，照着他的屁股狠狠揍了一巴掌。顷刻间，雅各布的身子就冲出房顶，飞向太阳。那拴成一串的 15 条狗像条风筝尾巴似的也跟在他的后面飞了出去。地上那个旧铸铁厂和市参议员的身影也顿时消失殆尽。小雅各布·布利文斯历尽艰辛，苦心准备的临终遗言再也没有发表的机会了，除非他把遗言讲给鸟儿听。他的躯干虽说落在邻县的一棵树顶上，但其余的部分却是均匀地散落到四个城镇，所以人们必得连走五处去验查尸体，看他是否真死了，还要查明事件的原委。您大概从未见过一个孩子如此分尸的惨象吧。[1]

　　这个力求进取的好孩子就这样死了，但是，他的结局并不像课本中讲的那样好。除他之外，别的跟他一样努力的孩子都得到了成功。雅各布的下场确乎有些出人意料。这其中的原因恐怕永远也弄不清了。

---

[1] 甘油惨案借引某流动报纸上一则新闻，作者是谁，我要是知道早就写上了。——马克·吐温

马克·吐温短篇小说选

我怎样编辑农业报

我把一个农业报的临时编辑工作担任了下来，正如一个惯居陆地的人驾驶一只船那样，并不是毫无顾虑的。但是我当时处境很窘，使得薪金成了我追求的目标。这个报纸的常任编辑要出外休假，我就接受了他所提出的条件，代理了他的职务。

又有工作了，心里觉得非常舒服，我以孜孜不倦的兴致，整整干了一个星期。后来稿件付印，我怀着迫切的心情等待了一天，急于想看看我写的文章是否能引起什么注意。将近傍晚，我离开编辑室的时候，楼梯底下有一群大人和孩子以一致的动作向旁边闪避，给我让出路来，我听见他们之中有一两个人说："这就是他！"这桩事情自然使我很高兴。第二天早上，我又发现类似的一群人在楼梯底下，另外还有些人，东一对西一个，到处在街上站着，在街道对面站着，很感兴趣地注视着我。我走近的时候，那一群人就分开向后退，我还听见一个人说："你瞧他那双眼睛！"我假装没有看出我所引起的注意，可是内心却很得意，还准备写信给我的姑母叙述这种情况。我爬上那一道短短的楼梯，在走近门口时，听见一阵兴高采烈的声音和响亮的哈哈大笑。我把门打开，一眼瞟见两个乡下派头的青年人。他们看见我的时候，脸上都发白，显出害怕的样子，接着他们两人"砰"的一下子由窗户里冲了出去。我觉得有些诧异。

大约过了半个钟头，有一位飘着长胡子的老先生走进来，他的面容很文雅，可是颇为严肃。我请他坐，他就坐下了。他似乎是心中有点什么事情。他把帽子取下来，放在地板上，然后从帽子里面取出一条红绸子手巾和一份我们的报纸。

他把报纸放在膝头上，一面用手巾擦着眼镜，一面说道："你就是新来的编辑吗？"

我说是的。

"你从前编过农业报吗？"

"没有，"我说，"这是我初次的尝试。"

"大概是这么回事。你对农业有过什么实际经验吗？"

"没有，可以说是没有。"

"我有一种直觉使我看出了这一点，"这位老先生把眼镜戴上，以严峻的神情从眼镜上面望着我说，同时他把那份报纸折成一个便于拿的样子。"我想把使我发生那种直觉的一段念给你听听。就是这篇社论。你听着，看这是不是你写的——"

萝卜不要用手摘，以免损害。最好是叫一个小孩子爬上去，把树摇一摇。

"喏，你觉得怎么样？——我看这当真是你写的吧？"

"觉得怎么样？嘻，我觉得这很好呀。我觉得这很有道理。我相信单只在这个城市附近，每年就要因为在半熟的时候去摘萝卜而糟蹋了无数万担；假如大家叫小孩子爬上去摇萝卜树的话——"

"摇你的祖奶奶！萝卜不是长在树上的呀！"

"啊，不是那么长的，对不对？哎，谁说萝卜长在树上呢？我那句话是个比喻的说法，完全是比喻的说法。稍有常识的人都会明白我的意思是叫小孩子上去摇萝卜的藤呀。"

于是这位老人站起来，把他那份报纸撕得粉碎，还拿脚踩了一阵；他用手杖打破了几件东西，说我还不如一条牛知道得多；然后他就走出去，"砰"的一声把门带上了。总而言之，他的举动使我觉得他大概有所不满。可是我不知道究竟出了什么岔子，所以我对他也就无能为力了。

随后不久，又有一个个子很高的死尸似的家伙，头上有几绺细长的头发垂到肩膀上，他那满是坑坑洼洼的脸上长着密密麻麻的短胡子，大概有一个星期没有刮过，他一下子冲进门里，站着不动，手指按在嘴唇上，头和身子都弯下去，做出静听的姿势，并没有听见什么声音。可是他还在听，仍旧没有声音。然后他就把门锁上，小心翼翼地踮着脚尖向我走过来，走到他勉强可以和我交谈的地方就站住，以浓厚的兴趣把我的面孔仔细察看了一会儿之后，从怀中掏出折了起来的一份我们的报纸，说道——

"啊，是你写的吧。请你念给我听——快点！帮我解脱痛苦吧。我难受得很。"

我念出了下面的文章。当那些词句从我嘴里吐出来的时候，我看得出果然产生了解救的作用，看得出他那紧张的肌肉松弛下来，脸上的焦躁神情也消失了，安静和舒适的表情悄悄地掠过他的眉宇，就像慈祥的月光照在凄凉的景物上面一般：

瓜努[1]是一种很好的鸟，可是饲养必须多加小心。由产地输入的时期不宜在6月以前或9月以后。冬天应该把它养在温暖的地方，好让它把小鸟孵出来。

我们今年谷物的收成显然会是很晚的。所以农人最好是在7月里开始把麦秸插上，同时将荞麦饼种下，而不宜迟到8月间才种。

再谈谈南瓜吧。这种浆果是新英格兰内地人最喜欢吃的，他们觉得拿它制果子饼比醋栗子强，同时也认为拿它喂牛比覆盆子好，因为它比较容易饱肚子，而且牛也爱吃。除了葫芦和一两种瓠瓜的变种而外，南瓜是柑橘科中唯一能在北方繁殖的蔬菜。但是把它和灌木一同种在前院里的那种老办法现在越来越不时兴了，因为一般人都认为靠南瓜树遮阴是一桩未见成效的事情。

现在暖和的天气快到了，公鹅已开始产卵……

这位兴奋的倾听者连忙向我跑过来，和我握手，他说：

"好了，好了——这就够了。现在我知道我并没有毛病，因为你念的正和我念的一样，一字一句都相符。可是，先生，今天早上我第一次读这篇文章的时候，我自己心里就想：虽然我那些朋友把我监视得很严，我可从来不相信自己疯了！可是这下子我相信我确实是疯了；于是我大吼一声，那声音几英里以外都可以听得见，接着我还想冲出去杀人——因为，你明白吧，我知道迟早会到这个地步，还不如趁早开始。我把你那篇文章当中的一段又念了一遍，为的是证明自己确实是疯了，然后我把自己的房子放火烧了，动手干起来。我已经把几个人打成了残废，另外还把一个家伙弄到树上，这样等我要杀他的时候，

---

[1] 原文为guano，意思是"海鸟粪"，根本不是鸟名，这里是译音。

还可以把他弄下来。可是我走过这儿的时候，觉得还是到里面来请教一下，把事情彻底弄清楚为好；现在确实是弄清楚了，我说刚才弄上树的那个小伙子真是运气好哩。要不然我回去的时候准会把他杀死。再见吧，先生，再见。你给我心里卸去了一副重担。我的理智居然抵住了你的一篇农业文章对我的影响，现在我知道无论什么事情都不能再使我的心理反常了。再见，先生。"

这个人为了给他自己开心而把人家打成了残废，还放火烧了房子，颇使我有点于心不安，因为我不免感到自己间接地与这些举动有些关系。可是这种念头很快就被撵走，因为正式的编辑进来了！（我心里想道，你假如听从我的意见，到埃及去了的话，那我还可以有机会大干一番；可是你偏不到那儿去，现在就回来了。我本来就担心着你会这样哩。）

编辑先生显得很懊恼、惶惑和沮丧。

他把那个老暴徒和那两个年轻的农民所捣毁的东西巡视了一番，然后说道："这真是一桩很倒霉的事情——非常倒霉的事情。胶水瓶子打破了，还有六块玻璃，还有一只痰盂和两只蜡烛台。可是最糟糕的还不是这个。报纸的名誉受到了损失——恐怕是永久的损失哩。当然，这个报纸从来没有像这样受过欢迎，也从来没有卖过这么多份数，从来没有出过这么大的风头。可是我们难道希望靠疯狂行为出名，希望靠神经病发展业务吗？朋友，我给你说老实话，外面街上站满了人，还有许多人骑在栅栏上，大家都在等着要瞧你一眼，因为他们都认为你是个疯子。他们看了你写的那些文章之后，当然也就不免有那种想法。你那些大作真是新闻界的耻辱。嘻，你怎么居然会异想天开，认为自己可以编这种报纸呢？你似乎连农业上的一点最起码的常识都没有嘛。你提到犁沟和犁耙，就把它们当成同一种东西；你还说什么牛换羽毛的季节；还主张饲养臭鼬[1]，因为它好玩，又最善于捉耗子！你说什么给蛤蜊奏乐就可以使它规规矩矩待着不动，真是废话——地道的废话。什么也不会惊动蛤蜊呀。蛤蜊经常都是规规矩矩待着不动的，蛤蜊对音乐根本就丝毫不感兴趣。啊，天哪，朋友！即令你把专门学糊涂当作一生的学业，那你毕业的时候也不可能比现在得到更高的荣誉。我从来没见过这样的事情。你说什么七叶果作为商品越来越受欢迎，这简直是有意要毁掉这份报纸。我叫你放弃这个职务，赶快滚蛋。我也不要再休假了——休了假也不痛快。叫你在这儿代替我的职务，当然我就无法

---

[1] 臭鼬是一种放出强烈臭气的野兽，根本不能饲养。

安心休假了。我会时时刻刻提心吊胆，不知你还要提出一些什么别的主张。我一想到你在'园艺'这一栏里讨论养蚝场的问题，就禁不住冒火。现在我叫你滚。天大的事情也不能让我再去休一天假了。啊！你为什么不早点告诉我，你对农业一窍不通呢？"

"告诉你吗，你这玉米秆，你这白菜帮子，你这卷心菜仔子[1]？我这辈子还是第一次听到你这种无情无义的话哩。我告诉你吧，我干编辑这一行已经干了14年，这还是头一次听说当个编辑需要有什么知识才行。你这萝卜头！请问你，是谁给那些第二流的报纸写剧评的？嗜，还不是一些出了师的鞋匠和药剂师的学徒吗？他们对于演戏的知识并不见得比我的农业知识强呀。是谁在写书评呢？都是些从来没有著过书的人。是谁写那些关于财政的长篇大论？就是那些对财政恰好是一无所知的诸公。是谁在评论对印第安人的战争呢？就是那些连临阵的吼叫和林中的狗叫都辨别不清楚、从来没拿着印第安人的战斧飞奔猛冲的人，也就是没有从家里人的身上拔下箭来烧过营火的大人先生们。是谁写文章呼吁戒酒、大声疾呼地警告纵酒之害的呢？就是那些直到进了坟墓的时候嘴里才会不带酒气的人们。谁编农业刊物呢？就是你吗——你这山药蛋？一般而论，都是些写诗碰了壁、写黄色小说又不成功、写噱头剧本也不行、编本地新闻也失败了的人，他们最后才退守农业这一行，借此暂时免于进游民收容所。你居然来教训我，大言不惭地谈起办报的问题来了！先生，这一行我是从头到尾都精通了的，老实告诉你，一个人越是一无所知，他就越是有名气，薪金也越拿得多。天知道，我如果不是受过教育，而是愚昧无知，不是这样小心翼翼，而是轻举妄动，那我很可以在这个冷酷自私的世界上成了名哩。我告辞了，先生。你既然这样对待我，我是十分情愿走的。可是我已经完成我的任务了。在你所容许的范围之内，我已经履行了合同。我说过我能够使你的报纸投合各阶层的脾胃——这一点我做到了。我说过我能够使你的报纸销数增加到两万份；如果我能再编两个星期，那原是不成问题的。我本可以给你找到一个农业报纸所能得到的一批最好的读者——其中一个农民也没有，无论哪一个，要了他的命也弄不清楚西瓜树和桃子藤的区别。我们这次的决裂，吃亏的是你，而不是我，你这大黄梗！再见吧。"

于是我就离开了。

---

[1] 这位代理编辑故意乱用了一些植物名称来骂人，表示他对农业并非一无所知。以下三处也是这样。

大宗牛肉合同的事件始末

不管它对我的关系是多么微不足道吧，但是我仍想尽可能简短地向全国人说明这件事里究竟有我什么份儿，因为这件事曾经引起公众的注意，激起很大的反感，以致两大州的报纸都用大量篇幅刊载了歪曲事实的报道和偏激夸大的评论。

这里我要声明的是，在以下的简介中，每一件事都可以用中央政府的档案充分地予以证实——这件不幸的事是这样引起的：

大约在 1861 年 10 月 10 日，新泽西州希芒县鹿特丹区已故的约翰·威尔逊·麦肯齐和中央政府订立了一份合同，议定以总数为 30 大桶的牛肉供应给谢尔曼将军。[1]

多么好的一笔买卖。

他带着牛肉去找谢尔曼，但是，等他赶到华盛顿，谢尔曼已经去马纳萨斯；于是他又装好了牛肉，跟踪到那里，可是到达那里已经晚了；于是他又跟踪谢尔曼去纳什维尔，然后从纳什维尔去查塔努加，再从查塔努加去亚特兰大——然而，他始终没能追赶上。他从亚特兰大再一次整装出发，紧沿着谢尔曼的路线直趋海滨。这一次他又迟到了几天，但是，听说谢尔曼准备乘"贵格城"号去圣地旅行，他就乘了一艘开往贝鲁特的轮船，打算超过前一艘轮船。当他带着牛肉抵达耶路撒冷时，他获悉谢尔曼并没乘"贵格城"号出航，而是到大草原去打印第安人了。他回到美国，向落基山进发。在大草原上历尽艰辛，走了68 天，离谢尔曼的大本营只 4 英里地，他被印第安人用战斧劈死，剥去头皮，牛肉也被印第安人抢走了。他们抢走了几乎所有的牛肉，只丢下其中的一桶。

---

[1] 威廉·特库姆塞·谢尔曼（1820 — 1891）：美国陆军司令官，1864 年从查塔努加出发，进行著名的"长征"，沿途与印第安人激战，终于抵达亚特兰大；后又开始"向大海进军"，经过南卡罗来纳等州。

谢尔曼的军队截下了那一桶牛肉，所以，那位勇敢的航海者虽然自己身死，但仍旧部分履行了他的合同。在一份以日记形式写的遗嘱中，他将那份合同传给了他的儿子巴塞洛缪·W。巴塞洛缪开列了以下的账单，随后就死了：

致美利坚合众国政府：

尊账应偿付新泽西州已故的约翰·威尔逊·麦肯齐以下各项费用：

谢尔曼将军定购牛肉	30 大桶
每桶售价 100 元	3000 元
旅费与运输费	14000 元
共计	17000 元

收款人：

他虽然去世，但是死前已把合同留给了威廉·J.马丁，马丁设法收回账款，可是这件事还没办妥，已经与世长辞。他把合同留给了巴克·J.艾伦，艾伦也试图收回那笔账款。他没能活到把钱弄到手就死了。他把合同留给了安森·G.罗杰斯，罗杰斯企图收回那笔账款，他层层申请，已经接近第九审计官的办公室，但是这时候对万物一视同仁的死神没经召唤就突然来到，把他也勾去了。他将单据留给了康涅狄格州一个叫文詹斯·霍普金斯的亲戚，霍普金斯此后只活了四星期零两天，但创造了最快的纪录，因为他在此期间已经差点儿接近第十二审计官。他在遗嘱中把那份合同赠给了一位名叫"哦—寻乐吧"·约翰逊的舅父。但是，他虽然会寻乐，也经不起操那份心。他临终时说的是："别再为我哭——我可是情愿走了。"于是他真的走了，瞧这个可怜的人儿。此后继承那份合同的共有 7 个，但是他们一个个都死了。所以它最后落到了我手里。它是由一个印第安纳州名叫哈伯德（伯利恒·哈伯德）的亲戚传到我手里的。这人长期以来一直对我怀恨在心，可是，到了弥留的时候，他却把我唤了去，宽恕了我过去的一切，垂着泪把那份合同交给了我。

以上是我继承这笔遗产前的一段历史。现在我要将本人与此事有关的细节直接向全国人一一交代。我拿了这份牛肉合同和旅费运费单去见美利坚合众国总统。

他说："怎么，先生，有什么事我可以为您效劳的吗？"

我说："阁下，大约在 1861 年 10 月 10 日，新泽西州希芒县鹿特丹区已故的约翰·威尔逊·麦肯齐和中央政府订立了一份合同，议定以总数为 30 大桶牛肉供应给谢尔曼将军……"

他听到这里就拦住了我，叫我离开他那儿——态度是和蔼的，但也是坚决的。第二天，我去拜会国务卿。

他说："什么事呀，先生？"

我说："殿下，大约在 1861 年 10 月 10 日，新泽西州希芒县鹿特丹区已故的约翰·威尔逊·麦肯齐和中央政府订立了一份合同，议定向谢尔曼将军供应总数为 30 大桶的牛肉……"

"好啦，先生——好啦，本部门不管你什么牛肉合同。"

他把我请了出去。我把这件事通盘考虑了一下，最后，第二天，我去拜访海军部长，他说："有话快谈吧，先生，别叫我尽等着。"

我说："殿下，大约在 1861 年 10 月 10 日，新泽西州希芒县鹿特丹区已故的约翰·威尔逊·麦肯齐和中央政府订立了一份合同，议定向谢尔曼将军供应总数为 30 大桶的牛肉……"

可是，我只来得及说到这儿。他也不管给谢尔曼将军订立的牛肉合同。我心里开始嘀咕：瞧这政府可有些古怪呀，它有点儿像是要赖了那笔牛肉账哩。

第二天，我又去见内政部长。

我说："殿下，大约在 1861 年 10 月 10 日……"

"够啦，先生。我以前已经听说过您了。去吧，拿了您这份肮脏的牛肉合同离开这儿吧，内政部根本不管陆军的粮饷。"

我离开了那儿。可是这一来我恼火了。我说，我要把他们纠缠得没法安身，我要搅乱这个不讲公道的政府的每一个部门，一直闹到有关合同的事获得解决为止。要不就是我收齐了这笔账款，要不就是我自己倒下，像以前的一些人办交涉的时候倒下了为止。此后我进攻邮政部长，我围困农业部，我给众议院议长打了埋伏，他们都不管给陆军订立的牛肉合同，于是我向专利局进军。

我说："尊严的阁下大人，大约在……"

"天杀的！你终于把你那份火烧不光的牛肉合同带到这儿来了吗？我们根本不管给陆军订立的牛肉合同，亲爱的先生。"

"哦，这完全没关系——可是，总得有一个人出来偿付那笔牛肉账呀。再说，你们现在就得偿付，否则我就要没收了这个老专利局，包括它里面所有的东西。"

"可是，亲爱的先生……"

"不管怎样，先生，我认为专利局必须对那批牛肉负责；再说，负责也罢，不负责也罢，专利局必须付清这笔账。"

这里就不必再谈那些细节了。结果是双方动了武，专利局打了一场胜仗，但是我却发现了一件对我有利的事情。他们告诉我，财政部才是我应当去的地方，于是我去到那里。我等候了两个半小时，后来他们让我进去看第一财政大臣。[1]

我说："最高贵的、庄严的、尊敬的大人，大约在 1861 年 10 月 10 日，约翰·威尔逊·麦肯……"

"够啦够啦，先生，您的事我已经听说过了，您去看财政部第一审计官吧。"

我去看第一审计官。他打发我去看第二审计官。第二审计官打发我去看第三审计官，第三审计官打发我去看腌牛肉组第一查账员。这一位才开始有点儿像是在认真地办事。他查看了他的账册和所有未归档的文件，可是没找到牛肉合同底本。我去找腌牛肉组第二查账员。他查看了他的账册和未归档的文件，但是最后毫无结果。然而我的勇气却随之提高了。在那一星期里，我甚至一直找到了该组的第六查账员；第二个星期里，我走遍了债权部；第三个星期里，我开始在错档合同部里从事查询，结束了在那里进行的工作，而且在错账部里获得一个据点。我只花了 3 天工夫就消灭了它，现在只剩下一个地方可以让我去了。我去围攻杂碎司司长。意思是说，我去围攻他的办事员——因为他本人不在。有 16 个年轻貌美的姑娘在屋子里记账，再有 7 个年轻漂亮的男办事员在指导她们。小娘们扭转头来笑，办事员朝她们对笑，大伙喜气洋洋，好像听到了结婚的钟声敲响。两三个正在看报的办事员下死眼把我盯了两下，又继续看报，谁也不说什么。好的是，自从走进腌牛肉局的第一个办公室那天起，直到走出错账部的最后一个办公室时止，我已经积累了那么多经验，我已经习惯于四级助理普通办事员的这种敏捷的反应。这时候我已经练就了一套功夫：从走进办公室时候起，直等到一个办事员开始跟我说话时止，我能一直金鸡独立地站着，最多只改换一两次姿势。

于是，我站在那里，一直站到我改换了 4 个姿势。然后我对一个正在看报的办事员说：

---

[1] 以下官职与部门等俱系玩笑的称呼。

"大名鼎鼎的坏蛋，土耳其皇帝在哪儿？"

"您这是什么意思，先生？您说的是谁？如果您说的是局长，那么他出去了。"

"他今儿会去后宫吗？"

年轻人直勾勾地向我瞧了一会儿，然后继续看他的报。可是我熟悉那些办事员的一套。我知道，只要他能在纽约的另一批邮件递到之前看完了报纸，我的事就有把握了。现在他只剩下两张报纸了。又过了不多一会儿，他看完了那两张报纸，接着，打了个哈欠，问我有什么事情。

"赫赫有名尊贵的痴子，大约在……"

"您就是那个为牛肉合同打交道的人呀，把您的单据给我吧。"

他接过了那些单据，好半晌一直翻他那些杂碎儿。最后，他发现了那份已经失落多年的牛肉合同记录——我还以为他是发现了西北航道[1]，以为他是发现了那块我们许多祖先还没驶近它跟前就被撞得粉身碎骨的礁石。当时我深受感动。但是我很高兴——因为我总算保全了性命。我激动地说："把它给我吧，这一来政府总要解决这个问题了。"他挥手叫我后退，说还有一步手续得先给办好。

"这个约翰·威尔逊·麦肯齐呢？"他问。

"死了。"

"他是什么时候死的？"

"他根本不是自己死的——他是被杀害的。"

"怎么杀害的？"

"被战斧砍死的。"

"谁用战斧砍死他的？"

"唷，当然是印第安人啰。您总不会猜想那是一位主日学校校长吧？"

"不会的。是一个印第安人吗？"

"正是。"

"那印第安人叫什么？"

"他叫什么？我可不知道他叫什么。"

"必须知道他叫什么。是谁瞧见他用战斧砍的？"

---

[1] 连接大西洋和太平洋、通过加拿大北部的一条航道。

"我不知道。"

"这么说，当时您不在场？"

"这您只要瞧瞧我的头发就可以知道了。当时我不在场。"

"那么您又是怎样知道麦肯齐已经死了？"

"因为他肯定是那时候死了，我有充分的理由相信，他打那时候起就不在了。真的，我知道他已经死了。"

"我们必须要有证明。您找到那个印第安人了吗？"

"当然没找到。"

"我说，您必须找到他，您找到了那把战斧吗？"

"我从来没想到这种事情。"

"您必须找到那把战斧。您必须交出那个印第安人和那把战斧。如果麦肯齐的死能由这一切提供证明，那么您就可以到一个特别委任的委员会那儿去对证，让他们审核您所要求的赔偿；按照这样的速度处理您的账单，看来您的子女或者还有希望活到那一天，可以领到那笔钱去享受一下。但是，那个人的死必须得到证明。好吧，我不妨告诉您，政府绝不会偿付已故麦肯齐的那些运费和旅费。如果您能让国会通过一项救济法案，为此拨出一笔款额，也许政府可能偿付谢尔曼的士兵截下来的那一桶牛肉的货款；但是，政府不会赔偿印第安人吃掉的那 29 桶牛肉。"

"这样说来，政府只能偿还我 100 元，甚至连这笔钱也不是一定可靠的呀！麦肯齐带着那些牛肉，跑遍了欧洲、亚洲和美洲，他经受了那么多的折磨和苦难，搬运了那么多的地方，有那么多试图收回账款的无辜者作了牺牲，最后就这样了事呀！年轻人，为什么腌牛肉组的第一查账员不早告诉我呢？"

"对您提出的要求是否属实，他一无所知呀？"

"为什么第二查账员不早告诉我？为什么第三查账员不早告诉我？为什么所有各组各部都不早告诉我？"

"他们都不知道呀。我们这儿是按规章手续办事。您一步步地履行了那些手续，就会探听到您所要知道的事情。这是最好的办法，这是唯一的办法。这样办事非常正规，虽然非常缓慢，但是稳妥可靠。"

"是呀，是稳死无疑，对我们家族中多数的人来说就是这样。我开始感觉到，主也要召我去了。年轻人，我打你温柔的眼光里可以看出，你爱那个鲜艳的人物，瞧她蓝晶晶的眼睛脉脉含情，耳朵后面插着几支钢笔[1]；你想要娶她——可是你又没钱。喏，把手伸出来——这是那份牛肉合同；你拿去吧，娶了她去快活吧！愿老天爷保佑你们俩，我的孩子！"

有关大宗牛肉合同引起社会纷纷议论一事，我所知道的都在上面交代了。我留下合同给的那个办事员现在也死了。有关合同此后的下落，以及任何与它有关的人的事情我都不知道了。我只知道：如果一个人的寿命特别长，那么他不妨到华盛顿的扯皮办事处里去追查一件事，在那里花费很大的气力，经过无数的转折和拖延，最后找到他实际上头一天里就可以在那里（如果扯皮办事处也能像一家大的私人商业机构将工作安排得那么灵活的话）找到的东西。

[1] 戏指夹发的钢饰针。

马克·吐温短篇小说选

竞选州长

几个月以前，我被提名为纽约州州长候选人，代表独立党参加竞选，对方是斯坦华特·L.伍福特先生和约翰·T.霍夫曼先生。我总觉得自己名声不错，同这两位先生相比，我有显著的优势。从报上很容易看出：如果说这两位先生也曾知道爱护名声的好处，那是过去的事情了，近年来他们显然已经把各种各样的无耻勾当看作家常便饭。当时，我虽然醉心于自己的长处，暗自得意，但是一想到我得让自己和这些人的名字混在一起到处传播，总有一股不安的混浊暗流在我愉快心情的深处"翻腾"。我心里越想越乱。后来我给我奶奶写了一封信，把这件事告诉她。她回信又快又干脆，她说：

> 你生平没有做过一桩亏心事——一桩也没有做过。你看看报纸——看一看就会明白，伍福特和霍夫曼等先生是何等样人，看你愿不愿意把自己降低到他们的层次，跟他们一道竞选。

我正是这个想法！那天晚上我一夜没合眼。但是我毕竟不能打退堂鼓。我既然已经卷了进去，只好干下去。

我一边吃早饭，一边无精打采地翻阅报纸。我看到有这么一段消息，老实说，我从来没有这样惊惶过：

> **伪证罪**——1863年，在交趾支那的瓦卡瓦克，有34名证人证明马克·吐温先生犯有伪证罪，企图侵占一小片芭蕉地，那是当地一位穷寡妇和她一群孤儿丧失亲人之后在凄惨的境遇中赖以活命的唯一资源。马克·吐温先生现在既然在众人面前出来竞选州长，是否可以请他讲讲此事的经过。吐温先生不论对自己或是对其要求投票选举他的

伟大人民，都有责任把此事交代清楚。他愿意交代吗？

我当时惊愕得不得了！这样残酷无情的指控。我从来没有到过交趾支那！我从来没有听说过瓦卡瓦克！我也不知道什么是芭蕉地，就像我不知道什么是袋鼠一样！我不知道怎么办才好。我都气疯了，却又毫无办法。那一天我什么也没干就这么过去了。第二天早晨，这家报纸没说别的，只有这么一句：

值得注意——大家都会注意到：马克·吐温先生对交趾支那的伪证案保持缄默，似有苦衷。

[备忘——在这场竞选运动中，这家报纸此后凡提到我必称"臭名昭著的伪证犯吐温"。]

下一份是《新闻报》，登了这么一段：

急需查究——马克·吐温先生在蒙大拿州露营时，与他同一帐篷的伙伴经常丢失小东西，后来这些东西一件不少都在马克·吐温先生身上或"箱子"（即他卷藏什物的报纸）里发现了。大家为他着想，不得不对他进行友好的告诫，在他身上涂满柏油，插上羽毛，叫他跨坐在横杆上，把他撵出去，并劝告他让出铺位，从此别再回来。这件小事是否请新州长候选人向急于要投他票的同胞们解释一下？他愿意解释吗？

难道还有比这种控告用心更加险恶的吗？我一辈子也没有到过蒙大拿州。[从此以后，这家报纸按例管我叫"蒙大拿小偷吐温"。]

于是，我拿起报纸总有点提心吊胆，好像你想睡觉，可是一拿起床毯，总是提心吊胆，生怕毯子下面有条蛇似的。有一天，我看到这么一段消息：

谎言已被揭穿——根据五点区的密凯尔·奥弗拉纳报先生、华脱街的吉特·彭斯先生和约翰·艾伦先生三位的宣誓证书，现已证明马克·吐温先生曾恶毒声称我们尊贵的领袖约翰·T.霍夫曼的祖父系拦路抢劫被处绞刑一说，纯属卑劣无端之谎言，毫无事实根据。用毁谤

马克·吐温短篇小说选

故人、以谰言玷污其美名这种下流手段，来掠取政治上的成功，使有道德的人见了甚为痛心。我们一想到这一卑劣的谎言必然会使死者无辜的亲友蒙受极大悲痛时，恨不得鼓动起被伤害和被侮辱的公众，立即对诽谤者施行非法的报复。但是，我们不这样做，还是让他去经受良心谴责的痛苦吧。（不过，公众如果气得义愤填膺，盲目行动起来，竟对诽谤者加以人身伤害，显然陪审团不可能对肇事者判罪，法庭也不可能加以惩处。）

最后这句妙语大起作用，当天晚上"被伤害和被侮辱的公众"从前门冲进来，吓得我赶紧从床上爬起来，打后门溜走。他们义愤填膺，来的时候捣毁家具和门窗，走的时候把能抄走的财物统统抄走。然而，我可以把手按在《圣经》上起誓：我从来没有诽谤过霍夫曼州长的祖父。不仅如此，在那一天之前，我从来没有听人说起过他，我自己也没有提到过他。

[顺便提一下，刊登上述新闻的那家报纸此后总是称我为"盗尸犯吐温"。]

下一篇引起我注意的报上文章是这样写的：

好一个候选人——马克·吐温先生原定于昨晚独立党民众大会上作一次毁损对方的演说，却未按时到会。他的医生打来一个电报，说是他被一辆疯跑的马车撞倒，腿部两处负伤，极为痛苦，无法起身，以及一大堆诸如此类的废话。独立党的党员们硬着头皮想把这一拙劣的托词信以为真，假装不知道他们提名为候选人的这个放任无度的家伙未曾到会的真正原因。

昨天晚上，分明有一个人喝得酩酊大醉，歪歪斜斜地走进马克·吐温先生下榻的旅馆。独立党人刻不容缓，有责任证明那个醉鬼并非马克·吐温本人。这下我们到底把他们抓住了。这一事件不容躲躲闪闪，避而不答。人民用雷鸣般的呼声要求回答："那个人是谁？"

把我的名字果真与这个丢脸的嫌疑联系在一起，一时叫我无法相信，绝对叫我无法相信。我已经有整整3年没有喝过啤酒、葡萄酒或任何一种酒了。

[这家报纸第二天大胆地授予我"酗酒狂吐温先生"的称号，而且我明白它会忠诚无二地永远这样称呼下去，但是，我当时看了竟无动于衷，现在想来，

足见这种时势对我起了多大的影响。]

到那时候，我所收到的邮件中，匿名信占了重要的部分。一般是这样写的：

> 被你从你寓所门口一脚踢开的那个要饭的老婆子，现在怎么样了？
>
> 　　　　　　　　　　　　　　　　　　　　包打听

还有这样写：

> 你干的有些事，除我之外无人知晓，奉劝你掏出几元钱来孝敬老
> 子，不然，咱们报上见。
>
> 　　　　　　　　　　　　　　　　　　　　惹不起

大致是这类内容。读者如果想听，我可以不断引用下去，保你腻烦。

不久，共和党的主要报纸"宣判"我犯了巨额贿赂的罪行，民主党最主要的报纸把一桩极为严重的讹诈案件"栽"在我的头上。

[这样我又多了两个头衔："肮脏的贿赂犯"和"恶心的讹诈犯"。]

这时候舆论哗然，纷纷要我答复所有这些可怕的指控。我们党的报刊主编和领袖们都说，我如果再不说话，政治生命就要完蛋。好像为使他们的要求更为迫切似的，就在第二天，有一家报纸登了这么一段话：

> **注意这个人——**独立党这位候选人至今默不作声。因为他不敢答
> 复。对他的控告条条都有充分根据，并且为他满腹隐衷的沉默所一而
> 再、再而三地证实，现在他永远翻不了案。独立党的党员们，看看你
> 们这位候选人！看看这位臭名昭著的伪证犯！这位盗尸犯！好好看一
> 看你们这位酗酒狂的化身！你们这位肮脏的贿赂犯！你们这位恶心的
> 讹诈犯！你们好好看一看，想一想——这个家伙犯下了这么可怕的罪
> 行，得了这么一串倒霉的称号，而且一条也不敢张嘴否认，看你们愿
> 不愿意把自己正当的选票去投给他！

我没有办法摆脱这个困境，只得深受委屈地着手"答复"一大堆毫无根据的指控和卑鄙下流的谎言。但是我始终没有做完这件事情，因为就在第二天，

有一家报纸登出一个新的耸人听闻的案件，再一次恶意中伤，严厉地控告我因一家疯人院妨碍我家的人看风景，我就将这座疯人院烧掉，把里面的病人统统烧死。这叫我十分惊慌。接着又是一个控告，说我为吞占我叔父的财产不惜把他毒死，并且要求立即挖开坟墓验尸。这叫我神经都快错乱了。这一些还不够，竟有人控告我在负责育婴堂事务时雇用掉了牙的、年老昏庸的亲戚给育婴堂做饭。我都快吓晕了。最后，党派斗争的积怨对我的无耻迫害达到了自然而然的高潮：有人教唆九个刚刚在学走路的小孩，包括各种不同的肤色，穿着各式各样的破烂衣服，冲到一次民众大会的讲台上来，抱住我的双腿，管我叫爸爸！

我放弃了竞选。我退出，我投降。我够不上纽约州州长竞选运动所需的条件，所以，我递上退出竞选的声明，而且怀着怨恨、痛苦的心情签上我的名字：

> "你忠实的朋友，过去是好人，现在却成了臭名昭著的伪证犯、蒙大拿小偷、盗尸犯、酗酒狂、肮脏的贿赂犯和恶心的讹诈犯——马克·吐温。"

我给参议员当秘书的经历

现在我已经不是参议员老爷的私人秘书了。这个职位我稳稳当当地担任了两个月，而且是干得兴致勃勃的，但是后来我干的好事又找上门来——这就是说，我的杰作从别处转回来，原形毕露了。我估量着最好是辞职。事情的经过是这样的。

有一天还在清早的时候，我的东家叫我去，于是我给他最近所作的一次关于财政的精彩演说暗自添了一些不可捉摸的话进去之后，马上就去见他。他脸上有些可怕的表情。他的领带也没有打好，头发乱蓬蓬的，他的神气表现出阴云密布、雷霆将发的征兆。他手里紧紧地捏着一把信件，我知道那是可怕的太平洋铁路的邮件到了。他说：

"我还以为你是值得信任的哩。"

我说："是，先生。"

他说："我把内华达州的一些选民写来的一封信交给你，他们要求在包尔温牧场设立一所邮局，我叫你写封回信，要尽量写得巧妙一点，给他们举出一些理由，使他们相信那地方还没有设立邮局的十分必要。"

我觉得安心一些了。"啊，要是您的意思不过是这样的话，先生，那我已经遵命照办了。"

"是呀，你的确照办了。我把你的回信念给你听听，让你去惭愧惭愧吧！"

斯密士、琼斯及其他诸位先生：

你们要求在包尔温牧场设一个邮局，这是开什么玩笑呢？这对你们是毫无益处的。假如有信寄到你们那里去，你们也看不懂，是不是？还有一点，如果有寄钱的信，要经过你们那里寄到别的地方去，那就难得安全通过，这想必是你们马上就明白的；结果就不免给我们大家都找些麻烦，算了吧，千万不要打算在你们那地方办邮局。我非常关心你们的利益，觉得这只是一种装饰门面的荒唐计划。你们所缺乏的是一所很好的监狱，明白吗——一所修得漂漂亮亮、结结实实的监狱和一所免费学校。这两种建设对你们是有长远利益的。这足以使你们感到真正的满意和快乐。我可以马上在国会提出这个议案。

参议员杰姆士·××敬启

马克·吐温代笔

11月24日，于华盛顿

"你就是这样答复那封信的。那些人说我要是再到那带地方去，他们就要把我绞死；我也很相信他们一定会这么干。"

"唉，先生，当初我可不知道这会闯什么祸。我不过是要说服他们罢了。"

"啊！真是，你的确把他们说服了，我丝毫也不怀疑。你看，这儿还有另外一封宝贝信。我把内华达的几位先生寄来的一份请愿书交给你，他们请求我设法叫国会通过一个议案，批准内华达州的美以美主教派教会为法定团体。我叫你回信告诉他们，制订这种法案应该属州议会的职权范围；并且还要设法使他们明白，目前在他们那个新州里，宗教界人士力量还很薄弱，所以正式成立教会是否适当，颇成问题。你的回信是怎么写的呢？"

约翰·哈里法克斯牧师及其他诸位先生：

你们应该去找州议会解决你们那个投机事业——关于宗教的问题，国会是不闻不问的。但是你们也不要忙着去找州议会，因为你们在那新设的州里打算做的这件事情是不适当的——事实上，这简直是荒谬得很。你们那里信教的人实力太薄弱，无论在智能方面、道德方面、虔诚方面都不行——一切都差得远。你们最好放弃这个计划——这是行不通的。你们办这种团体，并不能发行债券——即令可以发行，那也会使你们经常为难。别的教派会攻击这桩事情，他们会"压低行市"、"卖空头"，使你们的债券垮台。他们会像对付你们那里的银矿那样，采取同样的手段对付你们——他们会想尽方法使大家都相信那是'盲目的投机事业'。你们的计划只足以把一种神圣事业弄得声名狼藉，这种事情你们是不应该做的。你们应该自觉惭愧——这是我对你们的意见。你们的请愿书末尾是这样说的：'我们一定永远祈祷。'我也认为你们要这样做才对——你们必须这么办。

参议员杰姆士·××敬启
马克·吐温代笔
11月24日，于华盛顿

"这封聪明的信把我的选民当中的宗教界人士对我的好感完全断送了。可是我好像还怕我的政治生命毁得不够彻底似的，不知有一种什么倒霉的念头又使我把旧金山市参议会里那些威严的长老们递来的申请书交给你，让你试试你的笔墨——这个申请书是要求国会制订法律，规定把旧金山市海滨地区的航运税划给他们那个市来收。我告诉你说，这个问题提到国会里去讨论是有危险性的。我叫你给那些市参议员写封含糊其辞的回信——一封不着边际的信——这封信里要极力避免对航运税的问题认真考虑和讨论。你现在如果还有一点知觉的话——如果还知道羞耻——那么我把你遵照我的吩咐写的这封回信念给你听听，是应该可以使你惭愧的！"

可敬的市参议会诸位先生：

大家敬爱的国父乔治·华盛顿早已逝世。他那长久的、光辉灿烂的一生已永远结束，令人不胜痛悼。他在我们这带地方是大受敬仰的，可惜他死得太早，使所有的人都感到悲哀。他是1799年12月14日去世的。他安静地离开了他一生的荣誉和伟大成就的场所，他是最受人哀悼的英雄，也是全世界被死神接去的最亲爱的人物。在这样的时候，你们却提出航运税的问题！——他遭的是什么运呀！

名誉算什么！名誉不过是偶然之事而已。艾萨克·牛顿爵士发现了一只苹果掉在地下——这其实不过是一个微不足道的发现，而且也是千百万人在他之前早已发现了的事情——但是他的父母是有势力的，于是他们就把那件小小的事体拼命吹嘘，把它说得了不起，结果全世界的人就老老实实地相信这种吹牛的话，于是几乎在一转瞬间，那个人就成名了。好好地体会这种见解吧。

诗歌，美妙的诗歌啊，世人所得你的好处有多大，叫谁来评定呀！

"玛丽有一只小羔羊，它有一身雪白的毛——

无论玛丽到什么地方去，它老是和她一道。"

"杰克和吉尔往山上走，

去提一桶水下来；

杰克跌了一跤滚下山，摔破了头顶，

吉尔也跟着他滚下来。"

这两首诗都写得很质朴，用字也很高雅，再则诗中没有猥亵的倾向，所以我认为都是很宝贵的珍品。它们适合于各色各样的人去领会，适合各种生活范围的人——合于田野，合于育婴室，合于商人的行会。尤其是参议会不能不欣赏这两首诗。

可敬的老顽固先生们！请常通讯吧。友谊的书信往来还是对人最有好处的。请再来信吧——如果你们这封申请书里特别提到了什么问题，务请再加说明，毋须有所顾忌。我们决不会嫌你们唠叨。

参议员杰姆士·×× 敬启

马克·吐温代笔

11 月 27 日，于华盛顿

"这封信真是糟糕透顶，简直是要命！神经病！"

"唉，先生，这封信要是有什么不妥当的地方，我实在是非常抱歉——可是——可是我觉得这倒是避开了航运税的问题没有谈呀。"

"避开了屁！啊！——可是不管它吧。现在既然是要遭殃，就干脆让它来个彻底吧。干脆让它来个彻底——让你这篇最后的杰作来收场吧，我马上就要念给你听。我简直完蛋了。我把从亨保德来的那封信交给你的时候，本来就有点担心。他们要求把印第安谷到莎士比亚山峡和中间各站的邮路照摩门老路做部分的修正。可是我给你说过，这是个很伤脑筋的问题，我提醒过你，要灵活应付——回信要说得含糊一点，让他们莫名其妙。可是你这要命的低能脑筋弄得你写了这么一封糟糕的回信。我看你要是还没有完全丧失羞耻心的话，简直要把耳朵堵起来才行！"

柏金士、华格纳及其他诸位先生：

关于印第安路线的问题，是很伤脑筋的，但是如果以适当的灵活手腕和含糊态度来处理，我相信我们一定能够多少想出一些办法，因为在这条路线离开拉森草原的地方，去年冬天那两个勺尼族酋长'破落冤家'和'云的对手'就在附近被人剥掉头皮，有些人喜欢这条路线，但是另外有些人由于种种原因，认为别的路线较好，而走摩门老路就要在早上3点钟由摩斯比镇出发，经过觉邦平地到布勒乔，再往下到壶把镇，大路由它右边经过，自然就把它丢在右边，然后又经过道生镇的左边，再往前走就到了汤玛浩克镇，这么走就可以使附近的旅客省点钱，也方便一点，还可以满足其他一些人所想到的一切愿望，因此也就是对最大多数人有最大的好处，所以我才有了信心，希望问题是可以解决的。但是你们如果希望对这个问题获得进一步的了解，只要邮务部能将有关情况提供给我，我随时都准备答复你们，并乐于效劳。

参议员杰姆士·××敬启

马克·吐温代笔

11月30日，于华盛顿

"你看——你觉得这封信写得怎么样？"

"唉，我不知道，先生。这——唉，在我看来——这是很够含糊其辞的。"

"含糊——滚出去吧！我简直完蛋了。那些亨保德的野蛮人为了我叫他们大伤脑筋去看这么一封不近人情的回信，决不会饶我。我失掉了美以美会对我的尊敬，得罪了市参议会那些人——"

"唉，这些我都无话可说，因为我给他们这两处写回信也许是写得不大得体，可是我对付包尔温牧场那些人，实在是对付得很聪明呀，将军！"[1]

"滚出去！滚出去！永远不要再回来了。"

我认为他这句话是一种隐隐约约的表示，叫我无须再给他帮忙，所以我就辞职了。以后我决计不再给参议员当私人秘书。这种人实在太难伺候了。他们什么也不懂。你费尽心思，他们也不知好歹。

---

[1] 美国有些较有地位的人，往往被称为"将军"、"上校"等等。这是一种装点门面的头衔，他们有的是退伍军人，有的根本就没有当过军人。

哥尔斯密的朋友再度出洋

按：以下几封信里记载的生活经验无须虚构。一个侨居美国的中国人的经历不需要运用幻想加以渲染。朴素的事实就足够了。

第一封信

秦福兄：

一切都已准备停当，我就要离别这备受压迫和灾难深重的祖国，渡洋去那高尚的国度——美国！那里人人自由，人人平等，无人受气挨骂。能自称是自由之地和勇敢之家，这是美国独享的珍贵特权。我们和我们身边所有的人都如饥如渴地瞭望着海面，将我们故乡的贫困凋敝与那幸福的避难所的富裕舒适作一番对照。我们知道美国曾经怎样欢迎德国人、法国人以及落难悲伤的爱尔兰人，我们知道它怎样供给他们面包、工作和自由，而他们又是怎样感恩戴德。我们知道美国准备欢迎其他一切受压迫的人民，对所有前来投奔的人都倾囊相助，不问其民族、信仰或肤色。而且，不用别人告诉，我们知道那些由它从压迫和饥饿中拯救出来的外国难民都是最热切地欢迎我们的，因为他们受过苦，自然知道受苦的滋味；他们得到过慷慨的救助，自然渴望自己也能慷慨地对待其他不幸者，以此表明他们没有虚受美国的宽宏大量。

艾送喜

18××年于上海

第二封信

秦福兄：

　　我们现在是在遥远的大海上，在通往美丽的自由之地和勇敢之家的航途中。我们很快就要到达人人平等和不知忧愁的地方了。

　　招收我去美国的那位仁慈的美国人讲定每月支付我12美元。你要知道，这是一笔巨额薪水，相当于我们在中国所得的20倍之多。我乘船的盘缠相当可观，真的，抵得上一笔资产。这笔钱我最后是要付清的，不过现在先由东家垫着，他允许我日后从从容容地分期偿还。仅仅作为一种手续，我已把我的老婆、儿子和两个女儿转交给我东家的同伙，作为偿还船费的担保。不过，我东家说他们没有被卖掉的危险，因为他知道我会忠实于他，而这一点是最牢靠的担保。

　　我原以为我能带着12美元到美国开始生活，但美国领事要我办理乘船执照，拿去了其中的两美元。他是没有权利这样做的，他只能向这条船收两美元，因为这条船连同船上全部中国乘客只需要一张执照就行了，但他决意强迫中国人按人头办理执照，把所有的美元落进自己腰包。这条船上有我国同胞1300人，这位领事收了2600美元的执照费。我的东家告诉我，华盛顿政府知道这种敲诈行为，严厉反对这种弊病的存在，极力要求上届议会将这笔敲诈——我的意思是这笔执照费合法化。但由于这个议案尚未通过，这位领事仍将不得不敲诈这笔执照费，直到下届议会使它合法为止。这是一个伟大、仁慈和高尚的国家，痛恨一切形式的营私舞弊。

　　我们的舱位是一向为我国同胞保留的那部分。它叫作统舱。我的东家说，它是专留给我们的，因为它不受气温变化的影响，也没有危险的穿堂风。这不过是美国人仁慈无私的宽待一切外国难民的又一例。统舱是有点儿挤，而且相当闷热，但无疑这种安排对我们是最合适的。

　　昨天，我们自己人中间发生了争吵，船长朝他们放了一通滚烫的蒸汽，烫伤了七八十人，伤势有轻有重。有些人身上的皮烫得一片片、一条条掉下来。舱里面狂呼乱叫，东推西撞，但蒸汽笼罩着这慌作一团的人群，结果有些没被烫伤的人也被踩伤。我们没有抱怨，因为听我东家说，这是平息船上骚乱的通

马克·吐温短篇小说选

常办法，在美国人的二等舱里每一两天也要来这么一次。

秦福，恭喜我吧！再过 10 天，我就要登上美国大陆，受到它的襟怀博大的人民的接待；我将昂首挺胸，感到我是生活在自由人中间的一个自由人。

艾送喜
18×× 年于海上

第三封信

秦福兄：

我喜气洋洋地上了岸！我想要跳舞，叫喊，歌唱，向这慷慨大度的自由之地和勇敢之家顶礼膜拜。但是，当我走下跳板时，后面有个穿灰制服的人狠狠踢了我一脚，叫我留心点——这话是我东家翻译给我听的。我一转身，另一位穿灰制服的长官用一根短棍捅了我一下，也吩咐我留心点。我正要拿起我这一头的扁担，扁担中间搭着我和洪五的网篮和铺盖卷，这时，又有第三个长官用短棍捅了我一下，意思是叫我放下扁担，然后又踢了我一脚，意思是对我的反应灵敏表示满意。马上来了另一个人，搜查我们的网篮和铺盖卷，把每件东西都抖落在肮脏的码头上。然后，这个人和另一个人搜我们俩身上，上上下下搜个遍。他们搜出了洪五缝在辫子假发里的一小块鸦片。他们没收了鸦片，将洪五逮捕，交给另一位长官押走了。因为洪五犯了罪，他们也没收了他的行李，而我们俩的行李是混在一起的，他们分辨不出哪是他的，哪是我的，就一股脑儿全没收了。我提出帮他们把我的行李分出来，他们踢我，希望我留心点。

现在，没有了行李，没有了同伴，我跟我东家说，如果他同意，我想就近溜达溜达，看看这里的风土人情，一见他招呼就马上回来。我不愿流露出对我在这仁慈的避难之地所受到的接待感觉失望，因此说话的时候竭力装出快活的样子。但他叫我等一下，说我必须种痘以防出天花。我微笑着说，我已经出过天花，这由我脸上的麻子可以看出，所以不必等候"种痘"。但他说，这是法律规定的，我无论如何必须种痘。医生决不会放过我，法律责成他给每个中国人种痘，每人收费 10 美元。而且说我可以肯定，作为这条法律的忠仆，没有哪个医生会迁就任何一个情愿在异国出天花的傻瓜蛋而让一笔酬金从他的指头滑掉。立刻，医生来了，行使了他的职责，搜刮走了我的每个铜板——我的10美元，这是我大约一年半受苦受累的血汗积蓄。哎，倘若立法者们知道这个城里有许多医生乐于给人种一次痘收费一两美元，那他们就决不会规定向穷困的、无亲无友的爱尔兰人、意大利人或中国人收这么高的费，这些难民正是为了躲避饥饿和艰难时世才来投奔这福地的。

艾送喜

18××年于旧金山

第四封信

秦福兄：

我在这里待了已将近一个月，每天学一点美国话。我的东家把我们招往这个大陆东端的种植园的计划已经落空。他的事业遭到挫败，不得不把我们全部解散，只是让我们签字画押保证偿还他垫付的船费。我们必须把在这里挣得的头几个月的工资偿还他，他说每位60美元。

我们到达这里才两个星期，就这样被打发了。在此之前，我们大家一直挤在一间小屋里等候消息。这以后，我只得自己迈开双脚碰运气了。我开始在异乡客地过陌生人的生活，无亲无友，分文不名，只有这身上穿着的一身衣服。在这儿的世界，我这方面没有任何有利条件——没有一个，除了身体硬朗，另外，不必费时或费心看管我的行李。不、不，我忘了。我想起较之寄居别国的难民，我有一个特殊的有利条件——我是在美国！我是在老天爷为尘世间受压迫的落难之人安置的避难所！

正当这个令人宽慰的念头掠过我脑子的时候，一帮青年放出一条凶狗朝我扑来。我尽力抵挡，但招架不住。我退到一座大门关着的门道里；在那里，这条狗完全控制了我，咬我的喉咙、面孔以及我身体的一切裸露部分。我大声呼救，但这帮青年只是取笑逗乐。两个穿灰制服的人（他们的官衔是警察）朝我望了两眼，懒洋洋地走开了。但是，有个人拦住了他们，把他们领了回来，说见难不救是一种耻辱。于是，这两个警察用短棍打跑了那条狗。尽管我当时从头到脚衣衫稀烂，鲜血淋漓，但摆脱了那条狗毕竟令我欣慰。领回警察的那个人责问这些青年为什么要那样欺侮我，而这些青年希望他不要多管闲事。他们

马克·吐温短篇小说选

对他说："这些中国魔鬼到美国来，从我们高贵聪明的白人嘴里夺取面包，当我们起而保卫自己的权利时，却有人还要大惊小怪。"

他们开始威胁我的恩人，而他看到这时聚拢过来的面孔都不怀善意，只得自管自走开了。当他离开时，还挨了不少诅咒。这时警察通知我，我已被逮捕，必须跟他们走。我问其中一个警察，我对谁犯了什么罪，要遭到逮捕，他只是用短棍捅我，命令我"闭上狗嘴"。这时已有一群取笑起哄的街头顽童和二流子跟在我后面，我被带到一条小巷，送进一座石头铺路的监狱；沿着它的一边有一长排牢房，都上着铁门。我站在一张桌子旁，桌子后面的一个人在一块石板上写下一些关于我的事。逮捕我的一个警察说："记下这个中国人的罪状是扰乱社会治安。"

我想张口说话，但他说："闭嘴！你现在最好老实点，我的伙计！你他妈的傲慢无礼已经有两三次了。在这里容不得你顶嘴。现在该是你冷静的时候，如果你还不安分，我们倒要看看是不是拿你没办法。你叫什么名字？"

"艾送喜。"

"别名什么？"

我说我不明白什么意思。他说他想要知道我的真名，因为他猜想我这个名字是上次偷了小鸡之后换了的。说完，他们全都哈哈大笑起来。

然后，他们搜我的身。当然，搜不到什么东西。他们看来十分光火，问我打算请谁"保释或付罚款"。他们向我解释这些事情时，我说我没有伤害任何人，为什么要取保或付罚款？他们两个踢我，警告我说，懂点规矩对我有好处。我顶嘴说我没有任何不敬的意思。于是他们中的一个把我拉到一边，说："喂，伙计，放聪明点，跟我们装傻充愣是全然没用的。你要知道，我们这是在办公事。你尽快给我们弄到5块钱，你就立即可以摆脱数不清的麻烦。少于5块办不到。你有哪些朋友？"

我告诉他，我在全美国没有一个朋友，我远离家乡，走投无路，穷得可怜。我乞求他们放了我。

他一把揪住我的衣领，使劲地又拉又推，把我拖到监狱，打开一扇铁牢门，一脚把我踢了进去，说："你就待在里面发霉吧，你这个外国畜生，叫你明白美国没有你这种家伙、你们这种民族待的地方。"

艾送喜

18××年于旧金山

神秘的访问

我最近在这里"定居"后，首次注意到我的是一位自称为 assessor[1]、在美国 Internal Revenue Department[2] 工作的先生。我说，我虽然以前没听过他所干的这一行，但仍然十分高兴会见他——他是不是可以请坐呢？他就了座，我不知道该和他谈什么好。然而我意识到，既然自己已经成家立业，有了身价，那么在接待来宾时就必须显得和蔼可亲，就必须善于交谈。于是，由于一时没有其他的话可以扯，我就问他可是在我们附近开店的。

他回说是的。（我不愿显得一无所知，但是我指望他会提到他出售什么货色。）

我试探着问："买卖怎么样呀？"他说："马马虎虎。"

接着我说，我们会上他那儿去的；如果也同样地喜欢他那家店，我们会成为他的主顾的。

他说，他相信我们会十分喜欢那个地方，以后会专门去那儿——还说，只要谁跟他打过一次交道，他从来没见过那个人会抛弃了他，另去找一个干他那一行的。

这话听来颇近自诩，然而，除了显出我们每人都具有的那种自然流露的鄙俗而外，这人看上去还是很诚实的。

也不知道究竟是怎么一回事，反正我们俩似乎逐渐变得融洽，谈得投契，此后一切都那样很惬人意地、自然而然地发展下去。

我们谈呀，谈呀（至少在我这一方面是如此），我们笑呀，笑呀（至少在他那一方面是如此）。然而我始终保持着冷静——我那天生的警惕性，就像工程师所说的那样被提到"最高度"。不管他怎样含糊其辞地答话，我总下定决

[1] 估税员。

[2] 国内税收局。

心要彻底打听清楚他所干的行业——我下定决心要引着他把自己的行业说出来，但同时又不要让他怀疑我的用意何在。

我准备施展极其巧妙的诡计，务必要引他入彀。我要把自己所做的事全部告诉他，那样他就自然而然会被我推心置腹的谈话所诱惑，自然而然会对我亲热，甚至会情不自禁，在不曾猜疑到我的意图之前就把他自己的事全部告诉了我。我心里想，我的儿呀，你再没想到，你是在跟一个什么样的老狐狸打交道啊。我说：

"瞧，您再也猜不到，这一个冬天和上一个春天我单凭演讲就挣了多少。"

"猜不到……我真的猜不到。让我再想一想……让我再想一想。也许，大约是 2000 元吧？不会的，先生，那不会，我相信您不可能挣那么多。也许，大约是 1700 元吧？"

"哈哈！我就知道您猜不到嘛，上一个春天和这一个冬天，我演讲的收入是 14750 元。您以为这个数目还可以吗？"

"啊呀，这是个惊人的数目呀……绝对惊人的数目。我得把它记下了。您是说，甚至这还不是您全部的收入吗？"

"全部的收入！咳，我说您哪，此外还有 4 个月以来我从《每日呐喊》获得的收入……大约是……大约是……嗯，大约是 8000 元左右吧，我说，您觉得这个数目怎么样？"

"啊呀！怎么样？老实说，真希望我也能过上这样阔气的生活。8000 元！我要给它记下了。啊呀，我的先生！……除此以外，您意思是不是说，还有更多的收入？"

"哈！哈！哈！哎呀，您这真所谓是'只沾了个边儿'。此外还有我的书呢，《老实人在国外》……每本售价 3.5 元起到 5 元，根据不同的装订而定。您再听我说下去呀。您不用害怕呀。单是过去的四个半月里，不包括以前的销数在内，单是那四个半月里，那部书就卖了 95000 本。95000 本哪！您倒想想。平均每本就算它 4 元吧。总数几乎达到 40 万元，我的朋友。我应当拿到它的半数。"

"受苦受难的摩西[1]！让我把这一笔也给记下了。14750……8000……20万。总数吗，我瞧……哎呀，真真想不到，总数大约是 214000 元哪！那真的可能吗？"

---

[1] 《圣经》中领导以色列人逃出埃及、并为之立法的希伯来先知。这里用作惊叹语。

"可能！如果是算错，那只会是少算了。214000元现钞，那就是我今年的收入，如果我知道怎样计算的话。"

这时候那位先生站起身来告辞。我心里很不痛快，因为想到我也许不但白白地向一个陌生人公开了自己的收入，而且，由于听到他的惊叹时感到得意，还大大地提高了那些数字。可是，那位先生不立即就走，他在最后关头递给我一只大信封，说那里面有他的广告。说我可以在那里面找到一切有关他的业务的细节，说他很欢迎我去光顾——说他有了我这样收入优渥的人做主顾，实在感到骄傲；说他以前常常以为市里也有好几位大财主，可是，等到他们去跟他做交易时，他发现他们所有的那点儿钱只勉强够自己糊口；还说，他确实耐着沉闷等候了这么多年，才能面对面看见我这样一位大阔佬，而且能和我交谈，并用手接触了我，终于情不自禁，想要拥抱我——说真的，如果我肯让他拥抱的话，他认为那对他将是一件极大的光荣。

这一席话说得我心里乐滋滋的，所以我也就不再推拒，尽让这位心地纯洁的陌生人张开双臂抱住我，还在我后颈窝里洒了几滴起镇静作用的眼泪。然后，他去了。

他刚走，我就展开了他的广告。我仔细地研究了它4分钟。紧接着我就唤厨子来，说：

"扶好了我，我这就要晕过去了！让玛丽去翻那烤饼吧。"

停了一会儿，我清醒过来，就派人到路拐角的小酒店里去，雇来了一位行家，为期一个星期，要他整夜守护着我，同时咒骂那个陌生人。白天里，偶尔我咒骂得乏了，就由他接替。

哼，瞧他这个坏蛋！他的那份"广告"，只不过是一份该死的报税表格——上面是一连串没头没脑的问题，问的都是有关我的私事，很小的字体足足占了四大张纸——那些问题，这里我不妨指出，实在提得非常巧妙，哪怕是那些世故最老练的人也没法理解它们究竟用意何在——再说，那些问题都经过了精心的构思，其目的是要使一个人报税时非但没法弄虚作假，反而会将自己的实际收入多报上3倍。我试图寻觅一个可钻的空子，然而看来竟然没有一个可以让我钻的。第一个问题绰绰有余地包罗了我的全部经济情况，有如一把伞笼罩了一个小小蚁垤：过去一年里，你在任何地方所从事的任何交易、业务或职业中共赚了多少钱？

这问题下面附了另13道同样刁钻的小题，其中措词最委婉的一题是要我

马克·吐温短篇小说选

呈报：过去我可曾由于黑夜偷盗，或者拦路抢人，或者纵火打劫，或者从事其他不可告人的勾当，借此营私渔利，购置产业，但尚未逐条列于收入申报书中第一问题的对方。

这分明是那个陌生人故意要让我上当受骗。这是非常非常明显的事；于是我跑出去，聘请了另一位行家。原来由于陌生人挑动了我的虚荣心，所以我才会把自己的收入申报为 214000 元。按照法律规定，这笔收入中只有 1000 元可以免缴所得税的——这是唯一能够使我感到安慰的，但这一点钱有如大海中的涓滴而已。按规定百分抽五的办法，我必须上缴给政府的所得税竟高达 10650 元！

（这里我不妨交代一句，到后来我并没有缴纳这笔税款。）

我认识一个非常阔气的朋友，他的住宅好像是一座皇宫，他坐在饭桌上好像是一位皇帝在进膳，他的用费十分浩繁，然而，他却是一个没有分文收入的人，因为我常常在他的报税表格上注意到了这一点；于是，在窘急无奈的情况下，我就去向他求教。他接过了我那些琳琅满目的、为数惊人的收入凭证，他戴上眼镜，他提起了笔，接着，一眨眼工夫！——我已经变成了一个穷光蛋！这件事他做得十分干净利落。他只是巧妙地伪造了一份"应予扣除数"的清单。他将我缴给"州政府、中央政府和市政府的税"登记为若干；将我"由于沉船、失火等受到的损失"登记为若干；此处是我在"变卖房地产时所受的损失"，我在"出售牲口"时所受的损失，"支付住宅及其周围土地的租费"，"支付修理费、装修费和到期的利息"，"以前在美国陆军、海军与税务机关任职时从薪俸中扣除的税款"，以及其他等等。他对所有以上的情况，就每一个列举的项目，都登记了为数惊人的"应予扣除数"。他登记完毕，再把那张清单交给我，这时候我一展眼看到，就在这一年里，我作为纯利的收入已一变而为 1250.4 元。

"这一来，"他说，"按照法律规定，1000 元是属于免税的。你只需要去宣一次誓，证明这份清单属实，然后给其余的 250 元付了税就完啦。"

（他说这席话的时候，他的小儿子威利从他坎肩口袋里摸出一张 2 元美钞，拿着钱一溜烟跑了。这里我敢打赌，如果我那位陌生客人明天来访问这个小家伙，他准会谎报他应纳的所得税。）

"您是不是，"我说，"您本人是不是也这样填报'应予扣除数'呀，先生？"

"这个，我应当说是的！要不亏了'应予扣除数'项下那11条救命的附加条款，那我每年就是当乞丐，讨了钱去供奉这个该死的、可恨的，这个敲诈勒索、独断独行的政府啦。"

　　在本市几位最有实力的人士当中，在那几位品德高尚、操行清白、商业信誉卓著的人士当中，就数这位先生的地位最高，于是我敬受奉行他所指示的范例。我去到税务局办事处，在上次来访的客人的谴责的眼光下站起身来，一再地撒谎，一再地蒙混，一再地耍无赖，直到后来我的灵魂深深地陷入了伪证罪之中，我的自尊心从此消失得一干二净。

　　然而，这又算得了什么？这正是美国无数最富有的、最自豪的，而且最体面的、最受人尊重、最被人奉承的人每年都在玩弄的把戏。所以，对这些我满不在乎，我毫不羞愧。今后我只要少开口乱说，别轻易玩火，否则我免不了会养成某些可怕的习惯。

马克·吐温短篇小说选

一个真实的故事

——照我所听到的逐字逐句叙述的

那是个夏天的黄昏时候。我们坐在小山顶上一个农家门口的走廊上，瑞奇尔大娘在我们那一排下面，很恭敬地坐在台阶上——因为她是我们的女仆，而且是黑人。她的身材高大而壮实，虽然是 60 岁了，眼睛可并不模糊，气力也没有衰退。她是个欢欢喜喜、精神饱满的人，笑起来一点儿也不费劲，就和鸟儿叫那么自然。这时候又像平常天黑以后一样，她在炮火中了。这就是说，大家毫不留情地拿她开玩笑，她也就以此为乐。她动辄就发出一阵又一阵的爽朗的笑声，然后双手蒙住脸坐着，笑得不可开交，浑身抖动，简直喘不过气来，无法表达她的高兴。就在这种时候，我心里忽然起了一个念头，于是我说道：

"瑞奇尔大娘，你怎么活了 60 年，从来没什么苦恼呢？"

她停止了抖动，歇了一会儿，没有做声。她回过头来望着我说：

"克先生，您当真这么说吗？"她的声音里连一点笑意都没有。

这使我大为吃惊，同时也使我的态度和谈话庄重了一些。我说：

"噢，我以为……我是说，我觉得……嗐，你简直不可能有过什么苦恼呀。我从来没听见你叹过气，也从来没见过你眼睛里不带着笑。"

现在她差不多完全转过脸来了，显出十足的一本正经的神气。

"我是不是有过苦恼？克先生，我来跟您说，叫您自己去想吧。我是生在奴隶堆里的，当奴隶的滋味我全知道，因为我自己就当过奴隶。嗐，先生，我的老汉——那就是我们当家的——他对我很恩爱，脾气也好，就跟您对您自己的太太那么好。后来我们俩生了孩子——7 个孩子——我们俩很爱他们这些孩子，就跟您爱您的孩子一样。他们都是黑（皮肤）的，可是不管老天爷叫孩子们长得多么黑，他们的娘可照样爱他们，不肯把他们丢掉，不，随你拿全世界什么东西跟她换，她也不干。

"唉，先生，我生长在弗吉尼那个老地方，可是我妈是在马里兰长大的；哎呀，谁要是惹了她，她可真厉害！好家伙！她就大吵大闹一场！她发起脾气来，就老是爱说一句话。她把身子站得挺直，两手攥着拳头插在腰上，说：'我要叫你们知道，老娘不是生在平常人家，不能让你们这些杂种开玩笑！我是老蓝母鸡的小鸡，不含糊！'您知道吗，那就是马里兰生的人给他们自己的称呼，他们对这个很得意哩。哈，她就是那么说的。我一辈子也忘不了，因为她常说这句话，有一天我的小亨利把手腕子摔坏了，头也碰破了，刚刚碰着脑门子顶上，当时黑鬼们没有马上就跑过来招呼他，她又骂开了。他们一回嘴，她马上就站起来说：'喂！'她说，'我要叫你们这些黑鬼知道，老娘不是生在平常人家，不能让你们这些杂种开玩笑！我是老蓝母鸡的小鸡，不含糊！'她就把厨房收拾完了，自己给这孩子包扎上伤口。所以我让人家惹火了的时候，也说这句话。

"唉，后来我的老东家说她破产了，她只好把庄上的黑奴通通卖掉。我一听说他们要把我们通通送到里奇蒙去拍卖，啊，老天爷！我就知道那是怎么回事！"

瑞奇尔大娘说得很起劲了，她就渐渐站起来，现在她高高地耸立在我们面前，星光衬托出她的黑影。

"他们给我们套上链子，把我们放在一个看台上，就像这个台阶这么高——二十来英尺——大伙儿就围着台子在下面站着，一堆一堆的人。他们就上来，把我们浑身打量，拧我们的胳臂，叫我们站起来走动，完了他们就说，'这个太老'，或是'这个瘸了腿'，再不就是'这个没多大用处'。后来他们就卖了我的老汉，把他带走了，他们又来卖我的孩子们，把他们也带走，我就哭起来；那个人就说，'不许你哇啦哇啦地哭'，伸手就在我嘴上打了一巴掌。后来都卖完了，只剩下我的小亨利，我就拼命把他抱在怀里，抱得紧紧的，我就站起来说，'你们要把他带走可不行，'我说，'谁动一动他，我就要谁的命！'可是我的小亨利悄悄地说：'我会逃跑，跑掉了我就去做工，给您赎身。'啊，老天爷保佑这孩子，他老是这么孝顺！可是他们拉着他——他们拉着他，就是那些人干的；可是我揪住他们的衣服，撕破了好些地方，还拿我的链子打他们的脑袋，他们也揍了我一顿，可是我不在乎。

　　"唉，我老汉就那么走了，还有我所有的孩子，7个孩子都走了——有6个我一直到今天都没再看到一眼，算到上个复活节，已经是22年以前的事了。把我买到手的那个人是新百伦的，他就把我带到那儿去。唉，就这么一年又一年过去，后来打起仗来了。我的东家他是个南方军队里的上校，我是给他家烧饭的。所以北方的队伍把那个镇打下来之后，他们通通跑掉了，把我丢在那儿，和别的那些黑人都在那幢大得要命的房子里。所以那些北方队伍的大军官就搬进来住，他们问我愿不愿意给他们烧饭。'天哪，那还有什么说的，'我说，'我是干这行的呀。'

　　"他们可不是那些芝麻大的小官儿，您知道，那都是些挺大挺大的军官；他们高兴叫那些小兵怎样就得怎样，真神气！那个将军他叫我当厨房的头儿，他说：'谁要是来给你捣乱，你就干脆叫他滚蛋，你可别害怕，'他说，'现在你是跟朋友们在一起了。'

　　"那么，我心里想，要是我的小亨利找到机会开了小差，那他一定就会上北方去。所以有一天我就跑到那些大官儿们待着的地方，大客厅里，我就给他们请了个安，就像这样，我就跑过去，给他们谈到我的亨利，他们好好儿听着我谈这些心事，就好像我也是白人一样。我又说：'我来问问，是因为他要是跑掉了，到了北方，到了你们各位长官的地方，你们也许看见过他，那你们就可以告诉我，好让我把他找回来。他很小，左手腕子上和脑门子顶上都有个疤。'这下子他们就显得很难过，将军说：'他们给他弄走有多久了？'我说：'13年了。'这下将军就说：'他现在可不会再像那么小——他已经是个大人了！'

　　"我从前简直没想到过这个！我心里老想着他还是那么个小不点儿。从来没想到过他会长大，长成个大人。可是现在我明白了。那些长官谁也没碰见过他，所以他们也没法帮我的忙。可是那些年里，虽然我不知道，我的亨利可果然是跑到北方去了，去了好些年好些年，还成了剃头匠，自己干活。后来打起仗来了，他马上就说：'我剃头剃够了，'他说，'我要去找我妈，除非她死了。'所以他就卖掉他的行头，跑到招兵的地方去，给一个上校当听差的。这下子他就跟着部队到处打仗，好打听他的老妈妈。是呀，真的，他就一会儿伺候这个军官，一会儿伺候那个军官，一直把整个南方各地都找遍了。可是你看，我一点儿也不知道这些。我怎么会知道呢？

　　"唉，有一天晚上，我们开了个士兵跳舞会，新百伦那儿当兵的常常开跳舞会，寻开心。他们就在我那厨房里开，不知开过多少次，因为那屋子很大。

您听着，他们这么干，我可就不高兴；因为我那地方是伺候军官的，一有那些普通的丘八爷在我那厨房里乱蹦乱跳，就叫我着急。可是我老是不管他们，完了就收拾收拾，我就那么着；有时候他们惹得我生了气，我就叫他们给我打扫厨房，我跟您说吧，真不含糊！

"噢，有一天晚上——那是星期五晚上——一下子来了一整排人，是从守卫这所房子的黑人卫队里调来的——这所房子是司令部，您知道——这下子我可劲头来了！高兴疯了吗？我简直是痛快极了！我兴头很大地转到这儿，转到那儿；我简直觉得浑身发痒，只想叫他们带着我跳起来。他们都在转来转去地跳舞！哎呀，他们玩得可真痛快！我也跟着越来越高兴，越来越高兴！后来过了不大一会儿，有那么一个穿得很时髦的黑小伙子在屋子那边跳着跳着过来了，他搂着一个黄皮丫头跳，他们俩跳得只是转、只是转，真叫人看了像喝醉了酒那股劲儿。他们转到我身边的时候，他们就一会儿翘起这只腿跳，一会儿又翘起那只腿跳，还望着我那大红头巾直笑，跟我打趣，我就冒火说：'滚你妈的蛋吧！——杂种！'那年轻人的脸色猛一下子有些变了，可是只过了一会儿，后来他又笑起来，跟原先一样。噢，就在这时候，来了几个奏乐的黑人，那是乐队里的，他们这些人老是非摆架子不可似的。那天晚上他们刚起头摆一下架子，我就跟他们捣蛋！他们笑了，这叫我更加冒火。别的黑人也大笑起来，这下子我心里实在忍不住，我可真生气了！我眼睛里简直冒出火来了！我就站得挺直，就像这样——跟我现在这样，差点儿碰着天花板——我攥着拳头插在腰上，我说：'喂！'我说，'我要叫你们这些黑鬼知道，老娘不是生在平常人家，不能让你们这些杂种开玩笑！我是老蓝母鸡的小鸡，不含糊！'这时候我就看见那个年轻人站住了，他瞪着眼睛，动也不动，好像是望着天花板，有什么事忘掉了，想不起来的样子。嘻，我就往他们黑鬼那边冲过去——就这样，像一个将军的神气——他们就在我前面逃跑，滚到门外去了。这个年轻人出去的时候，我听见他跟另外一个黑人说，'吉姆，'他说，'你先走，请你告诉上尉，我大概要到早上8点钟才能回来；我心里有点事情，'他说，'今晚上再也睡不着了。你先走，'他说，'别管我吧。'

"这时候大概是夜里1点钟。差不多7点的时候，我就起来给军官们做早饭。我在火炉前面弯着腰——就像这样，把您的脚就算是火炉吧——我拿右手把火炉的门打开了——就是这样，把它这么关上，就像我推您的脚一样——我刚刚在手里端着一盘热面包，正要抬起头来，我就看见一个黑脸蛋伸到我的脸下面来了，一双眼睛往上盯住我的眼睛，就像我现在这样从底下望着您的脸一样；我就在那儿站着，一点也没动弹！一个劲儿仔细看了又看；我手里的盘子直发抖，猛一下子我就明白了！盘子掉在地下，我就抓住他的左手，把他的袖子往上推——就是这么的，就像我推您的袖子一样——我马上又抬头望着他的脑门子，把他的头发往上推，就像这样，哈，我说：'孩子！你要不是我的亨利，手腕子上哪来的这条痕，脑门子上哪来那个疤呀？谢天谢地，我又见到我的亲人了！'

"啊，没什么，克先生——我真是从来没什么苦恼。可也没什么欢喜事儿！"

法国人大决斗

　　不管一些爱说俏皮话的人怎样百般地轻视和讥嘲现代法国人的决斗吧，反正它仍旧是我们目前最令人栗栗危惧的一种风尚。由于它总是在户外进行，所以参加决斗的人几乎肯定会要着凉。保罗·德卡萨尼亚克先生，那位习性难改、最爱决斗的法国人，就是由于这样常常受到风寒，以致最后成了缠绵床席的病夫。连巴黎最有声望的医师都认为，如果再继续决斗15年或者20年——除非他能够养成一种习惯，在不受湿气和穿堂风侵袭的舒适的房子里厮杀——他最终必然有性命之忧。这一事例肯定可以平息那些人的怪谈，他们一口咬定了，说什么法国人的决斗最有益于卫生，因为它给人们提供了户外活动。再说，这一事例也肯定可以驳倒另一些人的谬论，他们说什么只有参加决斗的法国人以及社会主义者所仇恨的君主是可以不死的。

　　可是，现在要谈到我的本题上了。我一听到冈贝塔先生和富尔图先生最近在法国议会中爆发了一场激烈的争吵，就知道肯定会有麻烦事随之而来。我之所以会料到这一点，是因为我和冈贝塔先生相交多年，熟悉他这个不顾一切、顽强执拗的脾气。尽管他的身材长得那么高大，但是，我知道，复仇的狂热会深深渗入他遍体全身所有的地方。

　　我不等到他来找我，就立刻跑去看他。果然不出所料，我发现这位勇士正深深地沉浸在那种法国人的宁静之中。我说"法国人的宁静"，是因为法国人的宁静和英国人的宁静有所不同。他正在那些砸烂了的家具当中来回疾走，时不时地把一个偶然碰到的碎块从屋子里这一头猛踢到另一头。不停地咬牙切齿，发出一大串咒骂，每隔一会儿就止住步，将另一把揪下的头发放在他已经积在桌上的那一堆的上面。

　　他挥出双臂，搂住我的脖子，把我按在他腹部上方胸口，在我两边颊上吻着，紧紧地拥抱了我四五回，然后把我安放在那张他本人平时坐的安乐椅里。我精神刚恢复过来，他立即和我谈到正经事情。

　　我说，猜想他是要我做他的助手吧。他说："当然是的。"我说，要我做助手，就必须让我用一个法国人的姓名，那样，万一闹出人命事故，我可以不至于在本国受到指责。听到这里，他身体缩了一下，大概认为这句话暗示决斗在美国是不受人尊重的吧。但是，他终于同意了我的要求。这说明为什么此后所有的报纸上都报道：冈贝塔先生的助手显然是一个法国人。

　　首先，我们为决斗的人订立遗嘱。我坚持我的观点，一定要先办妥这件事。我说，我从来没听说，一个头脑清醒的人会在决斗之前不先立好他的遗嘱。他说，他从来没听说，一个头脑清醒的人会在决斗之前干这一类的事情。他把遗嘱写好后，就要着手编一套"最后的话"。他很想知道，作为一个垂死者发出的呼声，以下这些话会对我产生什么影响：

　　"我的死，是为了上帝，为了祖国，为了言论自由，为了文明进步，为了全人类四海之内皆兄弟的关系！"

　　我反对这些话，我说要在临死前讲完这一套会拖延太长的时间。对一个痨病患者来说，这确是一篇绝妙的演说词，但是它不适合于决斗场上那种迫切的要求。我们提出了许多种临死前的大放厥词，双方在选择上争执不休，但最后我还是迫使他将这条噩耗缩减成为以下这样一句，他把它抄录在备忘录里，准备给背了出来：

　　　　我的死是为了要法兰西长存。

　　我说，这句话好像跟决斗缺乏联系；但是他说，联系在最后的话里并不重要，你需要的是刺激。

　　依次办理，第二件要做的事情是选择武器。决斗的人说，他觉得身上有些不快，准备把这件事情以及安排决斗的其他细节都托付给我。于是我写了以下通知，把它带去给富尔图先生的朋友。

　　先生：
　　　冈贝塔先生接受富尔图先生的挑战，并授权我向贵方建议：决斗的地点拟选普莱西—皮凯空场；时间定为明晨拂晓；武器将用斧头。
　　　阁下，我是十分尊敬您的
　　　　　　　　　　　　　　　　　　　　　　　　马克·吐温

富尔图先生的朋友读了一遍通知，打了一个哆嗦。接着，他转过身来，用表示严肃的口气对我说：

"您可曾考虑到，先生，像这样一场决斗，必然会导致什么后果吗？"

"那么，您倒说说看，究竟会导致什么后果？"

"会流血呀！"

"大体上就是这么回事。"我说，"瞧，如果可以承蒙指教的话，请问贵方又准备流什么？"

这一下我把他问倒了。他知道自己一时失言，于是赶紧支吾其词地解释。他说刚才是一句玩笑话。接着他又说，他和他的委托人都很喜欢使用斧头，确实认为它比其他武器更好，可惜法国的法律禁止使用这种武器，所以我必须修改我的建议。

我在屋子里来回踱步，一面心里盘算这件事情，最后我想到，如果双方相距15步，用格林机枪射击，这样也许一切可以在决斗场上见分晓。于是我把这主意提了出来。

但是这项提议没被采纳，它又受到法律的阻碍。我建议使用来复枪；此后，是双管猎枪；再后，是柯尔特海军左轮手枪，但是这些一一都被拒绝了。我思索了一会儿，接着就含嘲带讽地建议双方距离四分之三英里互相扔碎砖头。我一向最恨白费力气，去向一个缺乏幽默感的人说幽默话；所以，当这位先生竟然一本正经地把最后这条建议带回去给他的委托人时，我心里感到难受极了。

过了不多一会儿，他回来了，说他的委托人非常喜欢采用双方相距四分之三英里扔碎砖头的办法，但是，考虑到这样做会给那些在当中走过的闲人带来危险，他不得不谢绝了这个提议。于是我说：

"啊，这我就没办法了。要不，可以烦您想一种武器吗？说不定您早已想到一种了吧？"

他脸上闪出了光，一口儿回答说：

"哦，当然，先生！"

于是他开始在口袋里掏——掏了一个又一个，他有很多口袋——同时嘴里一直在嘟囔："啊，瞧我会把它们藏在哪儿呢？"

他终于找到了。他从坎肩口袋里摸出了一对小玩意儿，我把它们拿到光亮地方，断定了那是手枪。它们都是单管的，镶银的，十分玲珑可爱。我没法表达自己的感情了。我一声儿不言语，单把其中的一支挂在我的表链上，然后把另一支递还给他。这时候我的伙伴拆开了一张折叠着的邮票，从包在里面的几粒弹药中拣了一粒给我。我问，他的意思是不是说我们的委托人只可以打一发弹。他回答说，按照法国法律规定，不可以打得比这更多了。于是我请他继续指教，就烦他提议双方应当相距多远，因为，受不了过度的紧张，这时候我的头脑已变得越来越迟钝和糊涂了。他将距离指定为65码，我差点儿失去了耐性。我说：

"相距65码，使用这样的家伙？即使距离50码，使用水枪，也要比这更容易死人呀。想一想，我的朋友，咱们这次共事，是为了要人家早死，不是要他们多活呀。"

然而，凭我百般劝说，多方争执，结果只能使他将距离缩短到35码。而且，即使是采取这一折中办法，他还是勉强迁就的，最后他叹了口气说："这件屠杀从此与我无关系，让罪责落在您肩上吧。"

再没其他办法可想了，我只得回到我的老狮心[1]那儿，去向他汇报我有失身份的经过。当我走进去的时候，冈贝塔先生正把他最后一绺头发放在祭坛上，他向我跳过来，激动地说：

"您已经把那件玩命的事安排好了——从您眼神里我看出来了。"

"我给安排好了。"

他的脸变得有些苍白，他就桌边靠稳。他急促地、沉重地喘息了一会儿，因为他情绪太激动了。接着，他沙哑着嗓子压低了声音说：

"那么，武器呢，那么，武器呢！快说呀！使用什么武器？"

"使用这个！"我拿出了那个镶银的玩意儿。他只朝它瞟了一眼，就笨重地晕倒在地上。

等到苏醒过来时，他伤心地说：

"以前我是那样强作镇静，以致现在影响了我的神经。但是，从此以后我再也不会表现软弱了！我要正视我的厄运，像一个男子汉，像一个法国人。"

他爬起来，做出了一个凡人根本无法望其项背、塑像极少能够比它更美的雄壮的姿势。接着他就扯着一副低沉的粗嗓子说：

"瞧呀，我镇定自若，我准备就绪，告诉我那距离。"

---

[1] "狮心王"原是英王查理一世的绰号，后泛指一般勇士。

"35 码。"

不用说，这一次我可没法挟他起来了，但是我把他就地翻了一个身，然后用水泼在他背上。他很快苏醒过来，说：

"35 码远——没一个可以扶着的东西？可是，这又何必多问呢？既然那家伙存心谋杀，他又怎么会顾得上关心那些鸡毛蒜皮的事呢？可是，有一件事您必须注意：我这一倒下，全世界的人都将看到法国骑士是怎样慷慨就义的。"

沉默了好半晌，他问：

"我个子高大，你们没谈到那个人的家族也同他站在一起，作为一种补偿吗？[1] 可是，这也没关系；我可不能降低自己的身份，在这方面提出要求；如果他风格不够高，自己不提这件事，那么就让他占点儿便宜吧，像这样的便宜，高贵的人士是不屑于占的。"

当时他已坠入一种迷惘的沉思中，这一状态持续了好几分钟，随后，他打破了沉寂，说：

"时间呢——决斗约定在什么时间？"

"明儿破晓的时候。"

他好像大吃一惊，抢着说：

"发疯了！我从来没听说有这样的事情。没有人会在这么早的时刻出门。"

"正是因为这个缘故，所以我才选定了这个时刻。您意思是说，要有一批观众吗？"

"现在可不是拌嘴的时候。我感到非常惊讶，怎么富尔图先生竟然会同意采取这样标新立异的办法。您立刻去要求对方，把时间推得更迟一些。"

我跑下楼梯，猛地打开大门，差点儿撞在富尔图先生的助手怀里。他说：

"回您的话，我的委托人极力反对选定的时间，请您同意把时间改成九点半。"

"凡是我们力能循规尽礼之处，先生，我都愿意为您高贵的委托人效劳。我们同意您建议更改的时间。"

"请您接受敝方委托人的谢意。"接着他就转过身去，对一个站在他背后的人说："您总听见了，努瓦尔先生，时间改成九点半了。"努瓦尔先生当即鞠躬，表示谢意，然后离开了那地方。我的同伙接着说：

---

[1] 个子高大，是更易击中的目标。

　　"如果您认为合适的话，贵方和敝方的首席外科医生可以按照惯例，同乘一辆马车去决斗场。"

　　"我认为这完全合适，感谢您提到外科医生，因为，说不定我真会把他们忘了。那么，我应当请几位呢？我想，两三位总够了吧？"

　　"按照一般惯例，人数是每方各请两位。我这里指的是'首席'外科医生，但是，考虑到我们委托人的崇高地位，为了体面，最好是我们每方再从医学界最有声望的人士当中指定几位顾问外科医生。这些医生可以乘他们的自备马车去。您雇好灵车了吗？"

　　"瞧我这个木头人儿，我压根儿就没想到它！我这就去安排。您肯定觉得我这人太没见识了吧；可是，这个请您千万别计较，因为以前我对这样高尚的决斗毫无经验。以前我在太平洋沿岸地区倒为决斗的事打过不少交道，可是直到现在才知道，那些都是很粗鲁的玩意儿。还谈灵车哩——呸！我们总是让那些被上帝选中的人四仰八叉横倒在那儿，随便哪一个高兴用根绳子把他捆扎起来，然后用辆车给运走了。您还有其他什么意见吗？"

　　"没有了，只是办理丧事的几位主管要像通常那样一起乘马车去。至于那些下手以及雇来送殡的人，他们要像通常那样步行。我明儿早晨八点来跟您碰头，咱们那时候再安排行列的顺序。现在恕我要向您告辞了。"

　　我回到我的委托人那里，他说："您来得正好，决斗是几点钟开始？"

　　"九点半。"

　　"可好极了。您已经把这条消息送给报社了吧？"

　　"老兄？咱们是多年的知交，如果您竟然转到了这个念头，认为我会卑鄙地出卖——"

　　"唷，唷！这是什么话，我的好朋友？是我得罪了您吗？啊，请宽恕我吧。可不是，我这是在给您增添太多的麻烦。所以，还是去办理其他的手续，就把这件事从您的日程表上取消了吧。杀人不眨眼的富尔图肯定会处理这件事的。要不，还是由我自己——对，为了稳当起见，由我递个条子给我在报社工作的朋友努瓦尔先生——"

　　"哦，对了，这件事可以不必叫您费心了，对方的助手已经通知了努瓦尔先生。"

　　"哼！这件事我早就该料到了。那富尔图就是这样一个人，他老是要出风头。"

早晨九点半钟，队伍按下列顺序向普莱西—皮凯的决斗场移近：走在头里的是我们的马车——上面只坐了我和冈贝塔先生；接着是富尔图先生和他助手所乘的马车；再后面一辆马车上载有两位不信上帝的诗人演说家，他们胸前口袋里露出了那张悼词稿；再后面一辆马车上载的是几位首席外科医生，以及他们的几箱医疗器械；再后面是八辆自备马车，上面载的是顾问外科医生；再后面是一辆出租马车，上面坐有一位验尸官，再后面是两辆灵车；再后面又是一辆马车，上面坐着几位治丧的管事；再后面是一队步行的助理人员以及雇用来送殡的人；在这些人后面，在雾中向前磨蹭着的是长长一队随同大殡出发的小贩、警察以及一般居民。那是一队很有气派的行列，如果那天的雾能较为淡薄，那次队伍的出动必将蔚为大观。

没一个人谈话。我几次向我的委托人搭讪，但是，我看得出，他都没注意到，因为他老是在翻他那本笔记簿，一面茫然无主地嘟囔："我的死是为了要法兰西长存。"

抵达决斗场后，我和那位同行助手步了步距离是不是够35码，然后抽签挑选位置。最后的这步手续只不过是点缀性的仪式，因为，遇到这样的天气，无论挑选哪个地方都是一样。这些初步的手续都做完了以后，我就走到我的委托人跟前，问他是不是已经准备好了。他把身体尽量扩展开，厉声地说："准备好啦！上子弹吧。"

于是，我们当着几位事先妥为指定的证人装上子弹。我们认为，由于气候关系，进行这件细致的工作时最好是打着电筒照亮。接着我们就布置自己的人。

可就在这当儿，警察注意到人群已经聚集在场子左右两方，因此请求将决斗的时间推迟一些，好让他们把这些可怜的闲人排列在安全的地方。

这项要求被我们接受了。

警察命令两旁的人群都站在决斗者后边去，然后我们再一次准备就绪。这时空中更是浓雾迷漫，我和另一位助手一致同意，我们都必须在发出杀人信号之前吆喝一声，好让两位斗士能确知对方究竟在什么地方。

这时我回到了我的委托人身边，不觉心里凄惨起来，因为看到他的勇气已经大为低落，我竭力给他壮胆。我说："说真的，先生，情况并不像表面上看来那么糟。想一想吧：使用的武器是这样的，射击的次数是受限制的，隔开的地方很宽广，雾浓得叫人没法看透，再说，一位决斗者是独眼龙，另一位决斗者是斜眼兼近视，照我看呀，在这场决斗中不一定会出人命事故。你们双方都有机会安然脱险。所以，振作起来吧，别这么垂头丧气的啦。"

这一席话收到了良好的效果，我的委托人立即伸出手说："我已经恢复正常，把家伙给我吧。"

我把那孤零零的武器放在他巨大厚实的掌心里。他直瞪瞪地盯了它一眼，打了个哆嗦。接着，他仍旧哭丧着脸紧瞅着它，一面结结巴巴地嘟囔：

"咳，我怕的不是死，我怕的是变成残废呀。"

我再一次给他打气，结果很成功，他紧接着说："就让悲剧开演吧。要支持我呀，别在这庄严的时刻丢下了我不管呀，我的朋友。"

我向他作出保证。接着，我就帮着他把手枪指向我断定那是他敌手所站的地方，并且嘱咐他留心听好对方助手的喊声，此后就根据那声音确定方位。接着，我用身体抵住冈贝塔先生的背，发出促使对方注意的喊声："好——啦！"这一声喊获得从雾中遥远地方传来的回应，于是我立即大叫：

"一——二——三——开枪！"

我耳鼓里触到好像"扑哧！扑哧！"两声轻响，而就在那一刹那间，我被一座肉山压倒在地下了。我虽然伤势很重，但仍旧能听出从上面传来轻微的人语声，说的是：

"我的死是为了……为了……他妈的，我的死到底是为啥呀？……哦，想起来了，法兰西！我的死是为了要法兰西长存！"

手里拿着探针的外科医生，从四面蜂拥而来，都把显微镜放在冈贝塔先生全身各个部位，结果令人高兴的是，并没找到创伤的痕迹。紧接着就发生了一件确实令人欢欣鼓舞的事情。

两位斗士扑过去搂住对方的脖子，一时自豪与快乐的泪水有如泉涌。另一位助手拥抱了我。外科医生、演说家、办理丧事的人员，以及警察：所有的人都互相拥抱，所有的人都彼此祝贺，所有的人都纵声高呼，整个空中充满了赞美的颂词和无法用言语表达的快乐。

这时候我感觉到，我与其做一位头戴王冠、手持朝笏的君主，毋宁做一位参加决斗的法国英雄。

这一阵骚动稍许平息之后，一群外科医生就举行会诊，经过反复辩论，终于断定，只要细心照护调养，他们有理由相信我负伤后仍旧可以活下去。我受的内伤十分严重，因为显然有一根他们都认为已经折断的肋骨戳进了我的左肺，我的许多内脏都被挤到了远离它们原来所属的部位的这一边或者那一边，不知道它们今后是否能够学会在那些偏僻陌生的地点发挥它们的功能。然后，他们给我左臂的两个地方接了骨，把我右大腿拉复了臼，把我的鼻子重新托高了。我变成大伙深感兴趣的对象，甚至成为备受赞扬的人物；许多诚恳和热心的人士都向我自我介绍，说他们因为能认识了我这位 40 年来唯一在一次法国人的决斗中负了伤的人而感到自豪。

我被安放在队伍最前面的一辆救护车里。于是，心满意足，兴高采烈，我被一路护送到巴黎，成为一次洋洋大观中最显赫的人物，然后，我被安置在医院里。

他们将一枚荣誉十字勋章颁赠给我。虽然，不曾身受这一荣宠的人倒是为数不多的。

以上如实地记录了当代最值得纪念的一次私人冲突。

我对任何人都无可抱怨。我是自作自受，好在我能承担一切后果。

这并不是夸口，我相信自己可以说：我不怕站在一位现代法国决斗者的前面。可是，话又说回来了，只要头脑仍旧保持清醒，我永远也不肯再站在一位决斗者的后面了。

稀奇的经验

这就是少校给我说的那个故事，我现在尽量照我所能回忆的叙述出来。

1862年冬天，我在康涅狄格州新伦敦特伦布尔要塞当司令官。我们在那儿的生活也许不如在"前线"那么活跃；不过那儿有那儿的情况，其实还是够活跃的——我们的脑筋并不因为没有什么事情来使它经常紧张而闲得发呆。光说一样事情吧，那时候北方的整个空气充满了神秘的谣言——谣传叛军的间谍到处神出鬼没，准备炸毁北方的要塞，烧毁我们的旅馆，运送带来传染病的衣服到我们的城市里来，以及诸如此类的事情。这个你都记得吧。这一切都足以使我们保持警惕，打破驻防生活一向的沉闷。除此而外，我们那儿还是个新兵招募站——这就等于说我们简直不能浪费丝毫时间去打瞌睡、或是梦想、或是游手好闲。咳，我们尽管监视得很严，每天招来的新兵还是有50%从我们手里漏掉，当天晚上就开小差了。入伍的津贴非常之大，以致一个新兵可以拿出两三百块钱贿赂看守的兵，让他逃跑，结果他所得的津贴还可以剩下不少，对于一个穷人还要算是一笔财产。是呀，就像我刚才说的，我们的生活并不沉闷。

那么，有一天我独自一人在营房里正在写点东西的时候，有一个十四五岁的、脸色苍白、穿得很破烂的孩子走进来。他规规矩矩鞠了一躬，说道：

"我想这儿是招新兵的吧？"

"是的。"

"您可以把我收下吧，长官？"

"哎呀，不行，你太年轻啦，孩子，而且个子也太小。"

他脸上现出一种失望的神情，很快就变得更厉害，成为一种丧气的表情。他慢慢地转过身去，好像是要走似的。他迟疑了一下，然后又转过脸来向着我，用一种使我深深感动的声调说道：

"我没有家，而且是举目无亲。我希望您能收下我才好哩！"

可是这事情是绝对不可能的，我就极力温和地给他说明这个意思。然后我叫他在火炉旁边坐下来暖和暖和，并且还补上了两句：

"我马上就给你一点东西吃吃。你饿了吧？"

他没有回答，也无须回答。他那双柔和的大眼睛里的感激神情比任何语言都更能达意。他在火炉旁边坐下，我继续写字。偶尔我偷偷地望他一眼。我看出他的衣服和鞋子虽然又脏又破，可是样式和材料都很好。这一点是耐人寻味的。除此之外，我还发现他的声音轻柔而悦耳，他的眼睛深沉而忧郁，他的态度和谈吐都很文雅，这个可怜的小伙子显然是遭遇了不幸。于是我对他颇感兴趣。

可是我渐渐又专心干我的工作去了，完全忘记了那个孩子。我不知道这样过了多大工夫，后来我才偶然抬头望了一下。那孩子的背向着我，可是他的脸也稍微斜过来一点，所以我可以看得见他的一边脸蛋儿——一道无声的泪泉正在顺着脸上流下来。

"哎呀，真糟糕！"我心里想道，"我忘记了这个可怜虫饿着肚子哪。"于是我为了刚才的粗心向他表示歉意，就对他说："跟我来吧，小朋友，你和我一块儿吃饭吧，今天就只我一人。"

他又那么含着感激的神情向我望了一眼，脸上露出一道快乐的光辉。到了餐桌面前，他把手扶着椅背站着，一直等我坐定了，他才坐下来。我拿起刀叉——唉，我只好拿着不动，因为这孩子低下了头，默默地祈祷谢饭。无数关于老家和童年的圣洁的回忆涌上我的心头，我不禁叹息地想起我已经与宗教飘离了很远，它对受了创伤的心灵的医疗作用，以及它的安慰、解脱和鼓舞的作用，都与我无缘了。

在我们吃饭的过程中，我看出了年轻的威克鲁——他的全名是罗伯特·威克鲁——知道怎样使用餐巾；还有——唉，总而言之，我看出他是个很有教养的孩子，详细情形就不消说了。他还有一种纯朴的坦白态度，这也使我很中意。我们谈的主要是关于他自己的事情，我毫无困难地向他问清楚了他的来历。当他谈到他生长在路易斯安那州的时候，我显然对他更表同情，因为我在那地方住过一些时候。我对密西西比河近海一带都很熟悉，而且喜欢那带地方，离开那儿也不算太久，所以我对它的兴趣还没有开始淡下来。连他嘴里说出来的一些名字都叫我听了很痛快——正因为觉得非常痛快，所以我就故意把话题引到某些方面，使他多说出一些这类名字来。巴敦鲁日、普拉魁明、端纳桑维尔、六十哩点、邦尼开尔、大码头、卡罗敦、轮船码头、汽划子码头、新奥尔良、周毕都拉街、斜堤、好孩子街、圣查理士旅馆、第阜利圆场、贝壳路、庞查特伦湖；特别使我愉快的是再听到"李将军号"、"那且兹号"、"日蚀号"、"魁德门将军号"、"邓肯·堪纳号"，以及从前一向熟悉的其他汽船的名字。那几乎就好像是我回到了那个地方那么痛快，这些名字使它们所代表的事物很生动地重新活现在我心头。简单地说，小威克鲁的来历是这样的：

　　战争爆发的时候，他和他的有病的姑母和他的父亲住在巴敦鲁日附近一个富庶的大农场上，这个农场属于他们这一家已经50年了。父亲是个联邦统一派。他受尽各式各样的迫害，可是始终坚持他的主张。后来终于有一天晚上，一批蒙面的歹徒烧毁了他的大房子，这一家人就不得不逃命。他们被人到处追踪，尝尽了一切贫穷、饥饿和苦难的滋味。害病的姑母终于得到了解脱：困苦和风吹雨打的流浪生活把她折磨死了；她像一个流浪汉似的死在露天的田野里，雨飘在她身上，雷在头上轰隆轰隆地响。不久以后，他的父亲又被一个武装的队伍俘房了。儿子一面在旁边告哀求饶，牺牲者一面在他面前被人勒死了。（说到这里，这小伙子眼睛里闪出悲惨的光，他以自言自语的神气说道："我要是当不成兵，也不要紧——我总会想得出办法——我总会想得出办法。"）那些人宣布他的父亲已经死了之后，马上就对他说，他要是不在24小时内离开那个地方，他就要遭殃。当天晚上他就悄悄地跑到河边，在一个大农场的码头上隐藏起来。后来，"邓肯·堪纳号"在那儿停下来了，他就泅水过去，藏到它后面所拖的一只小艇上。天还没有亮，船就开到了大码头，他偷偷地上了岸。那地方离新奥尔良有3英里远，他徒步走了这段路，走到好孩子街他的一个叔父家里，这下子他的苦难暂时结束了。可是这个叔父也是一个联邦统一派，过了不久，他就打定主意，还是离开南方为好。于是他就和威克鲁搭上一只帆船悄悄地离开了那个地方，不久就到了纽约。他们在亚斯多旅舍住下来。年轻的威克鲁暂时过了一段痛快的生活，常到百老汇逛来逛去，看了不少北方的稀奇景物；可是后来又发生了变化——而且并不是好转。他的叔父起初还很高兴，现在却开始显得发愁和丧气；此外他还变得脾气很怪，动辄生气；老是谈到钱只有花出去，而没有办法再赚进来——"剩下的钱连一个人都养不活，两个人就更不消说啦。"后来有一天早上，他失踪了——没有来吃早饭。这孩子到账房一问，据说叔叔头一天晚上就付清了账走了——旅馆里的职员猜想他是到波士顿去了，可是没有把握。

　　这孩子独自一人，无依无靠。他简直不知如何是好，想来想去，还是决定最好是跟上去找一找他的叔父。他跑到轮船码头，才知道他口袋里剩下的那一点点钱不够他到波士顿去的路费，可是到新伦敦去是够的，所以他就买了船票到那儿去，决定靠老天保佑，让他能有办法渡过其余一段路程。现在他已经在新伦敦的街上晃来晃去地游荡了三天三夜，靠人家的慈悲到处讨点东西吃，随便找个地方打打瞌睡。可是后来他终于灰了心，勇气和希望都完了。要是能让他当兵，谁也不比他更加感激了。如果他当兵不合格，叫他当个鼓手行不行呢？呵，他情愿拼命拼命地干，使人满意，并且还感激不尽！

小威克鲁的来历就是这样，除了细节以外，都是和他对我说的一样，我说：

"孩子，你现在到了朋友当中啦——你再也不用发愁啦。"这下子他的眼睛可发出闪光来了！我把约翰·瑞本上士叫进来——他是哈特皇人，现在还住在哈特皇；你也许认识他——我对他说："瑞本，叫这个孩子和军乐队的弟兄们住在一起吧。我打算收下他来当个鼓手，我托你照顾他，千万注意别叫他受到委屈吧。"

那么，要塞司令官和小鼓手之间的交涉到这时候当然是告一段落了；可是这个可怜的、无依无靠的小家伙仍旧在我心头萦绕着。我随时注意，老希望看见他快活起来，变得兴高采烈，可是枉然，日子一天天过去，他始终没有改变。他和谁都不发生关系；老是心不在焉，老是在想；他的脸色老是忧郁的。有一天早上瑞本请求我和他单独谈话。他说：

"我希望您不会见怪，司令官，可是现在的情况是这样，军乐队的弟兄们简直着急得要命，好像非有人出来说话不可似的。"

"咦，怎么回事？"

"是威克鲁那孩子，司令官。军乐队的弟兄们把他腻味透啦，您想不到到了什么地步。"

"好吧，你说下去，说下去。他在干什么？"

"老在祷告哩，司令官。"

"祷告！"

"是呀，司令官，这孩子老在祷告，弄得军乐队的弟兄们一点也得不到安宁。清早第一桩事，他也是干这个；中午也是干这个；夜里——唉，整夜整夜地他就像是让魔鬼缠住了似的，把人家闹得鬼神不安！睡觉吗？天哪，他们简直睡不着；照一句俗话说，他那苦心祈祷的风车转开了，他一起了头，就没有个完。他先从乐队长下手，给他祷告，跟着就找到号手头儿，又给他祷告；再往后就是低音鼓手，他甚至引着他也祷告起来啦；一个一个地，整个乐队都要轮到，个个都给大大地祷告一番，而且他那种认真的样子会使你觉得他自己以为在人间活不了多久，想着他升了天的时候如果没有带一个乐队同去，就不会快活，所以他要给他自己挑选乐队，好让他们在天上叫他信得过，奏起国歌来奏得能配上那儿的场面。唉，司令官，往他那儿丢靴子也没有用，屋子里是黑的；并且他又不光明正大地干，老是跪在大鼓后面；所以大家一齐把靴子像一阵暴雨样地丢过去也没有关系，他满不在乎——照样颤悠悠地祷告，就好像那是人家给他喝彩似的。他们大声嚷起来，'啊，住嘴吧！''让我们歇一歇吧！''枪毙这小子！''啊，滚出去！'以及诸如此类的话。可是那有什么用？简直就打搅不了他，他干脆就不睬。"停了一会儿又说："是个乖乖的小傻子，清早起来就把那满地的靴子搬回去，一双一双地挑出来，把每人的一双放到原处。这些靴子丢过去打他的次数已经太多了，所以全队的靴子他通通认识——他闭上眼睛也能把它们一双双挑出来。"

又停了一会儿，我忍住没有打岔。

"可是最叫人受不了的是他祷告完了的时候——他要是居然有个完的话——他就调一调嗓子唱起歌来。唉，您知道他说话的声音多么好听，您知道他那种声音简直可以引得一只铁铸的狗从门口台阶上跑下来舐他的手。可是您要是相信我的话，司令官，那比他唱歌的声调儿可还差得远！比起这个孩子的歌声来，吹笛子的声音都显得刺耳。啊，他就在那黑暗中像轻柔的流水似的唱，低低的声音是那么柔和悦耳，简直叫你觉得自己好像在天上似的。"

"那又怎么会'叫人受不了'呢？"

"呵，问题就在这儿，司令官，您听他唱吧。

"就像我这样——贫穷、倒霉、眼睛又看不见——您听了他唱这个，只要听一次，看您是不是浑身都发酥，眼睛里迸出泪水来！不管他唱什么，都是一直钻进你心窝里——深深地打中你的要害——每回都叫你神魂颠倒。您只要听听他唱：

　　　　有罪的、伤心的人儿，恐怖充满了你的心，
　　　　不要等到明天，你今天就要归顺天主；
　　　　不要辜负那种慈爱，
　　　　因为那种慈爱来自天主——

这些歌词。真叫人听了就觉得自己是天下心眼最坏、最不知好歹的人。他唱起他那些关于家乡、关于母亲、关于童年、关于从前的回忆、关于烟消云散了的事情和关于死去了的老朋友的歌来，就把你一生怀念难忘的一去不复返的往事都引到你面前来了——那才真是唱得漂亮，唱得神妙，叫人爱听哩，司令官——可是，天哪，那才真叫人伤心透了哩！军乐队——唉，他们大家都哭起来——这些家伙个个都哭出声来，而且并不掩饰。您知道吧，正是起先丢靴子过去打那孩子的那些人一下子又从床铺上跳下来，在黑暗中跑过去拥抱他！是呀，他们就是这样——还拼命和他亲吻，弄得他浑身都是唾沫，并且还用亲爱的名字叫他，求他饶恕他们。赶上这种时候，要是有一团人想去伤害这个小把戏一根头发，他们也会和这一团人拼命，哪怕是整整的一个军团！"

又停了一会儿。

"就是这些话吗？"我说。

"是的，司令官。"

"哎呀，原来如此，那有什么可埋怨的！他们想要怎么办呀！"

"怎么办！唉，天哪，他们想要请您叫他不要再唱了，司令官。"

"这是怎么说的！你刚才还说他的歌唱得很神妙哪。"

"问题就在这儿。唱得太神妙啦，一般凡人简直受不了。他唱的歌太叫人感动，简直把人的心都挖出来了。它把他的感情捣得粉碎，使他心里很不舒服，觉得自己有罪过，除了到地狱去受永世之苦而外，什么地方也不配去，叫人老是忏悔个没有完，什么都显得不对劲，觉得人生一点安慰也没有。还有那个哭劲，您瞧——每天早上他们都不好意思彼此对面看一看。"

"咳，这倒是个新鲜事，告状也告得古怪。那么他们当真要叫他不再唱了吗？"

"是呀，司令官，就是这个意思。他们也不愿意过分要求，要是能把他的祷告也禁止了，或是叫他不要祷告个没有完，那他们当然是谢天谢地，可是最主要的还是唱的问题。只要能把他那唱歌的嘴堵住，他们觉得祷告还可以勉强受得了，虽然老让他那么用祷告来折磨，也实在是难受。"

我告诉上士，这桩事情我会加以考虑。那天晚上我悄悄跑到军乐队的营房去听。上士所报告的情况并没有过甚其词。我听见祷告的声音在黑暗中祈求；我听见那些心烦的人咒骂的声音；我听见许多靴子一阵扔过去在空中发出的飕飕的声音，和打到大鼓周围的乒乒乓乓的声音。这种情形使我有所感触，但是同时也觉得有趣。过了一会儿，经过一阵意味深长的静默之后，就听见了歌声。天哪，那股凄凉的情调，那种迷人的力量！天下再没有什么声音像这么悦耳、这么优美、这么温柔、这么圣洁、这么动人。我在那儿待的工夫不大，我开始体验到与一个要塞司令官不大相称的一种感情。

第二天我就发出了命令，把祷告和唱歌都禁止了。随后的三四天之中，新兵骗了入伍津贴开小差的事件层出不穷，既热闹，又恼人，以致我根本没有想到我那小鼓手。可是有一天早上瑞本上士来了，他说：

"那个新来的小伙子的举动非常奇怪哩，司令官。"

"怎么个奇怪法？"

"咳，司令官，他一天到晚老在写字。"

"写字？他写些什么——是信吗？"

"我不知道，司令官。可是他一下了班，就老是在炮台各处钻来钻去，东张西望，老是一个人——我敢赌咒说，炮台上随便哪个角落里没有哪一处他没有到过——而且他老是过不了一会儿又拿出铅笔和纸，乱画一些什么下来。"

这使我起了一种极不愉快的感觉。我想要挖苦这种疑神疑鬼的想法，可是当时只要形迹稍有可疑的事情，都不能怪人家多疑，所以也就不便挖苦。当时在我们北方，处处都发生一些事故，警惕我们随时都要提防，随时都要怀疑才行。于是我联想到这个孩子来自南方这个耐人寻味的事实——是最靠南的地方，路易斯安那——在当时的情况之下，这个念头是叫人放心不下的。可是我这时候给瑞本下命令处理这桩事情，心里却感觉到一阵隐痛。我觉得自己好像是一个做父亲的在那儿捣鬼，要叫他自己的孩子受到羞辱和损害似的。我吩咐瑞本不要声张，静待时机，能给我想办法找到那孩子写的东西的时候就给我找一些来，不要让他知道。我还特别指示他千万不要有什么举动，叫那孩子发现他被人注意了。同时我还命令他照常容许那孩子有原先那些行动自由，可是他进城去的时候，要派人老远盯住他。

以后两天之中，瑞本向我报告了好几次，毫无结果。这孩子还是在写，可是每逢瑞本走近他身边，他就满不在乎地把他写的东西塞到口袋里。他到城里一个没有人的旧马棚那儿去过两次，呆了一两分钟就出来了。我们对这类事情可不能大意——看样子是有点儿蹊跷。我心里不得不承认我渐渐有些感到不安了。我跑到我私人的住处，把副司令找来——他是个很有智慧和判断力的军官，是杰姆士·华特生·韦布将军的儿子。他很惊讶，也很着急。我们把这桩事情谈了很久，最后的结论是应该进行秘密搜查。我决定亲自执行这个办法。因此我叫人第二天早上两点钟就把我叫醒，只过了一会儿，我就到了军乐队的宿舍里，趴在地下，在那些打鼾的弟兄们当中用肚皮贴着地板爬过去。后来我终于到了我那酣睡的流浪儿床前，谁也没有惊醒，我把他的衣服和背袋拿到手，又偷偷地爬回来。我回到自己屋里的时候，韦布还在那儿等着，急于要知道结果如何。我们马上就动手搜查。衣服使我们大失所望。我们在口袋里找到一点空白纸和一支铅笔，此外除了一把大折刀和孩子们藏起来当宝贝的那些杂七杂八的东西和无用的废物而外，什么也没有了。我们又怀着希望去搜查背袋。那里面又是什么也没有找到，反而碰了个钉子！——一本小《圣经》扉页上写着这么几个字："先生，请看在他母亲的面上，对我这孩子照应点吧。"

我望了望韦布——他垂下了眼睛；他又望了望我——我也垂下了眼睛。两人都不做声。我恭恭敬敬地把这本书放回原处。韦布马上站起来，一句话也不说就走了。过了一会儿，我提起精神来，再去完成这桩不是滋味的工作，我把偷来的东西送回原处，还是和原来那样趴在地下爬过去。这似乎是对于我所干的那桩事情特别相宜的姿势。

完事大吉之后，我老实说，真是高兴到极点。

第二天中午瑞本又照常来报告。我截住他的话说道：

"这桩可笑的事情就到此为止吧。我们简直是把一个可怜的小把戏当成个妖怪来对付，其实他就像一本赞美歌一样，对我们是毫无妨碍的。"

上士显得很惊讶，他说：

"唉，您也知道，这是您的命令呀，司令官，并且我还弄到了他写的一点东西哩。"

"那里面说些什么？你怎么弄到的？"

"我从门上的钥匙洞里偷看，看见他在写字。所以我估计着他大概写完了的时候，就小声地咳嗽了一下，我马上看见他把写的东西揉成一团，丢到火里，东张西望地看有没有人来。然后他就安然无事，显出非常愉快和满不在乎的样子。这下子我就走进来，高高兴兴地和他混了一阵，再打发他出去干点事情。他丝毫也不惊慌，马上就走了。炉里是煤火，才生起来的；他那个纸团丢到一大块煤后面去了，掉在看不见的地方，可是我还是把它弄出来了。这儿就是，连烤都没有烤煳哩，您瞧。"

马克·吐温短篇小说选

我望了一眼这张纸条，看了一两句。然后我就叫上士出去，并且吩咐他去给我把韦布找来。那纸上写的全文是这样的：

特伦布尔要塞，8号

上校，关于我上次开的单子里末尾那三尊大炮的口径，我弄错了，那是放18磅炮弹的；其余的武器都和我所写的相符。炮台的情况还是像前次报告的那样，不过原先准备派到前线去作战的那两连轻步兵暂时还要驻在这里——现在还无法调查要待多久，但很快就可以弄明白。我们深信就一切情况看来，最好暂时不要采取行动，且等——

写到这里就中断了——这就是瑞本咳嗽了一声、使那孩子没有再往下写的地方。这种冷血的卑鄙行为揭露出来之后，给我心头一阵沉痛的打击，以致使我对这孩子的感情以及我对他的好意和对他那孤零的遭遇所起的慈悲心都马上烟消云散了。

可是这且不去管它。现在出了问题了——而且还是需要马上充分注意的严重问题。韦布和我把这桩事情翻来覆去地考虑，彻底地研究了一番。韦布说：

"他没有写完就被打断了，真是可惜！他们有某种行动要推迟一下，等到——什么时候呢？那个行动又是指的什么呢？可能他是会要提到的，这个假装信神的小坏蛋！"

"是呀，"我说，"我们错过了一次机会，还有信里面的'我们'又是指谁呢？是炮台里面的同党，还是外面的呢？"

那个"我们"很有文章，叫人担心。可是老在这上面猜想是不值得的，所以我们就继续考虑更具体的办法。第一步，我们决定加双岗，尽最大的力量切实提防。其次，我们想到把威克鲁叫来，让他吐出一切秘密；可是这一着儿似乎不大聪明，要等其他的办法都没有效果的时候才行。我们必须把他写的东西再弄到一些，所以我们就开始想办法达到这个目的。后来我们想出了一个主意：威克鲁从来没有到邮局去过——也许那个空马棚就是他的邮局吧。我们把我的亲信书记找来——他是个名叫斯特恩的德国人，好像是个天生的侦探似的——我把这桩事情原原本本告诉他，叫他去设法破案。还不到一个钟头，我们又得到消息，说是威克鲁又在写。再过了一会儿，又听说他告假进城去了。他动身之前，他们故意耽误了他一阵，同时斯特恩赶紧跑去藏在那个马棚里。一会儿他就看见威克鲁逍遥自在地走进去，四面张望了一会儿，然后把一样东西藏在角落里一堆垃圾底下，又从从容容地出去了。斯特恩赶紧把那件隐藏的东西——一封信——拿到手，给我们带回来。上面既没有收信人的姓名地址，也没有发信人的签名。信里面先把我们看到过的那些话写上，接着就说：

> 我们认为最好是暂时不采取行动，且等那两连人开走了再说。我是说我们内部这 4 个人有这个意见，还没有和其他的人通消息——怕的是引人注意。我说 4 个人，是因为我们少掉了两个，他们入伍不久，刚混进炮台来就被派到前线去了。现在非另派两个人来接替他们不可。走了的那两个是三十哩点那两兄弟。我有一个非常重要的消息要告诉你，可是决不能靠这种通信的方式，我要试用另一种办法。

"这个小浑蛋！"韦布说，"谁想得到他是个间谍呢？可是这且不去管他，我们先把已经得到的这些情节照目前的情形凑合起来研究研究，看看这桩事情现在已经发展到什么地步吧。第一，我们当中已经有了一个间谍是我们知道的；第二，我们当中还有 3 个是我们不知道的；第三，这些间谍都是经过到联邦部队来入伍这个简单而省事的手续混进我们这儿来的——显然是有两个上了当，被我们运到前线去了；第四，'外面'还有间谍的帮手——数目多少还不清楚；第五，威克鲁还有非常重要的事情，他不敢用'现在这种方式'报告消息——要'试用另一种办法'。照目前的情形看来，大致就是这样。我们是不是要把威克鲁抓起来，叫他招供呢？再不然是不是要去抓住到马棚里取信的人，叫他供出来呢？要么我们就暂时还不做声，再多调查一些事实好不好呢？"

我们决定了采取最后那种办法。我们估计这时候还没有实行紧急措施的必要，因为那些阴谋分子显然是打算等着那两个轻步兵连开走的时候再下手。我们给了施特恩充分的权力，使他好办事，并且叫他尽量设法把威克鲁的'另外一种'通讯方法调查出来。我们打算玩一套大胆的把戏，因此我们主张继续使间谍们毫不怀疑，能敷衍多久就敷衍多久。所以我们命令斯特恩马上再到那个马棚那儿去，要是没有什么人妨碍的话，就把威克鲁的信仍旧藏到原地方，放在那儿等叛徒们去取。

那天一直到天黑，并没有其他动静。夜里天气很冷，天色漆黑，正下着雨雪，风也刮得很凶；可是那一夜我还是从温暖的床上起来了好几次，亲自出去

马克·吐温短篇小说选

巡逻，为的是要查明确实没有出什么事故，而且每个岗哨都在认真提防。我到处都发现他们振作精神警戒着，显然是有一些神秘的威胁的谣言悄悄地在四处传播，一加双岗就更使那些谣言显得确有其事了。有一次天快亮的时候，我碰见韦布顶着寒风一直往前走，随后才知道原来他也巡逻了好几次，总要知道一切安然无事才放心。

第二天的事情稍微使情况发展得快一些。威克鲁又写了一封信。斯特恩比他先到那个马棚里，看见他藏那封信。威克鲁刚一走开，他就去把那封信拿到手，然后溜出来，远远地盯住那个小间谍，他背后还跟着一个便衣侦探，因为我们觉得应该让他随时可以得到法律的帮助，以备紧急的需要。威克鲁跑到火车站去，在那儿等着纽约的车来，然后客人由车上涌下来的时候，他就仔细看着那一群人的脸。一会儿就有一个年老的绅士，戴着绿色的护目镜，拄着手杖，一瘸一瘸地走过来，在威克鲁附近站住，急切地开始张望。威克鲁马上就飞跑过去，塞了一个信封在他手里，然后溜开，在人丛中不见了。斯特恩立刻就去把那封信一下子抢过来，随即他在那个侦探身边匆忙走过的时候，就对他说："跟住那个老先生——别让他跑得不见了。"然后斯特恩随着人群连忙跑出来，一直跑回要塞。

我们关上门坐下来，吩咐外面的守卫不让别人来打搅。

我们先把马棚里拿来的那封信打开来看。内容如下：

神圣同盟——照常在那尊大炮里拿到大老板的命令，那是昨晚上丢在那儿的。这次的命令取消了以前从次一级的机关所得的指标。已在炮内照例留下了暗号，表示命令已经到了收件人手里——

韦布插嘴说："这孩子现在不是经常受着监视吗？"

我说是的，自从拿到他前次那封信之后，他一直就在严密的监视之下。

"那么他怎么能够放什么东西到炮筒里去，或是从那里面取出东西来，居然没有被人发觉呢？"

"唉，"我说，"我看这种情形有点不大对劲。"

"我也觉得不对呀，"韦布说，"这简直就表示连哨兵里面都有同谋犯。要不是他们暗中纵容他，这种事情是做不到的。"

我把瑞本叫来，吩咐他到炮台去仔细查一查，看能找出什么线索来。然后我们又往下念那封信：

　　　　新的命令是果断的，它要○○○○明天早上3点钟××××。将有200人分成若干股由各地乘火车或采取其他途径来此，按时到达指定地点。今天由我分发信号。成功定有把握，但是我们一定是走漏了一些消息，因为这里已加派双岗，而且正副司令昨夜曾巡逻多次。寅寅今天由南方来此，将接受秘密命令——用另一方法。你们6个人必须早晨两点钟准时到166号。乙乙会在那里等你们，给你们详细指示。口令和上次相同，但要倒过来——头一个字改到末尾，末一个字改到前面。记住辛辛辛辛，不要忘了。千万要大胆；还不等太阳再出来，你们就要成为英雄了；你们的名声将流芳千古；你们将在历史上添上不朽的一页。阿门。

　　"好家伙，"韦布说，"我看这情形，我们可实在不大好对付呀！"
　　我说没有问题，形势是渐渐显得非常严重了。我说：
　　"他们正在准备采取一个猛烈的冒险行动，这是很明显的。今天晚上是他们预定的时间——这也是明显的。这个冒险行动的性质——我是说它的方式——隐藏在那一大堆'○'或'×'下面，可是据我估计，他们的目的是要偷袭和夺取要塞。现在我们必须采取又快又狠的断然行动。我想我们继续用秘密手段对付威克鲁是一点用处也没有了。我们必须知道，而且越快越好，'166号'究竟在哪儿，好在早上两点钟把那一伙儿一网打尽；不消说，要想得到这个秘密，最快的办法就是逼着这个小鬼说出来。可是首先我必须把事实报告军政部，请求全权处理，然后我们才可以采取重要行动。"
　　急电译成了密码，准备拍发；我看过之后，表示认可，就发出去了。
　　我们随即结束了对刚才所谈的那封信的讨论，然后把从那位瘸腿先生那儿抢过来的那封信打开。那里面除了装着两张完全空白的信纸而外，什么也没有！这对我们当时急切盼待的心情真是泼了一瓢冷水。我们一时大失所望，心里就像那信纸一样空虚，简直不知怎么好。可是这只过了一会儿工夫，因为我们当然马上就想到了"暗墨水"。我们把信纸拿到火边上去烤，等着看那上面的字迹经过火烤的结果显出来；可是除了几条模糊的笔画而外，什么也没有，而我们对那几条笔画又看不出一点道理。于是我们把军医找来，叫他拿去用他所知

马克·吐温短篇小说选

道的各种方法试验，总要试出个结果来。等到字迹显出来之后，立刻就来把信的内容报告给我。这个阻碍可真是叫人烦得要命，我们当然因为这阵耽误而生气，因为我们一心盼望着从那封信里得到关于这个阴谋的一些最重要的秘密。

这时候瑞本上士来了，他从口袋里掏出一根大约 1 英尺来长的麻绳，上面打着 3 个结，他把它拿起来给我看。

"我在江边的一座大炮里取出来的，"他说，"我把所有的炮上的炮栓都取下来，仔细看过；结果每一个炮都查遍了，只找到这么一截麻绳。"

原来这截绳子就是威克鲁的"暗号"，表示"大老板"的命令并没有送错地方。我命令立即把过去 24 小时内在那座炮附近值过班的哨兵通通单独禁闭起来，非经我的同意，不许他们互相交谈。

这时候军政部长来了个电报。电文如下：

> 暂行取消人身保障法。全城宣布戒严。必要时逮捕嫌疑犯。采取果断迅速行动。随时将消息报告本部。

这下子我们可以下手了。我派人去把那位瘸腿老先生悄悄地逮捕起来，悄悄地押解到要塞；我把他看管起来，不许别人和他谈话，也不许他给人家说话。起初他还老爱吵闹一阵，可是不久就不做声了。

随后又来了个消息，说是有人看见威克鲁拿一点什么东西交给我们的两个新兵。他刚一转身，这两个人马上就被抓去禁闭起来了。每人身上搜出了一个小纸片，上面用铅笔写着这些字：

> 大鹰三飞
> 记住辛辛辛辛
> 166

遵照军政部长的指示，我给部里打了个密电，报告情况的进展，还把上面这个纸片描绘了一下。现在我们似乎是处于很有把握的地位，尽可以对威克鲁拉下假面具了，所以我就派人把他叫来。同时我也派人去取回那封暗墨水写的信，军医还附带交来了一张条子，说明他试过的几种方法都没有结果，不过另外还有些方法，等我叫他试验的时候，还可以试一试。

威克鲁很快就进来了。他显得有些疲乏和焦急的神气，可是他很镇定和从容，即令他感觉到了有什么不妥，也没有在脸色和态度上露出来。我让他在那儿站了一两分钟，然后快快活活地说：

　　"小孩儿，你为什么老上那个旧马棚里去呢？"

　　他用天真的态度毫不慌张地回答：

　　"呵，我也不知怎么回事，司令官。并没有什么特别的原因，不过我喜欢清静，到那儿去玩玩。"

　　"你到那儿去玩，是吗？"

　　"是呀，司令官。"他还是像起先那么天真自然地回答。

　　"你在那儿只干这个吗？"

　　"是呀，司令官。"他抬起头来望着，那双温柔的大眼睛里含着孩子气的惊讶神情说道。

　　"真的吗？"

　　"是呀，司令官，真的。"

　　停了一会儿，我说：

　　"威克鲁，你为什么老爱写字呢？"

　　"我？我并没有常写什么，司令官。"

　　"你没有常写？"

　　"没有，司令官。啊，您要是说的乱画呢，我倒是乱画了一些，画着玩的。"

　　"你画了拿去干什么呢？"

　　"没有干什么，司令官——画完就丢了。"

　　"没有送给什么人吗？"

　　"没有，司令官。"

　　我突然把他写给"上校"的那封信伸到他面前。他稍微吃惊了一下，可是马上又镇定下来了。他脸上微微地红了一阵。

　　"那么，你为什么要把这个送出去呢？"

　　"我绝——绝没有安什么坏心思，司令官。"

　　"绝没有安什么坏心思！你把要塞的军备和情况泄露出去，还说没有安坏心思吗？"

　　他低下头去不做声。

　　"喂，老实说吧，别再撒谎啦。这封信是要给谁的呢？"

这时候他显出一些痛苦的样子，可是很快就平静下来，用非常恳切的声调回答说：

"我把事实告诉您吧，司令官——全部事实。这封信根本就没有打算写给什么人，我不过写着玩的。现在我知道这是做错了，而且是件傻事——可是我只犯过一次，司令官，我以人格担保。"

"呵，这倒是叫我很高兴。写这种信是很危险的。我希望你真是只写过这一封吧？"

"是呀，司令官，千真万确。"

他的大胆真是惊人。他说这句诳话的时候，那种诚恳的神气谁也赛不过。我停了一会儿，把我的怒气平息下去，然后说：

"威克鲁，你仔细想一想吧，我想调查两三件小事情，你看是不是可以帮个忙。"

"我一定尽力帮忙，司令官。"

"那么我先问你——'大老板'是谁呢？"

这一下使他很惊慌地向我们脸上望了一眼。可也不过如是而已。他马上又安静下来，沉着地回答说：

"我不知道，司令官。"

"你不知道？"

"我不知道。"

"你当真不知道吗？"

他极力想把他的眼睛望着我的，可是那实在太紧张了；他的下巴慢慢地向着胸部低下去，他哑口无言了；他站在那儿神经紧张地摸弄着一只纽扣，他的卑鄙行为虽然可恶，那样子可也叫人怜悯。随后我又提出一个问题，打破了沉默：

"'神圣同盟'是些什么人呢？"

他浑身显然发抖，他把双手盲目地微微动了一下，这在我看来，好像是一个绝望的小家伙求人怜悯的表示。可是他没有做声。他继续把头向地下垂着，站在那儿。我们瞪着眼睛望着他、等着他说话的时候，看见大颗的眼泪顺着他的脸蛋儿滚下来。可是他始终不说话。过了一会儿，我说：

"你非回答我不行，小孩儿，你一定要说老实话。'神圣同盟'是哪些人？"

他仍旧只是一声不响地哭。我随即就说：

"回答我这个问题！"我的语气有些严厉。

他极力要控制自己的声音，然后求饶地抬头望着，掺杂着哭声勉强说道：

"啊，请您可怜我吧，司令官！我不能回答这个问题，因为我不知道。"

"什么！"

"真的，司令官，我是说的实话，我直到现在，从来没有听说过什么'神圣同盟'。我以人格担保，司令官，这是实话。"

"真是怪事！我看你这第二封信；呵，你看见这几个字吗？'神圣同盟'。现在你还有什么话可说？"

他抬起头来瞪着眼睛望着我的脸，显出一副受了委屈的神气，好像他遭了很大的冤枉似的，然后激动地说：

"这是有人狠心地给我开玩笑，司令官；我老是极力要好好做人，从来没有伤害过谁，他们怎么能这样陷害我呢？有人假造了我的笔迹，这都不是我写的，我从来没有见过这封信！"

"啊，你这个可恶透了的小骗子！你看，这又是怎么回事呢？"——我把那封暗墨水写的信从口袋里掏出来，伸到他眼前。

他的脸发白了！——简直像个死人的脸那么白。他站也站不稳，微微摇晃起来，伸手扶着墙才把身子撑住。过了一会儿，他低声问道：

"您已经……看过这封信了吗？"他的声音简直低得听不见。

一定是还没有等我嘴里来得及捏造出"看过了"这么个回答，我们脸上就把真情流露出来了，因为我清清楚楚地看见那孩子的眼睛里又恢复了勇气。我等着他说话，可是他一声不响。所以后来我就说：

"喂，你对这封信里泄露的秘密又怎么解释呢？"

他非常镇定地回答说：

"没有什么解释，我只想说明一声，那是完全没有害处的，对谁也没有什么妨碍。"

这下子我可有点窘住了，因为我无法反驳他的话。我不知究竟怎么办才好。可是我忽然有了一个主意，这才给我解了围，我说：

"你对'大老板'和'神圣同盟'当真是什么也不知道吗？你说是人家假造的这封信，当真不是你写的吗？"

"是的，司令官——是真的。"

我慢慢抽出那根带结的麻绳来，把它举起，一声不响。他若无其事地瞪着眼睛望着它，然后诧异地望着我。我实在再也忍耐不住了。不过我还是把我的脾气压下去，用我平常的声调说：

"威克鲁，你看见这个吗？"

"看见的，司令官。"

"这是什么？"

"好像是一根绳子。"

"怎么，好—像—是？这根本就是一根绳子呀。你还认得吗？"

"不认得，司令官。"他回答的语气从容到极点。

他那种冷静的态度真是十足地令人惊叹！于是我停了几秒钟，为的是让我的沉默可以加深我所要说的话给人的印象；然后我站起来，把一只手按在他肩膀上，严肃地说：

"这是对你没有好处的，可怜的孩子，绝对没有好处。你给'大老板'的这个暗号，这根带结的绳子，是在江边一座大炮里找到的——"

"大炮'里面'找到的！啊，不对、不对、不对！别说是在大炮里吧，其实是在炮栓的一条缝里！——一定是在缝里！"他随即就跪下来，两手交叉着十指，仰起面孔，他那脸色灰白、吓得要命的样子，叫人看了怪可怜。

"不，是在大炮里。"

"啊，那一定是出了毛病！老天爷，我完蛋啦！"他一下子跳起来，左右乱闯，闪开人家伸出去抓他的手，极力想从这地方逃掉。可是逃跑当然是不可能的。于是他又扑通一声跪在地下，拼命地哭，还抱住我的腿；他这样揪住我，苦苦哀求地说："呵，您可怜我吧！啊，您行行好吧！千万别把我的事情说出去呀，他们连一分钟也不会饶我的命哪！请您保护我，救救我吧。我把一切都供出来！"

我们花了一些工夫才使他平静下来，减少他的恐惧，把他的心情变得稍微清醒一些。然后我开始盘问他，他眼睛望着地下，很恭敬地回答，随时伸手揩去他那流个不停的眼泪。

"那么你是心甘情愿的一个叛徒喽？"

"是呀，司令官。"

"还是个间谍？"

"是呀，司令官。"

"一直在按照外面来的命令活动吗？"

"是呀，司令官。"

"是自愿的吗？"

"是的，司令官。"

"干得很高兴吧，也许是？"

"是呀，司令官，抵赖也没有好处。南方是我的家乡，我的心是南方的，整个的心都在它那一方面。"

"那么你所说的那些遭难的经过和你家里的人被杀害的那些事情都是为了要混进要塞，特别捏造出来哄人的吧？"

"他们——是他们叫我那么说的，司令官。"

"那么你就打算出卖可怜你和收容你的人，要把他们毁了吗？你知不知道你多么卑鄙呀，你这个走入迷途的可怜虫？"

他只用哭泣来回答。

"好吧，这个且不去管它。还是谈正经事。'上校'是谁？他在什么地方？"

他开始大哭起来，想要哀求不叫他回答。他说他要是说出来，就会被打死。我威胁着说，他要是不说出实情，我就要把他关到黑牢里监禁起来。同时我答应他，只要他把秘密通通说出来，我就保护他，不叫他受到任何伤害。他紧紧地闭住嘴，一句话也不肯回答，他做出顽强的样子，使我简直拿他无可奈何。后来我就带着他走，可是他只往黑牢里望了一眼就改变了主意。他突然一阵子又哭起来，并且苦苦哀求，声明他愿意说出一切实情。

于是我又把他带回来，他就说出了"上校"的名字，并且很仔细地把他描写了一番。他说到城里最大的旅馆里可以找到他，穿着普通老百姓的衣服。我又威胁了他一阵，他才把"大老板"的名字说出来，并且说明他的相貌等等。他说在纽约证券街15号可以找到"大老板"，化名是盖罗德。我把盖罗德的姓名和形象打电报告诉纽约警察局局长，要他逮捕这个人，把他看管起来，等我派人去提解。

"那么，"我说，"好像是'外面'还有几个同党，大概在新伦敦。你把他们的姓名和情况说一说吧。"

他说出了3个男人和2个女人，并且说明了他们的情况——都住在大旅舍里。我悄悄地派人出去，把他们和那位"上校"抓来，关在要塞里。

"现在我还要知道你在要塞里面的3个同党。"

我想他又要说诳话来骗我，可是我把从那两个被捕的哨兵身上搜到的神秘的纸片拿出来，这对他产生了很好的效果。对他说我们已经抓到了两个，让他非说出另外那一个不可。这把他吓得要命，他大声叫道：

"啊，请您别逼我吧，他当场就会要我的命！"

我说那是可笑的想法，我会派人在他身边保护他，并且弟兄们集合的时候是不让他们带武器的。我命令所有的新兵都集合起来，然后这可怜的小坏蛋浑身发抖地出来了，他顺着那一队人走过去，极力显出若无其事的样子。后来他对其中一个人只说了一个字，于是他还没有走出 5 步，这个人就被捕了。

威克鲁又和我们在一起的时候，我就叫人把那 3 个人带进来。我叫其中的一个站到前面来，说道：

"喂，威克鲁，你可要注意，只许完全说实话，丝毫也不能有差错。这个人是谁，你知道他一些什么事情？"

他已经到了"骑虎难下"的地步，所以就不顾一切后果，眼睛瞪住那个人脸上，毫不迟疑地说了一大套——他说的是下面这些话：

"他的真名字叫作乔治·布利斯多。他是新奥尔良人，两年前在沿海的邮船'神殿号'上当二副。他是个很凶的角色，曾经犯杀人罪坐过两次牢——一次是为了拿一根绞盘棍子打死一个叫作海德的水手，一次是为了打死一个甲板苦力，因为他不肯抛铅锤，其实那是不该甲板苦力做的事。他是个间谍，是上校派到这儿来进行间谍活动的。1858 年'圣尼古拉号'在孟菲斯附近爆炸时，他在船上当三副；死伤的乘客装在一只空木船上往岸上运的时候，他就抢他们身上的东西，结果差点儿让人家抓来用私刑弄死了。"

还说了一些诸如此类的话——他把这个人的来历说得很详细。他说完之后，我向那个人说：

"你对他这些话有什么说的？"

"司令官，您可别怪我在您面前说话不恭敬，他这简直是顶胡说八道的谎话，从来没有听见过谁撒这种谎！"

我叫人把他带回去再关起来，又把其余两个先后叫到前面来。结果都是一样。那孩子说出了每个人的详细来历，对措词和事实丝毫也没有迟疑。可是我盘问这两个家伙的结果，每个人都只是愤恨地说那完全是谎话。他们什么口供也没有。我把他们再送回去关起来，又把其余的犯人一个个叫出来对质。威克鲁把他们的一切都说出来了——他们是南方哪些城市的人，和他们参加这个阴谋的原原本本。

但是他们都否认他所说的事实，而且没有一个有什么口供。男人们大发脾气，女人们哭哭啼啼。据他们自己说，他们都是从西部来的清清白白的人，并且对联邦比世界上一切东西还要爱。我把这批人再关起来，心里很腻烦，随后我就再来盘问威克鲁。

"166号在哪儿？'乙乙'是谁？"

可是他下了决心以这里为界限。无论说好话哄他或是说硬话吓唬他，都不起作用。时间过得飞快——非采取严厉手段不可了。所以我就拴住他的大拇指，把他踮起脚尖吊起来。他越来越痛，就尖声惨叫，那声音简直叫我有些受不了。可是我坚持不放松，过了一会儿他就喊叫起来：

"啊，放我下来吧，我说！"

"不行——你先说了我才放你下来。"

现在每一片刻的时间对他都是痛苦，所以他就说出来了：

"大鹰旅舍，166号！"他说的是江边的一个下等客栈，普通一般卖力气的人和码头工人、还有那些更不体面的人常去的地方。

于是我就把他放了下来，然后又叫他给我说这次阴谋的目的。

"今晚要夺取要塞。"他顽强地说，一面低声哭着。

"我是不是把这次阴谋的头儿们都抓着了？"

"没有，除了你抓到的以外，还有要到166号去开会的人。"

"你那'记住辛辛辛辛'是什么意思？"

没有回答。

"到166号去的口令是什么？"

没有回答。

"那一堆一堆的字和记号是什么意思——'×××××'和'○○○○'？快说！要不然又叫你尝尝那个滋味。"

"我决不回答！我宁肯死。现在你爱怎么办就怎么办吧。"

"把你说的话好好儿想想吧，威克鲁。拿定主意了吗？"

他坚决地回答，声音毫不发颤：

"拿定主意啦。我非常爱我那遭难的南方，痛恨这北方的太阳所照耀的一切，所以我宁肯死，也不会泄露那些消息。"

我又拴住他的大拇指把他吊起来。这可怜的小家伙痛得要命的时候，他那尖叫的声音真叫人听着心都要碎了，可是我们再也没有逼出他什么口供来。不管你问他什么话，他老是叫着同一个回答："我可以死，而且我决定死，可是我决不说。"

咳，我们只好就那么算了。我们相信他一定是宁肯死也不会招供。所以我们就把他放下来，再把他关起，严加看管。

然后我们忙了几个钟头，给军政部打电报，一方面准备突击 166 号。

那个漆黑和寒冷的夜晚是够令人提心吊胆的。要塞的情报已经泄露了一些，整个要塞都在提防意外。哨兵加成了三岗，谁也不能进出，一走动就会被哨兵用步枪对准他的头，叫他站住。不过韦布和我却不像原先那么担心了，因为有许多主犯既已落网，阴谋就必然受到相当大的挫折了。

我决定及时赶到 166 号去，抓住"乙乙"，把他的嘴堵上，等着其余的人来到，好逮捕他们。大约在早上一点一刻，我就悄悄离开要塞，后面还带着 6 个精壮的正规兵，还有威克鲁那孩子，他的手反绑在背后。我告诉他说，我们要到 166 号去，要是发现他这次又说了谎话，叫我们上当，那他就非领我们到正确的地方去不可，否则就要叫他吃苦头。

我们偷偷地走近那个客栈，进行侦察。小小的酒吧间里点着一支蜡烛，其余的房间都是黑暗的。我试开前门，并没有锁，我们就轻轻地走进去，仍旧把门关上。然后我们把鞋脱掉，我带头领着大家到酒吧间里。德国店主坐在那儿，在椅子上睡着了。我轻轻地把他推醒，叫他脱掉靴子，在我们前面走，同时警告他不许做声。他一声不响地顺从了，可是显然吓得要命。我命令他带路到 166 号去。我们爬上了两三层楼梯，脚步像一串猫儿那么轻；然后我们走到一道很长的过道尽头的时候，就到了一个房间门口，从那个门上装着玻璃的小窗户里，我们可以看得出里面有一支暗淡的蜡烛的亮光。店主在暗中摸索着找到了我，悄悄地说那就是 166 号。我试了试那扇门——里面锁上了。我靠近耳朵给一个个子最大的士兵下了一个命令，我们就用宽大的肩膀顶住门，猛推一把，就把门上的铰链冲开了。我隐隐约约地看见床上有一个人影——看见它连忙向蜡烛把头伸过去，蜡烛一灭，我们就在一团漆黑当中了。我猛扑过去，一下子跳到了床上，用膝盖使劲按住了床上那个人。被我抓住的人拼命地挣扎，可是我使左手卡住了他的嗓子，这给我的膝盖很大的帮助，总算把他制服了。然后我马上把手枪掏出来，拉开扳机，用那冰冷的枪筒抵住他的腮帮子，表示警告。

"现在谁给划根洋火吧！"我说，"我把他抓牢啦。"

有人照办了。火柴的光亮起来。我望着我抓住的人，哎呀，老天爷，原来是个年轻的女人！

我把她放了，连忙下床来，心里觉得怪害臊。大家都瞪着眼睛望着身边的人发呆。这桩意外的事太突如其来，叫人莫明其妙，因此大家都非常慌张，不知怎么才好。那个年轻的女人开始哭起来，用被子蒙住了脸。店主恭敬地说：

"是我的女儿，她大概是干了什么不规矩的事吧，是吗？"

"你的女儿？她是你的女儿吗？"

"啊，是呀，她是我的女儿，她今晚上才从辛辛那提回家来的，有点儿小病。"

"他妈的，那孩子又撒谎啦。这不是他说的那个166号；这不是'乙乙'。威克鲁，你给我们找到那个真正的166号吧，要不然——喂！那孩子在哪儿？"

跑掉了，丝毫不假！不但跑了，我们连一点线索也找不到。这可是个伤脑筋的情况。我骂自己太傻，没有把他拴在一个士兵的身上；可是现在为这个而懊恼是没有用处的。到了这个地步，我究竟应该怎么办呢？——这是当前的问题。不过说到源头，那个姑娘说不定就是"乙乙"。我并不相信这个，可是把疑惑当成定论是不妥当的。所以我就叫我那几个士兵留在166号对面的一个空房间里，吩咐他们一见有人走近那个姑娘的房间，就一律把他们抓起来，同时还叫他们把店主扣押在他们一起，严加看管，且待以后的命令。然后我就赶回要塞去看看那儿是否还平安无事。

不错，平安无事。而且还始终都没有问题。我通夜守着，没有睡觉，以防意外。可是毫无动静。后来看见天又亮了，我居然能够给部里打电报，报告星条国旗仍旧在特伦布尔要塞上空飘扬，心里真是说不出的高兴。

我心头解除了无限的压力。不过我当然还是没有放松警惕，也没有停止努力；因为当时的局势太严重了，疏忽是不行的。我把那些犯人一个个叫来，整个钟头地拷问他们，总想叫他们招供，可是毫无结果。他们光咬牙切齿，直扯头发，什么也没有吐露出来。

到了中午的时候，我们得到了那个失踪的孩子的消息。有人在早上6点钟，大约在8英里以外看见他在路上，拖着沉重的脚步往西走。我马上派一个骑兵中尉和一个士兵去追他。他们在20英里以外看见他了。他已经翻过了一道篱笆，疲乏地拖着脚步穿过一片烂泥的田野，向着一个村庄的边上一座旧式的大房子走过去。他们骑着马穿过一片小树林，迂回过去，由相对的方向包抄那所房子；然后下了马，赶快溜到厨房里。那儿一个人也没有。他们又溜进靠近的一间屋子里，那儿也没有人；由那间屋里通着前面起居室的门是开着的。他们正想要由这扇门里走过去，忽然听见一个很低的声音，那是有人在祷告。于是他们就恭恭敬敬地站住了，中尉把头伸进去，看见一个老头和一个老太婆在那间起居室的一个角落里跪着，正在祷告的是那老头。刚刚祷告完毕的时候，威克鲁那孩子打开前门走进来了。那两个老人一同向他扑过去，紧紧地搂着他，叫他透不过气来。他们大声嚷道——

"我们的孩子！我们的宝贝！多谢上帝。跑掉的又回来啦！死了的又复活啦！"

喂，先生，你猜是怎么回事！那个小鬼原来就是在那个农庄上生长的，本来是一辈子从没有离开过这个地方5英里路远，后来才在两个星期以前闲荡到我那地方去，编了那一个伤心的故事把我哄住了！这是千真万确的事情。那个老头是他的父亲——是个有学问的退休了的老牧师，那个老太婆是他的母亲。

现在让我来对这个孩子和他的举动略加说明吧。原来他是爱看廉价小说和那些专登情节离奇的故事的刊物看得入迷了的——所以莫明其妙的神秘事件和天花乱坠的侠义行为正合他的胃口。后来他又看到报纸上报道叛军的间谍到我们这边来潜伏活动的情况，以及他们那可怕的企图和两三次轰动一时的成功，结果他的脑子里就把这个问题想入非非了。他曾经有几个月和一个长于说话和富于幻想的北方青年经常混在一起，那个青年在新奥尔良和密西西比上游二三百英里的各地之间航行的几只邮船上当过两年事务员——因此他谈起那一带地方的地名和其他情形都显得很熟悉。我在战前曾经在那一带地方住过两三个月；我对那儿所知道的很有限，所以容易被那孩子哄住，要是一个土生的路易斯安那人，那也许不等他说到15分钟，就可以发现他露出马脚了。你知道他为什么说他情愿死也不肯解释他那几个阴谋的暗号吗？干脆就是因为他无法解释！——那些记号根本没有意义；他是由想象中凭空捏造出来的，事先事后都没有考虑过，所以突然问起他来，他就想不出什么说法来解释。譬如他对那封"暗墨水写的信"里隐藏着什么秘密也说不出来，充分的理由就是那里面根本没有隐藏任何秘密；那封信不过是空白的纸张罢了。他根本没有搁什么东西到大炮里面，而且从来没有打算过这么做——因为他那些信都是写给一些想象中的人物的，他每次藏一封信到那个马棚里，老是把前一天放在那儿的一封拿走，所以他对那根带结的小绳子并不知道；因为我拿给他看的时候，他还是第一次看到。可是我一让他说明来历，他马上就照他那异想天开的派头，承认那是他放的，而且因此收到了一些很妙的戏剧性的效果。他捏造了一个"盖罗德"先生，还有什么证券街15号，当时已经根本不存在了——3个月以前就拆掉了。他还捏造了那位"上校"；我所逮捕的并且和他对质过的那些无辜受累的人，让他天花乱坠地说了一大堆来历，也都是他捏造的；"乙乙"也是他捏造的；166号也可以说是他捏造的，因为在我们到大鹰旅社去之前，他还不知道那儿有这么个房间。凡是需要捏造某一个人或是某一件东西的时候，他都随时捏造得出来。我要他说出"外面的"间谍，他马上就把他在旅馆里见过的一些陌生人形容一番，其实连他们的名字都不过是他偶尔听到过的。呵，在那惊心动魄的几天里，他一直在一个有声有色的、神秘的、浪漫的境界里过日子，我觉得这个境界对他说来是真实的，而且他想必是一直从他的心坎里欣赏着它的滋味。

可是他给我们找了不少的麻烦，而且使我们受了说不完的耻辱。你看，为了他的缘故，我们抓了一二十个人，把他们在要塞里关起来，还在他们门口安了哨兵。被捕的人有许多都是军人之类，我对他们是无须道歉的；可是其余的人都是全国各地的第一流公民，无论你说多少赔罪的话，也不足以使他们满意。他们简直就大发脾气，给我们闹个没有完！那两个妇女呢——一个是俄亥俄州一位议员的太太，另一个是西部一位主教的妹妹——咳，她们尽量对我说的那许多侮辱和挖苦的话，和她们所流的那些冒火的眼泪，成了一份纪念品，大概可以使我很久都记得她们——而且我是会记得的。那位戴护目镜的瘸腿老先生是费城的一个大学校长，他是来参加他的侄子的丧礼的。他原先当然是从来没有看见过威克鲁。咳，他不但错过了丧礼，被我们当作叛军间谍关起来，而且威克鲁还站在我的营房里无情地把他说成加尔维斯敦名声最臭的一个流氓窝来的伪造犯、黑人贩子、偷马贼、放火犯；这种侮辱，这位倒霉的老先生似乎是根本不能原谅的。

还有军政部呀！可是，真晦气，这一段我就不去谈它了吧！

附注：我把这篇故事的稿子拿给少校看，他说："你对军队里的事情不大熟悉，这使你弄出了一些小小的错误。不过连这些地方也还是写得有声有色——随它去吧；军队里的人看了会笑，别人可看不出毛病来。你把这个故事的主要事实都说对了，叙述得和实际发生的情况大致相符。"——马克·吐温。

马
克
·
吐
温
短
篇
小
说
选

加利福尼亚人的故事

　　35 年前，我曾到斯达尼斯劳斯河找矿。我手拿着鹤嘴锄，带着淘盘，背着号角，成天跋涉。我走遍了各处，淘洗了不少的含金沙，总想着找到矿藏发笔大财，却总是一无所获。这是一个风景秀丽的地区，树木葱茏，气候温和，景色宜人。很多年前，这儿人烟稠密，而现在，人们早已消失殆尽了，富有魅力的极乐园成了一个荒凉冷僻的地方。他们把地层表面给挖了个遍，然后就离开了这里。有一处，一度是个繁忙热闹的小城市，有过几家银行，几家报纸和几支消防队，还有过一位市长和众多的市政参议员。可是现在，除了广袤无垠的绿色草皮之外，一无所有，甚至看不见人类生命曾在这里出现过的最微小的迹象。这片荒原一直延伸到塔特尔镇。在那一带附近的乡间，沿着那些布满尘土的道路，不时可以看到一些极为漂亮的小村舍，外表整洁舒适，像蛛网一样密密麻麻的藤蔓，像雪一样浓厚茂密的玫瑰遮掩了小屋的门窗。这是一些荒废了的住宅，很多年前，那些遭到失败、灰心丧气的家庭遗弃了它们，因为这些房屋既卖不出去也送不出去。走上半小时的路程，时而会发现一些用圆木搭建起来的孤寂的小木屋，这是在最早的淘金时代由第一批淘金人修建的，他们是建造小村舍的那些人的前辈。偶尔，这些小木屋仍然有人居住。那么，你就可以断定这居住者就是当初建造这个小木屋的拓荒人；你还能断定他之所以住在那儿的原因——虽然他曾有机会回到家乡，回到州里去过好日子，但是他不愿回去，而宁愿丢弃财产，他感到羞耻，于是决定与所有的亲人朋友断绝往来，好像他已经死去似的。那年月，加利福尼亚附近散居着许许多多这样的活死人——这些可怜的人，自尊心受到严重打击，40 岁就白发斑斑，未老先衰。隐藏在他们内心深处的只有悔恨和渴望——悔恨自己虚度的年华，渴望远离尘嚣，彻底与世隔绝。

　　这是一片孤寂荒芜的土地！除了使人昏昏欲睡的昆虫的嗡嗡声，辽阔的草地和树林静寂安宁，别无声息；杳无人烟，兽类绝迹；任什么也不能使你打起精神，使你觉得活着是件乐事。因此，在一天过了正午不久，当我终于发现一个人的时候，我油然生出一种感激之情，精神极为振奋。这是一个45岁左右的男人，他正站在一间覆盖着玫瑰花的小巧舒适的村舍门旁。这是那种我已提到过的村舍，不过，这一间可没有被遗弃的样子；它的外观表明有人住在里面，而且它还受到主人的宠爱、关心和照料。它的前院也同样受到如此厚待，这是一个花园，繁茂的鲜花正盛开着，五彩缤纷，绚丽多姿。当然，我受到了主人的邀请，主人叫我不要客气——这是乡下的惯例。

走进这样一个房间真使人身心愉悦。好几个星期以来，我日日夜夜和矿工们的小木屋打交道，熟悉了屋里的一切——肮脏的地板、从来不叠被子的床铺、锡盘锡杯、咸猪肉、蚕豆和浓咖啡，屋内别无装饰，只有一些从东部带插图的出版物中取下来的描绘战争的图片钉在木头墙上。那是一种艰苦的、凄凉的生活，没有欢乐，人人都为自己的利益打算。而这里，却是一个温暖舒适的栖息之地，它能让人疲倦的双眼得到休憩，能使人的某种天性得以更新。在长时间的禁食之后，当艺术品呈现在面前，这种天性认识到它一直处于无意识的饥饿之中，而现在找到了营养滋补品，而不论这些艺术品可能是怎样低劣、怎样朴素。我不能相信一块残缺的地毯会使我的感官得到如此愉快的享受，如此心满意足；或者说，我没有想到，房间里的一切会给我的灵魂以这样的慰藉：那糊墙纸，那些带框的版画，铺在沙发的扶手和靠背上的色彩鲜艳的小垫布和台灯座下的衬垫，几把温莎时代的细骨靠椅，还有陈列着海贝、书籍和瓷花瓶的锃光透亮的古董架，以及那种随意搁置物品的细巧方法和风格，它们是女人的手在干活的痕迹，你见了不会经意，而一旦拿走，你立刻又会怀念不已。我内心的快乐从我的脸上表现出来，那男人见了很是欢喜；因为这快乐是这样显而易见，以致他就像我们已经谈到过这个话题似的答道：

"都是她弄的，"他爱抚地说，"都是她亲手弄的——全都是。"他向屋子瞥了一眼，眼里充满了深情的崇拜。画框上方，悬挂着一种柔软的日本织物，女人们看似随意，实为精心地用它来装饰。那男人注意到它不太整齐，他小心翼翼地把它重新整理好，然后退后几步观察整理的效果，这样反复了好几次，直到他完全满意。他用手掌把它轻轻地拍打了最后两下，说："她总是这样弄的。你说不出它正好差点儿什么，可是它的确是差点儿什么，直到你把它弄好——弄好以后也只有你自己知道，但是也仅此而已；你找不出它的规律。我估摸着，

马克·吐温短篇小说选

这就好比母亲给孩子梳完头以后再最后地拍两下一样。我经常看她侍弄这些玩意儿，所以我也能完全照着她的样子做了，尽管我不知其中的规律。可是她知道。她知道侍弄它们的理由和方法；我却不知道理由，我只知道方法。"

他把我带进一间卧室让我洗手。这样的卧室我是多年不见了：白色的床罩，白色的枕头，铺了地毯的地板，裱了糊墙纸的墙壁，墙上有好些画，还有一个梳妆台，上面放着镜子、针插和轻巧精致的梳妆用品；墙角放着一个脸盆架、一个真瓷的钵子和一个带嘴的有柄大水罐，一个瓷盘里放着肥皂，在一个搁物架上放了不止一打的毛巾——对于一个很久不用这种毛巾的人来说，它们真是太干净太洁白了，没有点朦胧的亵渎神灵的意识还不敢用呢。我的脸上又一次说出了心里的话，于是他心满意足地答道：

"都是她弄的；都是她亲手弄的——全都是。这儿没一样东西不是她亲手摸过的。好啦，你会想到的——我不必说那么多啦。"

这当儿，我一面擦着手，一面仔细地扫视屋里的物品，就像到了新地方的人都爱做的那样，这儿的一切都使他赏心悦目。接着，你知道，我以一种无法解释的方式意识到那男人想要我自己在这屋里的某个地方发现某种东西。我的感觉完全准确，我看出他正试着用眼角偷偷地暗示来帮我的忙，我也急于想使他满意，于是就很卖劲地按恰当的途径寻找起来。我失败了好几次，因为我是从眼角往外看，而他并没有什么反应。但是我终于明白了我应该直视前方的那个东西——因为他的喜悦像一股无形的浪潮向我袭来。他爆发出一阵幸福的笑声，搓着两手，叫道：

"就是它！你找到了。我就知道你会找到的。那是她的相片。"

前面墙上有一个黑色胡桃木的小托架，我走到跟前，确实在那儿发现了我先前还不曾注意到的一个相框，相片是早期的照相术照的。那是一个极温柔、极可爱的少女的脸庞，在我看来，似乎是我所见过的最为美丽的女人。那男人吮吸了我流露在脸上的赞叹，满意极了。

"她过了19岁的生日，"他说着把相片放回原处，"我们就是在她生日那天结的婚。你见到她的时候——哦，只有等一等你才能见到她！"

"她在什么地方？什么时候在家？"

"哦，她现在不在家。她探望亲人去了。他们住在离这儿四五十英里远的地方。到今天，她已经走了两个星期了。"

"你估计她什么时候回来？"

"今天是星期三。她星期六晚上回来，可能在9点钟左右。"

我感到一阵强烈的失望。

"我很遗憾，因为那时候我已经走了。"我惋惜地说。

"已经走了？不，你为什么要走呢？请别走吧，她会非常失望的。"

她会失望——那美丽的尤物！倘若是她亲口对我说的这番话，那我就是最最幸福的人了。我感觉到一种深沉的强烈的渴望想见到她，这渴望带着那样的祈求，是那样的执著，使得我害怕起来。我对自己说："我要马上离开这里，为了我的灵魂得到安宁。"

"你知道，她喜欢有人来和我们待在一起——那些见多识广、善于谈吐的人——就像你这样的人，这使她感到快乐。因为她知道——啊，她几乎什么都知道，而且也很能交谈，嗯，就像只小鸟——她还读很多书，噢，你会吃惊的。请不要走吧，不会耽搁你很久，你知道，她会非常失望的。"

我听着这些话，却几乎没有留意。我深陷在内心的思索和矛盾斗争中。他走开了，我却不知道。很快他回来了，手里拿着那个相框，他把它拿到我面前说：

"喏，这会儿你当着她的面对她说，你本来是可以留下来见她的，可是你不愿意。"

这第二次看见她使我本来坚定不移的决心彻底瓦解了，我愿意留下来冒冒险。那天晚上，我们安安静静地抽着烟斗聊天，一直聊到深夜。我们聊了各种话题，不过主要都和她有关。很久以来，我确实没有过这么愉快这么悠闲的时光了。星期四来了，又轻松自在地溜走了。黄昏时分，一个大个子矿工从3英里外来到这儿。他是那种头发灰白、无依无靠的拓荒者。他用沉着、庄重的口气同我们热情地打过招呼，然后说：

"我只是顺便来问问小夫人的情况，她什么时候回来？她有信来吗？"

"哦，是的，有一封信，你愿意听听吗？汤姆？"

"呃，如果你不介意，我想我是愿意听听的，亨利！"

亨利从皮夹子里把信拿出来，说如果我们不反对的话，他将跳过一些私人用语，然后他读了起来。他读了来信的大部分——这是一件她亲手完成的妩媚优雅的作品，充满着爱恋、安详的感情。在信的附言中，还满怀深情地问候和祝福汤姆、乔、查利以及其他的好友和邻居们。

当他读完时，他瞥了一眼汤姆，叫道：

"啊哈，你又是这样！把你的双手拿开，让我看看你的眼睛。我读她的信你总是这样，我要写信告诉她。"

"呵不，你千万别这样，亨利。我老啦，你知道，任何一点小小的失望都会使我流泪。我以为她已经回来了，可现在你只收到一封信。"

"咦，你这是怎么啦？我以为大家都知道她要到星期六才回来的呀。"

"星期六！哈，想起来啦，我的确是知道的。我怀疑最近我的脑子是不是出了毛病？我当然知道啦。我们干嘛不为她做好一切准备呢？好了，我现在得走了，不过她回来时我会来的，老伙计！"

星期五傍晚，又来了一个头发灰白的老淘金人，他住的小木屋离这儿差不多 1 英里。他说小伙子们想在星期六晚上来热闹热闹，痛痛快快地玩一玩，如果亨利认为她在旅行之后不至于疲倦得支持不了的话。

"疲倦？她会感到疲倦？哼，听他说的！乔，你知道，不管你们当中的谁，只要你们高兴，她愿意一连 6 个星期不睡觉的！"

当乔听说有封信时，就请求读给他听。信里对他亲切的问候使这个老伙伴控制不住自己的感情；但是他说，他老得不中用啦，尽管她只是提到他的名字，那也使他受不了。"上帝，我们多么想念她呀！"

星期六下午，我发现自己不时地看表。亨利注意到了，他带着惊讶的神情说道：

"你认为她不会很快就到，是吗？"

我像被人发现了内心秘密似的感到有些窘迫。不过我笑着说，我等人的时候就是这么个习惯，但是他似乎不太满意；从那一刻起，他开始有点心神不安。他 4 次拉着我沿着大路走到一处，从那儿我们可以看到很远的地方；他总是站在那儿，手搭凉棚，眺望着，好几次，他这么说：

"我有些担心了，我真担心。我知道她在 9 点以前不会到的，可是好像有什么老是想警告我出了什么事儿。你想不会出什么事儿的，是吧？"

他就这样反反复复地说了好几遍。我开始为他的幼稚可笑感到非常害臊，终于，在他又一次乞求地问我时，我失去了耐心。我跟他讲话时态度很粗鲁。这似乎使他完全萎缩了，还把他吓唬住了。这以后他看起来是这样受了伤害，态度是这样的谦卑，以致我憎恨自己干了这件残酷的、不必要的事。因此，当夜幕开始降临的时候，另一个老淘金人查利到来时，我非常高兴。他紧挨在亨利身旁听他读信，商量欢迎她的准备工作。查利一句接一句地说出热情亲切的话语，尽力驱散他朋友的不祥和恐惧之感。

"她出过什么事吗？亨利，那纯粹是胡说。什么事儿也不会发生在她身上的，你就放宽心吧。信上怎么说来着？说她很好，不是吗？说她9点到家，不是吗？你见过她说话不算数吗？唔，你从来没见过。好啦，那就别再烦恼啦；她会回来的，那是绝对肯定的，就像你的出生一样确定无疑。来吧，让我们来布置屋子吧——没有多少时间啦。"

很快汤姆和乔也来了。于是大家就动手用鲜花把屋子装饰起来。快到9点时，这3个矿工说，他们还带来了乐器，也可以奏起来了，因为小伙子们和姑娘们很快就要到了，他们都非常想跳一跳美妙的、老式的"布雷克道恩"[1]舞。一把小提琴，一把班卓琴，还有一只单簧管——这些就是乐器。他们一起奏起了三重奏，奏的是一些轻快的舞曲，还一面用大靴子踏着节拍。

时间快到9点了。亨利站在门口，眼睛直盯着大路，内心的痛苦折磨得他有些站立不稳。伙伴们几次让他举起杯来为他妻子的健康和平安干杯。这时汤姆高声喊道：

"请大家举杯！再喝一杯，她就到家啦！"

乔用托盘端来了酒，分给大家，最后剩下两杯，我拿起了其中一杯，但是乔压低了嗓子吼道：

"别拿这一杯，拿那一杯。"

我照他说的做了。亨利接过了剩下的那杯。他刚喝完这杯酒，时钟开始敲9点。他听着钟敲完，脸色变得越来越苍白，他说：

"伙伴们，我很害怕，帮帮我——我要躺下！"

他们扶他到沙发上，他躺下去开始打起瞌睡来。可是一会儿，像人在睡梦中说话一样，他说：

"我听见马蹄声了吧？是他们来了吗？"

一个老淘金人靠近他的耳边说："这是吉米·帕里什，他来说他们在路上耽搁了，不过他们已经上路了，正来着呢。她的马瘸了，但再过半小时她就到家了。"

"啊，我真是谢天谢地没出什么事儿！"

话还没说完他就几乎睡着了。这些人马上灵巧地帮他脱了衣服，把他抱到我洗手的那间卧室的床上，给他盖好了被子。他们关上了门，走了回来，于是

---

[1] 美国黑人首创的一种舞蹈。

他们似乎就准备动身离开了。我说："别走呀，先生们，她不认识我呀，我是个生人。"

他们互相看了看，然后乔说：

"她？可怜的人儿，她死了19年啦！"

"死了？"

"或许比这更糟哪。她结婚半年后回家探望她的亲人，在回来的路上，就在星期六的晚上，在离这儿5英里的地方被印第安人抢走啦。从此以后就再没听到过她的消息。"

"结果他就精神失常了吗？"

"从那时起他就一直没再清醒过。不过他只是每年到这个时候才更糟。在她要回来的前3天，我们就开始到这儿来，鼓励他打起精神，问问他是否接到她的来信，星期六我们都到这儿来，用鲜花装点屋子，为舞会做好一切准备。19年来，我们年年都这样做。第一年的星期六我们有27个人，还不算姑娘们；现在只有我们3人了，姑娘们都走了。我们给他吃药让他睡觉，要不他会发疯的。于是他又会乖乖地等着来年——想着她和他在一起，直到这最后的三四天，他又开始寻找她，拿出那封可怜的旧信，我们就来请求他读给我们听。上帝啊，她是一个可爱的人啊！"

他是否还在人间

1892 年 3 月间，我在里维埃拉区的门多涅[1]游玩。在这个幽静的地方，你可以单独享受几英里外的蒙特卡罗和尼斯[2]所能和大家共同享受的一切好处。这就是说，那儿有灿烂的阳光，清新的空气和闪耀的、蔚蓝的海，而没有那煞风景的喧嚣、扰攘，以及奇装异服和浮华的炫耀。门多涅是个清静、纯朴、安闲而不讲究排场的地方，阔人和浮华的人物都不到那儿去。我是说，一般而论，阔人是不到那儿去的。偶尔也会有阔人来，我不久就结识了其中的一位。我姑且把他叫作斯密士吧——这多少是有些替他保守秘密的意思。有一天，在英格兰旅馆里，我们用第二道早餐的时候，他忽然大声喊道：

"快点！你注意看门里出去的那个人。你仔细把他看清楚。"

"为什么？"

"你知道他是谁吗？"

"知道。你还没有来，他就在这儿住过好几天了。听说他是里昂一个很阔的绸缎厂老板，现在年老不干了。我看他简直是孤单得很，因为他老是显得那么苦闷的样子，无精打采，从不跟谁谈谈话。他的名字叫作席奥斐尔·麦格南。"

我以为这下子斯密士就要继续说下去，把他对这位麦格南先生所表示的绝大兴趣说出个所以然来。但是他却没有说什么，反而转入沉思，并且他经过几分钟之久，显然把我和其他一切都完全忘到九霄云外去了。他时而伸手搔一搔他那轻柔的白发，帮助他的思路，同时让他的早餐冷掉也不管。后来他才说：

"哎，忘了。我怎么也想不起了。"

---

[1] 里维埃拉区在法国东南、意大利西北部，是地中海滨的休养和游览地区；门多涅是那里的休养胜地之一。

[2] 蒙特卡罗是法国东南地中海滨的摩纳哥公国的著名赌城；尼斯是里维埃拉区的另一休养胜地。

"想不起什么事呀？"

"我说的是安徒生的一篇很妙的小故事。可是我把它忘了。这故事有一部分大致是这样的：有个小孩，他有一只养在笼子里的小鸟，他很爱它，可是又不知道当心招呼它。这鸟儿唱出歌来，可是没有人听，没有人理会；后来这个小把戏肚子也饿了，口也渴了，于是它的歌声就变得凄凉而微弱，最后终于停止了——鸟儿死了。小孩过来一看，简直伤心得要命，懊悔不及。他只好含着伤心的眼泪，唉声叹气地把他的伙伴们叫来，大家怀着极深切的悲恸，给这小鸟儿举行了隆重的葬仪，可是这些小家伙可不知道并不光是孩子们让诗人们饿死，然后花许多钱给他们办丧事和立纪念碑，这些钱如果花在他们生前，那是足够养活他们的，还可以让他们过舒服日子哩。那么……"

但是这时候我们的谈话被打断了。那天晚上10点钟左右，我又碰到斯密士，他邀我上楼去，到他的会客室里陪他抽烟，喝热的苏格兰威士忌。那个房间是个很惬意的地方，里面摆着舒适的椅子，装着喜气洋洋的灯，还有那壁炉里和善可亲的火，燃烧着干硬的橄榄木柴。再加上外面那低沉的海涛澎湃声，更使一切达到了美满的境界。我们喝完了第二杯威士忌，谈了许多随意的、称心的闲话之后，斯密士说：

"现在我们喝得兴致很够了——我正好趁此讲一个稀奇的故事，你正好听我讲。这事情是个保守了多年的秘密——这秘密只有我和另外3个人知道；现在我可要拆穿这个西洋镜了。你现在兴致好吗？"

"好极了。你往下说吧。"

下面就是他给我说的故事：

"多年以前，我是个年轻的画家——实在是个非常年轻的画家——我在法国的乡村随意漫游，到处写生，不久就和两个可爱的法国青年凑到一起了，他们也和我干着一样的事情。我们那股快活劲儿就像那股穷劲儿一样，也可以说，那股穷劲儿就像那股快活劲儿一样——你爱怎么说就怎么说吧。克劳德·弗雷尔和卡尔·包兰日尔——这就是那两个小伙子的名字，真是可爱的两个小伙子，太可爱了，老是兴致勃勃的，简直就和贫穷开玩笑，不管风霜雨雪，日子老是过得怪有劲的。

"后来我们在一个布勒敦的乡村里，简直穷得走投无路。碰巧有一个和我们一样穷的画家把我们收留下来了，这下子可简直是救了我们的命——法朗斯瓦·米勒[1]——"

"怎么！就是那伟大的法朗斯瓦·米勒吗？"

"伟大？那时候他也并不见得比我们伟大到哪儿去哩。就连在他自己那个村子里，他也没有什么名气。他简直穷得不像话，除了萝卜，他就没有什么可以给我们吃的，并且连萝卜也有时候接不上顿。我们4个人成了忠实可靠、互相疼爱的朋友，简直是难分难舍。我们在一起拼命地画呀画的，作品是越堆越多，越堆越多，可就是很难得卖掉一件。我们大伙儿过的日子真是痛快极了，可是，也实在可怜！我们有时候简直是受活罪！

"我们就这样熬过了两年多的时光。最后有一天，克劳德说：

"'伙计们，我们已经山穷水尽了。你们明白不明白？——十足地山穷水尽。谁都不干了[2]——简直是大家联合起来给我们过不去哩。我把整个村子都跑遍了，结果就是我说的那样。他们根本不肯再赊给我们一分钱的东西了，非叫我们先还清旧账不可。'

"这可真叫我们垂头丧气。每个人都满脸发白，一副狼狈相。这下子我们可知道自己的处境实在是糟糕透了。大家很久没有做声。最后米勒叹了一口气说道：

"'我也想不出什么主意来——一筹莫展。伙计们，想个办法吧。'

"没有回答，除非凄惨的沉默也可以叫作回答。卡尔站起来，神经紧张地来回走了一阵，然后说道：

"'真是丢人！你看这些画：一堆一堆的，都是些好画，比得上欧洲任何一个人的作品——不管他是谁。是呀，并且还有许多闲逛的陌生人都是这么说——反正意思都差不多是这样。'

"'可就是不买。'米勒说。

"'那倒没关系，反正他们这么说了，而且这是真话。就看你那幅《晚祷》[3]吧！难道会有人对我说……'

"'哼，卡尔——我那幅《晚祷》吗！有人出过5法郎要买它。'

"'什么时候？'

"'谁出这价钱？'

---

[1] 法朗斯瓦·米勒（1814—1875），法国著名画家，长于描绘农村生活。

[2] 原文 struck，意思是"罢工"或"罢市"，这里是说，谁都不肯赊账。

[3] 《晚祷》是米勒的名画之一。

"'他在哪儿?'

"'你怎么不答应他?'

"'得了——别这么大伙儿一齐说话呀。我以为他会多出几个钱——我觉得很有把握——看他那神气是要多出的——所以我就讨价8法郎。'

"'得——那么后来呢?'

"'他说他再来找我。'

"'真是糟糕透顶!哎,法朗斯瓦——'

"'啊,我知道——我知道!不该那样,我简直是个大傻瓜。伙计们,我本意是很好的,你们也会承认这一点,我……'

"'嗐,那还用说,我们也明白,老天爷保佑你这好心肠的人吧,可是下次你可千万别再这么傻呀。'

"'我?我但愿有人来拿一棵大白菜给我们换就好了——你瞧着吧!'

"'大白菜吗!啊,别提这个——提起来真叫我淌口水。说点儿别的不那么叫人难受的事情吧。'

"'伙计们,'卡尔说,'难道这些画没有价值吗?你们说呀。'

"'谁说没价值!'

"'难道不是有很大很高的价值吗?你们说吧。'

"'是呀。'

"'价值确实是大得很、高得很,如果能给它们安上一个鼎鼎大名的作者,那一定能卖到了不得的价钱。是不是这么回事?'

"'当然是这样的。谁也不会怀疑你这个说法。'

"'可是——我并不是开玩笑——究竟我这话对不对呀?'

"'嗐,那当然是不错的——我们也并不是在开玩笑。可是那又怎么样?那又怎么样?那与我们有什么相干?'

"'我想这么办,伙计们——我们就给这些画硬安上一个鼎鼎大名的画家的名字!'

"活跃的谈话停止了。大家怀疑地转过脸来望着卡尔。他葫芦里究竟卖的什么药呢?上哪儿去借来一个鼎鼎大名呢?叫谁去借呢?

"卡尔坐下来,说道:

"'现在我要提出一个一本正经的办法来。我认为我们要想不进游民收容所,就唯有走这条路,并且我还相信这是个十分有把握的办法。我这个意见是

以人类历史上各色各样的、早已是大家公认的事实为根据的。我相信我这个计划一定能使我们大伙儿都发财。'

"'发财！你简直是发神经病。'

"'不，我可没发神经病。'

"'哼，还说没有！——你明明是发神经病了。你说怎么叫作发财？'

"'每人 10 万法郎吧。'

"'他的确是害神经病，我早就知道了。'

"'是呀，他是有神经病。卡尔，实在也是叫你穷得太难受了，所以就……'

"'卡尔，你应该吃个药丸，马上到床上去躺着。'

"'先拿绷带给他捆上吧——捆上他的头，然后……'

"'不对，捆上他的脚跟才行。这几个星期，他的脑子老在往脚底下坠，直想开小差哩——我已经看出来了。'

"'住嘴！'米勒装出一副庄严的样子说，'且让这孩子把他的话说完嘛。那么，好吧——卡尔，把你的计划说出来吧。究竟是怎么个妙计？'

"'好吧，那么，我先来个开场白，请你们注意人类历史上这么一个事实：那就是有许多艺术家的才华都是一直到他们饿死了之后才被人赏识的。这种事情发生的次数太多了，我简直敢于根据它来创出一条定律。这个定律就是：每个无名的、没人理会的艺术家在他死后总会被人赏识，而且一定要等他死后才行，那时候他的画也就身价百倍了。我的计划是这样：我们一定要抽签——几个人当中有一个要死去才行。'

"他的话说得满不在乎，也完全出人意外，所以我们几乎忘记惊跳起来。随后，大家又大声叫嚷，纷纷提出办法——治病的办法——帮卡尔治他的脑子；可是他耐心地等着大家这一场穷开心平静下来，然后才继续说他的计划：

"'是呀，我们反正得死一个人，为的是救其余的几个——也救他自己。我们可以抽签。抽中的一个就会一举成名，我们大家都会发财。好好儿听着嘛，喂——好好儿听着嘛；别插嘴——我敢说我并不是在这儿胡说八道。我的主意是这样的：在今后这 3 个月里，被选定要死的那一位就拼命地画，尽量积存画稿——并不要正式的画，不用！只要画些写生的草稿就行，随便弄些习作，没有画完的习作，随便勾几笔的习作也行，每张上面用彩色画笔涂它几下——当然是毫无意义的，反正总是他画的，要题上作者的名字；每天画它 50 来张，每张上面都叫它带上点儿特点或是派头，让人容易看出是他的作品……你们都知道，就是这些东西最能卖钱。在这位伟大画家去世之后，大家就会出大得叫人不敢相信的价钱来替世界各地的博物馆搜购这些杰作；我们就给准备一大堆这样的作品——一大堆！在这段时间里，我们其余的人就要忙着给这位将死的画家拼命鼓吹，并且在巴黎和在那些商人身上下一番工夫——这是给那桩未来的事件做的准备工夫，知道吧；等到一切都布置就绪，趁着热火朝天的时候，我们就向他们突然宣布画家的死讯，举行一个热闹的葬礼。你们明白这个主意吗？'

"'不——大明白；至少是还不十分……'

"'还不十分明白？这还不懂？那个人并不要真的死去；他只要改名换姓，销声匿迹就行了。我们弄个假人一埋，大家假装哭一场，叫全世界的人也陪着哭吧。我……'

"可是大家根本没有让他把话说完。每个人都爆发出一阵欢呼，连声称妙；大家都跳起来，在屋子里蹦来蹦去，彼此互相拥抱，欢天喜地地表示感激和愉快。我们把这个伟大的计划一连谈了好几个钟头，简直连肚子都不觉得饿了。最后，一切详细办法都安排得很满意了的时候，我们就举行抽签，结果选定了米勒——选定他死，这是照我们的说法。于是我们大家把那些非到最后关头舍不得拿出来的小东西——作纪念的小装饰品之类——凑到一起，这些东西，只有一个人到了无可奈何的时候，才肯拿来作赌注，企图一本万利地发个财。我们把它们当掉，当来的钱勉强够我们俭省地吃一顿告别的晚餐和早餐，只留下了几个法郎作出门的用度，还给米勒买了一点萝卜之类，够他吃几天的。

"第二天一清早，我们3个人刚吃完早饭就分途出发——当然是靠两条腿喽。每人都带着十几张米勒的小画，打算把它们卖掉。卡尔朝着巴黎那边走，他要到那儿去开始下一番工夫，替米勒把名声鼓吹起来，好给后来的那个伟大的日子做好准备。克劳德和我决定各走一条路，都到法国各地乱跑一场。

"这以后，我们的遭遇之顺利和痛快，真要叫你听了大吃一惊。我走了两天，才开始干起来。我在一个大城市的郊外开始给一座别墅写生——因为我看见别墅的主人站在楼上的阳台上。于是他下来看我画——我也料到了他会来。我画得很快，故意吸引他的兴趣。他偶尔不由自主地说一两句称赞的话，后来就越说越带劲了，他简直说我是一位大画家！

"我把画笔搁下，伸手到皮包里取出一张米勒的作品来，指着角上的签名，怪得意地说：

"'我想你当然认识这个喽？嗨，他就是我的老师！所以你是应该懂得这一行的！'

　　"这位先生好像犯了什么罪似的，显得局促不安，没有做声。我很惋惜地说:

　　"'你想必不是说连法朗斯瓦·米勒的签名都认不出来吧！'

　　"他当然是不认得那个签名的。但是不管怎么样，他处在那样窘的境地，居然让我这么轻轻放过，他是感激不尽的。他说:

　　"'怎么会认不出来！嗨，的确是米勒的嘛，一点也不错！我刚才也不知想什么来着，现在我当然认出来了。'

　　"随后他就要买这张画，可是我说我虽然不怎么有钱，可也并没有穷到那个地步。不过后来我还是让他拿800法郎买去了。"

　　"800法郎！"

　　"是呀。米勒本来是情愿拿它换一块猪排的。不错，我把那张小东西就换来了800法郎。现在假如能花8万法郎把它买回来，那我真是求之不得。可是这个时期早已过去了。我给那位先生的房子画了一张很漂亮的画，本想作价10法郎卖给他，可是因为我是那么一位大画家的学生，这么贱卖又不大像话，所以我就把这张画卖了他100法郎。我马上从那个城里把800法郎汇给米勒，第二天又往别处出发。

　　"可是我不用再走路了——不用。我骑马。从此以后，我一直都是骑马的。我每天只卖一张画，决不打算卖两张。我老是对买主说:

　　"'我把米勒的画卖掉，根本就是个大傻瓜，因为这位画家恐怕不能再活上3个月了，他死了之后，那就随你出天大的价钱也别想买到他的画了。'

　　"我想方设法把这个消息尽量传播出去，预先做好准备工夫，好叫大家重视后来那件大事。

　　"我们卖画的计划是应该归功于我的——那是我出的主意。我们那天晚上商量我们的宣传运动的时候，我就提出了这个办法，3个人都同意先把它好好地试一试，决不轻易放弃这个主意，另试其他办法。结果我们3个人都干得很成功。我只走了两天路，克劳德也走了两天——我们俩都不愿意叫米勒在离家太近的地方出名，怕露马脚——可是卡尔只走了半天，这个精灵鬼、没良心的坏蛋！从那以后，他到各处旅行的派头简直就像个公爵一样。

　　"我们随时和各地的地方报纸记者搭上关系，在报纸上发表消息，但是我们所发表的新闻并不是宣布发现了一位新画家，而是故意装成人人都知道法朗斯瓦·米勒的口气;我们根本不提称赞他的话,光是简单报道一点关于这位'名家'的近况的消息——有时候说他病况好转,有时又说没有希望,不过老是含着凶多吉少的意味。我们每次都把这类消息圈出来,寄给那些买过画的人。

"卡尔不久就到了巴黎,他干脆就派头十足地干起来了。他结交了各报通讯记者,把米勒的情况报道到英国和整个欧洲去,连美国和世界各地,到处都报道过去了。

"6个星期之后,我们3个在巴黎会了面,决定停止宣传,也不再写信叫米勒寄画来了。这时候他已经轰动一时,一切都完全成熟了,所以我们觉得应该趁这时候马上下手,以免错过机会。于是我们就写信给米勒,叫他到床上躺下,赶快饿瘦一点,因为我们希望他在10天之内'死去',如果来得及的话。

"我们计算了一下,成绩很不错,3个人一共卖了85张画和习作,得了69000法郎。最后一张画是卡尔卖出去的,价钱卖得最大。他把《晚祷》卖了2200法郎。我们把他夸奖得好凶呀——可没有想到后来会有一天,整个法国都抢着要把这张画据为己有,居然会有一位无名人士花了55万法郎的现款把它抢购去了。

"那天晚上我们预备了香槟酒,举行了庆祝胜利结束的晚餐,第二天克劳德和我就收拾行李,回去招呼米勒度过他临终的几天,一面谢绝那些探听消息的闲人,同时每天发出病况报告,寄到巴黎给卡尔拿去在几大洲的报上发表,把消息报道给全世界关怀米勒的人们。最后终于宣布了噩耗,卡尔也及时赶回来帮忙料理最后的葬礼。

"你想必还记得吧,那次的出殡真是盛况空前,轰动全球,新旧世界[1]的上流人物都来参加了,大家都表示哀悼。我们4个——还是那么难分难舍的——抬着棺材,不让别人帮忙。我们这么做是很对的,因为棺材里根本就只装着一个蜡做的假人,如果让别人去抬,重量就成问题,难免要露马脚。是的,我们当初曾经相亲相爱地在一起共过患难的4个老朋友抬着棺……"

"哪4个人?"

"我们4个嘛——米勒也帮忙抬着他自己的棺材哩。不用说,是化装的。化装成一位亲戚——一位远房的亲戚。"

"妙不可言!"

---

[1] 当时新世界是指美洲,旧世界是指欧亚等洲。

"我可是说的真话，那还不是一样吗。嘻，你还记得他的画卖价怎么往上涨吧。钱吗？我们简直不知如何处置才好，现在巴黎还有一个人收藏着 70 张米勒的画。他给了我们 200 万法郎买去的。至于我们当初在路上那 6 个星期里米勒赶出来的那许许多多的写生和习作呢，哈，你听听我们现在卖的价钱简直会大吃一惊——并且那还得我们愿意卖的时候才行！"

"这真是个稀奇的故事，简直稀奇透了！"

"是呀——可以那么说。"

"米勒后来究竟怎么样呢？"

"你能保守秘密吗？"

"可以。"

"你记得今天在餐厅里我叫你注意看的那个人吗？那就是法朗斯瓦·米勒。"

"我的天哪，原来——"

"如此！是呀，总算这一次他们没有把一个天才饿死，然后把他应得的报酬装到别人的荷包里去。这一只能唱的鸟儿可没有白唱一阵，没有人听，只落得死了之后的一场无谓的盛大葬礼。我们原来是等着遭这种命运的哩。"

和移风易俗者一起上路

　　去年春天我去芝加哥看博览会[1]，虽然结果没看成，但是我在那次旅程中却不是毫无收获——可以说，它给了我一些补偿。在纽约，我经过介绍认识了一位正规军队中的少校，他说要去看博览会，于是我们约好一同上路。我必须先去波士顿，但这并不碍事，他说愿意一道去，不妨多花上一些时间。他这人仪表漂亮，体格魁梧得像一位斗士，但举止温和，谈话娓娓动听。他为人十分可亲，但又显得很沉着。可不是，他是完全缺乏幽默感的。他对四周的事都深感兴趣，然而他那宁静的神态却始终不受外界的影响；任何事物都不能干扰他，任何事物都不能激动他。

　　但是，过了还不到一天，我已经发现，尽管他外表是那么冷静，但在他内心深处什么地方却蕴藏着一股热情——热衷于破除那些在琐细行为中表现出的种种陋习。他要维护公民的权利——这是他的癖好。他的想法是：共和国的每个公民都必须把自己看作是一个非官方的警察，不收任何报偿，经常监视维护着守法与执法情况。他认为，要维护和保障公众的权利，唯一有效的方法就是要求每个公民都尽自己的一份力量，去防止或惩罚他本人看到的那些违法乱纪行为。

　　这可是一个很好的设想，但是我认为一个人这样做会经常卷入麻烦；我觉得，一个人这样做，无异于试图开除一个犯了过失的小公务员，而结果他也许会招来人家嘲笑。如是他说事实并非如此，说我的想法是错误的，说那样做从来也不会使任何人被开除；而且，实际上你绝不可以让任何人被开除了，因为你那样做本身就是一次失败。不，我们必须改造那个人——要把他改造过来，要使他成为一个称职有用的人。

---

[1] 美国芝加哥万国博览会于 1892 年 5 月 1 日开幕，翌年 10 月 30 日结束，本文写于 1893 年。

"是不是我们必须先去告发那犯了过失的人，再请他的上级不要开除他，只要训斥他一顿，然后仍旧留用他吗？"

"不，我不是那意思。你根本就不要去告发他，因为，如果那样做，他就会有打碎饭碗的危险。你可以做得像是要去告发他——那也只是到了任何其他方法都不起作用的时候。那是极端的例子。那样就是使用威力，而威力是有害的。有效的方法是运用权术，喏，如果一个人富有机智——如果一个人肯运用权术——"

我们在电报局的一个窗口足足站了两分钟，少校一直设法引起一个年轻报务员的注意，几个报务员都只顾逗乐取笑。这时候少校发话了，他唤其中一个报务员接收他的电报。可是他得到的答复是：

"我想您可以等待一会儿，行吗？"这句答话一说完，他们又把玩笑话说开了。

少校说他可以等待，并不赶急。接着，他又拟了一份电报：

西联电报公司经理：

　　　今晚请过来和我共餐。我可以把你某分局如何经营业务的情况说给你听。

稍停，那个不久前说话那么傲慢无礼的年轻人伸出手来接过了电报稿，他刚读完电文，脸色就变了，他开始又是道歉又是解释。他说，如果这份害人的电报发了出去，他就要被辞退，也许永远找不到另一个这样的职位。如果能饶恕他这一次，他以后就再也不做人家会提意见的事情了。少校接受了这一表示让步的请求。

我们走开后，少校说：

"喏，您明白了吗，那就是我运用权术——而且，您明白那是怎样发挥作用的了。一般人总是爱进行恫吓，那种做法没好处——因为那小伙子总是会舌剑唇枪，跟你针锋相对地来上一套，结果你几乎总是会输给他，让自己出丑的。可是，您瞧，权术这玩意儿他是对付不了的。温和的语言加上权术——这就是我们应当使用的工具。"

"是了，我明白了，然而，并不是每个人都有您那样的机会呀。并不是每个人都和西联电报公司经理那样有交情呀。"

“哦，您误解了我的意思。我并不认识那位经理——我只是为了要运用权术而利用了他一下。这是为了他的好处，也是为了公众的好处。这样做是没害处的。”

我不肯随声附和，只吞吐其词地说：

“可是，说谎也会是正当的，或者高贵的吗？”

他并不注意这句问话中那种委婉含蓄的、自以为是的意味，他只是不动声色、稳重而简单地回答说：

“是呀，有时候是的。为损人而说谎，为利己而说谎，这是不正当的，然而，为了有助于别人而说谎，为了有利于公众而说谎——瞧，那就完全是另一回事了。这是一条谁都知道的道理。不必计较所采用的手段怎样：你只要看收到的效果如何。刚才那样一来，那小伙子就会成为一个有用的人，就会变得循规蹈矩。他是一个要面子的人。像他那样的人是值得挽救的。可不是，即使不是为了他本人，单是为了他母亲，也是值得挽救他的。他肯定有母亲在——还有姊妹们。该死，那些人老是忘了这一点！您可知道，我这辈子从来没参加过决斗——一次也没参加过——虽然像其他人一样，我也曾遇到过挑衅。我每一次都能看到那个人的无辜的老婆和小孩站在他和我之间。他们并没有招谁惹谁——你瞧，我可不能伤了他们的心。”

就是那一天内，他纠正了许多人们的小动作中所表现的陋习，但始终没引起摩擦——总是运用巧妙而漂亮的“权术”，事后别人并没感到难堪，而他本人却从那些行动中得到了很大的快乐与满足，最后我不禁羡慕他所干的这一行——心想：如果需要时我也能够很有把握地在言语上偏离开事实，就像我自信经过一些练习后能够在印刷品的掩护下用笔墨所做到的那样，或许我也要采用这种办法哩。

那天夜晚，很迟的时候我们才离开当地，乘铁路马车[1]去市区，三个喧闹粗暴的家伙登上了车，开始在一群胆小怕事的乘客中（他们有的是妇女和儿童）左顾右盼，任意地嘲笑，说的都是些污秽轻薄的语言。没一个人敢反抗或者劝阻他们，列车员试图好言以理相喻，但是那些恶棍只顾辱骂和嘲笑他。我很快就看出，少校已经意识到这是属于他所管的事情；显然，他是在盘点自己脑子里储存的权术，正在进行准备。我想，在这个场合，只要是一句玩弄权术的话

---

[1] 一种旧式马拉的有轨的车。

说出了口，他就会招来劈头盖脸一大堆嘲笑，也许还会导致比这更加难堪的后果。然而，为时已经过晚，我还没来得及悄声劝阻他，他已经开口了。他用平缓而冷静的口气说：

"列车员，您必须把这些猪赶下去。让我来帮助您。"

这可是我没料到的。一眨眼工夫，三个恶棍已经向他扑过来。但是他们一个也没能接近他。他挥出了三拳，你真想不到会在拳击场以外看到那样猛烈的打击，只打得那三个人一个也没力气再从倒下的地方站起来。少校拖开了他们，把他们赶下了车，我们的车又继续前进。

我感到惊奇，惊奇的是看到一个温驯得像头羔羊的人竟然会做出这样的事情；惊奇的是他显示出那样强大的力量，取得了那样全面的、彻底的胜利；惊奇的是他把整个这件事情做得利落而又有条不紊。由于想到整天里都听到这个"打桩机"侈谈应当怎样进行委婉的劝导和运用温和的权术，我就觉得现在的情形具有它幽默的一面，于是我想促使他注意到这一点，并且就此说上几句嘲笑的话；然而，我再向他一打量，就知道那样做将是徒劳的——因为他那副怡然自得的神情并不含有丝毫幽默感，他是不会理解我的话的。我们下车后，我说：

"那可是一套精彩的权术呀——实际上是三套精彩的权术。"

"那个吗？那不是什么权术。您根本没弄懂。权术完全是另一码事。对那种人你不能运用权术，他们对权术不会理解。不，那不是权术，那是威力。"

"瞧您提到了它，我……可不是，我想您这话大概说对了。"

"说对了？我当然说对了。那就是威力。"

"我也认为，从外表上看来它是威力。您常常需要用那种方式改造人吗？"

"绝对不是。那种情形极少发生。半年里不会多过一次。"

"那几个人受了伤会复原吗？"

"会复原？这还用说，他们肯定会复原的。他们绝对不会有危险。我知道应该怎样揍，应该揍在哪儿。您注意到，我并没揍他们颚骨底下。那样会要他们命的。"

我相信这话是实话。我说（我认为自己说得挺俏皮），他整天里一直像只羊羔，可是这会儿突然变成一头公羊——一头撞角的公羊；但是他却显得那么恳挚可爱，一本正经地说我讲得不对，说什么撞角羊完全是另一样东西，现在人们已经不再使用它[1]。他这话叫人听了生气,我差点儿脱口而出,说他像个傻子,一点儿也不会欣赏俏皮话儿——说真的,这句话已经进到舌尖,但是我没说出口,因为知道现在不必急,还是等以后什么时候在电话里说吧。

第二天下午,我们出发去波士顿。特等客车吸烟室里已经客满,于是我们走到普通吸烟室里。过道那边顺座上坐着一个态度温和、样子像农民的老人,他面色苍白,正用一只脚钩住那扇开着的门,想要透点儿新鲜空气。过了不一会儿,一个身材高大的制动手闯进车厢,走到门前停下,恶狠狠地瞪了农民一眼,然后猛地把门一拉,差点儿把老人的皮靴都给带走。接着他又匆匆地赶着张罗他的事情去了。有几个乘客笑起来,老先生露出了一副又羞又恼的可怜神气。

停了不多一会儿,列车员走过,少校拦住他,用习惯的客气态度提出这个问题:

"列车员,如果制动手的举动有不对的地方,乘客该去哪报告?是向您报告吗?"

"如果要告他,您可以到了纽黑文站去告。他做错什么事了?"

少校把事情的经过说了一遍。列车员好像乐了。他温和的口气中微含讥嘲地说:

"您的意思好像是说,那个制动手并没说什么。"

"是的,他没说什么。"

"可是您说,他恶狠狠地瞪了一眼。"

"是的。"

"后来就粗鲁地拉开了那扇门。"

"是的。"

"全部经过就是这些,对吗?"

"对,那就是全部经过。"

列车员乐呵呵地笑了,他说:

"好吧,如果您要去告他,那是可以的,可是我不大明白,这究竟算得了什么呢。您会说——我这是根据您说的话猜想的——那个制动手侮辱了这位老先生。那么,他们就会问您,他说了一些什么。您说,他根本什么也没说。那么,我估计他们就会说,既然您自己承认他一句话也没说,那您又怎么能断定

---

[1] 在英文中"battering ram"的一个意思是"撞角羊",另一个意思是古代用的一种军器破城槌。

那是一次侮辱呢？"

列车员这一席无懈可击的说理，引起了一片赞许之声，这使他感到很高兴——这你可以从他脸上看出来。但是少校并不介意。他说：

"瞧，现在您正好接触到提意见的制度中存在的一个明显的缺点。铁路公司的职员们——不但公众有这种想法，而且看来您也有这种想法——都没注意到，除了口头的侮辱以外，还有其他类型的侮辱。所以，也就没人到总办事处去申诉他受到人家在态度上表示的侮辱，包括手势、表情等方式进行的侮辱；然而，这样的侮辱有时候会比任何口头的侮辱更使你难以忍受。它会使你感到非常难堪，因为它并不留下任何实质的东西，可以让你抓住它的把柄；那进行侮辱的人，即使被唤到铁路公司职员面前，也尽可以说他连做梦也没想到要得罪别人。我认为，铁路公司的职员们必须特别重视，必须迫切要求公民报告那些非言语表示的侮慢态度和无礼举动。"

列车员大笑起来，他说：

"哎呀，说真的，这样求全责备，未免太认真了吧！"

"可是我认为这并不是过分地认真。我到了纽黑文站，要去报告这件事，而且相信我会由于这样做了而受到感谢。"

列车员好像有点儿不大自在了。的确，他离开的时候，神情显得相当严肃了。我说：

"您总不至于真的为了这件小事去劳神吧？"

"这可不是一件小事。像这样的事必须随时报告。这是公众的责任，凡是公民，谁都不能规避责任。但是，这件事无需我报告。"

"为什么？"

"我没必要这样做嘛，运用权术就可以解决问题。您瞧着吧。"

过了不多一会儿，列车员又巡视来了，他走到少校跟前时，俯身凑近他说：

"得啦，您不必去告他了。他是向我负责的，如果下次他再敢那样，我会训他的。"

少校的回答是很恳挚的：

"瞧，这正合我的意！您千万别以为我这是出于什么报复心理，实际上并不是那样。这是出于责任心——纯粹是出于一种责任感，完全是这么一回事。我的妻舅是铁路公司的董事，如果他知道：假使您手下的制动手下次再野蛮地侮辱一位根本没招惹他的老先生，您就要劝告那制动手，那我的妻舅会感到高兴的，这一点您可以相信。"

列车员并没像一般人所预料的那样表示高兴，反而显得忧郁不安了。他在一旁站了一会儿，接着说：

"我认为必须现在就对他进行惩处。我要开除他。"

"开除他？那样能带来什么好处？您是不是认为，更聪明的办法还是教他如何更好地对待乘客，以后仍旧留用着他呢？"

"对，这话有道理。您认为应该怎么办？"

"他当着所有这些人侮辱了那位老先生。是不是应该叫他来，当着大伙儿赔礼道歉呢？"

"我这就叫他来。而且，我要在这儿声明：如果所有的人都肯像您这样做，也都肯向我报告这一类的事，而不是当时一声不言语走开，事后在背后说铁路公司的坏话，那么，不久情况就会改善。我非常感谢您。"

制动手来道歉了。他走后，少校说：

"喏，您瞧这件事做起来多么简单容易。普通老百姓会什么事都办不到——董事的舅子要怎么做都能行。"

"可是，您真有一位当董事的舅子吗？"

"永远说有这么一位。当公众的利益需要的时候，我永远说有这么一位。在所有的董事会里——在所有的地方，我都有一位舅子。这样就省了我一大堆麻烦。"

"这可是十分广泛的亲戚关系。"

"是呀，像他们这样的人我有 300 个以上。"

"难道列车员就不会怀疑这种关系了吗？"

"这种情形我还没遇到过。一句话也不假——我从来没遇到过。"

"为什么您不随他去处理，随他去把那个制动手开除了，反而使用那怀柔的办法呢？您瞧，他这样的人是罪有应得呀。"

少校回答时，那口气里的确稍许含有一种不耐烦的意味：

"如果您能静下来，稍许思考一下，您就不会提出这样的问题了。难道制动手是条狗，只能用对待狗的方法去对待他不成？他是一个人，需要像人那样去谋生呀。再说，他总有姊妹，或者母亲，或者妻子儿女，要他去养活。永远是这样的情形——这是毫无例外的。如果你剥夺了他的生计，那你也剥夺了那些人的生计——可是，他们哪点儿招你惹你了？根本没有呀。开除了一个举动无礼的制动手，另去雇一个跟他完全相同的，那好处又在哪里呢？这种做法是不明智的。难道您没认识到，先对这个制动手进行改造，然后留用着他，那才是一个合理的办法吗？肯定是的。"

接着他就用赞赏的口气叙述统一铁路公司某区段一位监督的故事，说有一次一个已有两年经验的扳闸工疏忽大意，让一列火车出了轨，死了几个人。群众十分愤怒，去要求开除那个扳闸工，但是监督说：

"不，诸位错了。他这一来得到教训，此后再不会让车出轨了。他变得比以前倍加顶用了，我要留用他。"

此后，在那次旅游中，我们只遇到一件不寻常的事。在哈特福德站和斯普林菲尔德站之间，火车上的侍应生抱着许多广告印刷品，高声吆喝着跑进来，把一册样本落在了一个正在酣睡的先生膝上，一下子惊醒了他。那人十分恼怒，和他两个朋友气愤不平地诉说这件冒犯了他的事。他们把特等客车里的列车员唤了来，向他叙述这件事，一定要开除这孩子。那三个进行控诉的乘客都是霍利奥克的富商；显然，列车员对他们望而生畏。他试图平息他们的怒气，向他们解释说，那孩子并不归他管，而是属于一家报刊公司的。然而，他怎么劝解也没用。

这时候少校自告奋勇提出证明，为孩子进行辩护。他说：

"事情的经过我都看在眼里。诸位并没存心夸大，但是结果仍然言过其实。那孩子所做的，只不过是所有火车上侍应生所做的，如果你们要他此后举动更稳重，态度更和蔼，那我也同意你们的观点，并且准备帮你们说话，但是，如果不给他一个改过的机会，就要把他开除，那是不公道的。"

但是他们很气愤，都不肯听取妥协的办法。他们说熟识波士顿—奥尔巴尼铁路公司的总经理，明天宁可暂时不办其他的事，一定要先去波士顿解决侍应生的问题。

少校说他也去那里，要尽自己的一切力量救那个侍应生。有一位先生向他打量了一下，说：

"看来，这件事要取决于谁能对总经理施加最大的影响了。您是跟布利斯先生有私交的吗？"

少校声色不动地说：

"是的，他是我舅舅。"

这下取得的效果是令人满意的。窘促的沉默持续了一两分钟，接着几位当事人就开始在谈话中"留有余地",都含糊其辞地承认自己过于火躁偏激,不久一切趋于平静友好,彼此间显得相当融洽,终于决定丢开了这件事不提,让那个侍应生保住他的饭碗。

结果不出我所料:铁路公司总经理根本不是少校的舅舅——少校这一天只是在火车上利用了他一次。

在归途中,我们没遇到什么值得记述的事。也许那是因为我们乘的是夜车,一路上我们都在睡觉。

星期六晚上我们离开纽约,取道宾夕法尼亚州铁路。第二天清晨早餐后,我们走进特等客车,但是发现那儿很冷清沉闷。车厢里只寥寥几个人,没有任何活动。于是我们步入那节车厢的小吸烟室,看见那儿坐着三位绅士。其中两个人正在抱怨铁路公司所订的一条规则——星期日禁止在车上玩牌。原来他们刚才已经开始玩那照说无需禁忌的"大小杰克"纸牌戏,但后来却被阻止了。少校对此表示关切。他对第三位绅士说:

"是您反对他们玩牌吗?"

"根本不是。我是耶鲁大学的教授,虽然相信宗教,但并不是对许多事情都存偏见。"

接着少校就对其他两个人说:

"你们尽可以继续玩下去嘛,先生们,既然这里没人反对。"

其中一个人不肯冒险,但是另一个人说,如果少校愿意跟他玩,他很想再来一次。于是他们俩把一件大衣铺在膝上,开始玩起来。过了不久,特等客车的列车员来了,他粗暴地说:

"喂,喂,先生们,这是不可以的。把纸牌收起来——玩牌是不准许的。"

少校正在洗牌。他只顾洗着,一面说:

"禁止玩牌,这是奉了谁的命令?"

"是我的命令。我禁止玩牌。"

这时候开始发牌了。少校问:

"这主意是您想出来的吗?"

"什么主意?"

"星期日禁止玩牌这个主意呀。"

"不——当然不是。"

"是谁想出来的呢?"

“是公司。”

“那么，这根本不是您的命令，而是公司的命令。对吗？”

“对。可是，你们仍旧不停止玩牌，那我必须强迫你们立刻停止了。”

“急躁办事不会带来什么好处，它常常只会造成很大损失。是谁授权给公司颁行这样一道命令的？”

“我的好先生，那和我没关系，再说……”

“可是您忘了，它关系到的不只是您。它可能是一件对我关系重大的事。的确，它是一件对我十分重大的事。我不能破坏了我国的一条法规，同时不让自己蒙上耻辱；我也不能容许任何人或者公司利用非法的规章来妨碍我的自由（这一点也是铁路公司一向试图做到的），同时不玷污了我的公民权利。所以，现在让我再回到刚才那个问题上：公司究竟是根据谁的授权颁行这道命令的？”

“这我可不知道，这是他们的事。”

“也是我的事。我怀疑公司拥有什么权利公布这样一条规章。这条铁路要经过好几个州，您知道我们现在是在哪一个州里，那个州在这方面制定的又是什么法律吗？”

“它的法律跟我不相干，可是公司的命令我必须执行，我的职责就是禁止这样玩牌，先生们，它必须受到禁止。”

“也许是这情况，然而，办事情还是不必急躁的好。在一般旅馆里，他们都把一些规则张贴在屋子里，但是照例要援引该州的法律条文，作为那些要求的根据。我看这儿并没张贴这类文告嘛。请您出示您的凭证，然后可以让我们作出决定，因为，您总可以看到，人家玩牌的兴致都叫您给破坏了。”

“我没这一类的凭证，但是我奉了命令，单凭这一点就够了。命令必须服从。”

“咱们别轻易作出结论。更好还是让咱们平心静气，仔细地探讨一下这件事情，看咱们究竟坚持的是什么原则，以免任何一方犯了错误——因为，剥夺美国公民的自由，这件事看来远比您和铁路公司想象得更为严重，在剥夺他人自由者能证明他有权这样做之前，我不容许他当着我这样肆无忌惮，再说……”

“我的好先生，您到底要不要放下纸牌？”

“这件事也许不会耽搁多久，但要看情形而定。您说这命令必须遵守。必须！这是一个强硬的措词。您自己可以意会，它有多么强硬。当然，一个明白事理的公司，不会既授权您执行这样严厉的命令，又不制定一个处罚违反规章

马克·吐温短篇小说选

者的办法。那样它就会变成一纸空文，只会惹得人家好笑。对违反这条规章的应当怎样处罚？"

"处罚？我从来没听说过什么处罚。"

"不用说，这您肯定是闹错了。您的公司会命令您上这儿来，很粗鲁地打断一场无需禁忌的娱乐，但并不教您在执行这道命令时应当采取的手段吗？难道您不认为这种做法是荒谬可笑的吗？如果乘客拒绝遵守这条命令，那您又打算怎样对付他们？您打算抢走他们的纸牌吗？"

"不。"

"您打算到了下一站把违反规章的赶下车吗？"

"这个，不——我们当然不能这样做，如果他有车票。"

"您把他送交法院吗？"

列车员无言对答，显然感到为难了。少校又开始发牌，他接着说：

"您瞧，您毫无办法，公司让您处于很狼狈的境地。您接受了一道狂妄的命令，您虚张声势，要去执行，可是，等到把这件事仔细一分析，您就发现自己根本没办法强迫人家服从。"

列车员端着架子说：

"先生们，你们已经听到那道命令，我已经尽了自己的责任。至于是不是遵守它，那你们就瞧着办吧。"说完这话，他转身要走。

"可是，等一等，这件事还没完。您说已经尽了自己的责任，我认为您这话说错了；即使您真的已经尽了自己的责任，那么我还有一项责任要尽哩。"

"您这是什么意思？"

"您是不是准备到了匹兹堡站，去总办事处告我违反了规章？"

"不是的。那样会有什么好处呢？"

"您必须去告我，否则我就要去告您。"

"告我什么呀？"

"告您不禁止这次玩牌，没遵守公司的命令。作为一个公民，我有责任协助铁路公司监督它的职工照章办事。"

"您这话是认真的吗？"

"是的，是认真的。我觉得您做人并没错儿，可是我认为，作为一个工作人员，您这样做事做得不对——您没执行那道命令。如果您不去告我，我一定去告您。我要去告。"

列车员显得迷茫不解了，他沉思了一会儿，后来突然激动地说：

"这倒像是我在找麻烦嘛！完全是一笔糊涂账，瞧我都被闹昏了。这可是从来没遇到的事情。人家一向依着你，从来不说一句话，所以我也就从来没注意到，那道没处罚办法的愚蠢的命令有多么荒谬可笑。我不要告任何人，我也没要被任何人告——瞧，那样会给我招来无穷的麻烦！现在你们就继续玩牌吧——如果高兴的话，就玩上一整天吧——咱们再别为了这种事情找麻烦了！"

"不，我只是为了要维护这位先生的权利，才坐在此地——现在他可以回到自己的位子上来了。但是，您在离开这儿之前，是不是可以告诉我，您认为公司制订这条规章是为了什么吗？您能为这件事想出一个借口——我意思是说，一个合理的借口——一个至少表面上不是愚蠢的借口、一个不像是白痴想出来的主意吗？"

"这个，我当然能够。问到为什么要制订它，那道理很明白。那是为了不要伤害了其他乘客的感情——我意思是说乘客中那些虔信宗教的人。星期天在车上玩牌，亵渎了安息日，那会使他们不高兴的。"

"我本来也有同样的想法。可是，他们愿意自己在星期日旅行，亵渎安息日，却不愿意别人……"

"我的老天爷，您这可说到了点子上！以前我就从来没想到这一点。事实是，如果你开始仔细分析一下，就知道它是一条愚蠢的规章。"

就在这当儿，另一节车上的列车员走过来，打算很专横地禁止玩牌，可是特等客车的列车员拦住他，把他拉到一边，向他解释。此后再听不到他们谈起这件事了。

我在芝加哥卧病了 11 天，结果没能看到博览会，因为，刚刚能够上路，我已经需要立即启程回东方去了。在我们出发的前一天，为了让我有个宽敞的地方，可以睡得舒服一些，少校已经订了一间卧车特别包厢。可是我们抵达车站时才知道，由于调配员一时疏忽，我们的那节车没被挂上。列车员给我们留下了一对卧铺——他说，这样办他已经尽了最大的力了。可是少校说，我们并不赶急，尽可以等着把那节车给挂上。列车员和颜悦色，但是含嘲带讽地说：

"也许，像您所说的，你们并不赶急，可是我们却非赶急不可呀。来，上车吧，先生们，上车去吧——别让我们尽等着啦。"

可是少校非但不肯上车，也不许我上去。他要乘他所订的车，说他非那样不行。这一来那个急得直冒汗的列车员可不耐烦了，他说：

"我们这样做，已经尽了最大的力——我们没法做那不可能做到的事。你们要么就是用这套卧铺，要么就索性不用它吧。由于出了一个差误，现在时间太晚，已经来不及纠正，只好将就点儿，就这样凑合一下吧。别的乘客都是这样。"

"咳，您瞧，事情就坏在这里。如果他们也都要维护自己的权利，并且坚持到底，现在你们就不会这样满不在乎地试图践踏我的权利了。我根本没意思要给你们带来不必要的麻烦，但是我有责任保护下面一位乘客不再这样受骗。所以我一定要乘我订的车。否则我就要在芝加哥待下去，控诉你们公司破坏了合同。"

"控诉我们的公司？——单单为了这样一件事！"

"当然。"

"您真的要这样做吗？"

"可不是，我就是要这样做。"

列车员向少校怀疑地打量了一会儿，然后说：

"这可把我闹糊涂了——这可是新鲜花样——我以前从来没碰到过这样的事儿。可是，我完全相信，这样的事您会做出来的。这么着，我找站长去。"

站长刚来到的时候十分恼怒——恼的是少校，而不是那个造成差误的人。他态度相当粗暴，也像列车员开始那样，但是他怎么也没法说服这位措词委婉的炮手，后者仍旧坚持要乘他所订的车。但是，事情很明显，在这种情形下只有一方能占上风，而结果占上风的一方当然是少校。站长只好收起恼怒的神情，装出和蔼的样子，甚至多少表示了歉意。这给和解提供了一个良好的开端，于是少校作出妥协。他说情愿放弃已订的特别包厢，但必须有另一间包厢。经过一番寻觅，终于找到一间特别包厢，那包厢的主人是个好说话儿的，肯用他的包厢调换我们的卧铺，我们终于出发。那天晚上列车员来看我们，他亲切客气，十分殷勤，和我谈了很久，最后我们结成好友。他说更希望公众会常常给他们多添一些麻烦——因为那样只会产生有益的影响。他说，旅客不能指望铁路公司尽他们的一切责任，除非他们自己也多少关心那些事情。

我希望我们已经结束了这次旅程中移风易俗的工作，然而事实并非如此。第二天早晨，少校在餐车里要一客烤鸡。侍者说：

"菜单上没这道菜，先生。我们只供应菜单上有的。"

"瞧那位先生在吃烤鸡。"

"对，可是那情形不同呀。他是一位铁路公司监督。"

"那我就更非要烤鸡不可。我不喜欢这种有区别的待遇。请您赶紧去——这就给我来一客烤鸡。"

侍者把管事的找来了，管事的低声婉言地解释，说这件事是不可能办到的——这违反规章，规章是很严格的。

"那么，好吧，您必须一律执行这条规章，或者一律取消这条规章。您必须要么就拿走了那位先生的鸡，要么就给我也来一客。"

管事的惶惑无主，有点儿不知所措了。他开始东拉西扯地辩解，可就在这时候，那个列车员走过来，问发生了什么争执。管事的说，这里有位先生，他定要点一客鸡，可这是绝对违反规章的，而且菜单上也没这菜。列车员说：

"你照章办事嘛——没其他办法。等一等……是这位先生吗？"接着他就大笑起来，说："别去管你们那些规章吧——这是我给你的忠告，听我的话没错儿；他要什么就给他什么——别让他又在他的权利问题上大发议论啦。他点什么就给他什么吧；如果你们手头没鸡，那么就停下了车去买吧。"

少校吃了鸡，但是说，他之所以这样做，只是出于责任感，为的是要维护一条原则，因为他是不爱吃鸡的。

可不是，我没看到博览会，但是我学到了一些怎样运用权术的手段，将来这些手段也许对我和读者都是方便有用的哩。

马克·吐温短篇小说选

败坏了赫德莱堡的人 [1]

一

那是多年以前的事情。当时赫德莱堡是邻近一带地方最诚实、最清高的一个市镇。它一直把这个名声保持了三代之久，从没有被玷污过，并且很以此自豪，把这种荣誉看得比它所拥有的其他一切都更加宝贵。它非常以此自豪，迫切地希望保持这种光荣万世不朽，因为它对摇篮里的婴儿就开始教以诚实行为的原则，并在以后对他们施行教育的全部期间，把这一类的训诲作为他们的教养的主要内容。同时还在青年人的发育时期，完全不叫他们与一切诱惑相接触，为的是让他们的诚实有充分的机会变得坚定而巩固，成为深入骨髓的品质。邻近的那些市镇都忌妒这种崇高的权威，假装着讥笑赫德莱堡以此自豪的得意心理，偏说那是虚荣。不过虽然如此，他们还是不得不承认赫德莱堡实在是一个不可败坏的市镇。假如有人追问，他们还会承认一个青年只要是从赫德莱堡出去的，他要从家乡到外面找一个地位较高的职业，那就除了他的籍贯而外，无须任何其他保证的条件了。

然而曾几何时，赫德莱堡终于很不幸地得罪了一位过往的异乡人——也许是无意地，当然也并不在乎，因为赫德莱堡是无求于人，很可以自满的，对于异乡人和他们的意见，当然是毫不在意。不过它当初如果把这个人当作例外，那就要妥当一些，因为他是个很不好惹的人，记下了冤仇就不饶人的。在他漫游各地的整整一年之中，他老把他的委屈记在心上，每逢闲暇的时候，他就翻来覆去地想，总要想出一个办法来，心满意足地报复一番。他想出了许多主意，

---

[1] 发表于 1899 年。

都很不错，但是没有一个是十分彻底的。最不中用的办法只能损害许多个别的人，而他所需要的却是一个使整个市镇都受影响的主意，连一个人也不让他漏网。最后他想出了一个巧妙的办法，当这个念头在他脑海中出现的时候，他感到一种恶毒的快意，觉得心头豁然开朗起来。他立刻就开始拟出具体的计划，一面自言自语地说："这个办法才好哩——我要败坏这个市镇！"

6个月之后，他乘着一辆小马车，又到赫德莱堡去，大约在晚上10点钟停在银行的老出纳员的家门口。他从车上取下一只口袋，扛在肩上，踉踉跄跄地穿过院落，走到里面敲门。一个女人的声音说了一声"请进"，他就进去了。他把那只口袋放在客厅里的火炉背后，很客气地向那正在灯下坐着看《福音导报》的老太婆说：

"您请坐着，夫人，我不打搅您。好——现在可把它藏得很妥当了，谁都不容易知道它在哪儿。夫人，我可以见见您的先生吗？"

"不行，他到布利克斯敦去了，恐怕要到后半夜才会回来。"

"好吧，夫人，那没有关系。我只是要把那只口袋托他保管一下，等找到了合法的物主，就请他转交给他。我是个外方人，他并不认识我。我今晚上不过是从这个镇上经过，特地来了却一桩长久放在心上的事情。现在我的事儿已经办完了，我很高兴地离开，心里还有点儿得意，以后您永远也不会再见到我了。口袋上系着一张纸条子，一切都在那上面说明了。再见吧，夫人。"

这位老太婆害怕这个神秘的大个子陌生人，后来看见他走了倒很高兴。但是她的好奇心被勾引起来了，于是就一直往口袋那边跑过去，把那张纸条子拿过来看。那上面写着的话是这样开始的：

> 请予公布，或者用私访的办法把合法的物主找出来也行——两种办法随便采取哪一种都可以。这个口袋里装的是金元，计重160磅零4盎司——

"天哪，连门都没有锁哩！"

理查兹太太浑身颤抖地飞跑过去把门锁上，然后把窗帘拉下来，惊魂不定地站着，心里发愁，不知究竟还有什么办法可以使她自己和那些钱财更加安稳一些。她听了一会儿是否有小偷，然后又被好奇心战胜了，于是再回到灯光底下，看完那张纸条上写的话：

马克·吐温短篇小说选

　　我是个外国人，马上就要回本国去，以后就永远在那里住下了。我在美国住了很久，多蒙贵国优待，心中非常感激，尤其是感谢贵国的一位公民——赫德莱堡的一位公民——他在一两年前曾经给过我一个很大的恩惠。实际上是两个很大的恩惠。让我说明经过吧。我从前是个赌徒，我是说我从前是。我是个输得倾家荡产的赌徒。我在晚上来到这个村子里，饿着肚子，一钱不名。我向人求助——在黑暗中，我不好意思在有亮的地方讨钱。这回幸好找对了人。他给了我20块钱——换句话说，照我当时的想法，他实在是救了我的命。同时他也给了我财运，因为有了那笔钱，我又到赌场里发了大财。后来我把他给我说过的一句话记在心上，直到今天还没有忘记。他这句话终于把我制服了，一经制服，我的品格才没有完全毁掉：我从此再也不赌博了。现在我也不知道那位恩人是谁，可是我要把他寻访出来，我要让他得到这笔钱，由他施舍出去，或者把它抛弃，或者保存下来，随便他怎么处置都行。这只不过是我向他表明感激之意而已。假如我可以在这里住些时候，我就会亲自去寻访他；但是那没有关系，他一定会被寻访出来的。这是个诚实的市镇，不可败坏的市镇，我知道我尽可以信托它，无须担心。谁能说出那位先生当初对我说的那句话，就可以证明他是我的恩人，我相信他一定还记得那句话。

　　现在我的办法是这样：如果你觉得私访较为妥当，那就请你私访。如果遇到可能是那位先生的人，就请你把这张纸上写的话告诉他。假使他回答说，"我就是那个人；我当初说过的那句话是如何如何，"就请予以对证——那就是：打开口袋，那里面有一只密封的信封，装着那句话。如果那位申请人所说的话与此相符，那就把这笔钱给他，别的话都无须再问了，因为他一定就是那位先生。

　　但是你如果愿意公开寻访，那就请你把这张东西拿到本地报纸上去发表——另外加上几句说明，即：自本日起30天内，请申请人于星期五晚8时驾临镇公所，将他当初所说的话密封交与柏杰士牧师（如果他肯帮忙处理的话）；然后请柏杰士先生当场将钱袋启封，核对那句话是否相符；如果相符，就将这笔钱点交我这位业经证实的恩人，并请代致诚挚的谢意。

理查兹太太坐下来，兴奋得微微颤抖，不久就转入沉思了——她是这样想的："这事情多么奇怪！……那位善心人随意施舍一下，现在善有善报，发的财可真不小呀！……假如做那桩好事的是我的丈夫，那该多好！——因为我们实在穷透了，又老又穷！……"然后她叹了一口气——"可是这并不是我的爱德华，不是的，拿20块钱给一个外方人的不是他。这实在可惜得很，真是，现在我明白了……"然后她打了个冷战——"可是这是一个赌鬼的钱哪！罪恶的收获：我们可不能要这种钱，连碰也不能碰它一下。我可不愿意靠近这种钱，这好像是很肮脏的东西。"于是她到离得远一点的一把椅子上坐下……"我希望爱德华快点回来，把它拿到银行里去，说不定什么时候就可能有小偷来，一个人在这儿守着真是可怕得很哩。"

11点钟，理查兹先生回来了，他的妻子正在说："你回来了我真高兴极了！"他却说："我可真累坏了——简直累得要命。人就怕穷，像我这么一大把年纪，还要干这种倒霉的跑腿差事。老是熬呀、熬呀、熬呀，只不过为了那点儿薪水——当别人的奴隶，他可穿着睡鞋坐在家里，又阔气，又舒服。"

"我很替你难受，爱德华，你知道的，可是你得自宽自解才行：我们总算能维持生活，我们还有很好的名声哩——"

"是呀，玛丽，这比什么都强。我刚才说的话你可别介意——那只是一时的烦躁，根本不算一回事。你跟我亲亲嘴吧——好，现在一切都忘掉了，我再也没有什么埋怨的了。你那是弄来的什么东西？口袋里是什么？"

于是他的妻子把那一大秘密告诉了他。这使他感到一阵心神恍惚，随后他就说：

"有160磅重吗？咳，玛丽，那等于4—万—块钱哪——你想想——真是一笔大财产！我们这村里有这么大家当的还不到10个人哩。把那张纸条子给我看看。"

他一目十行地看了一遍，说道：

"这岂不是奇谈！嘻，简直是传奇小说嘛，就像我们在书本里看到的那些不可能的事情一样，在实际生活中哪会有。"他现在大为兴奋起来，他很愉快，甚至是兴高采烈。他把手指轻轻点一点他的老婆的脸蛋儿，开着玩笑说："哈，我们发财了，玛丽，发财了！我们只要把这些钱埋藏起来，把纸条子烧掉就行了。那个赌鬼如果再来问起这桩事情，我们就白起眼睛望着他，说：'你说的是什么鬼话呀？我们从来就没听说过你，也不知道你有一袋什么金子。'这就使他哭笑不得，而……"

"而现在，你在这儿大开玩笑的时候，钱可还在这儿，现在很快就要到小偷活动的时候了。"

"真的。那么，我们怎么办——私自寻访吗？不，那可不行，那未免要破坏神妙的味儿。还是公开的方法较好。你想这桩事情岂不要传得满城风雨！还要使所有其他的市镇忌妒呢。因为除了赫德莱堡而外，一个外方人绝不会把这么一桩事情信托任何其他市镇，这是他们知道的。这简直等于给我们大登宣传广告哩。现在我要赶快到印刷所去，否则就太晚了。"

"别走——别走——别把我一个人留在这儿守着，爱德华！"

可是他已经走了。不过只去了一会儿的工夫。在离他家不远的地方，他遇见报馆的主笔兼东家，就把那张纸条子交给了他，说道："我这儿有一条好新闻给你，柯克斯——拿去发表吧。"

"可能来不及了，理查兹先生，不过我看情形吧。"

回到家里，他和他的妻子又坐下来把这个有趣的神秘事情再谈一遍，他们简直不想睡觉。第一个问题是，那位拿20块钱给那个异乡人的公民究竟是谁呢？这似乎是个简单的问题，他们俩同声回答——

"巴克莱·固德逊。"

"不错，"理查兹说，"他很可能干这种事情，这也正是他的作风，可是我们这镇上就不会再有别人了。"

"这话谁也会承认的，爱德华——无论如何，私地里是会承认的。现在这6个月以来，我们这村子又是和从前一样了——诚实、狭隘、自以为是、一毛不拔。"

"他向来就是这么批评的，一直到他死的时候——而且还是毫不客气地当众那么说。"

"是呀，可是他就为了这个，遭人痛恨哩。"

"啊，当然，可是他倒不在乎。我看除了柏杰士牧师而外，他在我们这些人当中是最遭人嫉恨的了。"

"噢，柏杰士可是罪有应得——他在这儿再也别想有人听他讲道了。这个市镇固然是算不了什么，对他可是知道应该怎么估量。爱德华，你看这岂不是有点奇怪，怎么这位外方人竟指定柏杰士经手发这笔钱呢？"

"呃，是呀——是有点奇怪。那是说……那是说……"

"哪来的那么多'那是说'呀？要是你的话，你会选他吗？"

"玛丽，也许那个外方人比这个村里的人对他知道得更清楚哩。"

"尽说这种话，难道就对柏杰士有什么好处！"

丈夫似乎有点为难，不知如何回答才好。妻子凝神注视着他，等着他答复。后来理查兹终于说话了，他那迟疑的神气好像是表示他预先知道他的话可能要遭到怀疑似的——

"玛丽，柏杰士并不是个坏人哩。"

他的妻子当然大吃一惊。

"瞎说！"她大声说道。

"他不是个坏人。我知道。他之所以被大家看不起，整个的根由就是那一桩事情——就是闹得满城风雨的那一桩事情。"

"那一桩事情，真是！好像单只那一桩事情还不够似的。"

"足够了。足够了。可是那事情罪不在他哩。"

"你说的什么话！罪不在他！谁都知道那就是他干的事儿。"

"玛丽，我敢担保——他是无罪的。"

"我没法儿相信，我也不相信。你怎么知道的？"

"这是我的招供。我很惭愧，可是我要供出来。只有我一个人才知道他是无罪的。我本来是可以挽救他的，可是……可是……呢，当然整个镇上那种愤激的情况你是知道的——我简直就没有胆量说实话。一说出来大家就会都对我进攻了。我也觉得那很卑鄙，真是卑鄙透了，可是我不敢，我没有勇气担当。"

玛丽显出了惶惑的神情，过了一阵没有做声。然后她才吞吞吐吐地说：

"我……我想你当初如果……如果……那是不行的。决不能……呃……舆论要紧——不得不特别小心——特别……"这是一条难行的路，她陷入泥潭了；可是过了一会儿，她又说开了。"这是很对不起人的事，可是……哎，我们担当不起呀，爱德华——实在担当不起。啊，无论如何我也是不会主张你说实话的！"

"那会使得我们失去许许多多人的好感哩，玛丽。结果就……结果就……"

"现在我所担心的是他对我们的看法怎么样，爱德华。"

"他吗？他可想不到我当初是可以挽救他的。"

"啊，"妻子以快慰的口吻大声说道，"这可叫我高兴了。只要他不知道你当初可以挽救他，那么他……他……呃，那就强得多了。嘻，我本就应该看得出他是不知道的，因为他老是向我们讨好，虽然我们对他很冷淡。人家拿这桩事情挖苦我可不止一次了。比如威尔逊夫妇吧，还有威尔科克斯夫妇和哈克尼斯夫妇吧，他们都不怀好意地拿我来开心，说什么'你们的朋友柏杰士'，因为他们明知这是使我难为情的。我希望他不要老是这么一个劲儿对我们表示好感，我就不明白他为什么始终要这样。"

"我可以给你解释，这又是我的招供。那桩事情正闹得新鲜、闹得火热，镇上决定叫他'坐木杠'的时候，我的良心上受到谴责，简直受不了，于是我就暗地里跑去给他报了个信，他就离开了这个镇，在外面住了一阵，直到风平浪静才回来。"

"爱德华！假如镇上当初把这桩事情追究出来——"

"别提了！现在回想起来，还叫我心惊胆战哩。我这么做了之后马上就觉得后悔；我甚至跟你都不敢说，就怕你脸上神色不对，让人家看出毛病来。那天晚上，我一点也没睡着，老在发愁。可是过了几天，我一看谁也没有怀疑我，从此以后我就渐渐觉得我幸而来了那么一着，至今我还是高兴哩，玛丽——真是高兴透了。"

"现在我也高兴哩，因为那么对付他未免太可怕了。是呀，我很高兴；因为你实在应该那么办才对得起他，你要知道。可是，爱德华，万一现在还是有那么一天，这事情终归弄个水落石出，那可怎么好！"

"不会的。"

"为什么？"

"因为大家都以为是固德逊干的。"

"当然他们会这么想！"

"不错。可是他当然是满不在乎的。大家劝萨斯伯雷那可怜的老头儿去找他，把这个罪名加到他头上，这老头儿也就怒冲冲地跑去对他说了。固德逊把他浑身打量了一番，好像是要在他身上寻找一处能够叫他特别鄙视的地方似的，然后他就说：'原来你是代表调查委员会的呀，是不是？'萨斯伯雷说那差不多就是他的身份。'哼。你是需要知道详细情形呢，还是认为一个简单的答复就够了呢？''如果他们需要了解详细情形，我就再来一趟吧，固德逊先生，你先给我一个简单的答复好了。''好极了，那么，你告诉他们滚他妈的蛋——我看这总算够简单的了。我还要给你一番忠告，萨斯伯雷。你再来打听详细情形的话，就请你带个筐子来，好把你那几根老骨头提回家去。'"

"固德逊就是这样，十足表现出他的特点。他老是认为他提出的意见比谁都强：只有这一点他是自命不凡的。"

"他这么一来，就把这桩事情结束了，而且也就救了我们，玛丽。以后就没有人再提这个问题了。"

"谢天谢地，这点我倒并不怀疑。"

于是他们又兴致勃勃地再谈那一袋金子的神秘。随后他们的谈话渐渐有时停顿下来——中断的原因是由于沉思。停顿的次数越来越多了。最后理查兹竟至完全想得入神了。他一直坐了很久，一双眼睛茫然地盯着地板，后来他的两只手渐渐做出一些神经紧张的动作，配合着他的心理活动，这些动作似乎是表示烦乱的心情。同时他的妻子也转入了沉思，默不作声，她的举动也渐渐露出困惑的烦恼。理查兹终于站起来，无目的地在屋子里走来走去，一面伸手搔搔他的头发，活像一个患梦游病的人做噩梦的时候的举动一般。然后他似乎是打定了一个明确的主意；他一声不响地戴上帽子，迅速地从屋里走出去了。他的妻子还是坐在那里皱眉蹙额地沉思不已，似乎还没有感觉到只剩下她一人了。她时而低声自语道："可别叫我们受到诱……可是……可是……我们实在太穷了，太穷了！……可别叫我们受到……啊，这难道会对谁有什么损害吗？——而且谁也不会知道……可别叫我们……"她的声音这么咕哝着，渐渐低微得听不见了。过了一会儿，她抬头望了一眼，马上以半似惊骇、半似欣慰的神情喃喃地说——

"他走了！可是，哎呀，他也许来不及了——来不及了……也许还不太晚——也许还来得及。"她站起来，呆立着想，神经紧张地把双手一时扭在一起，一时松开。一阵轻微的冷战侵袭着她的全身，她从干哑的嗓子里说道："上帝饶恕我吧——起了这种念头真是太可怕了——可是……主啊，你是怎么把我们造成的——造得多么奇怪呀！"

她把灯光拧小一点，悄悄地溜过去，在那只口袋旁边跪下，伸手去摸它那鼓起的四周，恋恋地爱抚着。她那双可怜的老迈的眼睛里闪出一种贪婪的光芒。她一阵一阵地发呆，有时候又半似清醒、自言自语地说："早知道我们该等一等就好了！——啊，假如我们稍微等一等，不那么性急就好了！"

同时柯克斯也从办公的地方回到了家里，把那桩奇怪的事情告诉了他的妻子，他们也很热烈地谈论了一阵，并且猜想着整个镇上唯有已故的固德逊才会那么慷慨地拿 20 块钱这么大一笔款去救济一个遭难的异乡人。后来他们的谈话中断了，两人都不做声，转入沉思了。他们渐渐地神经紧张和烦躁起来。最后妻子说话了，好像是自言自语似的：

"这桩秘密事情谁也不知道，除了理查兹夫妻俩……还有我们……此外再没有什么人了。"

丈夫微微地惊动了一下，由沉思中醒过来，他凝神注视着他那脸色发白的妻子，然后他犹豫不决地站起来，偷偷地向他的帽子望了一眼，又望着他的妻子——无言的询问。柯克斯太太有一两次想说话又没有说出来，她把手按住嗓子，然后点点头代替回答。随即就只剩下她一个人，在那里自言自语。

于是理查兹和柯克斯都在更深夜静的街头，由相对的方向急急忙忙地走着。他们在印刷所的楼梯底下彼此碰头了，两人都喘着气，他们借着夜间的灯光互相察看着对方的脸色。柯克斯悄悄地问道：

"除了我们，没有别人知道这桩事吗？"

悄悄地回答是：

"谁也不知道——我担保，谁也不知道！"

"如果还来得及——"

他们两人往楼上走，但是正在这时候，有一个小伙子赶上来了，于是柯克斯问道：

"是你吗，江尼？"

"是，先生。"

"你别忙去发那些早班邮件吧——什么邮件都不忙去发，等我吩咐你的时候再说。"

"都已经寄出去了，先生。"

"寄出了？"这声音里流露出一股说不出的失望。

"是的，先生。到布利克斯敦和往下所有的市镇的火车时间表今天都改了，先生——要寄出的东西比平常早 20 分钟就得送到才行。我只好赶快跑，要是去晚了两分钟的话……"

这两位先生不等听完他说的话，就转过身来，慢慢地走开。过了 10 分钟，两人都没有做声。然后柯克斯以生气的声调说道：

"什么鬼催着你这么着急呀，真是莫名其妙。"

回答是颇为恭敬的：

"现在我明白了，可是不知怎么的，您瞧，我老是不用脑筋，把事情弄得无法挽救。不过下一次……"

"他妈的，哪有什么下一次！再过1000年，也不会有什么下一次了。"

于是这两位朋友连告别的话都没有说一声，就分手了，各人拖着苦恼得要命的人的脚步，无精打采地走回家去。回到家里，他们的妻子都马上跳起来，迫切地问一声"怎么样？"——然后她们用眼睛就看出了回答，于是不等对方用言语表达出来，就丧气地坐下了。在这两户人家里，随即发生了激烈的争论——这是一种新现象，从前也曾有过争论，可是并不激烈，都是不伤和气的。今天晚上的争论，两家人却好像是互相抄袭似的。理查兹太太说：

"你要是等一等多好呀，爱德华——你该从从容容地想一想呀。可是你不，你非得一个劲儿跑到印刷所去，把消息传遍天下。"

"那上面明明说了要发表呀。"

"那不相干，那上面也说了可以私自访问，随你的便。哼，你说吧——是不是这么说的？"

"唉，不错——不错，是这么说的，可是我一想到一个外方人竟会这么信托赫德莱堡，这样一个消息会要如何轰动一时，这对赫德莱堡是多大的……"

"啊，当然，这些我全知道。可是你要是仔细想一想，你应该是想得到应得这笔钱财的人是找不到的，因为他已经进了坟墓，而且身后无儿无女，也没有任何家属。这笔钱要是由一个需钱很切的人得到了，谁也不会因此受什么损害，而且……而且……"

她伤心地痛哭起来了。她的丈夫想要找两句安慰的话来说一说，随即就这么说道：

"可是归根到底，玛丽，这样的结局一定是最妥当的——一定是；我们是知道的。而且我们还应该记住，这是命中注定的——"

"命中注定！啊，一个人干出了傻事情，要替自己找理由，那就什么都是命中注定！不管怎样，这笔钱在这种特殊情况之下落到我们手里，这就叫命中注定，可是你偏要自作主张，干预老天爷的意旨——是谁给了你这种权力？这叫作不知好歹，就是这么回事——无非是冒犯神明的大胆妄为，根本就和你装出的那副温和谦让的派头不相称，你明明是个伪君子，却偏要假惺惺地自命为……"

"可是，玛丽，你也知道我们这一辈子是怎么教养出来的，就像全村的人

161

一样，简直教养得每逢有什么老实的事情要做的时候，就不会有片刻的迟疑，这种作风已经完全成了我们的第二天性——"

"啊，我知道，我知道——一辈子老在受诚实的教养、教养、教养，教个没有完——从摇篮里就教起，要诚实呀，不要受一切诱惑呀，所以这全是虚伪的诚实，一旦受到诱惑，就经不起考验，今天晚上我们已经看清楚了。老天爷有眼睛，我对自己那种像石头一样坚实的、无法败坏的诚实从来没有丝毫怀疑过，可是现在……现在，只受到这第一次真正的大诱惑，我就……爱德华，我相信这个镇上的诚实都是像我的一样，糟透了，也像你一样糟。这是个卑鄙的市镇，是个冷酷和吝啬的市镇，它除了这个远近闻名和自命不凡的诚实而外，根本就没有丝毫美德。我敢发誓，我确实相信如果有那么一天，它这种诚实受到大诱惑的时候，它那堂皇的声誉就会垮台，好像一座纸房子一样。嗐，这下子我可把老实话说出来了，心里倒觉得痛快一点。我是个骗子，一辈子向来就是，可就是自己不知道。以后谁也别说我诚实吧——我可担当不起。"

"我……哎，玛丽，我也是和你一样的感觉，的确是这么想。这好像有些奇怪，真的，太奇怪了。从前我是决不会相信这种说法的——决不会。"

随后是一阵长时间的沉默，他们俩都转入沉思了。后来妻子抬起头来说：

"我知道你在想什么，爱德华。"

理查兹脸上显出一个被看透了心事的人的窘态。

"说出来真是丢人，玛丽，可是……"

"那没什么关系，爱德华，我自己也正在想着这同一个问题哩。"

"但愿如此。你说出来吧。"

"你想的是，如果有人能猜得出固德逊对那个外方人说的是句什么话，那该多好。"

"一点也不错。我觉得有罪，而且难为情。你呢？"

"我这种感觉已经过去了。我们在这儿搭个临时铺吧，我们非得好好看守着，等明天早上银行的金库开了，收进这只口袋才行……哎呀，哎呀——要是我们没有做错那一着，那该多好！"

临时铺搭好了，玛丽说：

"那句开门咒——究竟是怎么说的呢？我实在猜不透，那句话是怎么说的呢？可是，你过来吧，我们该上床了。"

"上床睡觉吗？"

“不是，想。”

“是呀，想。”

这时候柯克斯夫妇也吵完了嘴，言归于好了，现在正在上床——去想、想、在床上翻来滚去，心里发烦，老猜不透固德逊当初向那个倾家荡产的流浪汉说的是一句什么话，那句宝贵的箴言，价值 4 万元现金的箴言。

村里的电报局那天晚上比平日延迟了办公时间，原因是这样的：柯克斯的报馆里的领班是美联社的地方通讯员。他可以算是一位挂名的通讯员，因为他供给的稿件一年之中难得有 4 次在报上登出 30 个字来。这一次可不同了。他打电报去报告他所得到的消息，立即接到了复电：

> 详述一切——巨细勿遗——1200 字。

多么长的一篇约稿呀！领班如约完成了这篇报道，他是全州最得意的人了。第二天早餐的时候，“不可败坏的赫德莱堡”这个名称挂到了全美国每个人的嘴上，从蒙特利尔到墨西哥湾，从阿拉斯加的冰河到佛罗里达的柑子园，千百万人都在谈论着那个异乡人和他的钱袋，大家都在关心着那位得主是否可以找得到，都希望再得到关于这桩事情的消息——越快越好。

二

赫德莱堡村一觉睡醒来，已经是举世闻名——惊异——快乐——洋洋得意。得意到不可想象的地步。村中 19 位首要的公民和他们的太太都来来往往，互相握手，笑逐颜开，彼此道贺，大家都说这桩事情给字典上增加了一个新名词——赫德莱堡，“不可败坏”的同义词——这个词注定要在字典里永垂不朽！次要的、无声无息的公民们和他们的妻子也到处跑来跑去，举动也大致相同。人们都跑到银行去看那只装着黄金的口袋。还没到中午，就有许多郁郁不乐的、忌妒的人成群结队地从布利克斯敦和所有邻近的市镇蜂拥而来。当天下午和第二天就有四面八方的记者来采访这只钱袋和它的来历，又把整个故事重新报道一番，并且给钱袋作了随意渲染的描写，还有理查兹的家、银行、长老会教堂、浸礼会教堂、公众广场，以及将要举行对证和交付那笔钱财的镇公所，也都

——描绘了；此外还给几个人物刻画了几幅糟糕的肖像，其中有理查兹夫妇，有银行家宾克顿，有柯克斯，有报馆的领班，还有柏杰士牧师和邮政局长——甚至还有杰克·哈里代，他是个游手好闲、和蔼可亲、无足轻重、放荡不羁的渔夫和猎人、孩子们的朋友、丧家之狗的朋友，是这镇上典型的"山姆·劳生"[1]。平庸的、假笑的、油滑的小个子宾克顿把钱袋给所有参观的人看，他高高兴兴地搓着一双光滑的手掌，极力吹嘘这个市镇由于诚实而享有的久远的好名声，以及这次惊人的证实，并且希望和相信这个榜样将要扬名全美洲，对于挽回世道人心会起划时代的作用。还有诸如此类的话。

一个星期终了时，一切又平静下来了，如醉如狂的自豪和欢欣的心里已经清醒过来，变为一种柔和的、甜蜜的、沉默的快感——好像是一种意味深长、无以名之、不可言喻的自得心理。人人的脸上都现出一种平和圣洁的快乐。

然后发生了一种变化。那是一种逐渐的变化：变得非常迟缓，以致开始的一段几乎无人发觉，也许根本就没有人发觉，除了杰克·哈里代，他是经常把每件事情都看得清楚的。而且无论是什么事情，他老爱拿来开玩笑。他发现有些人一两天以前还很快活，现在却不像那么高兴，于是他就说些拿他们取笑的话，然后他又说这种新现象越来越厉害，简直成了一副晦气相，然后他又说人人现出了苦恼不堪的神气，最后他说人人都变得那么郁郁不乐、若有所思、心不在焉，如果他一直伸手到全镇最悭吝的人裤袋底去扒掉他一分钱，那也不会惊醒他的幻想。

在这个阶段——也许是大约在这个阶段——那19户首要人家的家长每个都在临睡的时候说出大致像这样的一句话——差不多都是叹一口气说的：

"哎，固德逊说的究竟是一句什么话呢？"

他的妻子马上就这样回答——话里带着颤声：

"啊，别提了！你心里在胡思乱想些什么鬼事儿？千万把它丢开吧，我求你！"

可是第二天晚上，这些人又不由得发出这个问题来——而且所受的斥责也是一样。不过声音却小了一些。

第三天晚上，男人们又发出这同一问题——语气是苦闷的，而且是茫然的。这一次——还有次日晚上——妻子们稍有不知所措的表现，她们心里都有话想

[1] 山姆·劳生是美国作家斯托夫人（1812—1896）小说中一个富于风趣、爱讽刺人的、乐天派的懒汉，她的《小城的老乡们》里面的故事都是通过山姆·劳生之口叙述出来的。

要说，可是并没有说出来。

再往后的那天晚上，她们终于开了口，急切地回答道：

"啊，假如我们猜得着多好！"

哈里代的俏皮话一天天越来越说得有声有色，令人难堪，挖苦尽致。他劲头十足地窜来窜去，拿这个市镇开心，有时讥笑个别的人，有时讥笑大家。可是他的笑声在全村中已经是绝无仅有：这笑声落在空虚的凄凉的荒漠中了。随时随地，连一点笑容都找不到。哈里代把一只雪茄烟盒子装在一个三脚架上，拿着它到处跑，假装那是个照相机。他拦住所有的过路人，把这东西对准他们说："预备！——请您笑一点。"但是连这样绝妙的玩笑也不能在那些阴沉的面孔上引起反应，使他们轻松一点。

这样过了3个星期——还剩下1个星期。那是星期六晚上——晚饭吃过了。现在没有往常的星期六那种熙熙攘攘、大家到处买东西和开玩笑的热闹场面，街上是空虚寂寞的。理查兹和他的老伴独自坐在他们那间小客厅里——神情沮丧，都在想心事。这种情形现在已经成为他们晚间的习惯了：他们过去一向的老习惯——看书、编织和称心如意的闲谈，或是和邻居们互相串门，这一切都老早就成为过去，被他们忘掉了很久很久——两三个星期了。现在谁也不谈话，谁也不看书，谁也不串门——全村的人都坐在家里，唉声叹气，愁眉苦脸，沉默不言，都想猜出那一句话。

邮递员送来了一封信。理查兹无精打采地把信封上写的字和邮戳望了一眼——两样都是陌生的——他把信丢在桌子上，又恢复了刚才被打断的东猜西想和绝望的、沉闷的烦恼。两三个钟头之后，他的妻子疲惫地站起来，正准备不道晚安就去睡觉——现在这已经成为习惯了——可是她在靠近那封信的地方停了一下，以冷淡的神情望了它一会儿，然后把它拆开，约略地看了一遍。理查兹还在坐着，椅背翘起靠着墙，下巴垂在两膝之间，他忽然听见有什么东西倒在地上了。一看，原来是他的妻子。他赶紧跑到她身边，可是她却大声喊道：

"别管我，我太快活了。你快看信——快看！"

他接过信来看，贪婪地读着，脑子不禁昏眩起来，那封信是从很远的一州寄来的，信里说：

我和你素不相识，但是这没有关系，我有一桩事情要告诉你。我刚从墨西哥回家来，听到了那件新闻。当然你不知道那句话是谁说的，可是我知道，而且知道这个秘密的，世间只有我一人。那是固德逊。多年以前，我和他很熟识。我就在那天晚上走过你们这个村子，并且在夜半的火车未到之前，一直在他家做客。我在旁边听见他对那个站在黑暗地方的外方人说了那句话——地点是赫尔巷。他和我继续往他家里走的时候，一路就谈这件事情，后来在他家一面抽烟，还一面在谈。他在谈话之中提到了你们村子里的许多人——差不多都说得很不客气，只对两三个人的批评较好，在这两三人之中就有你一个。我说的是"批评较好"——也就是如此而已。我还记得他说过这个镇上的人，实际上没有一个是他喜欢的——一个也没有；不过他说你——我想他是说的你——大致没有记错吧——曾经有一次帮过他一个大忙，也许你自己还不知道帮了这个忙究竟于他有多大好处，他说他希望有一笔财产，临死的时候就要把它留给你，而对村中其余的居民每人都奉送一顿咒骂。那么，只要你是当初帮过他的忙，你就是他的合法继承人，应得那一袋金子。我知道我尽可以相信你的廉洁和诚实，因为这些美德在一个赫德莱堡的公民身上是万无一失的天性，所以我现在就要把那句话告诉你，深信你如果不是应得这笔钱财的人，一定会去把应得的人寻访出来，使固德逊得以报答他所说的那番恩惠，表达他的感激之忱。他说的那句话是这样的："你决不是一个坏人，快去改过自新吧。"

霍华德·里·斯蒂文森

"啊，爱德华，这笔钱是我们的了，我真是太高兴了，啊，太高兴了——亲我一下吧，亲爱的，我们多久多久没有亲过嘴了——我们正是需要哩——这笔钱——这下子你也可以摆脱宾克顿和他的银行了，再也不当谁的奴隶。我简直好像是高兴得要飞了。"

这两口子在长靠椅上互相拥抱和亲吻，快快活活地消磨了半小时。他们又恢复了过去的美好时光——这种时光原是自从他们恋爱的时期就开始了，直到那外方人带来这笔害煞人的钱财以前，一直继续下来，没有中断过的。过了一阵，妻子说道：

"啊，爱德华，你真幸运，当初亏得给他帮了那个大忙，可怜的固德逊！我向来是不喜欢他的，可是现在我觉得他很可爱。你倒真是了不起，真漂亮，从来就没提过这桩事情，没夸过嘴。"然后她略带责备的语气说："可是你对我总该提一提呀，爱德华，你自己的妻子，总该告诉一声哪，你要知道。"

"嗯，我……呃……嗯，玛丽，你瞧——"

"别老是这么吞吞吐吐吧，快告诉我，爱德华。我向来是爱你的，现在我真以你自豪哩。谁都相信全村只有一个慷慨的好人，原来你也……爱德华，你怎么不告诉我？"

"嗯——呃——呃——唉，玛丽，我不能说！"

"你不能说？为什么不能说？"

"你要知道，他……哎，他……他叫我保证不说。"

妻子把他打量一番，很慢很慢地说：

"叫——你——保——证？爱德华，你怎么给我说这种话？"

"玛丽，你难道以为我会撒谎吗？"

她颇为惶惑，一时说不出话来，然后她把她的手放在他的手里说道：

"不是……不是。我们未免说得离题太远了——上帝饶恕我们吧！你一辈子没撒过一次谎。可是现在——现在我们脚底下一切的根基好像是在垮台的时候，我们就……我们就……"她一时说不下去了，然后又断断续续地说，"不要叫我们受到诱惑吧……我想你是给人家保证过的，爱德华。这话就到此为止吧。我们不要再谈这个问题了。那么——这就算往事不提了，我们还是要快快活活才行，这不是自寻烦恼的时候。"

爱德华感觉到听从妻子的话颇有几分吃力，因为他心里老在东想西想——极力要记起他曾经帮过固德逊什么忙。

两口子几乎通宵没有合眼，玛丽是快活而又想个不停，爱德华却只忙着用心思，而并不十分快活。玛丽老在盘算着如何处理这笔钱财。爱德华老在搜尽枯肠地要回想起那个恩惠。起初他为了对玛丽撒了那个谎——如果说那是谎话——良心上感到不安。后来他反复思考了一阵——假定那确实是撒谎吧，那又怎么样？难道有什么大不了吗？我们难道不是经常在行为上干撒谎的勾当？那又为什么连说谎都不行呢？你看玛丽——看她所干出来的事情。当他正在赶紧去做那桩老老实实的事情的时候，她在干什么？悔恨没有把那张字条毁掉，把钱留下！难道盗窃比撒谎还强吗？

于是这个问题就不那么使他难受了——那句谎话已无关紧要了，并且还使他觉得差堪自慰。其次一个问题又占了主要地位：他究竟是否帮过人家的忙呢？

你看，这儿分明有固德逊本人的证明，斯蒂文森的来信说得很清楚，没有比这更好的证明了——这简直可以作为法律上的证件，证明他确曾帮过人家的忙。当然。所以这一点算是解决了……可是不行，还不见得完全解决了。他微微吃惊地想起这位不相识的斯蒂文森先生就说得并不十分肯定，他记不清帮这个忙的人究竟是不是理查兹，或是另外某一个人——而且，哎呀，他还说信任理查兹的人格哩！所以理查兹不得不由他自己决定这笔钱财应该归谁——斯蒂文森先生相信他如果不是应得的人，就一定会毫不苟且地把应得的人寻访出来。啊，把人家安排到这种地步，真是可恶——哎，斯蒂文森怎么就不兴把这种疑问去掉呢！他为什么要留下这么个尾巴？

又是一阵思索。究竟是怎么回事呢，偏巧是理查兹的名字，而不是别人的名字，在斯蒂文森心里留下了印象，使他觉得他是应得这笔钱财的人？这倒像是很不错。是的，这实在像是大有希望。事实上，他一个劲儿往下想，希望也就似乎越来越大——直到后来，这个理由终于变成了铁证。于是理查兹马上把这个问题不再放在心上，因为他有一种内心的直觉，认为一个证据既经肯定，就以不再追究为妥。

这时候他心安理得地感到愉快，可是另外还有一个小小的问题，却老在逼着他注意：当然他是帮过人家的忙——这是肯定了的，可是究竟帮的是个什么忙呢？他必须回忆出来——非等想起了这桩事情，他就不睡觉，因为这才能使他心境安宁，毫无挂虑。于是他想了又想。他想到许多件事情——可能帮过的忙，甚至是大致肯定帮过的忙——可是没有一件显得够重要，没有一件显得够分量，没有一件显得值这笔钱财——值得固德逊希望他能在遗嘱中留下的那笔财产。不但如此，他根本就想不起曾经做过这些事情。那么，哎——那么，哎——那究竟应该是帮的一个什么忙，竟会使得一个人这么了不得地感激呢？啊——拯救了他的灵魂！一定是这么回事。不错，现在他想起了当初曾有一次自告奋勇去劝固德逊入教，并且苦口婆心地劝了他——他打算说是劝了3个月之久，可是仔细一想，3个月缩成了1个月，又缩成了1星期，又缩成了1天，然后缩得毫无踪影了。是的，他现在记得很清楚，而且是非他所愿地那么鲜明，固德逊当初的回答是叫他滚他妈的蛋，少管闲事——他可不希望跟着赫德莱堡升天堂！

所以这个答案是失败了——他并不曾拯救过固德逊的灵魂。理查兹不免有些气馁。然后过了片刻工夫，又出现了一个念头：他曾经挽救过固德逊的财产吗？不行，这是说不通的——他根本就一无所有。他的性命呢？一点也不错。当然。唉，他早就该想到这个了。这一次他总算走对了路，毫无疑问。于是片刻之间，他那想象的风车就大转特转起来了。

此后，在精疲力竭的整整两个钟头之中，他一直在忙着救固德逊的命。他以各种困难和冒险的方式干这桩事情。每一次他都很圆满地把这个救命的举动做到了某一个地步，然后正当他开始确信这桩事情是当真发生过的时候，偏巧就有一个恼人的枝节问题出现，使得整个事情成为荒唐无稽。比如拿泅水救命来说吧。在这种救命方式之下，他曾经泅出去把淹得不省人事的固德逊拖上岸来，还有一大堆人旁观赞许，但是他把整个经过完全编好之后，正在开始回忆一切的时候，却又生出了许许多多起破坏作用的枝节问题：镇上的人们是不会不知道这桩事情的，玛丽也不会不知道，在他自己的脑子里，这桩事情也会像镁光灯似的放出耀眼的光芒，而不至于是一件他可能做了而"不知道究竟对人家有多大益处"的、并不显著的好事。而且想到这里，他又记起了他自己根本就不会游泳。

啊——原来又有一点，他从头起就忽略掉了：这桩事情必须是他做了之后却"可能还不知道究竟对人家有多大益处"的好事。唉，真是，那应该是容易寻思出来的——比其他那些事情简单得多了。果然不错，他不久就想出来了。多年以前，固德逊几乎和一个名叫南赛·休维特的很可爱、很漂亮的姑娘结了婚，但是为了某种原因，这桩婚事还是作罢了，那个姑娘死了，后来固德逊就一直是个独身汉，并且渐渐变得性情孤僻，干脆就成了一个愤世嫉俗的角色。这个姑娘死后不久，村里的人就发现了，或是自以为发现了，她的血管里含有一点点黑人的血液。理查兹把这个问题思量了许久，后来终于觉得他想起了一些与此有关的事情，那些事情一定是由于日久不曾理会，在他脑子里弄得无影无踪了。他似乎是隐隐约约地想起了当初发现那黑人血液的就是他自己，把这个消息告诉村里人的也是他，还想起了村里人告诉了固德逊，说明了消息的来源，想起了他就是这样挽救了固德逊，使他免于和这个有黑色混血的姑娘结婚。他帮了他这个忙，却"不知道对他有多大好处"，事实上根本还不知道他是在帮人家的忙，可是固德逊却知道他帮这个忙的价值，也知道他是如何千钧一发地获得了幸免，所以他才在临终时对他的恩人感激不尽，恨不得自己有一笔财产留给他。现在一切都简单明了，他越回想就越觉得这事情非常明显，毫无疑问，最后，当他舒舒服服地躺下睡觉的时候，心里颇为满意而快乐，他回忆着一切经过，就像是昨天的事一般。事实上，他仿佛还记得固德逊曾经有一次亲自对他说过感激的话。在这段时间里，玛丽已经花了 6000 元给她自己购置了一所新房子，还买了一双睡鞋送她的牧师，然后就安安静静地睡着了。

在那同一个星期六晚上，邮递员给其他的首要居民每人送去了一封信——一共送了 19 封。信封无论哪两个都不相同，笔迹也不一样，可是信的内容却彼此相同，除了一点而外，分毫不差。每封信都是完全照理查兹所收到的那一封抄下来的——笔迹和一切都是一模一样——而且都是斯蒂文森签名的，只是理查兹的名字换上了各个收信人的名字罢了。

一夜到天明，18 位主要公民都在同一时间内和他们的同样身份的弟兄理查兹干了同样的事情——他们用尽了全副精力，要想出他们曾在无意中给巴克莱·固德逊帮过一次什么了不起的忙。无论对于哪一位，这番工夫都不见得轻松愉快，然而他们都成功了。

在他们很吃力地干着这项工作的同时，他们的妻子却轻易地把这一夜工夫都消磨在花钱的问题上面。这一夜之间，那 19 位太太平均每人从那口袋里的 4 万元中花掉了 7000 元——总共是 13．3 万元。

第二天杰克·哈里代大吃一惊。他看出那 19 位主要的公民和他们的妻子脸上都重新现出了那种平和圣洁的快乐神情。他简直莫名其妙，也想不出什么取笑的话来，足以破坏或是扰乱这种气氛。所以现在就轮到他对生活感到不满了。他对这种快乐的原因私自作了许多揣测，但一经考查，通通都猜错了。他遇到威尔科克斯太太，发现她脸上那副平静的心醉神迷的神态时，心里便想道："她的猫生了猫崽了。"——于是他就去问她家的厨师：结果并没有这回事。厨师也看出了那种喜色，却不知原因何在。当哈里代发现"老实人"[1] 毕尔逊（村中的绰号）脸上也有那种狂喜神情时，他就断定毕尔逊有一位邻居摔断了腿，但调查的结果，这事情也不曾发生。格里戈利·耶次脸上那副抑制住的狂喜神色只能有一种原因——他的丈母娘死了：这又没有猜对。"那么宾克顿——宾克顿——他一定是讨回了本来以为要落空的一角钱的债。"诸如此类，东猜西猜。他所猜测的事情，有些只好存疑，有些却已证明了是分明的错误。最后哈里代自言自语道："反正归结起来，今天赫德莱堡有 19 家人暂时登了天堂。我不知道这是怎么个来由，我只知道老天爷今天一定是休假了。"

---

[1] 原文 Shadbelly 的意思是"教友派教徒"，其特征为循规蹈矩，朴素平和。

有一个邻州的建筑师和营造商新近到这个前途有限的村里大胆地开办了一个小小的企业，现在他的招牌已经挂了一个星期了，始终还没有一个主顾。他很沮丧，懊悔不该来。可是现在他的运气忽然好转起来了。那些首要的公民的太太一个又一个地私自对他说：

"下星期一到我家里来吧——不过暂时请你不要声张。我们打算盖房子。"

那一天有 11 家来邀请他。当天晚上他就给他的女儿写信，毁了她和一个学生的婚约。他说她可以找一个比他身价高 1 万倍的对象。

银行家宾克顿和其他两三位富裕的人物计划着盖乡村别墅——可是他们从容地等待着。这类人物在小鸡还没有出壳的时候是不把它们作数的。

威尔逊夫妇筹划了一个新的盛举——化装舞会。他们并没有正式邀请客人，只是亲密地对他们所有的亲友们说，他们正在考虑这桩事情，并且觉得他们应该举行这个舞会——"如果我们举行的话，那当然会请你参加。"大家都觉得很惊奇，于是互相议论道："嘻，他们简直是发疯了，威尔逊他们这对穷骨头，他们哪儿请得起呀。"19 家的主妇之中有几位私自向她们的丈夫说："这倒是个好主意：我们一直不声不响，且等他们把那个寒碜的把戏演过之后，我们再来举行一个像样的，准叫他们出洋相。"

时光如流，那些未来的挥霍的预算越来越庞大、越来越任性、越来越愚蠢和胡闹了。照情形看来，这 19 家似乎是每一家都不仅要在领款的日子以前把这 4 万元全部花光，还要在这笔款到手的时候当真负债才行。有几家的人轻举妄动，不以计划如何花钱为足，竟至真的花起来了——用赊账的办法。他们买地、接受典当的产业、购置农庄、买投机的股票、买讲究衣服、买马，还有各种其他的东西，先拿现款付清利息，其余由他们负责清偿——以 10 天为期。随即这些人清醒过来，就知道事情不妙，于是哈里代就看出许多人脸上开始流露出一种可怕的焦虑。他又弄得莫名其妙，不知究竟是怎么回事。"威尔科克斯家里的小猫并没有死，因为根本还没有生出来；谁也没有把腿摔断；丈母娘也没有减少；什么事也没有发生——这真是个猜不透的谜。"

另外还有一个满脑子疑团的人——柏杰士牧师。一连好几天，无论他走到什么地方，似乎总有人跟踪，或是东张西望地寻找他，如果他到了一个僻静的地方，那 19 家的人当中就一定有一位出现，鬼头鬼脑地把一只信封塞到他手里，悄悄说一声"礼拜五晚上在镇公所拆开"，然后就像犯了罪的家伙似的溜开了。他原来猜想着或许会有一个人申请领取那只钱袋——但这还是靠不住的，因为固德逊已经死了——可是他再也想不到居然会有这么一大堆人来申请。最后到了礼拜五那个盛大的日子，他一共收到了 19 封信。

三

镇公所从来没有比这一天更漂亮过。大厅尽头的讲台后面挂满了耀眼的旗子，墙上每隔一个相当距离都挂着一些五颜六色的彩旗，楼座的前面也蒙上了旗帜，支柱上也裹着旗子，这一切都是为了给外来的客人以深刻的印象，因为来宾的人数一定为数颇多，而且多半是与新闻界有关系的。全场坐满了人。412 个固定的座位都坐满了，另外还在过道里临时挤了 68 个座位，也坐满了，讲台的阶梯上也坐上了人，有几位显要的来宾被安排在讲台上的座位上，讲台前面和两侧的边缘摆成马蹄形的那些桌子后面坐着一大批来自各地的特派记者。全场的装束之讲究在这个镇上是空前的。有些服装代价颇高，有几位穿着这种华贵衣裳的妇女显得有点不大习惯的样子。至少本镇的人觉得她们有这种表情，但是这种看法之所以产生，也许是由于本镇的人知道这些妇女以前从来没有穿过这种衣服吧。

那一袋黄金放在讲台前面的一张小桌子上，全场都可以看得见。在场的人绝大多数都瞪着眼睛望着它，心里感到一种强烈的兴趣、垂涎欲滴的兴趣、渴望而又感伤的兴趣；占少数的 19 对夫妇却以亲切、抚爱和物主的眼光定睛望着这份宝贝，而这少数人中的男性的一半则在一遍又一遍地暗自背诵着为答谢会众的喝彩和祝贺而发表的简短的即席致词，这番话是他们准备马上就要站起来说的。这些先生们之中随时都有某一位从衣袋里拿出一张纸条子来，悄悄地瞟它一眼，以便帮助记忆。

会场中当然不断地有喊喊喳喳的谈话声——这是照例不免的，可是后来牧师柏杰士先生站起来，把手按在那只口袋上的时候，全场肃静到了极点，他简直可以听得见身上的细菌咬啮的声音。他叙述了钱袋的稀奇来历，然后以热情的词句继续说到赫德莱堡因无疵的诚实而获得的那种悠久的应得的声誉，又说到全镇的人对这种声誉所感到的于心无愧的光荣。他说这种声誉是一份无价之宝，叨天之佑，它的价值现在更加无可计量地提高了，因为新近这桩事情已经把这种名声传播得很广，以致全美洲的人都把眼光集中到这个镇子上来了，而且——他希望、他相信——结果使这个镇子的名字成了"不可败坏"的同义词。（掌声。）"那么让谁来充当这个贵重的珍宝的监护人呢——全镇共同负责吗？不！这个责任是个人的，而不是整个社会的。从今以后，你们诸位个个都要亲自担任它的特殊监护人，各人都要负责不叫它受到任何伤害。请问你们——请问你们每一位——是不是接受这个重托呢？（台下纷纷表示同意。）那好极了。还要把这种责任流传给诸位的子子孙孙，世代无穷。今天你们的纯洁是无可指摘的——千万要注意把它永久保持住。今天你们整个社会里没有一个人会受到诱惑去拿别人的钱，不属于自己的，连一个钱也不会摸一摸——千万要保住这种美德。（"一定会这样！一定会这样！"）我不便在这里拿我们自己和别的镇子来比较——有些镇是对我们心眼儿不大好。他们有他们的作风，我们有我们的作风，我们就心满意足吧。（掌声。）我的话完了。朋友们，我手底下放着的，是一位陌生人对我们的品德有力的表扬，由他的举动，从今以后全世界也会永远知道我们是些什么人。我们不知道他是谁，可是我代表诸位向他表示感谢，并且请大家高声欢呼，表示同意。"

在场会众全体起立，发出雷鸣般的致谢的呼声，经久不息，连会场的墙壁都震动了。然后大家又坐下来，柏杰士先生就从衣袋里取出一个信封。当他拆开信封，从那里面抽出一张纸条子的时候，全场鸦雀无声。他把这张字条的内容念出来——慢慢地、动听地——听众如醉如痴地凝神静听这个神奇的文件，这上面的字每一个都代表着一锭黄金。

"'我对那位遭难的外方人说的那句话是这样的："你绝对不是一个坏人：快去改过自新吧。"'"然后他继续说道：

"我们马上就会知道，这儿所写出的这句话是否与钱袋里封藏的词句相符合；如果是相符——我看毫无疑问是会符合的——那么这一袋黄金就属于我们一位同胞，他从今以后就在全国的面前成为使我们这个小镇远近驰名的那种特殊的美德的象征——毕尔逊先生！"

全场的人本来都准备着爆发出风暴似的一阵应有的喝彩声，可是大家没有这样做，反而好像是中风似的发呆。一时简直毫无声息，然后有一阵耳语的浪潮卷过全场——大意是这样："毕尔逊！哈，算了吧，那未免太难叫人相信了！拿20块钱给一个陌生人——无论给谁吧——毕尔逊！这只好说给水手们

马克·吐温短篇小说选

听！[1]"这时候全场又因另一阵惊奇，突然肃静下来了，因为大家发觉毕尔逊执事在会场中的一处站着，谦逊地低着头，同时在另一处，威尔逊律师也在一模一样地站着。大家满怀疑惑地沉默了一阵。

人人都莫名其妙，19对夫妇显出惊骇和愤慨的神气。

毕尔逊和威尔逊转过脸来，瞪着眼睛互相望着。毕尔逊讥刺地问道：

"威尔逊先生，请问你站起来干什么？"

"因为我有这个权利。也许你不嫌麻烦，可以向大家说明说明你为什么站起来吧？"

"我很愿意，因为那张字条是我写的。"

"这简直是无耻的谎话！我亲自写的呀！"

这下轮到柏杰士目瞪口呆了。他在台上站着，茫然地对着这两位先生，先望望这个，又望望那个，似乎是不知如何是好。全场都茫然失措。后来威尔逊律师开口了，他说：

"我请求主席再念念那张字条上签的名字。"

这使主席清醒过来，他大声念出了那个名字：

"约翰·华顿·毕尔逊。"

"怎么样！"毕尔逊大声嚷道，"现在你还有什么可说？居然打算在这儿骗人，你现在准备怎么给我道歉，怎么给在座的诸位受了侮辱的听众道歉？"

"我无歉可道，先生！另一方面，我还要公开地控诉你是从柏杰士先生那儿偷走了我写的那张字条了，抄了一份，签上你的名字，给它换了。此外你不会有什么其他的办法能得到这句对证的话，全世界的人，只有我一个掌握着这个措词的秘密。"

照这样争吵下去，难免不闹成丑恶不堪的局面，人人都很难受地注意到那些速记的记者在那儿拼命地记录，有许多人大声喊着："主席，主席！秩序！秩序！"柏杰士使劲敲着主席的小木槌说道：

"我们不要忘记应有的礼貌吧。这事情显然是哪儿出了点差错，可是想必也不过是这样。如果威尔逊先生交过我一封信——我现在想起了，他确实是交过——我还保存着哩。"

他从衣袋里拿出一只信封来，把它撕开，瞟了一眼，露出惊讶和困惑的神

---

[1] 从前航海的水手们爱说荒唐无稽的故事，所以英语里"Mariners"（水手）这个字，有时候就代表信口开河、乱编荒唐故事的人。

气，站了几分钟没有做声。然后他以恍惚和机械的姿势挥一挥手，一再要想说句什么话，终于泄了气，没有说出来。有几个人大声喊道：

"念呀！念呀！是怎么写的？"

于是他以茫然的、梦游病者的声调念起来：

"'我向那位不幸的外方人说的那句话是这样的："你决不是一个坏人。（全场瞪着眼睛望着他，大为惊奇。）快去改过自新吧。"'"（台下纷纷议论："真奇怪！这是怎么回事？"）主席说，"这一份是赛鲁·威尔逊签名的。"

"怎么样！"威尔逊大声喊道，"我看这就把问题解决了！我分明知道我那张条子是被人偷看了。"

"偷看！"毕尔逊反嘴骂道，"我要叫你知道，不管是你，或者其他像你这样的浑蛋，都不许这么大胆地……"

主席："秩序，先生们，请守秩序！请坐下，你们两位都坐下。"

他们听从了主席的话，可是还摇晃着头，愤怒地咕噜着。全场弄得完全莫名其妙，大家对于这个稀奇的紧张局面，简直不知如何是好。随即汤普生站起来。汤普生是个帽商，他本来很想列入19家，可是他不够资格：他的帽子存货不多，够不上那个地位。他说：

"主席先生，如果可以让我发表意见的话，我请问这两位先生难道会都不错吗？我请问你，先生，难道他们俩都恰好对那位外方人说了同样的话吗？我觉得……"

硝皮商站起来，打断了他的话。硝皮商是个满腹牢骚的人，他自信是够得上列入19家的，可是他没有获得大家的公认，这使他在举动和言词方面都有点儿带刺。他说：

"呸，问题不在那上面！那是可能有的事——100年里说不定能有两次——另外那桩事情可不会有。他们俩谁也没有给过那20块钱！"

（一阵喝彩的声音。）

毕尔逊："我给过！"

威尔逊："我给过！"

于是他们两人又互相控诉对方有偷窃行为。

主席："秩序！请坐下，对不起——你们两位。这两张条子无论哪一张都没有片刻离开过我身边。"

某人的声音："好——那就没什么问题了！"

硝皮商："主席先生，现在有一点是明白了：这两位先生之中反正有一个曾经藏在另一个的床底下，偷听人家的家庭秘密。如果我的话并不违反会场规则，我就要说一句：两位都干得出。（主席："秩序！秩序！"）我收回这句话，先生，现在我只提出一个意见：假使他们两人之中有一个偷听了对方告诉他的太太的那句对证的话，我们就可以把他查出来。"

某人的声音："怎么查法？"

硝皮商："很容易。他们俩所写的那句话，字句并不完全一样。假如不是隔的时间太久一点，又在宣读两人的字条之间插进了一场热闹的争吵，大家也许会注意到的。"

某人的声音："你把那区别说出来吧。"

硝皮商："毕尔逊的字条里说的是'绝对不是'，威尔逊的是'决不是'。"

许多人的声音："是那么的——他说得不错！"

硝皮商："那么，现在只要主席把钱袋里那句对证的话查对一下，我们马上就可以知道这两个骗子之中……（主席："秩序！"）——这两位冒险家之中……（主席："秩序！秩序！"）——这两位先生之中……（哄堂大笑和掌声。）——究竟是谁应该戴上一枚勋章，表明他是这个镇上破天荒生出的第一个不老实的撒谎大王——他给这个镇丢了脸，这个镇从今以后也就会叫他够难堪的！"（热烈的掌声。）

许多人的声音："打开吧！——打开那口袋！"

柏杰士先生把那口袋割开了一条裂口，伸手进去抽出一只信封来。信封里装着两张折起的信纸。他说：

"这两张字条有一张上面写着：'要等交给主席的一切信件——如果有的话——通通宣读过之后再打开来看。'另一张上写着'对证词'。让我来念吧。这上面写的——就是：

"'我并不要求申请人把我的恩人向我说的话的前半句说得一字不差，因为那一半并不动人，而且容易忘记，但是末尾的40个字是很动人的，我觉得也容易记住，除非把这些字完全正确地重述出来，否则就请把申请人当作骗子看待。我的恩人开始说的是他很少给别人提出忠告，可是他一旦提出忠告的话，那就一定是金玉良言。然后他就说了这么一句——这句话一直留在我脑子里，从来没有遗忘过："你决不是一个坏人——"'"

50个人的声音："这下子是非分明了——钱是威尔逊的！威尔逊的！威

尔逊！说话呀！说话呀！"

大家跳起来，拥挤到威尔逊身边团团围住，紧紧握着他的手，热烈地向他道贺——同时主席敲着小木槌，大声嚷道：

"秩序，诸位！秩序！秩序！请让我念完吧。"会场恢复平静以后，宣读又继续了——念出的是：

"'"快去改过自新吧——否则，记住我的话——总有一天，你会因你的罪过而死，并且因此入地狱或是赫德莱堡——希望你努力争取，还是入地狱为妙。"'"

随后是一阵可怕的沉寂。起初有一层愤怒的暗影阴沉沉地笼罩到在场的公民们脸上，停了一会儿之后，这层暗影渐渐消失，另有一种幸灾乐祸的表情很想取而代之。这种表情力图流露出来，大家拼命地抑制，才把它压住了。记者们，布利克斯敦的人们，以及其他外地来宾都把头低下去，双手把脸捂住，费尽了劲，凭着非凡的礼貌，极力忍住。就在这个不凑巧的时候，鸦雀无声的会场中突然爆发出一个孤单的吼声——杰克·哈里代的：

"这话才真是地道的金玉良言哪！"

于是全场哗然大笑了，连客人都没有例外。甚至柏杰士先生的庄严也马上泄气了，随后会众自觉已经正式解除了一切约束，大家就尽量享受他们的权利。全场的哄笑是尽情而持久的，真是笑得好像狂风暴雨似的痛快淋漓，可是后来终于停息了——停息的时间稍久，柏杰士先生才得以乘机准备继续发言，台下的人才趁此把眼睛稍擦了一下，可是后来笑声又爆发了，过一会儿又是一阵，最后柏杰士才得以说出这几句严肃的话：

"想要掩饰事实也是枉然——我们确实发现自己面临着一个重大问题。这个问题涉及本镇的荣誉，打击全镇的好名声。威尔逊先生和毕尔逊先生所提出的对证的话略有出入，这个问题本身就很严重，因为这表示这两位先生之中总有一位犯了盗窃的行为——"

这两个人都在软瘫瘫地坐着，无精打采，懊丧已极，可是一听到这些话，他们俩都像是触了电似的动作起来，马上就要站起——

"坐下！"主席严厉地说，他们都听从了。"这件事情，我刚才说过，本就是很严重的。这事情——还只牵涉到他们两人之中的一个。可是现在问题就更加严重了，因为他们两个人的名誉都遭了可怕的危险。我是不是可以更进一步说，遭了无法解脱的危险？两个人都漏掉了那重要的 40 个字。"他停了一会儿。一直过了几分钟，他故意让那普遍的沉寂逐渐深沉，增加它那予人以深刻印象的效果，然后继续说道，"这件事情的发生，似乎只有一种说法可以解释。我请问这两位先生——是不是串通行骗？——互相勾结？"

一阵低沉的议论透过全场，大意是说："他把他们两个都抓住了。"

毕尔逊不惯于应付紧急场面。他半死不活地坐着，一筹莫展。但是威尔逊却是个律师。他脸色苍白而懊恼，挣扎着站起来，说道：

"我请求大家耐心听一听，让我说明一下这件非常痛心的事情。我把我所要说的话说出来，真是抱歉得很，因为这不免要使毕尔逊先生遭到无法挽救的损害。直到现在为止，我对毕尔逊先生是向来很尊重、很敬爱的，我过去完全相信他绝对不会受任何诱惑的影响——就像你们大家一样地相信。可是为了保持我自己的名誉，我不得不说话——坦白地说。我很惭愧地承认——现在我要请求你们原谅——我曾经向那位倾家荡产的外方人说过那对证词里所包括的全部的话，连末尾那骂人的40个字也说过。（全场轰动。）新近报纸上登出启事之后，我就想起了那些话，并且决定请领这一口袋的钱，因为我有一切权利应该得到它。现在我请大家考虑这么一点，仔细想一想：那天晚上，那位外方人对我的感激是无穷的。他自己说他想不出适当的话，足以表达他的谢意，并且说如果有一天他有办法，他一定要千倍地报答我。那么，现在我请问你们一声：我哪会料得到——哪能相信——哪能想象得到一点点影子——他既然是那么感动，怎么竟会干出这样无情无义的事来，在他的对证词后面添上那完全不必要的40个字呢？——为什么要给我安排这么个圈套？——使我在大庭广众之中，当着自己人的面，变成毁谤本镇的一个坏蛋？这实在是荒谬绝伦，不可思议。他的对证词应该只包括我对他提出的忠告起头说的恳切话。我对这一点觉得毫无疑问。假如是你们，恐怕也会这么想。你决不会预料得到，帮了人家的忙，又没有得罪过他，他可反而这么卑鄙地陷害你。所以我以充分的信心、充分的把握，在一张纸条上写下了起头的那句话——末尾是'快去改过自新吧'——然后就签上了名。我正要把它装进一只信封的时候，有人叫我到办公室的里间去，我就不假思索地把那张字条敞开留在桌子上。"他停了一会儿，慢慢地向毕尔逊把头转过去，又等了一会儿，然后继续说道："请大家注意这一点：我过了一会儿回来的时候，毕尔逊先生恰好从我的前门走出去。"（全场轰动。）

毕尔逊马上站起来，大声嚷道：

"这是谎话！这是无耻的谎话！"

主席：“请坐下，先生！现在是威尔逊先生发言。”

毕尔逊的朋友们拉着他坐下，劝他镇静下来，于是威尔逊又往下说：

“这就是简单的事实。我桌子上那张字条子已经不在原先放的地方了。我发现了这一点，可是我当时并不在意，还以为可能是风把它吹动了一下。毕尔逊先生竟至偷看人家的秘密文件，这是我意想不到的。他是个体面人，应该是不屑于干这种事。假如让我拆穿的话，我认为他把‘决’字写成了‘绝对’，原因是很明显的，这想必是由于记性不好。世界上只有我一个人，能够在这里毫无遗漏地把对证词用光明正大的方法说得清清楚楚。我的话完了。”

天下再没有什么事情像一篇动听的演说那么具有煽动力，它可以把那些不熟悉演说的把戏和魔力的听众的神经器官弄得昏昏癫癫，推翻他们的信念，败坏他们的感情。威尔逊胜利地坐下了。全场把他淹没在一阵阵潮水般的赞许和喝彩声中。朋友们蜂拥到他身边来，和他握手道贺。毕尔逊却被大家喝住，一句话也不许他说。主席拿起小木槌一次又一次地敲着，不住地嚷道：

“可是我们还要继续进行，先生们，我们还要继续进行呀！”

后来终于获得了相当的安静，于是那位帽商说：

“可是还有什么可继续进行的呢，先生，不是只差付款这一着吗？”

众人的声音：“这话有道理！这话有道理！到前面来吧，威尔逊！”

帽商：“我提议给威尔逊先生欢呼三声，因为他象征着那种特殊的美德，足以……”

他的话还没有说完，欢呼声就爆发了。在欢呼声中——同时也在主席敲击木槌的响声中——有些热心分子把威尔逊抬到一个大个子朋友的肩膀上骑着，准备得意洋洋地送他到讲台上去。这时候主席的声音压倒了这阵喧扰——

“秩序！各回原位！你们都忘了还有一个文件没有念哩。”会场恢复了平静的时候，他便拿起那个文件，正待开始念，却又把它放下来，说道：“我忘了，这要等我把所收到的信件通通宣读过之后才能念哩。”他从衣袋里取出一个信封，抽出里面的信来，瞟了一眼——显出惊讶的神气——把手伸远一点再仔细看看——瞪着眼睛望着。

二三十个人的声音喊道：

“写的是什么？念吧！念吧！”

于是他就照办——以惊奇的神情慢慢地念着：

“‘我给那位外方人说的那句话——（有些人的声音：“喂！怎么回

事？"）——是这样的："你决不是一个坏人。（有些人的声音："老天爷！"）快去改过自新吧。"'（某人的声音："啊，真叫莫名其妙！"）签名的是银行家宾克顿。"

这时候尽情发泄的一阵乱哄哄的狂笑简直要叫头脑清醒的人哭起来。没有被中伤的人们都笑得直淌眼泪；记者们在笑得要死的时候写下了一些乱划糊涂的字，谁也认不出来。有一只睡着的狗吓得丧魂失魄，跳起来向这乌七八糟的场面狂吠。形形色色的呼声散布在喧嚣之中："我们发大财了——两位不可败坏的廉洁象征呀！——还不算毕尔逊哩！""3个！——把'老实人'也算进去吧——多多益善！""好吧——毕尔逊也当选了！""哎呀，倒霉的威尔逊——遭了两个小偷的殃！"

一个雄壮的声音："肃静！主席又从他口袋里掏出一件宝贝来了。"

众人的声音："哎呀呀！又是新的东西吗？念吧！快念！快念！"

主席（念着）："'我对某某所说的那句话'等等，'你决不是一个坏人。快去'等等。签名的是格里戈利·耶次。"

暴风般的一阵呼声："4个象征了！""好哇，耶次！""再掏吧！"

这时候全场兴高采烈，欢呼狂吼，准备把这个事件中所能有的一切玩笑开个淋漓尽致。有几位属于19家的人物面色苍白，苦恼不堪，站起来想往过道里挤过去，可是有许多人大声嚷起来：

"注意门口，注意门口——把门关上，不可败坏的人物可不许离开会场！坐下吧，诸位！"

大家顺从了这个要求。

"再掏吧！念！快念！"

主席又掏了一次，大家听熟了的那些词句又开始从他嘴里溜出来——"'你决不是一个坏人——'"

"名字！名字！他叫什么名字？"

"英戈尔斯贝·萨金特。"

"5位当选了！把这些象征再往上堆吧！再念！再念！"

"'你决不是一个坏……'"

"名字！名字！"

"尼古拉斯·惠特华斯。"

"哎呀呀！哎呀呀！今天简直是个象征节！"

有人用凄凉的音调唱起来，开始把这一句当作歌词（省去了"简直"两字）接着那悦耳的《天皇曲》里"他胆怯的时候，美丽的姑娘……"的调子唱。大家都随声和唱，颇为高兴。然后又有人恰好及时地编出了下一句——

　　　　你可别忘了这一点——

　　全场狂吼地唱出这一句。第三句马上又有人凑上了——

　　　　赫德莱堡真是不可败坏——

　　全场又把这一句吼出来。最后一个字刚刚唱完，杰克·哈里代的声音高亢而响亮地配上了最后一句：

　　　　诸位象征都在我们面前！

　　大家合唱这句，兴致异常高涨。然后全场快乐的人们又从头唱起，把这四句再唱了两遍，唱得音韵铿锵，派头十足，唱完之后，又用打雷似的声音给"将在今晚接受荣誉称号的不可败坏的赫德莱堡和它的各位象征"欢呼三次，还加上尾声。

　　然后向主席大吼的声音又从会场各处发出来了：

　　"继续进行！继续进行！念吧！再念一些！把你接到的通通念出来！"

　　"是呀——继续进行！我们要博得永垂不朽的大名了！"

　　这时有十几个男人站起来，提出抗议。他们说这出滑稽戏一定是一个恶作剧的无赖耍的滑头，这是对整个村镇的侮辱。毫无疑问，这些名字都是冒签的——

　　"坐下！坐下！住嘴！你们这叫作不打自招。我们马上就会在这一伙里发现你们的名字哩。"

　　"主席先生，这样的信你通共收到多少封？"

　　主席数了一下。

　　"连已经看过的算在一起，通共是19封。"

　　一阵风暴般的嘲笑的喝彩声爆发了。

马克·吐温短篇小说选

"大概那里面都装着这个秘密。我提议你把它们一齐拆开，念出每张字条上签的名字——还把那上面起头的八个字也念出来。"

"附议！"

主席宣布这个动议，全场通过——吼声如雷。随后可怜的理查兹老头儿站起来，他的太太也起来站在他身边。她的头低垂着，怕的是被人看出她在哭泣。她的丈夫伸出胳臂揽着她，他这样把她揽住，就以颤抖的声音开始说道：

"朋友们，你们一向都了解我们俩——玛丽和我——了解我们的生平，我想你们向来都喜欢我们，看得起我们——"

主席打断了他的话：

"对不起。这话一点也不错——理查兹先生，你说的是实话：本镇的人确实是了解你们；确实是喜欢你们；确实是看得起你们；不但如此——大家还尊敬你们，爱你们——"

哈里代的声音又大喊起来：

"这才是丝毫不假的实话哩，真是！如果主席没有说错，大家就干脆表示拥护吧。起立！好吧——一！二！三！——全体起立！"

全场一齐起立，亲切地面对着这对老夫妻，满场挥动的手巾使空中好像是漫天风雪一般，大家以满腔热爱的心情一致发出了欢呼。

然后主席又继续说：

"我刚才要说的话是这样的：我们都知道你的好心肠，理查兹先生，可是现在不是对罪人发慈悲的时候。（一阵阵"对呀！对呀！"的呼声）我从你脸上看得出你这种好意的企图，可是我不能让你替这些人求情——"

"可是我打算……"

"请坐下吧，理查兹先生。我们必须审查其余的信——单只为了对那些已经被揭露的人表示公正，也需要来这一着才行。等这个手续办完了之后——我向你保证——一定马上让你发言。"

许多人的声音："对！——主席说得对——在这个阶段可不许让谁说话来打断！继续进行吧！——名字！名字呀！——照提议的办法进行！"

老夫妻不自愿地坐下了，丈夫对妻子悄悄地说："只好是等着，这真叫人难受得要命。回头他们发现我们原来是替自己告饶，我们的羞耻就比原先更大了。"

随着人名的宣读，大家的哄笑又爆发了。

"'你决不是一个坏人——'签名，'罗伯斯·狄特马施。'
　　"'你决不是一个坏人——'签名，'艾里发勒特·维克斯。'
　　"'你决不是一个坏人——'签名，'奥斯卡·怀尔德。'"
　　这时候听众又想出了一个主意，提议由大家替主席念那八个字，他是求之不得的。从此以后，他把每页信依次地拿在手里等一等。全场以集体的、整齐的、悦耳的一阵深沉的声音悠然地唱出这八个字来（大胆地模仿着教堂里吟诵的一首有名的圣诗的调子，学得很像）——"'你决—呃—呃—不是一个坏—唉—唉—人，'"然后主席说："签名，'阿契波尔德·威尔科克斯。'"如此类推，一个一个地把那些大名念出来，除了那倒霉的19家的人以外，人人都越来越感到一种欢天喜地的痛快。有时逢到特别光彩的名字被念出来的时候，听众就请主席等一等，大家就一面把那段对证词从头到尾整个儿唱出来，包括最后的"并且因此入地狱或是赫德莱堡——希望你努力争取，还是入地—咦—咦—狱为妙！"这一句。逢着这种特殊情况时，他们还用庄严、沉痛和堂皇的声调加唱一声："亚—啊—啊—门！"[1]
　　名单越缩越短，越缩越短，越缩越短，可怜的理查兹老头儿老在暗自计数，逢着有和他自己相似的名字被宣读时，就不禁畏缩一下，他一直很难受地提心吊胆等待着那个时刻到来，到那时他就有那份可耻的权利和玛丽一同站起来，说完他替自己告饶的话。他心里盘算着，准备这么措词："……因为直到现在为止，我们从来没有做过一桩坏事，老是过着安分守己的生活，没有丢过脸。我们是很穷苦的，年纪也大了，又没有儿女帮我们的忙。我们大大地受了诱惑，竟至堕落了。我刚才那一次站起来，本就打算说出实话，请求不要把我们的名字在这大庭广众之中宣读，因为我们好像觉得那会使我们受不了，可是我被阻止了。这是公平的，我们和别的人一同受到耻辱是应该的。这对我们是痛心的。我们这一辈子，现在还是第一次听到人家说出我们的——臭名字。请大家慈悲一点——考虑我们过去的表现。请你们特别宽大，尽量让我们受到最轻微的羞辱吧。"他幻想到这里的时候，玛丽看出他心不在焉，便用胳臂肘轻轻推了他一下。全场正在唱着"你决—呃—呃"等等。
　　"准备，"玛丽悄悄地说，"轮到你的名字了，他已经念了18个。"
　　吟诵的声音停止了。

---

[1] 基督教祈祷词的结尾，意思是"心愿如此"。

马克·吐温短篇小说选

"下一个! 下一个! 下一个!"连珠炮一般的呼声从全场各处传过来。

柏杰士又把手伸到衣袋里。那对老夫妻又战栗着开始起立。柏杰士摸索了一会儿,然后说道:

"啊,原来我已经通通念完了。"

夫妻俩惊喜得全身发软,无力地坐到椅子上。玛丽悄悄地说:

"啊,谢天谢地,我们得救了!——他把我们的信弄掉了——拿一百袋那样的金子给我换这个,我也不干!"

全场又爆发出那《天皇曲》改编的滑稽歌词,接连唱了三次,越唱越有劲。第三次唱到末尾一句的时候,大家都站起来唱——

诸位象征都在我们面前!

最后给"赫德莱堡的纯洁和我们的 18 位不朽的美德代表"三声喝彩,并加上尾声。

然后制鞍匠温格特站起来,提议给"全镇最廉洁的人、唯一没有企图盗窃那笔钱的重要公民——爱德华·理查兹"三呼致敬。

大家以绝大的、动人的热诚欢呼了这番祝贺。然后又有人提议推举理查兹为现在这种神圣的赫德莱堡传统的唯一的监护人和象征,赋予他以权力,让他昂然耸立,傲视整个讥讽的世界。

提案在全场欢呼声中通过了,于是大家又唱那《天皇曲》的调子,末尾加上一句:

还有一位真的象征已经出现!

停了一会儿,然后——

某人的声音:"那么,现在叫谁得这袋金子呢?"

硝皮商(以尖刻的讥讽语气):"那还不容易。这笔钱应该归那 18 位不可败坏的人平分。他们每人给了那落难的外方人 20 块钱——还给了他那番忠告——各人轮流说的——这一队人物走过,花了 22 分钟。大家在这位外方人身上下了赌注——全部施舍是 360 元。他们现在只要收回这笔借款——加上利息——总共 4 万元。"

许多人的声音（含着嘲笑的语气）：“好主意！分摊！分摊！可怜这些没有钱的人吧——别叫他们老等着！”

主席：“秩序！现在我宣读这位外方人的另外一个文件。这上面说，‘如果没有人出面申请（一阵洪亮的同声嘲骂），我希望你打开钱袋，把里面的钱点交贵镇的各位首要公民，请他们保管，（一阵“啊！啊！啊！”的呼声），由他们斟酌，适当地运用，以求传播和保存贵村因它的不可败坏的诚实而获得的那种崇高的名誉（又是一阵呼声）——这种名誉，由于他们的大名和他们的努力，又将增添一层新的、久远的光彩。’（狂热的一阵讥讽的喝彩声。）好像只有这些话了。不——还有一段再启：

“‘再启——赫德莱堡的公民们：根本就没有什么对证词——根本就没有人说过那些话。（全场轰动。）也不曾有一个行乞的异乡人，或是那20块钱的赠款，以及由此而来的致谢和恭维的话——这一切都是捏造的。（全场一片喊喊喳喳的惊讶和快意的声音。）让我来说说我的故事吧——只需一两句话就行了。我曾在某一个时候路过你们这个镇上，遭到我所不应该受的一次很大的侮辱。如果是别人，那一定只要打死你们一两个人就心满意足，认为合算了，可是在我看来，那还不过是一种轻微的报复，还不够厉害，因为死人是不懂得痛苦的。此外，我又不能把你们通通杀光——而且，无论如何，即令我做得到，那也还是不足以使我满意。我要毁掉这地方的每一个人，连女的也在内——而且毁的不是他们的身体，也不是他们的产业，而是他们的虚荣——这是软弱和愚蠢的人们最脆弱的地方。于是我就化装回到这里来，观察你们。你们是很容易到手的猎物。你们以诚实获得了悠久和崇高的声誉，当然你们是以此自豪的——那是你们的宝中之宝，简直是你们的心肝宝贝。我一发现你们小心而警惕地防止你们自己和你们的儿女受到诱惑，马上就知道应该如何下手。哎，你们这些脑筋简单的家伙，一切脆弱的东西之中，最脆弱的就是不曾在烈火中试炼过的道德。我拟定了一个办法，凑集了一张名单。我的计划就是要败坏这个无法败坏的赫德莱堡。我的主意是要把好几十个纯洁无瑕、生平从来没有撒过谎或是偷过一文钱的男男女女都变成撒谎的人和窃贼。可是我担心固德逊。他既不是在赫德莱堡生的，也不是在这里教养起来的。我唯恐在开始实行我的计划的时候，把我那封信分送到你们手里，你们心里就会想：“我们这里只有固德逊一个人才会把20块钱施舍给一个倒霉鬼”——那么你们就不会上我的当。可是老天爷把固德逊接去了，从此我就知道无须担心了，于是我布下了陷阱，装好了饵物。也许收到我所分寄的那份伪造的对证词的那些人并不见得都中我的圈套，可是只要我看透了赫德莱堡的性格，我总可以把他们大多数人收拾一下。（若干人的声音："对——一个也没有漏网。"）我相信他们干脆就会盗窃这笔假装的赌款，而不会轻易放过，这些可怜的、受了诱惑的、教养不良的家伙。我希望一下子把你们的虚荣永远捣个粉碎，叫它万劫不复，从此给赫德莱堡一个新的名声——一个洗不掉的名声——到处流传。如果我达到了目的，就请打开口袋，召集"赫德莱堡声誉宣扬与保存委员会"吧。'"

一阵旋风似的呼声："快打开！快打开！18位请到前面去！'优良传统宣扬委员会'！到前面去——不可败坏的先生们！"

主席把口袋撕开，抓起一把发亮的、大块的黄金钱币，拿在手里摇了一下，然后仔细察看——

"朋友们，原来不过是些镀金的铅饼！"

一听这个消息，会场上爆发出一阵打雷似的欢呼。后来声音平息了，那硝皮商就大声喊道：

"威尔逊先生在这个把戏里显然是出人头地的角色，凭他这种资格，他应该当'优良传统宣扬委员会'的主席。我提议请他代表他的伙伴们到前面去，接受这笔钱来保管。"

百把人的声音："威尔逊！威尔逊！威尔逊！发言哪！快发言哪！"

威尔逊（用激怒得发抖的声音说）："请大家容许我说句话，我也不怕说得太粗野——他妈的混账钱！"

某人的声音："啊，亏他还是个浸礼教徒哩！"

某人的声音："还剩下17位象征！请上台，先生们，接受重托吧！"

停了一会儿——没有反应。

制鞍匠："主席先生，我们总算在这批从前的上流人物之中还剩下了一位真正清白的人。他是需要钱的，而且也应该得。我提议主席派杰克·哈里代到讲台上去，拍卖那一口袋20元一块的镀金的钱币，把所得的钱给应得的人——这个人是赫德莱堡所乐于表扬的——爱德华·理查兹。"

这个提议被大家非常热烈地接受了，那只狗这回又凑了凑热闹；制鞍匠首先出一块钱投标，布利克斯敦的人们和巴南[1]的代表都拼命争取，每逢标价抬

---

[1] 当时美国著名的珍奇展览会经纪人和马戏班主。

高一次，大家就欢呼喝彩，兴奋的情绪时时刻刻都在逐步高涨，投标的人们劲头十足，越来越大胆，越来越坚决，标价由 1 元涨到 5 元，又涨到 10 元，再涨到 20 元，再涨到 50 元，100 元，再涨到……

在拍卖开始时，理查兹苦恼地对他的妻子说："哦，玛丽，这怎么行呢？这……这……你看，这是荣誉的报酬、是人格纯洁的褒奖，可是——可是——这怎么行呢？我最好是站起来，干脆……哦，玛丽，我们该怎么办？——你觉得我们应该……"（哈里代的声音："有人出价 15 元！——15 元买这一袋！——20 元！啊，谢谢——30 元——再谢谢！——30、30、30 元！有人说 40 吗？——就是 40！别停住呀，先生们，再往上添！——50！多谢，豪爽的天主教友！50、50、50 元要卖了！——70！—90！——好极了！——100！——往上堆，往上堆呀！——120——140！——正是时候！150！——200！——了不起！是不是有人说 200 谢谢！——250！——"）

"这又是一次诱惑，爱德华——我简直浑身发抖——可是，啊，我们已经幸免了一次诱惑，那应该警诫我们——（"有人说 600 吗？——多谢！650，650——700！"）不过，爱德华，你只要想到……谁也不会怀疑……"（"800 元！——哎呀哈！——出 900 吧！——巴先斯先生，你是说的——谢谢——900！——这一袋宝贵的纯铅只作价 900 元就要卖了，连镀金等等通通在内——喂！是不是有人说——1000！——专诚致谢！——有人说 1100 吗？——这一袋铅可是要远近扬名，传遍整个世……"）"哦，爱德华，"（开始低泣，）"我们太穷了！——可是……可是……你觉得该怎么办就怎么办吧——该怎么办就怎么办吧。"

爱德华屈服了——这就是说，他坐着不声不响。他坐在那里，良心上有些不安，可是在当时的情况下，他的良心也不能做主了。

这时候有一位陌生人，看样子好像是一个业余的侦探，打扮成一位很不像的英国伯爵，他一直在注视着那天晚上的一切经过，显然很感兴趣，脸上有一种快意的表情，他心里老在暗自思量。现在他的独白大致是这样："那 18 家没有一个参加投标，那可不过瘾；我必须改变这个局面——按照戏剧上的三一律 [1]，非这么不可；一定要叫这些人把他们打算盗窃的这一袋东西买下来，而且还得让他们出个大价钱才行——他们有几位是很阔气的。还有一点，我在估

[1] 古典剧作家所遵循的戏剧创作中的一种法则，即时间、场所和情节应求一致。

计赫德莱堡的性格时犯了一个错误，把那个错误弄到我头上的那个人是应该得到一份很高的奖金的，这笔钱也得有人出才行。理查兹这个穷老汉使我的判断力丢了脸。他是个老实人。我不懂这是怎么回事，可是我承认这点。是的，他叫我摊出了'幺二'，他自己摊的却是一副'同花顺'，照规矩这笔赌注就该他得。假如我能想出办法来，还叫他赢一笔大赌注才行。他叫我失望了，可是这就不去管它吧。"

他在注视着夺标。到了1000元之后，行情就暴跌了，标价的上涨迅速就迟缓下来。他等待着——却还是注视着。一个夺标的退出了，随后又是一个，又是一个。现在他却参加一两次投标了。当喊价跌到10元一次的时候，他就添上5元；又有人在他上面加了3元；他等了一会儿，然后突然升了50元的标价，结果这袋东西就归了他——标价是1282元。全场爆发出一阵欢呼——然后停止了，因为他站起来，举起了一只手。他开始说话了。

"我想要说句话，请诸位帮个忙。我是个做珍贵品生意的商人，我和全世界各地珍藏钱币的人们都有往来。我今天买下的这份东西，照这样原封不动，我就可以赚一笔钱，可是如果我能得到诸位的同意，那我就还有一种办法，可以叫这些20元一块的铅币每一块都当得了金币的价值，也许还要多一些。只要你们同意我的办法，我就把赚的钱分一部分给你们的理查兹先生，他那牢不可破的廉洁，你们今晚上已经很公正、很热烈地承认了。我准备分给他的一份是1万元，明天我就把钱交给他。（喝彩声轰动全场。可是那"牢不可破的廉洁"使得理查兹夫妇脸上红得厉害，不过大家以为那是谦虚，所以并没有露马脚。）如果你们能以大多数通过我的提议——我希望能有三分之二的人赞成——那我就认为获得了贵镇的同意，我的要求就是如此而已。珍贵品上面如果有些足以引起好奇心并且叫人不能不注意的花纹，就可以更值钱。现在我假使能够得到你们的允许，让我在这些假金币上每一块都印上那18位先生的名字，那就……"

听众中十分之九都马上站起来了——连人带狗——这个提议在一阵旋风似的表示同意的喝彩和哄笑声中被通过了。

大家坐下来，所有的诸位象征，除了克莱·哈克尼斯"博士"而外，都站起来强烈地抗议这个人所提议的胡闹办法，并且以恐吓的口吻声言要……

"我请你们不要恐吓我，"那个陌生人镇定地说，"我知道我自己的权利，向来就不怕人家吓唬。"（掌声。）他坐下了。哈克尼斯"博士"这时候看出了一个机会。他是当地两位很有钱的阔人之一，另一位就是宾克顿。哈克尼斯是一个造币厂的东家，这就是说，他专卖一种流行的成药。他正在参加州议会竞选，他由某一党提名为候选人，宾克顿由另一党提名为候选人。他们两人势均力敌，竞争得很激烈，而且一天比一天厉害。这两位对于金钱的胃口都很大，各人都买了一大块地，各有各的企图，有一条新铁路即将修建，所以他们两人都想到州议会里去，设法划定于自己有利的路线，只要多一票就可能决定胜负，而且由此就可以发两三笔财。赌注是很大的，而哈克尼斯又是一个大胆的投机家。他恰好紧靠着那位陌生人坐着。正当其他的各位象征一个个纷纷提出抗议和呼吁，徒供听众欣赏的时候，他却歪过身子去，悄悄地问道：

"这一袋东西你打算卖什么价钱？"

"4万元。"

"我给你2万。"

"不行。"

"25000。"

"不行。"

"干脆3万吧。"

"定价是4万元，少一分钱也不行。"

"好吧，我就出这个价钱。明天早上10点钟我到旅馆里来。我不愿意叫别人知道，我一个人来找你。"

"那很好。"于是那位客人站起来，向全场的人说：

"我看时间不早了。这几位先生的话并不是没有价值，并不是没有趣味，也不是说得不漂亮，不过大家如果不见怪的话，我就先告辞了。承诸位同意我的请求，真是帮了大忙，我向诸位道谢。请主席给我保存这个口袋，等我明天早上来取，这3张500元的钞票，请你转交理查兹先生。"钞票递给主席了。"9点钟我来取这口袋，11点就把那1万元的余数亲自送到理查兹先生家里去，交给他本人。再见。"

于是他就一溜烟出去了，留下听众在那里大嚷大叫，喧嚣的声音中掺杂着欢呼、《天皇曲》、狗的抗议和"你决—呃—呃—不是一个坏—唉—唉—人——亚—啊—啊—门"的吟唱。

马克·吐温短篇小说选

四

理查兹夫妇回到家里，不得不忍受大家的祝贺和恭维，直到半夜。然后就只剩下他们自己了。他们显得有点难受，两口子沉默地坐着想心思。最后玛丽叹了一口气，说道：

"你认为这能怪我们吗，爱德华——当真怪我们吗？"她的眼睛转过去望着桌子上放着的那3张兴师问罪的大钞票。刚才贺客们还在那儿欣羡地细看它们，钦佩地抚摸它们哩。爱德华没有马上回答，随后他发出一声叹息，迟疑地说道：

"我们……我们是出于不得已，玛丽。这……呃，这叫命中注定了。一切事情都是这样。"

玛丽抬头向上一看，定睛望着他，可是他并没有还视。随后她说：

"我从前还以为祝贺和称赞总是滋味很好哩。可是……现在我好像觉得……爱德华？"

"唔？"

"你还打算在银行里待下去吗？"

"不去了。"

"辞职吗？"

"明天早上就辞职——写封信去。"

"这也许是最妥当的办法。"

理查兹低下头去，双手捧着，低声说道：

"从前，别人的钱无论多少叫我经手，我都不在乎，可是……玛丽，我简直困透了，困透了——"

"我们去睡吧。"

早上9点钟，那位客人来取那只口袋，雇了一辆马车把它带到旅馆里去了。10点的时候，哈克尼斯私自和他密谈了一会儿。这位客人索取了5张由一家大都会的银行兑现的支票——都是开给"持票人"的——4张1500元的，一张3.4万元的。1500元的他取出了一张放在皮夹子里，其余的一共3.85万元，他通通装在一只信封里，等哈克尼斯走了之后，他又写了一页短信，一并装在信封里，他在 11 点钟到理查兹家敲门。理查兹太太从百叶窗缝里偷偷地看了一眼，然后过去把那封信接过来，那位客人一句话也不说就走了。她满脸通红地跑回来，两条腿有点不大站得稳，喘着气说：

"我准是把他认出来了！昨晚上我好像觉得从前在什么地方看见过他。"

"他就是送口袋到这儿来的那个人吗？"

"我看大致是不成问题。"

"那么他也就是那个化名的斯蒂文森，他用他那个假造的秘密叫这个镇上的每个重要公民都上当了。现在如果他送来的是支票，而不是现款，那我们也就上当了，原来我们还以为幸免了哩。昨晚上睡了一夜，刚刚觉得心里舒服了一点，可是那个信封的样子却叫我讨厌。它不够厚，8500 元钱，哪怕都是最大的钞票，也要比这装得饱满些。"

"爱德华，你为什么不喜欢要支票呢？"

"斯蒂文森签字的支票！这 8500 元钱如果是钞票，我还可以勉强收下——因为那好像是命中注定了的，玛丽——可是我向来就没有多大勇气，我可没有胆量拿着一张签了这个晦气名字的支票去希图兑现。那准是一个圈套。那个人想要叫我上当，我们好歹总算逃脱了，现在他又另外耍了一套花招。如果是支票的话……"

"啊，爱德华，真是糟透了！"她举起支票，开始嚷起来。

"扔到火里吧！赶快！我们千万别受诱惑。这是一个诡计，想叫大伙儿拿我们来开玩笑，和其余那些人摆在一起，而且……快给我吧，你干不出这一手！"他把支票抢过来，打算牢牢地抓紧，赶快送到火炉里去，可是他毕竟是个人，是个出纳员，所以他停了一会儿，仔细看看支票上的签名。结果他几乎晕倒了。

"快扇扇我，玛丽，扇一扇！这简直就和黄金一样呀！"

"啊，真是美透了，爱德华！为什么？"

"支票是哈克尼斯开的。这里面究竟有什么奥妙，玛丽？"

"爱德华，难道你以为……"

"你看——看看这个！ 1500——1500——1500——34000——38500！ 玛丽，那一口袋假钱还不值 12 元。可是哈克尼斯——显然是——照真的付出了十足的代价。"

"那么难道你认为这些钱通通都归我们——而不只那 1 万元吗？"

"唔，好像是这么的。并且支票还是开给'持票人'的哩。"

马克·吐温短篇小说选

"这样的支票好不好呢，爱德华？这是怎么回事？"

"我看这是暗示叫我们到远处的银行去提款。也许哈克尼斯不愿意把这桩事情传出去吧。那是什么——一张字条吗？"

"是呀。和支票放在一起。"

这页短信是"斯蒂文森"的笔迹，可是没有签名。那上面说：

我大失所望了。你的诚实是不受诱惑侵害的。原来我的看法是不同的，可是我那种估计冤枉了你，现在我请你原谅，而且是出于至诚。我尊敬你——这也是由衷的话。这个镇上的人连给你供差使都不配[1]。亲爱的先生，我当初曾给自己规规矩矩地打过赌，认定你们那个自命不凡的村子里有19个人是可以使之堕落的。我输了。请你把全部赌注拿去吧，这是你应得的。

理查兹深深地叹了一口气，说道：

"这好像是拿火写成的——真烫人哩。玛丽——我又难受起来了。"

"我也是。啊，亲爱的，我宁愿……"

"你想想看，玛丽——他居然这么相信我。"

"啊，别说了，爱德华——我受不了。"

"这些漂亮的话，假如我们真能受之无愧，玛丽——天知道我从前的确是相信自己应得那样的称赞哩——我想我宁肯拿这4万元去交换这种赞美。那我就把这封信收藏起来，把它当成比黄金和宝石还贵重，永远保存着。可是现在——有了它在身边指责，我们就不能在它身边过日子了，玛丽。"

他把它抛入火里了。

这时候又来了一个通讯员，交来一封信。

理查兹撕开信封，取出一页短信来念。这是柏杰士写来的。

我遭了难关的时候，你曾救过我。昨晚上我就挽救了你。这是以撒谎为代价的，但是我情愿牺牲，而且是出于感激的至诚。这个村里谁也不像我这样了解你的为人，深知你多么仁慈、多么高尚。在内心

---

[1] 这句话如照原文直译，应该是"连吻你的长袍边缘都不配"。在西方封建时代，臣仆拜见帝王，以亲吻帝王长袍的下端为一种礼节。

里，你不会看得起我，因为你知道人家归咎于我、众口一词地给我定了罪名的那桩事情，但是我恳求你至少相信我是个有恩知报的人。这可以帮助我忍受我的痛苦。

柏杰士（签名）

"得救了，又是一次。而且条件这么好！"他把这封信也丢到火里。"我……我宁肯死了还好些，玛丽，我恨不得摆脱这一切。"

"啊，这种日子真难受呀，真难受呀，爱德华。这一刀刀刺在良心上，偏偏又是出自他们的厚道，真是刺得深——而且报应来得这么快！"

选举前3天，两千名选民每人忽然收到一件宝贵的纪念品——那些有名的假双头鹰金币之一。它一面的周围印上了这些字："我向那位外方人说的那句话是这样的——"另一面印上了这些字："快去改过自新吧。宾克顿（签名）。"于是那幕有名的滑稽剧全部剩余的垃圾就通通倾倒在一个人头上了，而且发生了惨重的后果。这使新近那场大哄笑又流行起来，集中在宾克顿身上，于是哈克尼斯的竞选就轻易获胜了。

在理查兹夫妇收到支票之后24小时内，他们的良心在沮丧之余，已经渐渐平静下来了，这对老夫妻渐渐学会了安于他们所犯的罪。可是现在他们还有一点尚待体验，那就是：一个罪过，当其似乎还有机会被人发觉的时候，它就显得含有新的、真正的恐怖。这使它具有一种新鲜的、最具体而又重要的面貌。早晨的教堂里做礼拜的时候，牧师布道还是那老一套，所说的话和说的方式都和从前一样，他们已经听过一千遍了，早就觉得那尽是空话，几乎是毫无意义，颇有催眠作用，可是现在却不同了：布道词好似是处处带刺，专在指着他们责骂，好像是特别针对着那些隐瞒极大罪恶的人而发的。做完礼拜之后，他们尽快地摆脱那一群给他们道贺的人，赶快往家里跑，只觉得浑身冷彻骨髓，连自己也不知是为了什么——只是些模糊的、隐隐约约的、无以名之的恐惧。碰巧柏杰士先生在街角转弯的时候，他们又瞥见了他一眼。他们点头给他打招呼，他竟置之不理！其实他是没有看见，但他们却不知道。他这种态度是什么意思呢？那也许是表示——也许是表示——啊，那可能是含着许多可怕的意思。难道是他早就知道理查兹当初本可以给他洗刷罪名，却不声不响地等待着一个机会来给他算账吗？回到家里，他们在心烦意乱中渐渐想象到那天晚上理查兹向他的妻子说出他知道柏杰士无罪的那个秘密的时候，他们的女仆可能在隔壁房

马克·吐温短篇小说选

间里听见了，然后理查兹就想象到当时他曾听见那儿有女人长袍的飕飕响声，再次他就确信他曾经听到那个声音。他们要找个借口把莎拉叫来，观察她的神色：她如果向柏杰士先生泄露了秘密，她的态度上就会表现出来。他们问了她几个问题——问得很乱，毫不连贯，而且似乎毫无目的，所以这姑娘觉得一定是这对老夫妻的心情由于忽然交了好运而有点反常。他们用严厉而专注的眼光盯着她，这可使她大为惊骇，结果就弄假成真了。她涨红了脸，神经紧张起来，不知所措，在这对老人看来，这都是明显的犯罪的表现——反正是某种可怕的罪行——毫无疑问，她是个奸细，是个叛徒。莎拉走开之后，他们就开始把许多各不相干的事情凑在一起，由牵强附会中发现了可怕的结果。后来情况显得极端严重的时候，理查兹忽然发出一声急喘。他的妻子问道：

"啊，怎么回事？——怎么回事？"

"那封信——柏杰士的信！措词是讽刺的语气，现在我明白了。"他念出那里面的句子："'在内心里，你不会看得起我，因为你知道人家归咎于我的那桩事情'——啊，现在已经十分明显了，老天保佑我吧！他知道我知道！你看他措词真巧妙。这是个圈套——而我就像个傻子似的，偏要走进这个圈套！玛丽，你……？"

"啊，这真糟糕——我知道你打算说什么话——他没有交还你写的那份假对证词。"

"没有——故意留下来毁我们。玛丽，他已经给别人泄漏过了。我知道——我知道得很清楚。做完礼拜之后，我在许多人脸上看出来了。唉，我们给他点头打招呼，他都不睬——他当然知道自己耍了什么花招！"

那天晚上医生被请来了。第二天早上消息就传遍各处：这对老夫妻病得很厉害——据医生说，他们是由于得了这笔意外横财，兴奋过度，加以大家都去道喜，夜里睡得太晚，结果就被拖垮了。镇上的人都真心地替他们难受，因为现在大家所能引以自豪的，大概就只剩下这对老夫妻了。

两天之后，消息更坏了。这对老夫妻神志不清，尽做些怪事。护士们亲眼看见，理查兹摆出了几张支票——是8500元吗？不对——数目惊人——3.85万元！这个绝大的财运究竟应该怎么解释呢？

第二天护士们又有了新消息——而且是很奇怪的。她们本来商议好了，要把支票藏起来，以免发生意外，可是她们去寻找的时候，支票已经不在病人的枕头下面——无影无踪了。病人说：

"别动我的枕头吧，你要找什么？"

"我们觉得最好是把支票……"

"你们再也看不见这几张支票了——已经毁掉了。那是从撒旦[1]那儿来的。我看见那上面盖着地狱的印，我知道这是送来骗我犯罪的。"然后他又开始唠唠叨叨地说些古怪和可怕的话，叫人不大听得清楚，医生劝她们不要让别人知道。

理查兹说的是真话，那些支票以后再也不见了。

想必是有一个护士说了梦话吧，因为在两天之内，那些不许声张的呓语已经在镇上传得满城风雨了，而且这些呓语都是令人惊骇的。这些话似乎是说明了理查兹自己曾经申请那一袋钱，柏杰士隐瞒了事实，然后又恶意地把它泄露出来了。

柏杰士因此大受责难，他坚决否认这回事。他说这个害病的老头儿神经错乱了，这样重视他随便说的话是不公平的。然而怀疑还是继续着，大家都议论纷纷。

一两天之后，传闻理查兹太太在昏迷中说的话也渐渐与她的丈夫的呓语雷同起来。于是怀疑更加旺盛，终于成为确信，全镇对这位唯一不曾丢过脸的重要公民的廉洁所感到的骄傲心理也就开始暗淡起来，像残烛般地一闪一闪，趋于熄灭了。

6天过去了，又来了更多的消息。这对老夫妻快死了。理查兹到了临终的时候，神志忽然清醒起来，于是他叫人把柏杰士找来。柏杰士说：

"请大家离开这个房间。我想他是希望说几句秘密的话。"

"不！"理查兹说，"我要有人作见证。我要你们大家都听我的口供，好让我像一个人样地死去，而不是一只狗。我本是清白的——虚伪的清白——和其他的人一样。我也和其他的人一样，遭到诱惑的时候就摔跤了。我签署了一份谎言，申请过那个晦气的钱袋。柏杰士先生记得我曾经帮过他一次忙，于是为了报恩（也是由于糊涂），他就隐瞒了我的申请书，挽救了我。你们都知道多年以前大家归罪于柏杰士的那桩事情。我的证明，而且也只需我的证明，就可以洗刷他的罪过，可是我是个胆小鬼，就让他遭了不白之冤——"

"不对——不对——理查兹先生，你……"

---

[1] 基督教的《圣经》上所说的恶魔。

"我的女仆把我的秘密泄露给他了——"

"谁也没向我泄露什么话——"

"于是他就做了一桩自然而且合理的事情，他懊悔不该救我，就把我的丑事揭穿了——这是我应得的报应——"

"绝没有！我发誓——"

"我本着良心原谅他。"

柏杰士的热情的辩解，这位临终的人都听不见了，他随即断了气，却不知自己又做了一桩对不起可怜的柏杰士的事情。他的老伴那天晚上也死了。

那神圣的 19 家中的最后一人也做了那个残酷的钱袋的牺牲品。这个小镇被剥去了它那世代光荣的最后一块遮羞布。它的哀悼是不大显眼的，但颇为深沉。

经州议会通过——由于祈求和请愿的结果——赫德莱堡获得了批准，改名为……（不管它叫什么吧——我决计保守秘密），并且还从多少年代以来刻在这个小镇的官印上给它增光的那句格言中删去了一个字。

它又是一个诚实的村镇了，谁要再打算找它的碴子，发现它打瞌睡的话，那就必须早起才行。

（旧格言）请勿让我们受诱惑 =（新格言）请让我们受诱惑

狗的自述

一

我的父亲是个"圣伯尔纳种"，我的母亲是个"柯利种"，可是我是个"长老会教友"。我母亲是这样给我说的。这些微妙的区别我自己并不知道。在我看起来，这些名称都不过是些派头十足可是毫无意义的字眼。我母亲很爱这一套。她喜欢说这些，还喜欢看看别的狗显出惊讶和忌妒的神气，好像在惊讶她为什么受过这么多教育似的。可是这其实并不是什么真正的教育，不过是故意卖弄罢了：她是在吃饭的屋子里和会客室里有人谈话的时候在旁边听，又和孩子们到主日学校去，在那儿听，才把这些名词学会的。每逢她听到了一些深奥的字眼，她就翻来覆去地背好几遍，所以她能把它们记住，等后来在附近一带开起讲学问的会来，她就把它们搬出来唬人，叫别的狗通通吃一惊，而且不好受，从小狗儿一直到猛狗都让她唬住了，这就使她没有枉费那一番心血。要是有外人，他差不多一定要怀疑起来，他在大吃一惊、喘过气来之后，就要问她那是什么意思。她每次都答复人家。这是他绝没有料得到的，原来他以为可以把她难住，所以她给他解释之后，他反而显得很难为情，虽然他原来还以为难为情的会是她。其他的狗都等着这个结局，而且很高兴，很替她得意，因为他们都有过经验，早知道结局会是怎样。她把一串深奥字眼的意思告诉人家的时候，大家都羡慕得要命，随便哪只狗也不会想到怀疑这个解释究竟对不对。这也是很自然的，因为第一呢，她回答得非常快，就好像是字典说起话来了似的，还有呢，他们上哪儿去弄得清楚这究竟对不对呀？因为有教养的狗就只有她一个。后来我长大一些的时候，有一次她把"缺乏智力"这几个字记熟了，并且在整整一个星期里的各种集会上拼命地卖弄，使人很难受、很丧气。就是那一次，我发现在那一个星期之内，她在 8 个不同的集会上被人问到这几个字的意思，每次她都脱口而出地说了一个新的解释，这就使我看出了她与其说是有学问，还不如说是沉得住气，不过我当然并没有说什么。她有一个名词经常现成地挂在嘴上，像个救命圈似的，用来应付紧急关头，有时候猛不提防她有了被冲下船去的危险，她就把它套在身上——那就是"同义词"这个名词。当她碰巧搬出几个星期以前卖弄过的一串深奥的字眼来，可是她把原来准备的解释忘到九霄云外去了的时候，要是有个生客在场，那当然就要被她弄得头昏眼花，过一两分钟之后才清醒过来，这时候她可是调转了方向，又顺着风往另外一段路程上飘出去了，料不到会有什么问题，所以客人忽然招呼她，请她解释解释的时候，我就看得出她的帆蓬松了一会儿劲（我是唯一明白她那套把戏的底细的狗）——可是那也只耽搁了一会儿——然后马上就鼓起了风，鼓得满满的，她就像夏天那样平静地说道："那是'额外工作'的同义词。"或是说出与此类似的吓坏人的一长串字，说罢就逍遥自在地走开，轻飘飘地又赶另一段路程去了。她简直是非常称心如意，你知道吧，她把那位生客摔在那儿，显得土头土脑、狼狈不堪，那些内行就一致把尾巴在地板上敲，他们脸上也改变了神气，显出一副欢天喜地的样子。

关于成语也是一样。要是有什么特别好听的成语，她就带回一整句来，卖弄 6 个晚上、2 个白天，每次都用一种新的说法解释它——她也不得不这么办，因为她所注意的只是那句成语；至于那是什么意思，她可不大在乎，而且她也知道那些狗反正没有什么脑筋，抓不着她的错。咳，她才真是个了不起的角色哩！她这一套弄得非常拿手，所以她一点也不担心，她对于那些糊涂虫的无知无识，是有十分把握的。她甚至还把她听到这家人和吃饭的客人说得哈哈大笑的小故事也记住一些，可是照例她老是把一个笑话里面的精彩地方胡凑到另外一个里面去，而且当然是凑得并不合适，简直莫明其妙；她说到这种地方的时候，就倒在地板上打滚，大笑大叫，就像发了疯似的，可是我看得出她自己也不明白为什么她说的并不像她当初听见人家说的时候那么有趣。不过这并不要紧，别的狗也都打起滚来，并且汪汪大叫，个个心里都暗自为了没有听懂而害臊，根本就不会猜想到过错不在他们，而是谁也看不出这里面的毛病。

从这些事情，你可以知道她是个相当爱面子和不老实的角色；可是她还是有些长处，我觉得那是足以与她的缺点相抵的。她的心眼儿很好，态度也很文雅，人家有什么对不住她的事，她从来就不记恨，老是随随便便不把它放在心上，一下子就忘了；她还教她的孩子们学她那种好脾气，我们还从她那儿学会了在危急的时候表现得勇敢和敏捷，决不逃跑，无论是朋友或是生人遭到了危险，我们都要大胆地承当下来，尽力帮助人家，根本不考虑自己要付出多大的代价。而且她教我们还不是光凭嘴说，而是自己做出榜样来，这是最好的办法，最有把握，最经得久。啊，她干的那些勇敢的事和漂亮的事可真了不起！她真能算是一个勇士；而且她还非常谦虚——总而言之，你不能不佩服她，你也不能不学她的榜样；哪怕是一只"查理士王种"的长耳狗和她在一起，也不能老是完全瞧不起她。所以，您也知道，她除了有教养而外，还是有些别的长处哩。

二

后来我长大了的时候，我就被人卖了，让别人带走，从此以后就再也没有看见她了。她很伤心，我也是一样，我们俩都哭了；可是她极力安慰我，说是我们生到这个世界上来是为了一个聪明和高尚的目的，必须好好地尽我们的责任，决不要发牢骚，我们碰到什么日子就过什么日子，要尽量顾到别人的利益，不管结果怎样；那不是归我们管的事情。她说凡是喜欢这么办的人将来在另外一个世界里一定会得到光荣和漂亮的报酬，我们禽兽虽然不到那儿去，可是规规矩矩过日子，多做些好事情，不图报酬，还是可以使我们短短的生命很体面和有价值，这本身就可以算是一种报酬。这些道理是她和孩子们到主日学校去的时候随时听到的，她很用心地通通记在心里，比她记那些字和成语都更加认真；而且她还下了很深的工夫研究过这些道理，为的是对她自己和对我们都有好处。你可以从这儿看得出她脑子里虽然有些轻浮和虚荣的成分，究竟还是聪明和肯用心思的。

于是我们就互相告别，含着眼泪彼此最后看了一眼。她最后嘱咐我的一句话——我想她是特意留在最后说的，好叫我记得清楚一些——是这样的："为了纪念我，如果别人遇到危险的时候，你就不要想到自己，你要想到你的母亲，照她的办法行事。"

你想我会忘记这句话吗？不会的。

三

那真是个有趣的家呀！——我那新的家。房子又好又大，还有许多图画和精巧的装饰，讲究的家具，根本没有阴暗的地方，处处的五颜六色都有充分的阳光照得非常鲜亮；周围还有很宽敞的空地，还有个大花园——啊，那一大片草坪，那些高大的树，那些花，说不完！我在那儿就好像是这一家人里面的一分子，他们都爱我，把我当成宝贝，而且并没有给我取个新名字，还是用我原来的名字叫我，这个名字是我母亲给我取的——爱莲·麦弗宁——所以我觉得它特别亲切。她是从一首歌里找出来的。格莱夫妇也知道这首歌，他们说这个名字很漂亮。

格莱太太有 30 岁，她非常漂亮、非常可爱，那样子你简直想象不出；莎蒂 10 岁，正像她妈妈一样，简直是照她的模样做出来的一份苗条可爱的仿制品，背上垂着赭色的辫子，身上穿着短短的上衣；娃娃才 1 周岁，长得胖胖的，脸上有酒窝，他很喜欢我，老爱拉我的尾巴，抱我，并且还哈哈大笑地表示他那天真烂漫的快乐，简直没有个够；格莱先生 38 岁，高个子，细长身材，长得很漂亮，头前面有点秃，人很机警，动作灵活，一本正经，办事迅速果断，不感情用事，他那副收拾得整整齐齐的脸简直就像是闪耀着冷冰冰的智慧的光！他是一位有名的科学家。我不知道科学家是什么意思，可是我母亲一定知道这个名词怎么用法，知道怎么去卖弄它，叫别人佩服。她会知道怎么去拿它叫一只捉耗子的小狗听了垂头丧气，把一只哈巴狗吓得后悔它不该来。可是这个名词还不是最好的；最好的名词是实验室。要有一个实验室肯把所有的狗脖子上拴着缴税牌的颈圈都取下来，我母亲就可以组织一个托拉斯来办这么一个实验室。实验室并不是一本书，也不是一张图画，也不是洗手的地方——大学校长的狗说是这么回事，可是不对，那叫作盥洗室；实验室是大有区别的，那里面搁满了罐子、瓶子、电器、五金丝和稀奇古怪的机器；每个星期都有别的科学家到那儿来，坐在那地方，用那些机器，大家还讨论，还做他们所谓什么试验和发现；我也常常到那儿来，站在旁边听，很想学点东西，为了我母亲，为了好好地纪念她，虽然这对我是件痛苦的事，因为我体会到她一辈子耗费了多少精神，而我可一点也学不到什么；无论我怎么努力，我听来听去，根本就一点也听不出所以然来。

平时我躺在女主人工作室的地板上睡觉，她温柔地把我用来当作一条垫脚凳，知道这是使我高兴的，因为这也是一种抚爱；有时候我在育儿室里呆上个把钟头，让孩子们把我的头发弄得乱蓬蓬的，使我很快活；有时候娃娃睡着了，保姆为了娃娃的事情出去几分钟，我就在娃娃的小床旁边看守一会儿；有时候我在空地上和花园里跟莎蒂乱跳乱跑一阵，一直玩到我们都筋疲力尽，然后我就在树阴底下的草地上舒舒服服地睡觉，同时她在那儿看书；有时候我到邻居的狗那儿去拜访拜访他们——因为有几只非常好玩的狗离我们不远，其中有一只很漂亮、很客气、很文雅的狗，他是一只卷毛的"爱尔兰种"猎狗，名字叫作罗宾·阿代尔，他也和我一样，是个"长老会教友"，他的主人是个当牧师的苏格兰人。

我们那个人家的仆人都对我很和气，而且很喜欢我，所以，你也看得出，我的生活是很愉快的。天下再不会有比我更快活、更知道感恩图报的狗了。我要给自己说这种话，因为这不过是说的事实：我极力循规蹈矩，多做正经事，不辜负我母亲的慈爱和教训，尽量换取我所得到的快乐。

不久我就生了小狗娃，这下子我的幸福可到了极点，我的快乐简直是齐天了。它是走起路来一摇一摆的一个最可爱的小家伙，身上的毛长得又光滑、又柔软，就像天鹅绒似的，小脚爪长得非常特别、非常好玩，眼睛显得非常有感情，小脸儿天真活泼，非常可爱；我看见孩子们和他们的母亲把它爱得要命，拿它当个活宝贝，无论它做出一种什么绝妙的小动作，他们都要大声欢呼，这真使我非常得意。我好像觉得生活实在是太痛快了，一天到晚老是……

随后就到了冬天。有一天我在育儿室里担任守卫。这就是说，我在床上睡着了。娃娃也在小床上睡着了，小床和大床是并排的，在靠近壁炉那一边。这种小床上挂着一顶很高的罗纱尖顶帐子，里外都看得透。保姆出去了，只剩下我们这两个瞌睡虫。燃烧的柴火迸出了一颗火星，掉在帐子的斜面上。我猜这以后大概是过了一阵没有动静，然后娃娃才大叫一声，把我惊醒过来，这时候帐子已经烧着了，直向天花板上冒火焰！我还没有来得及想一想，就吓得跳到地下来，一秒钟之内就快要跑到门口了；可是在这后面的半秒钟里，我母亲临别的教训就在我耳朵里响起来了，于是我又回到床上。我把头伸进火焰里去，衔住娃娃的腰带把他拉出来，拖着他往外跑，我们俩在一片烟雾里跌倒在地下；我又换个地方把他衔着，拖着那尖叫的小家伙往外跑，一直跑出门口。跑过过

马克·吐温短篇小说选

道里拐弯的地方，还在不停地拖，我觉得非常兴奋、快活和得意，可是这时候主人的声音大嚷起来：

"快滚开，你这该死的畜生！"我就跳开来逃避；可是他快得出奇，一下就追上了我，拿他的手杖狠狠地打我，我这边躲一下，那边躲一下，吓得要命，后来很重的一棍打在我的前左腿上，打得我直叫唤，一下子倒在地下，不知怎么好；手杖又举起来要再打，可是没有打下来，因为保姆的声音拼命地嚷起来了："育儿室着火啦！"主人就往那边飞跑过去，这样我才保住了别的骨头。

真是痛得难受，不过没有关系，我一会儿也不能耽搁；他随时都可能回来；所以我就用三条腿一瘸一瘸地走到过道的那一头，那儿有一道漆黑的小楼梯，通到顶楼上去，我听说那上面放着一些旧箱子之类的东西，很少有人上那儿去。我勉强爬上楼，然后在黑暗中摸索着往前走，穿过一堆一堆的东西，钻到我所能找到的一个最秘密的地方藏起来。在那儿还害怕，真是太傻，可是我还是害怕；我简直怕得要命，只好拼命忍住，连小声叫唤都不敢叫一声，虽然叫唤叫唤是很舒服的，因为，您也知道，那可以解解痛。不过我可以舔一舔我的腿，这也是有点好处的。

楼下乱哄哄的，一直经过半个钟头的工夫，有人大声嚷，也有飞快跑的脚步声，然后又没有动静了。总算清静了几分钟，这对我的精神上是很痛快的，因为这时候我的恐惧心理渐渐平定下来了，恐惧比痛苦还难受哩——啊，难受得多。然后又听到一阵声音，把我吓得浑身发抖。他们在叫我——叫我的名字——还在找我哩！

这阵喊声因为离得远，不大听得清楚，可是这并没有消除那里面的恐怖成分，这是我从来没有听到过的最可怕的声音。楼下的喊声处处都跑到了：经过所有的过道，到过所有的房间，两层楼和底下那一层和地窖通通跑遍了；然后又到外面，越跑越远——然后又跑回来，在整幢房子里再跑过一遍，我想大概是永远永远不会停止的。可是后来总归还是停止了，那时候顶楼上模模糊糊的光线早已被漆黑的暗影完全遮住，过了好几个钟头了。

然后在那可喜的清静之中，我的恐惧心理慢慢地消除了，我才安心睡了觉。我休息得很痛快，可是朦胧的光还没有再出来的时候，我就醒了：我觉得相当舒服，这时候我可以想出一个主意来了。我的主意是很好的。那就是，走后面的楼梯悄悄地爬下去，藏在地窖的门背后，天亮的时候送冰的人一来，我就趁他进来把冰往冰箱里装的时候溜出去逃跑；然后我又整天藏着，到了晚上再往前走。我要到……唉，随便到什么地方吧，只要是人家不认识我，不会把我出卖给我的主人就行。这时候我几乎觉得很高兴了，随后我忽然想起：咳，要是丢掉了我的小崽崽，活下去还有什么意思呀！

这可叫人大失所望。简直没有办法，我明白这个情形，只好待在原来的地方。待下去，等待着，听天由命——那是不归我管的事情；生活就是这样——我母亲早就这样说过了。后来——唉，后来喊声又起来了。于是我一切的忧愁又回到心头。我心里想，主人是决不会饶我的。我不知道究竟是干了什么事情，使他这么痛恨、这么不饶我，不过我猜那大概是狗所不能理解的什么事情，人总该看得清楚，反正是很糟糕的事吧。

他们老在叫了又叫——我好像觉得叫了好几天好几夜似的。时间拖得太久，我又饿又渴，简直难得要发疯，我知道我已经很没有劲儿了。你到了这种情形的时候，就睡得很多，我也就大睡特睡起来。有一次我吓得要命地醒过来——我好像觉得喊声就在那顶楼里！果然是这样，那是莎蒂的声音，她一面还在哭；可怜的孩子，她嘴里叫出我的名字来，老是杂着哭声，后来我听见她说：

"回我们这儿来吧——啊，回我们这儿来吧，别生气——你不回来，我们真是太……"这使我非常高兴，简直不敢相信自己的耳朵。

我感激得什么似的，突然汪汪地叫了一声，莎蒂马上就从黑暗中和废物堆里一颠一跛地钻出去，大声嚷着让她家里的人听见："找到她啦，找到她啦！"

以后的那些日子——哈，那才真是了不得哩。莎蒂和她母亲和仆人们——咳，他们简直就像是崇拜我呀。他们似乎是无论给我铺一个多好的床，也嫌不够讲究；至于吃的东西呢，他们不给我弄些还不到时令的稀罕野味和讲究的食品，就觉得不满意；每天都有朋友和邻居们成群地到这儿来听他们说我的"英勇行为"——这是他们给我所干的那桩事情取的名称，意思就和"农业"一样。我记得有一次我母亲把这个名词带到一个狗窝里去卖弄，她就是这么解释的，可是她没有说"农业"是怎么回事，只说那和"壁间热"是同义词。格莱太太和莎蒂给新来的客人说这个故事，每天要说十几遍，她们说我冒了性命的危险救了娃娃的命，我们俩都有火伤可以证明，于是客人们就抱着我一个一个地传过去，把我摸一摸、拍一拍，大声称赞我，您可以看得出莎蒂和她母亲的眼睛里那种得意的神气；人家要是问起我为什么瘸了腿，她们就显得不好意思，赶快转换话题，有时候人家把这桩事情问来问去，老不放松她们，我就觉得她们简直好像是要哭似的。

这还不是全部的光荣哩。不，主人的朋友们来了，整整20个最出色的人物，他们把我带到实验室里，大家讨论我，好像我是一种新发现的东西似的；其中有几个人说一只畜生居然有这种表现真是了不起，他们说这是他们所能想得起的最妙的本能的表现；可是主人劲头十足地说："这比本能高得多，这是理智，有许多人虽然是因为有了理智，可以得天主的拯救，和你我一同升天，可是他们的理智还不及命中注定不能升天的小畜生这么个可怜的傻东西哩。"他说罢就大笑起来，然后又说，"咳，你看看我吧——我真是可笑！好家伙，我有了那么了不得的聪明才智，可是我所推想得到的不过是认为这只狗发了疯，要把孩子弄死，其实要不是这个小家伙的智力——这是理智，实在的！——要是没有它的理智，那孩子早就完蛋啦！"

他们翻来覆去地争论，我就是争论的中心和主题，我希望我母亲能够知道我已经得到了这种了不起的荣誉，那一定会使她很得意的。

然后他们又讨论光学，这也是他们取的名词，他们讨论到脑子受了某种伤是不是会把眼睛弄瞎这个问题，可是大家的意见不一致，他们就说一定要用实验来证明才行；其次他们又谈到植物，这使我很感兴趣，因为莎蒂和我在夏天种过一些种子——你要知道，我还帮她挖了些坑哩——过了许多天，就有一棵小树或是一朵花长出来，真不知怎么会有这种事情；可是竟有这么回事，我很希望我能说话——那我就要把这个告诉那些人，让他们看看我懂得多少事情，我对这个问题一定会兴头很大；可是我对于光学并不感兴趣，这玩意儿怪没意思，后来他们又谈到这上面的时候，我就觉得很讨厌，所以就睡着了。

不久就到了春天，天气很晴朗，又爽快，又可爱，那位漂亮的母亲和她的孩子们拍拍我和小狗娃，给我们告别，他们出远门到亲戚家去了。男主人没有工夫陪我们，可是我们两在一起玩，日子还是过得很痛快，仆人们都很和气，和我们很要好，所以我们一直都很快活，老是计算着日子，等着女主人和孩子们回来。

后来有一天，那些人又来了，他们说，现在要实验，于是他们就把狗娃带到实验室里去，我也就用三条腿瘸着走过去，心里觉得很得意，因为人家看得起小狗娃当然是使我高兴的事。他们讨论一阵之后就实验，后来小狗娃忽然惨叫了一声，他们把它放在地上，它就一歪一倒地乱转，满头都是血，主人拍着手大声嚷道：

"你看，我赢啦——果然不错吧！他简直瞎得什么也看不见啦！"

他们大家都说：

"果然是这样——你证明你的理论了，从今以后，受苦的人类应该感谢你的大功劳。"他们把他包围起来，热烈地和他握手，表示感谢，并且还称赞他。

可是这些话我差不多都没有听见，因为我马上就往我的小宝贝那儿跑过去，到它所在的地方和它挨得紧紧的，舐着它的血，它把它的头靠着我的头，小声地哀叫着，我心里很明白，它虽然看不见我，可是在它那一阵痛苦和烦恼之中，能够感觉到它的母亲在挨着它，那对它也还是一种安慰。随后不久它就倒下去了，它那柔软的鼻子放在地板上，它安安静静的，再也不动了。

一会儿主人停止了讨论，按按铃把仆人叫进来，吩咐他说，"把它埋在花园里远远的那个犄角里。"说罢又继续讨论，我就跟在仆人后面赶快走，心里很痛快、很轻松，因为我知道小狗娃这时候已经睡着了，所以就不痛了。我们一直走到花园里最远的那一头，那是孩子们和保姆跟小狗娃和我夏天常在大榆树的树阴底下玩的地方，仆人就在那儿挖了一个坑，我看见他打算把小狗娃栽在地下，心里很高兴，因为它会长出来，长成一个很好玩、很漂亮的狗，就像罗宾·阿代尔那样，等女主人和孩子们回家来的时候，还要妙不可言地叫他们喜出望外；所以我就帮他挖，可是我那只瘸腿是僵的，不中用，您知道吧，您得使两条腿才行，要不然就没有用。仆人挖好了坑，把小罗宾埋起来之后，就拍拍我的头，他眼睛里含着泪，说道：

"可怜的小狗儿，你可救过他的娃娃的命哪。"

我已经守了整整两个星期，可是他并没有长出来！后一个星期里，有一种恐怖不知不觉地钻到我心里来了。我觉得这事情有些可怕。我也不知道究竟是怎么回事，可是这种恐惧叫我心里发烦，仆人们尽管拿些最好的东西给我吃，可是我吃不下。他们很心疼地抚爱我，甚至晚上还过来，哭着说："可怜的小狗儿——千万不要再守在这儿，回家去吧，可别叫我们心都碎啦！"这些话更把我吓坏了，我准知道是出了什么毛病。我简直没有劲了，从昨天起，我再也站不起来了。最后这个钟头里，仆人们望着正在落山的太阳，夜里的寒气正在开始，他们说了一些话，我都听不懂，可是他们的话有一股使我心里发冷的味道。

"那几个可怜的人啊！他们可不会想到这个。明天早上他们就要回家来，一定会关心地问起这个干过勇敢事情的狗儿，那时候我们几个谁有那么硬的心肠，能把事实告诉他们呢：'这位无足轻重的小朋友到了那不能升天的畜生们所去的地方去啦。'"

3 万元的遗产

一

　　湖滨镇是一个有居民五六千人的可爱的小市镇，照西部边远地区的市镇标准来说，还要算是相当漂亮的。这个镇上的教堂很多，足够容纳 3.5 万人，西部边区和南部的市镇都是这样，那儿的人个个都信教，新教的每个教派都有它的信徒，而且各有自己的设备。湖滨镇的人是没有等级观念的——反正人们都不承认有这种观念；人人都与所有其他的人相识，连别人的狗都认得，到处弥漫着亲善友好的气氛。

　　赛拉丁·福斯脱是镇上最大的商店里的簿记员，在湖滨镇干他这一行的人，他是唯一领高薪的。他现在是 35 岁，在那个商店里服务已经有 14 年了；他在新婚的时候是以年薪 400 元开始的，后来他的待遇逐步增加，每年加 100 元，连续加了 4 年；从那以后，他的工资就始终保持着 800 元——这个数字实在是可观的，人人都承认他应得这样的报酬。

　　他的妻子爱勒克特拉是个能干的贤内助，不过她也像他一样，很爱幻想，并且还喜欢悄悄地看看小说。她结婚之后——当时她只有 19 岁，还有些孩子气——头一桩事情就是在这个市镇的边上买了一英亩地，用现款付清了地价——25 元，那是她的全部财产。赛拉丁的存款比她还少 15 元。她在那儿经营了一个菜园，让一个住得最近的邻居种着，作为合伙，她从这个菜园每年获得对本的利润，她从赛拉丁第一年的工资里提出 30 元来，存在储蓄银行里，第二年存了 60 元，第三年 100 元，第四年 150 元。这时候他的工资涨到了800 元一年，同时他们已经有了两个孩子，开支增加了，可是尽管如此，她从那以后还是从丈夫的薪金里每年存了 200 元在银行里。在她婚后 7 年的时候，她便在她那一英亩地的菜园里盖了一所漂亮而舒适的房子，还置备了家具，一共花了 2000 元，先付了一半现款，就把全家搬进去住上了。7 年之后，她还清了债务，还剩下了几百元，用来投资生息。

她是靠地产涨价赚钱的。因为她早就另外买进了一两英亩地，大部分卖给一些愿意盖房子的人，赚了一些钱，那些人可以做她的好邻居，对她本人和她那人口渐多的家庭都可以有一些友好往来和互相照顾的好处。她自己还靠某些稳妥可靠的投资，每年单独有 100 元的收入；她的孩子们越长越大，而且越来越漂亮了；她成了一个心满意足、快快活活的女人。她因她的丈夫而快乐，也因她的孩子们而快乐，丈夫和孩子们也因她而快乐。这个故事就是从这个时候开始的。

年龄较小的女儿克莱腾内斯特拉——简称为克莱迪——11 岁了；她的姐姐格温多仑——简称为格温——13 岁了；她们是两个很乖的姑娘，长得相当标致。她们的名字表示她们的父母都有一种潜在的爱好传奇小说的色彩，父母的名字又表示那种色彩是遗传下来的。这是个和睦的家庭，所以全家四口都有爱称。赛拉丁的爱称很奇特，看不出性别——他叫作赛利；爱勒克特拉的爱称是爱勒克，也是看不出性别的。赛利一天到晚勤勤恳恳地当一个好簿记员和售货员；爱勒克一天到晚当一个贤妻良母，好好地操持家务，同时她还是个肯动脑筋、精打细算、熟悉生意经的女人，但是一到晚上，他们就在那间整洁而舒适的屋子里摆脱了熙熙攘攘的尘俗世界，沉醉在另一个美好的境界里，夫妻俩轮流读一读传奇小说，做一做大梦，在富丽堂皇的宫殿和阴森而古老的堡邸里那种热闹而豪华的气氛中，与国王和王子以及身份很高的贵族男女相亲近。

二

后来终于来了一个了不起的消息！这个消息真是使人吃惊、使人欢喜啊。那是从邻近的一个州来的，这家人唯一的一个活着的亲属住在那里。他是赛利的本家——大概是个远房的伯父，也许是隔两三房的堂兄，名叫提尔贝利·福斯脱，他是个独身老汉，已经 70 岁了，据说家境相当富裕，性情也相当古怪和执拗。从前赛利曾经有一次给他写过一封信去，希望和他搭上关系，可是后来再也不干这种傻事了。现在提尔贝利却给赛利写信来，说他不久就会死了，打算把 3 万元现款的遗产给他；他说这并不是为了表示感情，而是因为他一生的晦气和懊恼多半都是由金钱而来的，现在他希望把这笔钱转让给一个适当的对象，使它继续干那害人的勾当，满足他的心愿。这笔遗产将在他的遗嘱里交代清楚，如数照付。但是有一个条件：赛利必须能向遗嘱执行人证明三件事，一是他没有在口头上或是书信里表示关心这笔遗产，二是他没有探听过这位将死的人向地狱前进的过程，三是他没有参加葬礼。

这封信引起了爱勒克剧烈的感情激动，她刚从这种兴奋的情绪中清醒了几分，立刻就写信到这位本家居住的地方去，订了一份当地的报纸。

夫妻二人订了一个庄严的契约，在这位本家还活着的时候，决不向任何人透露这个重大的消息，以免哪个糊涂蛋把这件事情说给临死的人听，并且加以歪曲，使他感觉到他们似乎是偏不听话，曾经对这笔遗产怀着感激的心情，而且还公然违反事先的禁止，承认了这个事实，把它声张出去。

在这一天其余的时间里，赛利记账记得一塌糊涂、错误百出，爱勒克也不能专心干她的事情，甚至拿起一个花盆或是一本书或是一根木头，老是免不了忘记她打算干什么。因为他们两个都在想入非非了。

"3—万—块钱！"

一天到晚，这几个令人神往的字像美妙的音乐似的，在这两个人的脑子里响个不停。

自从结婚那一天起，爱勒克就把钱管得很紧，赛利从来没有机会浪费一个钱做什么不必要的用途，他简直就不知道那是个什么滋味。

"3—万—块钱！"这个悦耳的声音始终响个不停。这是一笔绝大的巨款、不可思议的巨款！

一天到晚，爱勒克老在盘算着如何把这笔钱投资，赛利老在考虑怎样把它花掉。

那天夜里，他们不读小说了。孩子们老早就走开了，因为她们的父母都不说话，显出心神错乱、毫无风趣的样子。她们亲吻父母、在临睡之前向他们道晚安的时候，所得的反应非常冷淡，仿佛她们是向空间亲吻了似的；她们的父母根本没有察觉到她们的亲吻，孩子们离开了一个钟头之后，他们才注意到她们已经不在了。那一个钟头里，两支铅笔一直在忙个不停——各人拟订各人的计划。最后还是赛利首先打破了沉寂。他兴高采烈地说：

"啊，那可真是了不起，爱勒克！我们首先开支 1000 块钱，可以买一匹马和一辆轻便马车为夏天用，买一架雪橇和一件皮子的膝围为冬天用。"

爱勒克果断而沉着地回答说：

"动用本钱吗？那可不行。哪怕有100万也不能扯动！"

赛利感到深深的失望，他脸上的喜色消失了。

"呐，爱勒克！"他以责备的口气说："我们一向都在拼命工作，日子过得很紧，现在既然阔起来了，似乎应该——"

他的话没有说完，因为他看见她的眼色变得柔和一些了，他的恳求触动了她的心。她以富有说服力的口气温柔地说：

"亲爱的，我们千万不能动用这笔本钱，那么做是不妥当的，拿这笔款赚出来的钱，那倒可以——"

"那也行，那也行，爱勒克！你多么可爱、多么心好啊！这笔收入一定不少，只要我们能把它拿来花——"

"那也不能全部花掉，不能全部花掉，亲爱的，不过你可以花一部分。我是说，可以合理地花一部分。可是全部的本钱——每一个铜板——必须马上叫它生利，并且还要继续不断才行。你懂得这个道理吧，是不是？"

"噢，我——懂得。是呀，当然懂。可是我们得等很久呀。第一期结算利息就在6个月以后。"

"是的——也许还要久一点。"

"还要久一点呀，爱勒克？为什么？他们不是半年付一次利钱吗？"

"那种投资吗——是的，可是我不会采取那种投资方式。"

"那么，你打算怎么办？"

"要赚大钱。"

"赚大钱。那太好了。往下说吧，爱勒克。什么办法？"

"煤，新开的矿，烛煤。我打算投资1万元。买优先股。我们把公司成立起来之后，1股的钱就可以算作3股。"

"天哪，那可是好极了，爱勒克！那么，我们的股票就值——值多了？什么时候？"

"大概要一年。他们半年付一分息，总值是3万元。一切我都很清楚，这份辛辛那提的报纸上登着广告哩。"

"天哪，1万元钱变成3万——只要一年！我们把这笔钱整个儿投进去吧，那就可以有9万元到手了！我马上写信去认股——明天也许就太晚了。"

他往写字台那边飞跑，可是爱勒克制止了他，叫他回到椅子上坐下。她说：

"别这么发疯吧。我们非等钱到了手，决不能先去认股，这你难道不明白吗？"

赛利的劲头冷掉了一两度，可是他并没有完全平静下来。

"嘻，爱勒克，钱反正是会到手的，你也知道——而且快得很。说不定他现在已经完事大吉了；简直可以说，100%，他现在正在赶紧打扮，准备见阎王哩，嘻，我估计——"

爱勒克打了个冷战，说道：

"你怎么说这种话呀，赛利！千万别这么说，这实在太不像话了。"

"啊，好吧，只要你愿意，那就让他戴上灵光升天堂吧，反正他怎么打扮、上哪儿去，都与我不相干，我不过随便说说罢了。难道你连说话都不许人家说吗？"

"可是你为什么偏要说那种吓死人的话呢？假如是你，尸体还没冷掉，人家就这么说你，那你高兴不高兴？"

"如果我最后干的一桩事情就是把钱送给别人，叫他遭殃，那我虽然也许不高兴，一会儿也就过去了。可是，爱勒克，先别管他提尔贝利吧，我们还是谈谈现实的问题。我觉得我们最好是把那3万元全都投资到那个煤矿里。有什么不妥当吗？"

"那是把全部赌注押一个宝——不妥当的就在这一点。"

"既然你这么说，那就行了。其余那2万怎么办？你打算拿去怎么安排？"

"别着急，我在打定主意干什么之前，总得多方考虑一下才行。"

"好吧，你既然一定要那么办，我没意见。"赛利叹了一口气。他沉思了一会儿，然后说：

"一年以后，那1万元就可以得2万利润。这笔钱我们可以花，是不是，爱勒克？"

爱勒克摇摇头。

"不行，亲爱的，"她说，"非等我们领到头半年股息的时候，股票是不会涨价的。你只能把那笔钱花一部分。"

"呸，只有这么一点儿——并且还得整整等一年！真见鬼，那我——"

"啊，千万要耐心点儿！说不定3个月之内就发股息呀——这是完全有可能的。"

"啊，好极了！啊，谢天谢地！"赛利跳起来，满怀感激地亲吻他的妻子。"那就是3000元——整整的3000元呀！这笔钱我们可以花多少呢，爱勒克？大方一点吧——千万千万，亲爱的，好人儿。"

爱勒克高兴了。她因为太高兴，居然经不住丈夫的恳求，一口气答应了一个很大的数字——1000元——其实照她的想法，这简直是荒唐的浪费。赛利亲吻了她五六次，尽管这样，他还是不能表达他全部的快乐和谢意。这一阵重新迸发的感激和柔情使爱勒克大大地越出了谨慎的常轨，她还没有来得及约束自己，就另外答应了她的宝贝一笔钱——那笔遗产还剩下2万元，她打算在一年之内，拿它赚出五六万元来，现在她答应从这笔收入里再给他2000元。快乐的眼泪涌到赛利的眼眶里来了，他说：

"啊，我要搂着你才行！"于是他就这么做了。随后他拿起杂记本子来，开始核算第一次购置东西的钱数，这次所要买的是他希望尽早弄到手的那些享乐用品。"马——马车——雪橇——膝围——漆皮——狗——高筒礼帽——教堂里的专席——转柄表——镶新牙——嘿，爱勒克！"

"怎么？"

"老在计算，是不是？这就对了。你把那2万元投资出去了吗？"

"还没有，那用不着忙；我得先调查调查各方面的情况，再考虑一下。"

"可是你在计算呀，那是算的什么账？"

"噢，我得给煤矿上赚来的那3万元找出路，是不是？"

"天哪，多么灵活的脑筋！我根本就没想到这个。你算得怎么样了？算到什么时候了？"

"还不太远——两三年。我把它派了两次用场，一次做油生意，一次做麦子生意。"

"噢，爱勒克，这太妙了！总共赚了多少？"

"我想——噢，算得稳当一点，大约可以净赚18万，也许还可以多一些。"

"哎呀呀！这岂不太妙？谢天谢地！我们拼命苦干了多年，终于交上好运了。爱勒克！"

"嗯？"

"我打算给教会整整捐300元——我们还有什么道理怕花钱！"

"你这一着做得再漂亮不过了，亲爱的；你这毫无私心的人，这种举动正合你那慷慨的性格。"

这种赞扬使赛利高兴得不得了，可是他是个公公道道的人，所以他就说这番功德应该归爱勒克，不能算在他自己账上，因为如果不是她会经营，他根本就不会有这笔钱。

然后他们就上楼去睡觉，可是因为高兴得昏头昏脑，竟至忘记了熄掉蜡烛，让它在客厅里点着。他们脱了衣服之后才想起这桩事情，赛利主张让它点着算了，他说即令是值 1000 元，他们也不在乎。可是爱勒克还是下去把它吹熄了。

这一着倒是做得正好。因为她往回走的时候，又想出了一个好主意，趁着那 18 万元还没有冷掉的时候，把它变成了 50 万元。

三

爱勒克订阅的那份小报是每逢星期四出版的一种单张周刊，它要从提尔贝利那个村镇做 500 英里的旅行，星期六才能到手。提尔贝利的信是星期五寄出的，这位施主的死期不止迟了一天，没有来得及在那一星期的报纸上发表消息，可是他的死讯在下一期报纸上出现，那是有充分时间的。因此福斯脱夫妇差不多还要整整地等一个星期，才能知道提尔贝利方面是否发生了令人满意的事情。这个星期实在太长、太长，叫人等得太着急了。这两口子如果不是心里想着一些高兴的事情，他们一定会受不了。我们在前面已经看出，他们的确是想着一些开心事的。女的不断地积累着一笔又一笔的财产，男的老在忙着把这些钱花掉——至少他的妻子所能容许他支配的钱，他是要花掉的。

星期六终于来到了，他们收到了《萨格摩尔周刊》。当时有爱菲斯里·本奈特太太来访。她是长老会牧师的妻子，正在劝福斯脱夫妇出一笔慈善捐款。这时候谈话突然中断了——在福斯脱这方面。本奈特太太随即就发现男女主人根本没有听她说的话，于是她就站起来，又惊奇、又气愤地走开了。她刚走出这所房子，爱勒克就迫不及待地把报纸外面包的纸撕开，她和赛利的两双眼睛立刻就扫视着讣告栏。结果却大失所望！哪儿也没有提到提尔贝利。爱勒克从小是个基督教徒，宗教的心理、习惯和力量使她不得不作出一套照例的表示。她定一定心，以虔诚的态度装出百分之二百的愉快神气说道：

"谢天谢地，上帝还没有把他收去哩。也许——"

"这个老不死的家伙，我恨不得——"

"赛利！不害羞吗？"

"我不管那些！"愤怒的丈夫回嘴说，"你心里不也是这么想吗？如果你不是那么假仁假义地信教，那你也会老老实实地说这种话。"

爱勒克的自尊心受了伤害，她说道：

"我不知道你怎么居然说出这种无情无义和不公道的话来。信教哪有什么假仁假义的呀。"

赛利感到很懊悔，但是他还想把他的话改变一个方式，用搪塞的办法自圆其说，借此掩饰他内心的不安——他以为只要改变改变方式，仍旧保留原来的内容，就可以把他所要和解的行家敷衍过去了。他说：

"爱勒克，我的意思并不像那么坏；我并不是真的说假仁假义的信教，我只是说——只是说——噢，老一套的信教，你知道吧，噢——我是说，买卖人的信教——是说——是说——嘻，你反正懂得我的意思。爱勒克——我是说——噢，比如说，你把包金的东西摆出来，冒充真金的，你知道吧，那本不是有意骗人，不过是照生意经行事，这是自古以来的老规矩，天经地义的老习惯，这是忠于——忠于——他妈的，我简直找不出适当的字眼，可是爱勒克，你反正懂得我的意思，也知道我没什么恶意。我再试一试，换个别的说法吧。你瞧，是这么的。如果有个人——"

"你的话已经说得很够了，"爱勒克冷淡地说道，"这个问题就别再谈了吧。"

"我当然愿意喽。"赛利擦擦额角上的汗，显出一副无法表达的感激神情，热烈地回答说。然后他又沉思地暗自辩解道，"我当然是估计得很准——我明明知道——可是我收回了自己的赌注，没有赌赢，我打起赌来总有这个弱点。假如我坚持下来——可是我没有坚持，我老是做不到，我的见识还不够。"

他认定自己打了败仗，因此就老老实实、服服帖帖了。爱勒克用眼色对他表示原谅。

他们最感兴趣、最关心的问题马上又占了上风，任何事情也不能一连几分钟把这个问题掩盖起来。他们两夫妻又把报上没有登出提尔贝利的死讯这个谜猜起来了。他们东猜西想地谈论着，老是怀着几分希望，可是猜来猜去，终于还是回到老地方，承认报上没有登他去世的消息，唯一分明的原因一定是提尔贝利还没有死——毫无疑问。这事情实在有点令人懊丧，甚至还有点令人不平，可是事实明明是这样，也就只好耐心一点。这是他们一致的看法。在赛利看来，这似乎是特别不可思议的天意；他认为这是异乎寻常的不可思议的事情。事实上，他所想得起来的最不可思议的事情，要算这次最没有道理了——他也就相当激动地说出了这种意思，不过他如果希望引出爱勒克的话来，那可是落空了。她如果有什么打算，也把它保留在自己心里。她没有在任何市场上傻头傻脑地采取冒险行动的习惯，无论是在人间或是在别的市场上，她都是同样稳重。

他们夫妻俩只好等着下星期的报纸——提尔贝利显然是推迟了日期。这就是他们的想法和他们的决定。于是他们就把这个问题搁下不谈，极力打起精神，干他们各人的事情。

在这段时间里，他们一直都冤枉了提尔贝利，可惜他们自己不知道。提尔贝利很讲信用，毫不含糊，他已经死了——如期死了。现在他已经死了4天，而且是心安理得地死了；他死得很彻底，死得一成不假，正如公墓里任何一个新埋葬的死人一样；他死后已经过了不少日子，尽可以来得及在这个星期的《萨格摩尔周刊》上发表讣告，只不过是被一件偶然的事情排挤掉了；这种事情在大都会的报纸上是不会发生的，可是在《萨格摩尔周刊》这种可怜的村镇小报上却是司空见惯，毫不稀奇。这一次是登载社论那一版正在拼版的时候，霍斯特拉冰激凌厂送来了一夸脱白送的草莓冰糕，因此编辑先生为了表示狂热的谢意，连忙写了一段捧场的话，结果就把他为提尔贝利去世所写的几行冷冰冰的悼词挤掉了。

排字工人把提尔贝利的讣告送上备用架去的时候，偏巧又把字盘搞乱了。否则这条消息还是可以在后来的某一期上登出，因为《萨格摩尔周刊》这类的报纸是不肯糟蹋"备用"材料的，在它们的字架上，只要不发生搞乱字盘的事故，"备用"材料是长生不老的。不过，凡是搞乱了铅字的材料，都算是完事大吉，再也不会复活；这种材料付印的机会是一去不复返了，所以不管提尔贝利是否愿意。尽管他在坟墓里大发脾气，闹个不休，那也不要紧——反正《萨格摩尔周刊》上永远不会发表他去世的消息了。

四

5个星期闷沉沉地过去了。《萨格摩尔周刊》每星期六都按时来到，可是一次也没有提到提尔贝利·福斯脱。这时候赛利的耐性再也支持不住了，他痛恨地说：

"这个该死的家伙，他大概是永远不死了！"

爱勒克很严厉地责备了他一下，接着还用冷冰冰的严肃态度说道：

"假如你这句糟糕的话刚说出口，就得了急病忽然死去，那你会作何感想？"

赛利没有经过细想，便回答说：

"那我就会因为临死的时候没有把那句话憋在心里，感到幸运。"

自尊心迫使他说出一句话来，而他又想不出什么合理的话可说，于是他就冲口而出地这么说了。随后他悄悄地找到一个藏身之地——这是他的说法——这就是说，从爱勒克面前溜掉，免得他妻子那些接连不断的责难使他招架不住。

6个月来而复去。《萨格摩尔周刊》仍旧没有提尔贝利的消息。在这个期间里，赛利已经几次提出了试探性的问题，暗示他想要了解具体情况。爱勒克对他的试探都没有理睬。赛利终于决定鼓起勇气，大胆来一个正面进攻。于是他就索性提议由他自己化装一下，混到提尔贝利的那个村镇去，暗中把情况探听清楚。爱勒克果断地制止了这个危险的计划。她说：

"你是怎么想的？你真把我搞得手忙脚乱！你简直像个小孩子，老要有人看守着，不让你走到火里去。你还是老老实实地在老地方待着吧！"

"嘻，爱勒克，我可以这么做，不会叫人发觉——我准有把握。"

"赛利·福斯脱，你不能不到处打听，这你难道还不知道吗？"

"当然喽，可是那有什么关系？谁也不会猜到我是什么人。"

"啊，你听这个人说的话妙不妙！将来有一天，你必须向遗嘱执行人证明你没有探听过消息。那时候你怎么办？"

这一点他忘记了。他没有回答，也没有什么话可说。爱勒克接着又说：

"那么，你就别再转这个念头了吧，从此以后，你再也不要管这桩事情了。提尔贝利给你布置了这个圈套。难道你不知道这是个圈套吗？他随时都在盯着你，一心指望你上他的当。嘻，他会落空的——至少有我在守着，那就没问题。赛利！"

"怎么？"

"无论你活多久，哪怕是100年，你也别打听消息。答应我吧！"

"好吧。"他叹了一口气，很不情愿地说。

然后爱勒克又缓和下来，说道：

"别性急嘛。我们搞得很顺当，等一等不要紧，用不着忙。我们确有把握的小小收入随时都在增加；至于将来的话，我还没有一次估计错了——我们的财富老是成千成万地往上堆。这一州里还没有哪一家的境况像我们这样顺当哩。我们已经开始有过阔气生活的希望了。这你也知道，是不是？"

"我知道，爱勒克，当然是这样。"

"那么你就感谢上帝对我们的安排，别再发愁了吧。你总不会相信没有他的帮助和指引，我们能够获得这些惊人的结果吧，是不是？"

赛利吞吞吐吐地说："是——是呀，我想那是不行的。"然后他带着热情和赞赏的口气说："可是，谈到买进涨价股票或是想个办法占占华尔街的便宜这类花头，要论脑子灵活，我看谁也赛不过你；我可不相信你还需要什么外场人帮忙，哪怕我希望我——"

"啊，快住嘴！可怜的孩子，我知道你并没什么恶意，也不是对上帝不敬，可是你似乎只要一张嘴，就免不了说出一些吓死人的话来，叫人听了发抖。你老叫我提心吊胆。我老得为你担心，也为全家人担心。从前我是不怕打雷的，现在我听见你说这种话，我就——"

她的声音发颤，她开始哭起来，说不下去了。赛利一看这种情形，心里非常难受，于是他把她抱在怀里，抚爱着她，安慰着她，答应改正自己的行为，还责备自己，很懊悔地请求原谅。他是诚心诚意的，他因自己说了那种话而感到遗憾，现在只要能弥补自己的过失，任何牺牲他都情愿承担。

于是他暗自把这桩事情深深地思量了很久，决计以后尽量注意自己的行为。答应改过是容易的，事实上他已经答应过了。可是这能有什么真正的好处、有什么长久的好处吗？不，这只能暂时有点效——他知道自己的弱点，并且还很痛心地暗自承认了——他不能实践诺言。必须想出一个比较有把握的更好的办法才行。这个办法他总算想出来了。他忍痛从他长期以来一个先令一个先令节省下来的存款里，花了一笔钱，在房子上安装了一根避雷针。

后来有一次，他的老毛病果然又发作了。

习惯创造的奇迹多么惊人啊！习惯的养成又是多么快和多么容易啊——无论是那些无关重要的习惯和那些使我们起根本变化的习惯，都是一样。如果我们偶然连续两夜的清早两点钟醒过来，我们就必须担心了，因为再出现这种现象，就可能使这种偶然的事情变成一种习惯；喝上一个月的酒——可是这些普通的事实，我们都知道，不用多说了。

那个盖空中楼阁的习惯、做白日梦的习惯——它发展得多快啊！这种习惯成为一种享乐。我们一有空闲，就赶快去受它的迷惑，沉溺在它的魔力之中，使它浸透我们的心灵，让我们自己陶醉于那些诱人的狂想，那种作用多么惊人啊——可不是吗，我们的梦想生活和实际生活居然会互相混合、融化在一起，使人分不清哪是真、哪是假，这种变化发生得多么快、多么容易！

不久爱勒克就订阅了一份芝加哥的日报和《华尔街指南报》。她整个星期很用心地研究这两种报纸，特别着眼的是金融事业，她的专心程度和她在礼拜天读《圣经》一样。赛利发现她迈着迅速而稳重的大步，发展和扩大着她的天才和判断力，对预测和掌握实际市场和精神市场两方面的证券行情越来越内行了。他对她经营实际的股票生意所表现的胆量和勇气感到得意，对她进行精神上交易所采取的保守的谨慎态度也同样引以为自豪。他发觉她无论在哪一方面都从来不会丧失理智；她运用她那非凡的勇气，对于现世的股票交易是喜欢投机的，可是她慎重地以此为止——她对其他的股票交易总是作长久打算。她对他解释说，她的策略是相当稳健而简单的；她在现世的股票生意方面所下的本钱是以投机为目的，而对精神上的股票交易却是以投资为宗旨；她对前者情愿冒点风险、碰碰运气，对后者却要做到"十拿九稳"——她要让每块钱赚到对本的利，并且要把股票在股权登记簿上过户。

只过几个月的工夫，爱勒克和赛利的想象力就有了进步。每天的锻炼都使这两部机器扩大了活动范围，提高了效能。因此爱勒克赚到想象中的钱，比她起初梦想赚钱的时候快得多了，赛利花掉多余的钱的本领也一直迎头赶上，决不落后。开始的时候，爱勒克预计煤矿的投机事业在一年内成功，并不愿意设想这个期限可能缩短 9 个月。但是那只是没有指导、没有经验、没有练习过的金融事业的幻想所干出来的不高明的事情，未免太幼稚了。不久她就得到了指导，经过了练习，有了经验，于是那 9 个月无影无踪了，想象中的 1 万元投资驮着 300% 的利润回到老家来了。

这是福斯脱夫妇的一个大喜的日子，他们高兴得连话都说不出来。另外还有一个使他们高兴得说不出话来的原因：爱勒克新近对市场情况经过仔细观察之后，提心吊胆、战战兢兢地把那笔遗产剩下的 2 万元做了一笔冒险交易，第一次买了一批"看涨"的股票。她在心中暗自看到这些股票的行情节节上涨——老是有行情暴跌的危险——直到后来，她终于担心到了极点，实在不能再支持下去了——她对股票投机生意还是一个生手，沉不住气——于是她就在想象中

马克·吐温短篇小说选

打了一个电话，给了她那想象中的经纪人一个想象中的通知，叫他抛出。她说只要4万元的利润就够了。这笔生意成交，偏巧在煤矿事业给他们带来了大量财富的同一天。我刚才说过，这两夫妻都欢喜得说不出话来，那天晚上，他们神魂颠倒、欢天喜地地坐着，一心想象要体会一个了不起的、惊人的事实：他们实际上已经有想象中的现金整整10万元的财产了。他们的情况分明是这样。

爱勒克担心股票投机生意，这是最后一次了。她第一次尝试这种交易的时候，曾经因担心过度而失眠，急得脸色苍白，现在即令还有点担心，至少没有那么厉害了。

那实在是个难忘的夜晚。这两夫妇自认为发了财的真实感渐渐在他们的心灵上生了根，然后他们就开始安排那些钱。如果我们能以这两个梦想家的眼光展望外面的景色，我们就会发现他们那所整洁的小木头房子不见了，代替它的是一所前面有一道铸铁栅栏的两层砖砌楼房：还可以看见客厅的天花板上垂着一盏3个灯泡的枝形煤气灯架，还可以看见原来那朴素的布茶地毯变成了1元半1码的布鲁塞尔华贵地毯；还可以看见那一般人家的壁炉无影无踪了，它原来的位置上出现了一个讲究的大型新式煤炉，装着云母片炉门，显出一副威风凛凛的样子。我们还可以看见一些别的东西，其中有那辆轻便马车和膝围，还有大礼帽，等等。

从此以后，虽然女儿和邻居们都只看见原来那所旧木头房子，在爱勒克和赛利心目中却是一所两层楼房。每到晚上，爱勒克照例要为那些想象中的煤气账单而伤脑筋，赛利那种满不在乎的回答却给她很大的安慰："那怕什么？我们花得起呀！"

他们发了财的头一天晚上，这对夫妇在上床睡觉之前打定了主意，要庆祝一番。他们一定要举行一次宴会才行——这是他们的计划。可是怎么向人说明呢——怎么对女儿和邻居们说呢？他们不能把发了财的事实泄露出来，赛利倒是很愿意，甚至是迫切地想要透露这个消息，可是爱勒克却沉住了气，不许他这么做。她说这些钱虽然是等于已经到手，最好还是等到真正到手的时候再说。她坚持这个主张，决不动摇。她说，他们那个大秘密必须保守着——不让两个女儿和其他所有的人知道。

这对夫妇很感到为难。他们必须庆祝，并且已经决定了要庆祝，可是既然不能不保守秘密，他们还有什么可庆祝呢？3个月之内，没有谁的生日要来到。提尔贝利的遗产又不能到手，他显然是要永远活下去的，那么，他们到底有什么事可庆祝呢？赛利心里是这么提出问题的。他渐渐有些着急，也有些为难。可是后来他终于想出了一个妙计——他似乎是灵机一动，计上心来——于是片刻之间，他们的烦恼就无影无踪了；他们可以庆祝发现美洲纪念日呀。这个主意可是妙极了！

爱勒克因赛利的妙计而感到非常得意，几乎无法用言语表达出来——她说连她都永远想不出这个主意。但是赛利得到这种赞赏，虽然高兴得不知如何是好，对自己也惊叹不已，他却极力不流露出来，只说那其实不算什么，谁都想得出那个主意。爱勒克一听他这么说，就洋洋得意地摇摇她那快活的头，说道：

"啊，真是！谁都想得出——啊，不管是谁都行！比如说，霍散纳·狄尔金斯吧！或者说阿德尔柏特·皮纳特吧——哎呀呀——真是！我倒要叫他们试试看，没别的。我的天哪，只要他们想得到发现一个40英亩的岛，我就会觉得那是超出了他们的想象力；至于整个的一洲，嘻，赛利·福斯脱，你也分明知道，那会使他们搜尽枯肠，也还是想不出！"

这个亲爱的女人，她是知道他有天才的；即令她因感情作用，把他的天才估价稍高一点，那当然也是一种可爱的、温柔的罪过，就它的来源说，当然是情有可原的。

五

庆祝的集会举行得很顺利。朋友们无论老少，都到齐了。年轻人当中有弗露西和格蕾西·皮纳特和她们的哥哥阿德尔柏特，他是一个出了师的补锅匠，还有小霍散纳·狄尔金斯，他是个刚出师的泥水匠。阿德尔柏特和霍散纳对格温多仑和克莱腾内斯特拉·福斯脱表示好感，已经有好几个月了；她们的父母看出了这一点，暗自感到高兴。但是现在他们却忽然觉得那种情绪已成过去了。他们感觉到经济情况的改变已经在他们的女儿和这两个年轻的工匠之间划了一道社会地位的鸿沟。他们的女儿现在可以把眼光放高一些——而且必须这样才行。是的，必须这样。她们决不能嫁给律师和商人这一级以下的人，爸爸和妈妈会照管这件事，决不许女儿和下等的人家通婚。

但是他们这些念头和计划都只是憋在心里，还没有在表面上透露出来，因此对这次庆祝的集会并没有产生什么煞风景的影响。表面上显出来的是一种沉

着而高傲的得意神情，还有气派十足的举止和庄严的风度，这都使客人们不由
得不感到惊叹和诧异。大家都察觉了这一点，大家都议论纷纷，可是谁也猜不
出其中的秘密。这真是个奇迹，真是件神秘的事情。有3个人各自说道：

"好像是他们发了财似的。"他们根本没有想到自己猜得多么聪明。

一点也不错，他们完全猜对了。

一般的母亲多半都会按照老规矩，干涉女儿的婚事。她们会给女儿一番教
训，说一大套严肃而不投机的大道理——这套教训的话徒然引起女儿的眼泪和
暗中的反抗，那注定是要碰壁的，那些母亲还会要求那两位年轻的工匠不要再
追求她们的女儿，那也无非把事情弄得更糟罢了。可是这位母亲却与众不同，
她是实事求是的。她什么话也不对那两个有关的年轻人说，除了赛利而外，她
也不对任何人提这件事情。他听了她的话，明白了她的意思；不但明白，还很
佩服她。他说：

"我懂得你的办法。不挑眼前的货色的毛病，免得无缘无故地伤感情，妨
害生意；只给眼前的货款提供一种较好的货色，听其自然发展。这真是聪明的
办法，爱勒克，实在聪明透了，简直是呱呱叫。你心目中的对象是谁？你已经
选定了吗？"

不，她还没有选定。他们必须调查一下市场上的情况——他们也就这么做
了。首先考虑和讨论到的是布拉迪施，他是个很有前途的年轻律师，还有富尔
顿，他是个大有希望的牙科医生。赛利必须邀请他们来吃饭才行，可是并不要
马上就请他们；爱勒克说，用不着忙。注意这两个小伙子，暂时等着好了；这
种重要事情，尽管慢慢地进行，反正吃不了亏。

果然这一着也是很聪明的，因为在3个星期之内，爱勒克又发了一笔惊人
的横财，使她那想象中的10万元变成了40万元同样的货币。那天晚上，她和
赛利欢天喜地，简直像腾云驾雾一般。他们吃晚饭的时候，第一次喝起香槟酒
来了。并不是真正的香槟酒，不过他们在它身上运用了充分的想象力，因此使
它很像真的。这是赛利提议的，爱勒克软弱地顺从了。他们俩内心都感到不安
和惭愧，因为他是个有名的戒酒会会员，每逢有丧事，他总是穿着戒酒会的罩衣，
使狗都不敢瞧一眼，他是始终保持理智、坚持主张的；她是基督教妇女戒酒会
的会员，具有一切坚定不移和圣洁非凡的品德。但是无可奈何，财富的荣誉感
已经开始起了破坏的作用。他们的生活经验又一次证明了一个可悲的真理——
那是已经在这世界上证明过多次的了——那就是：信念对于防止浮华和堕落的

虚荣和败德，固然是一种伟大而高尚的力量，贫穷却有它 6 倍那么大的功效。有了 40 万元以上的财产，那还了得！于是他们重新考虑女儿的婚事。这一回再也不提那位牙医和那位律师了；再提他们是没有道理的，他们都不在挑选之列了，竞选的资格已经被取消了。夫妇俩考虑了肉类罐头食品批发商的儿子和村镇上的银行老板的儿子。但是最后还是像前一次那样，他们决定等一等，再想一想，力求稳重。

他们又走远了。爱勒克随时都在留心，她看到一个冒险的大好机会，就大胆地干了一次投机买卖。随后是一个战战兢兢、疑虑重重、心神极度不安的时期，因为假如不成功就等于完全破产，毫不含糊。后来终于有了结果，爱勒克欢喜得发晕，她说话的时候，很难抑制声音的激动：

"提心吊胆的阶段已经过去了，赛利——现在我们足足有100万的产业了！"

赛利感激得掉下泪来，说道：

"啊，爱勒克特拉，宝贝女人，我的心肝，现在我们终于自由了。我们财运亨通，从此再也不用紧手紧脚了。这下子可以喝克利戈牌的名酒了！"于是他取出一品脱针枞酒，不惜牺牲地喝起来，一面说，"贵就贵吧，管他妈的。"同时她以欢喜得有些湿润的眼睛，略带几分责备的神情，温柔地谴责着他。

他们又放弃了肉类罐头批发商的儿子和银行老板的儿子，坐下来考虑州长的儿子和众议员的儿子了。

六

从此以后，福斯脱夫妇幻想中的钱财飞快地增长着，如果详细地继续叙述这种过程，那未免太乏味了。他们的财运真是惊人，真是令人头脑发晕、眼花缭乱。无论什么东西，只要爱勒克伸手摸它一下，马上就变成神妙的黄金，一直堆上天去。千百万元的财富滚滚而来，那条宽大的金河还是汹涌地畅流，它那巨大的流量还在继续上涨。500 万——1000 万——2000 万——3000 万——难道永远没有止境吗？

两年的时光在一场狂热的大梦里匆匆地过去了，如醉如痴的福斯脱夫妇几乎没有注意到时间的飞逝。现在他们已经有 3 亿元的财产了，在全国每个庞大的联营企业里，他们都是董事。随着时间的推移，成亿的财富还在不断地增长，一次 500 万，一次 1000 万，几乎是随心所欲，迅速地涌过来。那 3 亿又翻了一番——再翻一番——又翻一番——再翻一番。

48 亿元了！

这事情有点头绪不清了。必须把资产的账目记出来，加以清理才行。福斯脱夫妇知道这个，他们感觉到有这种必要，明白那是相当紧急的事情，但是他们也知道，要把这项工作做得十分圆满，那就只要一起了头，就不得不一口气把它做完。这是一连 10 小时的工作，他们哪能找到一连 10 小时的闲空呢？赛利每天都是一天忙到晚，老在卖别针、糖和花布；爱勒克也是一天忙到晚，天天不得空，老在做饭、洗盘子、扫地、铺床，没有人帮她的忙，因为她那两位小姐是要养尊处优，准备进入上流社会的。福斯脱夫妇知道有一个办法可以得到那 10 小时，而且那是唯一的办法。他们俩都不好意思提出来，各人都等着对方先开口，最后还是赛利说：

"反正得有人让步才行，那就让我来说吧，既然我已经动了这个念头，那就不妨把它大声说出来。"

爱勒克涨红了脸，可是心里很感激。他们二话不说，决定破戒。破戒——不守安息日不做工作的戒律。因为只有那一天，他们才有一连 10 小时的闲空。这是他们在堕落的路上又前进了一步，以后还会继续堕落的。巨大的财富具有充分的诱惑力，足以稳稳当当地起致命的作用，把那些道德基础并不牢固的人引入歧途。

他们拉下窗帘，留在家里，不守安息日的戒律。他们耐心地苦干了一场，仔细检查了一下他们的股权，开列了清单。那一长串吓死人的名称，可真是了不起啊！开始是那些铁路系统、轮船公司、美孚石油公司、远洋电报公司、微音电报机公司，以及其他许多企业，最后是克隆代克金矿、德比尔斯钻石矿、塔马尼的赃款和邮政部的不清不楚的特权。

48 亿元，全部稳稳当当地安置在一些有出息的事业里，都是非常可靠、准能生息的。每年收入 1.2 亿元。爱勒克以轻松愉快的心情发出一阵很长的喉头颤动的声音，说道：

"够了吗？"

"足够了，爱勒克。"

"我们怎么办？"

"守住。"

"不做生意了吧？"

在那受着严格限制的实际生活中，他们还是像往常一样——艰苦、勤劳、谨慎、节俭、实事求是。他们始终忠实于那小小的长老会教堂，忠心地为它的利益而服务，竭尽全部心理和精神的力量，坚持它那崇高而严格的教义。但是在他们的梦想生活中，他们却顺从幻想的诱惑，无论那些诱惑的性质怎样，也不管那些幻想如何变化。爱勒克的幻想并不十分反复无常，赛利的却非常混乱。爱勒克在她的梦想生活中改入了主教派教会，因为那里面担任职务的人头衔比较大；其次她又改入了高教派，因为那里的蜡烛点得多，排场也比较讲究；然后她自然又改入了罗马教会，因为那里有红衣主教，蜡烛也更多一些。但是这些变动在赛利看来是毫无意义的。他的梦境生活是一幅光辉的、持久不断的热闹景象，他不断地改变它的内容，连宗教部分和其他一切都让它经常变化，借此使生活的每一部分都能保持新鲜活泼和光芒四射的境界。他对宗教事业很努力，像换衬衫似的随时变更活动的对象。

福斯脱夫妇从他们开始走运的时候起，就对他们幻想中的许多事业慷慨花钱，随着财富的增长，他们花钱也一步一步地越来越豪爽了。后来他们花费的钱数实在是大得惊人。爱勒克每个星期日都要创办一两所大学；还要办一两个医院；还要在罗顿开一两家旅馆；还要盖一批小教堂；有时候还要盖一座大教堂。有一次，赛利不适时地开了一句不得体的玩笑，说道："要不是赶上了冷天，她就会装一船传教士去说服那些顽固的中国人，叫他们把 24 开纯金的孔教拿出来交换假造的基督教哩。"

这句粗鲁无情的话伤透了爱勒克的心，于是她哭哭啼啼地从他面前走开了。这种情景使他心里也很难受，他在痛苦和羞愧之中，宁肯不惜任何牺牲，也想把那句伤人的话收回来。她连半句责备的话也没有说——这使他最难堪。她根本就不暗示一下，叫他检查检查自己的行为——其实她可以说许多挖苦他的话，而且还可以说得多么刻薄啊！她那宽容大度的沉默产生了迅速的报复作用，因为这么一来，就使他把心思转到自己身上，唤起他对自己的生活一连串可怕的回忆，这几年来他在无穷的财运中所过的日子，活生生地呈现在他眼前。他坐在那里回顾着这一切，不由得脸上发烧，心中充满了羞愧。试看她的生活吧——多么光明正大，而且一直都是向上的；再看看他自己的生活吧——多么轻浮、充满了多少无聊的虚荣心、多么自私、多么空虚、多么卑鄙啊！而且它的倾向——从来就不是向上，而是堕落，越来越堕落了！

他把她的行为和他自己的行为作了一番比较。他挑过她的错——他这么沉思着——他呀！他能为自己说些什么呢？当初她盖第一所教堂的时候，他在干什么？邀集了其他的一些花天酒地、玩得发腻的亿万富翁，组织了一个扑克俱乐部，让它在他的大公馆里胡闹，每一场牌都要输掉好几十万，并且还傻头傻脑地因为人家夸他豪爽而感到洋洋得意哩。她盖第一所大学的时候，他又在干什么？正是和另一些花花公子混在一起，那些家伙尽管有亿万家财，论品德却是一无所有，当时他就和这些人鬼混，偷偷地过着花天酒地、荒淫无耻的生活。她盖起第一个弃儿收容所的时候，他在干什么？哎呀呀！她筹备那个高尚的妇女道德会的时候，他在干什么？啊，干什么，真糟糕！她和基督教妇女戒酒会和妇女禁酒战斗团以不折不挠的精神展开运动，扫除全国的酒祸的时候，他在干什么？每天喝醉3次。她盖成了100所大教堂，受到罗马教皇的感谢和欢迎，教皇还给她祝福，发给她金玫瑰奖章，那是她受之无愧的，这时候他在干什么？在蒙的卡罗抢劫银行！

他不往下想了，他再也不能继续想下去，其余的事情实在叫他想起来受不了。于是他站起来，下了最大的决心，要把嘴里的话说出来：他必须暴露他的秘密生活，坦白承认一切；他再也不能暗中过这种日子了，他要去把一切都告诉她。

他果然这么做了。他把一切告诉了她；在她怀里痛哭；一面哭，一面呻吟，求她原谅。这使她大为惊骇，她在这个打击之下，几乎支持不住了，可是他毕竟是她的亲人，是她的心肝宝贝，是她眼中的幸福源泉，是她一切的一切，她对他什么也不能拒绝，于是她就原谅他了。她觉得他对她再也不能像从前一样了，她知道他只能懊悔，而不能改过自新；但是他尽管那么道德败坏，堕落不堪，难道他就不是她的亲人了吗？难道不是她最亲爱的，不是她所死心塌地崇拜的偶像吗？她说她是和他一体的，是他的奴隶，她敞开她那热爱的心，把他收容下来了。

七

这件事情过去之后，在一个星期天的下午，他们乘着那梦想的游艇在夏天的海上游玩，悠闲自在地斜倚在后甲板的凉棚底下。他们都沉默着，因为各人都在忙着想各人的心事。近来这种沉默的局面不知不觉地越来越常见了，过去的亲近和热情已经在衰退了。赛利那次可怕的招供产生了后果；爱勒克极力要把那些事情的回忆从心中赶出去，可是它偏偏赖着不走，于是羞耻和苦恼的心情毒害了她那美妙的梦幻生活。现在她看得出（在星期日），她的丈夫变成了一个放纵无比、令人生厌的家伙。她对这种情况不能闭上眼睛装作没有看见，近来每逢星期日，她只要能不看他，就再也不望他一眼了。

但是她自己呢——难道她就毫无过失吗？哎，她知道她并不是那样。她对他保守了一个秘密，她对他不忠实，这使她感到过多次良心上的谴责。她违背了他们的契约，还隐瞒着他。她在强烈的诱惑之下，又做起生意来了；她冒险投机，把他们的全部家财作保证金，买下了全国所有的铁路系统和煤矿、钢铁公司，现在每到安息日，她就时时刻刻都在战战兢兢，唯恐偶尔漏了口风，使他发觉这个秘密。她因为做了这件不忠实的事情，心里非常苦恼和懊悔，在这种情况下，她的心老是平静不下来，不由得不对他感到怜恤；她看见他躺在那儿，喝得烂醉、心满意足、从不怀疑，心中就不免充满了惭愧的情绪。他从不怀疑——满腔热情地完全信托她，而她却是千钧一发地在他头上用一根线悬着一场可能降临的大灾难，那是——

"嘿——爱勒克，你看怎么样？"

这样突如其来的一句话使她忽然清醒过来。她从心中摆脱了那个伤脑筋的问题，觉得很高兴，于是她的声调里带着许多像往日那样的柔情，回答道：

"你说吧，亲爱的。"

"你知道吧，爱勒克，我觉得我们做错了——也就是说，你做错了。我说的是女儿的婚事。"他坐起来，胖得像个蛤蟆似的，满脸慈祥的神色，活像一尊青铜的佛像，说话的口气认真起来了。"你想想看——已经5年多了。你从头起就始终抱定一个宗旨：每次走了运，身价高了一层，你老是要坚持把行情再抬高5档。我每回认为该举行婚礼的时候，你总是发现更大的机会，我也就再遭到一次失望。我觉得你这个人未免太难满足了。迟早有一天，我们会要落空的。起初我们甩下了那个牙医和那个律师。那倒是做得对——那是很妥当的。其次我们又甩下了那个银行家的儿子和屠宰商的少爷——这也做得对，而且很有道理。其次又甩下了众议员和州长的儿子——我承认这也毫无错误。然后又甩下了参议员和美国副总统的儿子——这也完全做对了，因为那些小小的头衔并不能保持永久。然后你就打贵族的主意，我记得那是我们的油矿终于开采成功的时候——对。我们打算找一找'四百大家'的门路，和那些世家拉拉关系，那些人家门第高贵、神圣非凡，难以言状，有150年的纯正血统，早已消除了1世纪以前的祖先身上所带的咸鳕鱼和生羊皮袄的气味，从那以后，世世代代从来没有谁做过一天工，玷污他们的门第。这总该行了！嗐，当然该结婚喽。可是又不行，偏巧从欧洲来了两个真正的贵族，于是你马上又把那些冒牌货甩掉了。这实在太令人扫兴了，爱勒克！从那以后，又经过多么长的一连串变化啊！你甩掉了两个男爵，换了两个男爵；甩掉两个男爵，又换了两个子爵；子爵又换了伯爵；伯爵又换了侯爵；侯爵又换了公爵。现在总该行了，爱勒克，兑现吧！——你已经赌到最大限额了。你找到了4个公爵，随意挑选；他们属于4个不同的国籍；个人都名声很好、身体健康、血统纯正；个个都破了产、负了满身的债。他们的身价很高，可是我们有的是钱，满够得上。喂，爱勒克，别再拖延了，别再让这事情悬着了：把整副的牌都拿过来，让两位小姐自己挑选吧？！"

在赛利对爱勒克的婚姻政策提出这一大套责难的时候，她始终温和而自得地微笑着；她的眼睛里闪出一股愉快的光彩，似乎是得意之中透出一丝微妙的惊讶神色，她极力镇静地说：

"赛利，干脆找王族，你看怎么样？"

好极了！可怜的人啊，这个主意使他欢天喜地，他猛一下跌倒在船上的龙骨外板上，在吊锚架上蹭掉了胫骨的皮。他一时高兴得头昏眼花，然后才定定神，瘸着腿走到他的妻子身边坐下，睁开他那双惺忪的醉眼，像往日一样，闪出一股一股的赞赏和柔情的光彩，望着她出神。

"我的天哪！"他热情地说，"爱勒克，你真是伟大——简直是全世界最伟大的女人！我永远也猜不透你有多大本领。你真是高深莫测啊。我刚才还自以为有资格批评你的计划哩。我呀！嗐，假如我冷静地想一想，我就会知道你心中自有妙计。喂，宝贝儿，我简直性急得要命——快给我说说你的主意吧！"

这个受了奉承、洋洋得意的女人把她的嘴唇靠拢他的耳朵，悄悄地说了个王子的名字。这使他高兴得连气都透不过来，脸上放出狂喜的神采。

"天哪！"他说，"这可是选得太好了，你的眼光真令人惊叹！他开着一个赌场，有一块墓地，还有一个主教和一所大教堂——全是他自己的。他的股票全是利润500%的，张张可靠，真是呱呱叫；他这份产业是全欧洲最靠得住的。那块墓地——那是全世界最讲究的：除了自杀的人，谁也不能埋在那儿。

真的，您哪，免费的优待办法经常都不实行。那个小王国的土地并不多，可是那就够了；墓地占 800 英亩，外面还有 42 英亩。那是个王国——这一点最重要；土地算不了什么。要土地有的是，撒哈拉大沙漠只嫌土地太多了。"

爱勒克满脸喜色，她快活极了。她说：

"赛利，你想想看——这个王族从来没有和欧洲的王族和王族以外的人家通过婚，我们的外孙子可以登宝座了！"

"千真万确，爱勒克——还可以手执权杖，并且把那玩意儿拿在手里，自自在在，满不在乎，就像我拿着一根尺一样。爱勒克，这可选得太好了。你已经把他捉到手了吧，是不是？不会跑掉？你没有留下活动余地吧？"

"没有。你尽管相信我吧。他不是一份债务，而是一份资产。另外那个也是一样。"

"那是谁，爱勒克？"

"西吉士满·赛格弗莱德·劳恩费尔德·丁克尔斯配尔·史瓦曾伯格·布鲁特沃尔斯特王子殿下，卡曾雅马世袭大公。"

"哪会有的事！你是开玩笑吧？"

"千真万确，我保证。"她回答说。

他高兴到极点，狂喜地把她搂在怀里，说道：

"这多么神奇、多么美！那是德国的 364 个古老的小王国之一，而且是俾斯麦取缔那些王国之后容许保留王族地位的少数王国当中的一个。我知道那个农场，我到那儿去过。那儿有一个制绳厂、一个蜡烛厂和一支军队。那是一支常备军，步兵和骑兵都有。三个兵，一匹马。爱勒克，我们等待得很久了，这件事情一直拖延下来，一时叫人非常伤心，一时又叫人存着希望，可是天知道，现在我终于快活了。不但快活，也感谢你，亲爱的，这全是你的功劳。定了日期吗？"

"下礼拜天。"

"好。我们得把他们的婚礼搞得很讲究，一切都要按照现在最时兴的王家气派才行。为了男方的王家身份，应该讲究这些排场才对。据我所知，只有一种婚姻才是王族的最高荣誉，也只有王族才能享受这种荣誉：那就是'贵人下娶'。"

"为什么要叫这个名称，赛利？"

"我也不知道，不过反正这是王家的作风，也只有王家才能这么办。"

"那么我们就要坚持这个办法。不但这样——我还非想法子做到不可。要不就是贵人下娶，要不就干脆不结婚。"

"这就把一切都解决了！"赛利高高兴兴地搓着手，说道，"这在美国还是破天荒的事哩。爱勒克，这可不免使新港的人大吃其醋了。"

于是他们又沉默下来，拍着幻想的翅膀，飘到世界上的远方去，邀请所有的王家首领和他们的家属，并且还白送他们的旅费，要他们来参加婚礼。

八

3 天之中，这两夫妇昂首阔步、洋洋得意。他们对于周围的一切，只有一点模模糊糊的感觉，所有的东西在他们眼中都只看到一些隐隐约约的影子，仿佛是透过了一层薄纱似的。他们沉浸在梦境中，人家和他们说话，他们每每听不见；即令听见了，也好像不明白人家的意思。他们回答人家的话，每每是牛头不对马嘴，乱七八糟。赛利卖蜂蜜用秤来称，卖糖用尺来量，人家要买蜡烛，他把肥皂拿给人家；爱勒克把猫放在洗衣盆里，拿牛奶给脏衣服喝。大家都很吃惊，觉得莫名其妙，于是到处窃窃私议地说："福斯脱夫妇究竟是怎么回事？"

3 天过去了。然后出现了惊人的事情。情况变得很顺利，在 48 小时内，爱勒克想象中的投机生意的行情一直在上涨。涨呀——涨呀——涨了又涨！比原价超出了 5 档——然后又超出了 10 档——15 档——20 档！现在这个庞大的投机事业获得了 20 档的净利，爱勒克想象中的经纪人从想象的长途电话里疯狂地嚷道："抛吧！抛吧！看老天爷的面子，快抛吧！"

她把这个惊人的消息透露给赛利，他也说："抛吧！快抛——啊，现在可别错过机会，整个世界都是你的了！——抛呀！抛呀！"可是她偏要把她那铁一般的意志坚定下来，让它对直往前冲，她说她还要坚持一下，且等再升 5 档，即令因此牺牲性命，也在所不惜。

这是个不幸的决定。就在第二天，市场上发生了空前的崩溃，那是打破纪录的崩溃，摧毁性的崩溃，这一下华尔街彻底垮台了，全部的金边证券都在 5 小时内跌了 95 档，亿万富翁忽然穷得在包华利街 [1] 上讨饭吃。爱勒克还是沉

---

[1] 纽约的一条大街，一向以当铺和发售廉价货品的商店多而著名。

住气，不肯撒手，极力坚持着要"赌到底"，可是后来终于来了一次催卖的请求，使她无力应付，于是她那些想象中的经纪人就把她出卖了。她是不到头心不死的，直到这时候，她才丧失了她的男子气概，女人的本色又占了上风。她伸出手去抱住丈夫的脖子，哭哭啼啼地说：

"这是我的错，你不要原谅我吧，我受不了！我们成了叫花子了！叫花子，我真晦气啊。结婚的事永远不会出现了，那一切都成了过去的事，现在我们连那个牙医都买不起了。"

一句严厉的责难溜到赛利嘴边上来了："我央求你抛掉，可是你——"他没有说出口来；他知道她已经伤心透顶、悔恨交加，也就不忍心再增加她的痛苦。他心中起了一个比较高尚的念头，于是他就说：

"别灰心，我的爱勒克，现在并没有一切都完蛋！其实我伯父那笔遗产，你连一个钱也没拿去投资，你所投的不过是还没兑现的未来的钱财。我们所损失的只是你凭着你那无比的经济眼光和智慧，从那未来的钱财获得的增值罢了。别泄气，摆脱你的苦恼吧，我们那3万元还原封未动哩！现在你既然得到了那么多的经验，你想想一两年内你可以干出多大的成就啊！女儿的婚事并没有吹台，不过是延期罢了。"

他的话是令人欣慰的。爱勒克看出了这多么有理，于是这番话便产生了电流一般的作用；她止住了眼泪，她那勃勃的雄心又高涨到顶点了。她的眼睛里闪着喜悦的光彩，心里满怀感激；她举起手来发誓保证，预言未来的事情，说道：

"现在我在这儿声明——"

但是她的话被一个客人打断了。那是《萨格摩尔周刊》的编辑和老板。他碰巧到湖滨镇来看望他的一位即将去世的默默无闻的祖母，了却一番心愿；为了兼顾这桩难受的事情和自己的业务，他特地来拜访福斯脱夫妇，因为他们在过去4年中，一心一意地忙于别的事情，居然把他们的报费忘却了。欠款共计6元。再没有比这位客人更受欢迎的了。他对提尔贝利伯父的情况一定很熟悉，想必知道他什么时候有进坟墓的希望。他们当然不能正面提出问题来，因为那就会使那笔遗产落空，可是他们可以用旁敲侧击的方法来试探，希望能获得结果。但是这个主意偏不灵。这位脑筋迟钝的编辑并不知道人家是在向他试探消息，可是煞费苦心没有做到的事情，后来居然在无意中如愿以偿了。这位编辑为了说明他所谈的一桩事情，需要用个比喻的说法，便说了这么一句话：

"天哪，这可真难对付，像提尔贝利·福斯脱一样！——这是我们那儿的一句俗话。"

这句突如其来的话使福斯脱夫妇不由得惊跳了一下。那位编辑看出来了，于是他抱歉地说：

"没什么恶意，我保证。这只是一句俗话，只是一句笑话，你知道吧——没什么意思。他是你们的本家吗？"

赛利抑制住他那火热的渴望，极力装出一副满不在乎的神气回答道：

"我——噢，我倒不知道是不是本家，可是我们听见人家说到过他。"那位编辑很高兴，于是又恢复了镇静的态度。赛利接着又说："他——他——身体还好吗？"

"他身体还好？嘻，天哪，他到阴间去已经5年了！"

福斯脱夫妇浑身都因伤心而发抖，虽然内心的感觉好像是高兴。赛利不动声色地——以试验的口吻说：

"啊，真是，人生就是这样，谁也不免一死——连阔人也免不了这一关。"

那位编辑哈哈大笑起来。

"如果你这话也包括提尔贝利，"他说道，"那可是不恰当。他是一钱不名的，镇上的人不得不凑钱来埋了他。"

福斯脱夫妇呆若木鸡地坐了两分来钟，又发呆、又发冷，然后赛利脸色苍白、低声低气地问道：

"真的吗？你知道这是真的吗？"

"嘻，那还用说！我是遗嘱执行人之一。他死后什么也没留下，只有一部手推车，他把它给了我。那部车子没有轱辘，根本没什么用处。可是也总算聊胜于无，所以为了答谢他这番好意，我就随便写了几句悼词，准备发表，可是让别的材料挤掉了。"

福斯脱夫妇根本没有听见——他们的杯里已经盛满了苦酒，再也装不下了。他们垂头丧气地坐着，除了心痛而外，对一切都失去感觉了。

一个钟头以后，他们仍旧低着头坐在那儿，一动不动，无声无息；客人早已走了，他们却没有发觉。

然后他们才动了一动，无精打采地抬起头来，沉思地瞪着眼睛互相望着，心神恍惚，像做梦一般；随后他们像小孩子似的，迷迷糊糊地互相说起梦话来。他们间或又转入沉默，一句话只说到半截，似乎是不知不觉，或是想不起该怎么往下说了。有时候，他们从这种沉默状态中醒过来，便有一种模模糊糊的、片刻的感觉，知道他们心里想过一些事情；然后他们就以一种无言的、热切的关怀，温柔地互相紧握着手，同病相怜地彼此支持着，似乎是想要说："我是和你相亲的，我决不会抛弃你，我们要有祸同当；迟早总有个解脱的时候，总会忘掉一切，坟墓和安静的境界在等着我们；耐心点吧，不会太久了。"

他们继续活了两年，度过了许多心神不安的夜晚，老是沉思默想，沉浸在模糊的悔恨和悲伤的梦境里，老是一声不响。后来终于在同一天，他们夫妻俩都得到了解脱。

临死的时候，笼罩在赛利那颗伤透了的心上的暗影暂时散开了一会儿，他说道：

"暴发的、不正当的巨大财富是一个陷阱。它对我们毫无好处，疯狂的欢乐只是暂时的；可是我们为了这种意外横财，却抛弃了甜蜜而单纯的幸福生活——让别人以我们为戒吧。"

他闭上眼睛，静默地躺了一会儿，然后一股临死的冷气向他的心脏蹿上来，他的脑子渐渐失去了知觉，这时候他发出喃喃的呓语：

"金钱给他带来了苦恼，他却报复到我们头上，其实我们并没害过他呀。他如愿以偿了：他用卑鄙而狡猾的诡计，不过留给我们3万元，他知道我们会想法子多赚一些钱，毁掉我们的一生，伤透我们的心。他用不着多花代价，本可以使我们不起增加财产的欲望，不受投机的诱惑；如果是个心肠较好的人，一定会这么做；可是他却没有宽厚的精神，没有同情心，没有——"

罗马卡庇托尔博物馆的维纳斯^[1]神像

一

(场所——罗马一个艺术家的雕刻室)

"哦，乔治，我多么爱你！"

"多谢你的深情，玛丽，我知道的——可是你父亲为什么老是那么顽固呢？"

"乔治，他的用意还是好的，可是在他心目中，艺术是桩傻事情——他只懂得杂货买卖。他认为你会叫我挨饿哩。"

"他的见解真是岂有此理——可是那也有点启发的意味。谁叫我不是一个专会赚钱、没有心肝的杂货店老板，偏要饿着肚子当一个绝顶天才的雕刻家呢？"

"别丧气吧，乔吉^[2]，亲爱的——他对你的一切偏见迟早会渐渐消除的，只要你有一天赚到了 5 万块……"

"5 万个鬼！孩子，我连伙食账都拖欠着哪！"

二

(场所——罗马的一所住宅)

"老兄，光说废话没有用。我对你并无成见，可是我不能让我的女儿嫁给一份儿爱情、艺术和饥饿的大杂拌儿——我相信你除此而外再也拿不出什么东西来。"

"先生，我的确是穷，你说得不错。可是名誉难道一钱不值吗？阿肯色州

---

[1] 维纳斯是罗马神话中的爱和美的女神。

[2] 乔吉是乔治的昵称。

的议员贝伦美·福德尔先生说我那个新作品《美国雕像》是一个很美妙的雕刻品，他深信我总有一天会出名。"

"呸！那个阿肯色的笨蛋懂得什么？名誉是一钱不值的——你那个大理石雕刻的鬼像的市价，那才是值得注意的。你花了 6 个月的工夫才把它雕琢出来，可是连 100 块钱都卖不到。不行啊，先生。你拿出 5 万块钱来给我看看，就可以娶我的女儿——要不然她就嫁给辛普尔那小伙子。给你 6 个月的工夫去筹这笔款。再见吧，先生。"

"哎呀！我好惨哪！"

三

（场所——雕刻室）

"啊，约翰，我的少年时代的老朋友，我是个最不幸的人。"

"你是个大傻瓜！"

"除了我这个可怜的《美国雕像》而外，我现在没有剩下任何东西寄托我的爱情了——你看，连她也摆出一副冷冰冰的面孔，对我不表同情——那么美，可又那么冷酷无情！"

"你是个笨蛋！"

"啊，约翰！"

"嗐，胡说八道！你不是说还有 6 个月期限可以去筹这笔钱吗？"

"别拿我的烦恼开玩笑吧，约翰。即令我有 6 个世纪的期限，那又有什么用处呢？那怎么能帮助一个既没有名声、又没有资本、又没有朋友的倒霉蛋解决问题？"

"白痴！胆小鬼！小娃娃！6 个月之内筹这笔款——其实只要 5 个月就行了！"

"你发疯了吗？"

"6 个月——时间很充裕哩。这事儿交给我来办吧。我来筹这笔款。"

"你这是什么意思，约翰？你究竟有什么办法替我来筹这么一个吓死人的数目？"

"你就把它委托给我，干脆别过问行不行？你让我来全权处理，好吗？你肯不肯发誓，不管我怎么办，你都同意？你愿不愿意担保对我的行动决无异议？"

"我简直莫名其妙——不知怎么才好——可是我一定答应吧。"

约翰拿起一只铁锤，从从容容地把那"美国雕像"的鼻子敲掉！他又敲了一下，她的手指就有两只掉在地上——再敲一下耳朵又去掉了一部分——再敲一下，一排脚趾又敲断了——再敲一下，左腿从膝头以下就倒在地上，成了一堆残破的废物！

约翰戴上帽子走了。

乔治哑口无言地瞪着眼睛望着他面前那个打碎了的、莫名其妙的怪物，望了三十秒钟的工夫，然后瘫倒在地上，哭得浑身像抽筋一般。约翰马上就叫了一辆马车回来，把那位伤心的艺术家和那断了腿的雕像都带到车上，若无其事地低声吹着口哨驾着车走了。他把艺术家留在他的寓所，自己坐上马车带着雕像沿着宫廷大马路走得不见踪影了。

四

（场所——雕刻室）

"今天两点钟，那 6 个月的期限就满了！啊，真急死人！我这一生给毁了。我宁愿死了还好些。昨天我就没有吃晚饭。今天又没有吃早饭。我根本不敢进饭铺去。饿不饿呢？——别提了吧！鞋匠把我逼得要命——裁缝也逼——房东也老盯着我。我真倒霉。自从那可怕的一天以后，我一直没有见到过约翰。我在大街上碰见玛丽的时候，她老是温柔地向我微笑，可是她那铁石心肠的父亲偏要叫她立刻望着另一个方向。现在谁在敲门呢？又是谁来逼我？我敢担保，准是那个狠心的浑蛋鞋匠。请进！"

"啊，祝您大人有福——老天爷保佑您哪！我把大人的新靴子送来了——啊，您别提钱的事，不忙不忙，千万别忙提这个。只要您大人肯再光顾我，我就很荣幸了——啊，再见！"

"他自己送靴子来！还不要钱！走的时候还把右腿向后一退，恭恭敬敬地行个鞠躬礼，简直够得上对国王的礼貌！居然希望我继续照顾他！难道世界到了末日吗？究竟这……请进！"

"对不起，先生，我给您送新衣服来了，这是……"

"请进！！"

“这样来打搅您真是一千个对不起，大人！不过我给您在楼下预备了一整套漂亮房间——这个不成样子的蹩脚屋子不配做……”

“请进！！！”

“我来拜访您，给您声明一下，您从前在我们银行里立的透支户头很不幸地中断了一些时候，现在非常满意地完全恢复了，您以后要是有什么用场，上我们那儿去透支一点款子的话，我们一定感到非常荣……”

“请进！！！！”

“我的高贵的孩子，她是你的了！她马上就到这儿来！你娶她吧——和她结婚吧——爱她吧——祝你新婚如意！——上帝保佑你们俩！恭喜，恭喜，恭……”

“请进！！！！！”

“哦，乔治，我的心肝宝贝，我们得救了！”

“哦，玛丽，我的心肝宝贝，我们的确是得救了——可是究竟为什么得救，究竟是怎么得救的，老实说我简直莫名其妙！”

五

（场所——罗马某咖啡馆）

一群美国绅士之中有一个在看一份《罗马周刊》，并且把下面这一条新闻译成英文：

惊人的发现！——大约在 6 个月以前，有一位侨居罗马多年的美国绅士约翰·史密斯先生花了很少的一点钱在近郊大平原买了一小块地，这块地恰恰在西比阿 [1] 家族的墓地外面，原业主是波吉斯公主的一个破了产的亲属。后来史密斯先生到公众产权登记官那里将这块地皮过户给一位名叫乔治·阿诺德的贫苦的美国艺术家，据他说明，这是因为很久以前他曾在无意之中损坏了阿诺德先生的一件什么东西，应负赔偿责任，现在转让这块地，作为履行赔偿的义务，他还说他愿意自行出资替阿诺德先生培修这块园地，作为进一步的赔偿。4 个星

---

[1] 西比阿（Publius Cornelius Scipio，公元前 237—1837）：古罗马大将。

期以前，史密斯先生在这块地产上进行必要的挖掘时，发掘出一件极名贵的古代雕像，这是罗马城丰富的艺术宝藏又一空前新收获。这件雕刻品是一个精细的女人雕像。虽然不幸经过许多年代泥土的玷污，看到这件珍品的人还是不能对它那令人神魂颠倒的美无动于衷。鼻子和膝头以下的左腿，还有一只耳朵和右脚的脚趾和一只手的两个指头都没有了，但除此以外，这尊高贵的雕像是保存得非常完整的。政府已立即对这尊雕像加以军事保管，并委派了一批艺术批评家、考古学家和红衣主教成立委员会，估定它的价值，并商定给予发现这尊雕像的园地的主人什么奖励。这件事情始终保持着严格的秘密，直到昨天晚上才公布。在商议期间，委员会闭门开会，考虑得很周到。昨天晚上他们一致断定这个雕像是一尊维纳斯女神像，是公元前3世纪的一位绝顶天才的无名艺术家的作品。他们认为这是全世界所知道的艺术品中最完美无瑕的杰作。

委员们半夜里举行了一次最后的会议，断定这尊维纳斯女神像值得1000万法郎这么大的数目！按照罗马法律和罗马习惯，政府对近郊大平原发现的一切艺术品享有一半所有权，所以现在政府唯一的办法就是由国库拨付阿诺德先生500万法郎，将这尊美丽雕像永远收归国有。今天早晨这尊维纳斯像即将移送卡庇托尔博物馆，以后就保存在那里，中午将由全体委员拜访阿诺德先生，面交教皇陛下嘱国库拨付500万金法郎巨款的手令！齐声惊呼——"好运气！这三个字还形容得不够！"

另一人的声音——"诸位，我建议我们马上成立一个美国股份公司，在这儿购买地产、发掘雕像，要与华尔街取得适当的联系，好来操纵这种股票价格的涨落。"

全体——"同意。"

六

（场所——10年后，罗马卡庇托尔博物馆）

"最亲爱的玛丽，这是世界上最有名的雕像。这就是你常常听见人家说

'卡庇托尔博物馆的维纳斯'。现在她那几处小小的破绽已经由几位最著名的罗马艺术家给她'还原'了（这就是说，用石膏补起来了）——他们光只给这么一件名贵的作品补了几处残缺，就可以名垂千古。多么奇怪——这个地方！在 10 个快乐的年头以前，我站在这地方的前一天，还不是个阔人——天哪，我一个钱也没有，可是我叫罗马成了这件全世界所有的古代艺术中最杰出的作品的主人，是曾经费了不少心血的。"

"这个受人崇拜的、大名鼎鼎的'卡庇托尔博物馆的维纳斯'——她的价值好大啊！一千万法郎！"

"是呀——现在她是值那么多。"

"哦，乔吉，你看她真是美极了！"

"啊，是的——不过比起我们的恩人约翰·史密斯打断她的腿、敲掉她的鼻子以前的样子，这可算不得什么。聪明的史密斯！天才的史密斯！——高贵的史密斯！我们的一切幸福都是你一手创造的！听！你知道这种哼哧哼哧的声音是怎么回事吗？玛丽，这个小家伙得了百日咳了。你简直是永远也不会照顾孩子！"

尾　声

那尊维纳斯女神雕像至今还在罗马的卡庇托尔博物馆里，始终是全世界所能夸耀的最美妙、最有名的古代艺术品。可是假如你有机会站在它面前，照一般游客那样对它欣赏得如醉如痴的时候，千万不要让这个关于它的来历的真实而秘密的掌故减少你的快乐——要是你看到关于纽约州叙拉古附近或是别的地方附近发掘了一个绝大的"石化人"的消息，你千万不要声张——如果故意把他埋在那儿的巴南 [1] 要作一个很大的价钱卖给你，你可千万不要买。叫他去找教皇吧！

　　　附注——这篇东西是在美国那桩著名的"石化人"大骗案轰动一时的时候写的。

---

[1] 当时美国著名的珍奇展览会经纪和马戏班主。

马克·吐温短篇小说选

我的表

——一个有启发性的小故事

　　我那只漂亮的新表走了 18 个月，既不慢，又不快，也没有坏过哪一个机器零件，也没有停过摆。我后来渐渐相信它报时的准确是万无一失的，而且认为它的构造和组织可以永垂千古。可是终于有一天夜里，我让它停了。这使我很发愁，好像这是一个不成问题的预报灾祸的使者和先驱一般。可是随后我就自宽自解，猜着时间把表拨了一下，命令我的不祥之念和迷信赶快滚开。

　　第二天我到最大的一家珠宝店里去给我的表对一对时间，店里的老板就从我手里把它拿过去，着手替我对准时刻。然后他说，"慢了 4 分钟——调准器需要拨快一点。"我极力阻止他——想要叫他知道这只表走得非常之准。可是不行，这个固执的家伙所能见到的唯有一点，就是这只表慢了 4 分钟，调准器非拨快一点不可。于是我一面很焦急地在他身边跳来跳去，哀求他不要动我的表，他却若无其事地、惨无人道地干那可耻的勾当。

　　从此我的表就走得太快了。它走得一天比一天快。一星期之内，它就病得发了剧烈的高烧，脉搏在阴凉地方都有 150 下。到了两个月完结的时候，它把全城所有的钟表都丢在后面了，跑到日历的前面 13 天还多一点。十月里的树叶子还在空中飘落的时候，它已经走到了十一月，欣赏雪景去了。它把房租和到期的账单以及诸如此类的债务都提前了，简直把人逼得要命，叫我吃不消。

　　于是我把它拿到钟表匠那儿去，叫他给我对准一下。他问我这只表是否曾经修理过，我说没有，它一向根本就不需要修理。他露出一副幸灾乐祸的神气，急切地把表撬开，然后拿一只骰子筒夹在眼睛上，窥探表里的机器。他说除了要对准快慢而外，还需要擦擦油泥，上点油——过一个星期来吧。

擦过油泥、上过油、对过快慢之后，我的表就慢起来，简直慢得不成话，它的摆就像报丧的钟那样慢吞吞地响。我开始误车，所有的约会都迟到，饭也吃不着了；我的表把 3 天的期限拖成了 4 天，以致我拿着支票兑不到款；我渐渐地退回到昨天，又退回到前天，然后又退回到上星期，不久我就恍然大悟，发现自己孤零零地，独自一人在上个星期里徘徊，整个世界已经无影无踪了。我似乎是察觉到自己对博物馆里的木乃伊暗自有了一种同病相怜之感，并且有了和它交换消息的愿望。

于是我又去请教一个钟表匠。我在一边等待着，他就把表完全拆散，然后他说发条匣子"膨胀"了。他说 3 天之内他可以叫它还原。经过这次修理之后，那只表的平均速度的确没有错了，可是也就不过如是而已。在半天之中，它简直就像个顽皮鬼，老是不停地一会儿汪汪地叫，一会儿哼哧哼哧地叫，一会儿咳嗽，一会儿打喷嚏，一会儿喷着鼻子响，闹得我简直听不见自己想心事；只要它有精神的时候，全国的表都没有一个能够跑得它那么快。其余的时间，它就越走越慢，吊儿郎当地溜达，一直到被它丢在后面的钟表又把它赶上。所以每到 24 小时完结的时候，它终于规规矩矩地跑到裁判员的台前，准时不误。它老是光明正大地保持着准确的平均速度，谁也不能说它不够尽职，或是做得过分。可是准确的平均速度对于一只表来说，只不过一种勉强过得去的长处，于是我又拿着这个玩意儿去找另外一个钟表匠。

他说大螺丝轴断了。我说幸亏还没有更严重的毛病。说老实话，我根本就不知道什么叫作大螺丝轴，不过我不愿意在一个陌生人面前显得那么外行。他把大螺丝轴修理好了，可是这只表在一方面有了进步，另一方面却更坏了。它老是走一会儿又停一会儿，然后又走一会儿，老是这样，爱走就走，爱停就停，完全随它的意思。每次它开始走的时候，就要像毛瑟枪似的反冲一下。我在胸前垫上棉花，对付了几天，可是后来还是把那只表拿去另找一个钟表匠。

他把它完全拆散，戴着眼镜把那一堆乱七八糟的东西翻来覆去地看，然后他说似乎是油丝有点毛病。他把它修理了一下，又叫它走起来。现在它走得很好，只是每到十点差十分的时候，长短针就并到一起，好像一把剪刀似的，从此以后，它们就结伴同行。即令是世界上最年老的人，要想从这么个表上看出时刻来，也会莫名其妙，所以我又把它拿去找人修理。

这个人说是表蒙子凹下去了，大发条也不大直。同时他还说有一部分机件需要垫平一下。他把这些地方都收拾好了，于是我的表就走得不能再好，只是

马克·吐温短篇小说选

有时候要出点毛病：它规规矩矩走到将近 8 个钟头的时候，里面的一切机器就突然一下子松开，像只蜜蜂似的嗡嗡地叫起来，长短针马上就飞快地转个不停，以致两根针的本来面目完全分不清了，看起来就像是在表面上织成了一个细致的蜘蛛网。在六七分钟之中，这只表就把以后的 24 小时转完，然后砰当一声停住了。

我怀着沉重的心情，又去请教一个钟表匠，他把它拆散的时候，我就在旁边看着。这一回我准备严格地盘问他，因为这桩事情越来越严重了。这只表原来花了我两百块钱，而我付出的修理费似乎是有两三千了。当我等待着和在旁边看着的时候，我不久就认出这个钟表匠原来是个老相识——多年以前的一个小火轮上的机匠，而且还是手艺并不高明的。他仔细地检查了各部分，正如其他的钟表匠的举动一样，然后他也以同样有把握的神气宣布他的诊断。

他说："它烧出的蒸气太多——你得把活扳手挂在安全阀 [1] 上才行！"

我马上就把他的脑袋敲碎，由我自己出钱把他埋了。

我的叔父威廉（现已去世，哀哉！）当年常说，一匹好马总是一匹好马，让它出去野跑一次之后就不行了，他说一只好表总是一只好表，让钟表匠得到机会修理一下就糟了。他总想知道所有的那些没有学好手艺的补锅匠、枪炮匠、鞋匠、机匠和铁匠的下场，可是谁也不能给他说个究竟。

---

[1] 安全阀是机器上的一种保证安全的气门。

麦克威廉士夫妇对膜性喉炎的经验

——本书作者在旅行途中偶尔遇到一位有趣的纽约绅士麦克威廉士先生，这篇故事是照他的口述写的

啊，我离了本题，给你说了半天膜性喉炎这种可怕的不治之症在城里到处传染、把所有的母亲们吓得要命的情形，现在再回到本题来谈吧。我叫我太太当心小皮奈罗比，我说：

"亲爱的，我要是你，我就不让那孩子嚼那根松枝。"

"亲爱的，那有什么害处呢？"她说，可是同时她却准备把那根松枝拿开——因为女人们哪怕是听到分明非常有道理的意见，也非和你强辩不可。这是说结了婚的女人。

我回答说：

"宝贝，谁都知道，松树是最没有营养的木头，小孩子最不宜吃。"

我老婆正要伸手去拿那根松枝，一听我这话却偏偏把手缩回来，放在膝盖上。她显然愤怒地抬起头来，说：

"老伴，你不会这么糊涂。你明知不是那么回事。大夫们都说松木里的松脂精对背痛和肾脏都有好处呀。"

"啊——原来是我弄错了。我不知道这孩子的肾脏和背脊骨出了毛病，我们的家庭医师主张用……"

"谁说孩子的背脊骨和肾脏出了毛病？"

"亲爱的，你的话里有这个意思呀。"

"瞎说！我根本没有这个意思。"

"啊，亲爱的，你说了还不到两分钟哩，你说……"

　　"管我说的什么！你别管我是怎么说的。孩子嚼一嚼松枝根本没有妨碍，只要她高兴嚼，这你也很明白。偏要让她嚼。哼，怎么样！"

　　"别说了，亲爱的。我现在明白你这番道理的说服力了，我今天马上就去买两三捆最好的松枝来。只要我活着，可不能叫我的孩子缺少……"

　　"啊，请你快去办公吧，让我安静安静。人家随便说句什么话，你也非抬杠不可，老在那儿吵呀、吵呀、吵呀，吵着吵着，你简直就不知你说的是什么，你老是这样。"

　　"好吧，就算你说得对。可是你最后那句话不大合逻辑，你说……"

　　但是还没有等我说完，她一转身就走开了，把孩子也带了去。那天晚上吃饭的时候，她脸色发白地望着我说：

　　"啊，莫第摩，又是一个！小乔吉·戈登又染上了。"

　　"膜性喉炎吗？"

　　"膜性喉炎。"

　　"他还有希望吗？"

　　"绝对没救了。啊，我们怎么得了呀！"

　　过了一会儿，一个保姆领着我们的皮奈罗比来道晚安，并且伏在母亲怀里照例做祷告。正说到"现在我就去躺下来睡觉"，她轻轻地咳嗽了一声！我的老婆把身子往后一靠，好像突然得了死症的人那样。可是她马上就站起来，手忙脚乱地干着一些由恐怖引起的事情。

　　她吩咐把孩子的小床从育儿室里搬到我们寝室里来；她亲自跑去监督着执行这道命令。当然她是把我带着去的，我们很快就把一切安排好了。我老婆的梳妆室里给保姆搭了一张临时铺，可是这下子她又说我们离另外那个孩子太远了，万一他在夜里也有什么要发病的情形怎么办呢？——于是她脸色又发白了，真可怜。

　　然后我们又把小孩的床和保姆搬回育儿室里去，在靠近的房间里给我们自己搭了一张床。

　　可是我太太马上又说，万一小娃娃又染上皮奈罗比的病怎么办？这个念头又使她心里添了一种新的惊慌，于是我们大家一齐动手把孩子的小床从育儿室里再搬出来，也嫌不够迅速，不能叫我老婆满意，虽然她还亲自帮忙，而且在她急得要命的动作中，几乎把那小床扯得粉碎。

　　我们搬到楼下来，可是那儿没有地方安顿保姆，而我太太又说保姆的经验是有非常大的帮助的。所以我们又往回搬，连捆带包，再搬到我们自己的寝室里。我们觉得很高兴，就像遭过风吹雨打的鸟儿找到了它们的窝那样。

我太太又赶快跑到育儿室里去，看看那儿的情形怎样。她一会儿就回来了，心里又起了一种新的恐惧。她说："娃娃怎么会睡得这么酣呢？"

我说："噢，亲爱的，娃娃向来是睡得像个雕像似的。"

"我知道，我知道，可是现在他睡着的神气有点特别。好像是……好像……他好像是呼吸得太正常了。啊，这可有些可怕。"

"可是，亲爱的，他向来呼吸得很正常呀。"

"啊，我知道，可是现在的情形却有些可怕。他的保姆太年轻，经验不够。叫玛丽亚去和她在一起才行，出了什么事她就好随时帮忙。"

"这个主意倒不错，可是谁帮你的忙呢？"

"我有什么事都可以叫你帮忙。像现在这种时候，反正我不会叫别人干什么，全得我自己来。"

我说我躺到床上去睡觉，让她一人守着病人熬一整夜，未免过意不去，可是她终于使我顺从了。所以年老的玛丽亚就走了，她回到育儿室她的老地方去了。

皮奈罗比睡着之后咳嗽了两次。

"啊，大夫究竟为什么不来！莫第摩，这屋子里太热了。这屋子里一定是太热了。把火炉的风门关上吧——快点！"

我把它关上了，同时看看寒暑表，心里只是纳闷儿，不知70华氏度对于一个有病的孩子怎么会太暖。

马车夫这时候从城里回来了，他带来的消息是我们的医生病了，躺在床上起不来。我太太用阴沉的眼色望着我，用阴沉的声调说：

"这真是天意如此，真是命中注定了。他从来没有病过，从来没有。莫第摩，我们的生活过得很不得法。我一次又一次告诉过你，现在你看到结果怎样了吧，我们的孩子决不会好了。你要是能够原谅你自己，那就算你有福气，我可决不能原谅我自己。"

我说："我不明白我们过的生活竟至是那么胡闹！"这句话并不是故意说来叫她过不去，可是措词确实太欠考虑。

"莫第摩！你难道要叫娃娃也遭到报应吗！"

于是她哭起来了，可是忽然又喊道：

马克·吐温短篇小说选

"大夫一定给了点药带来吧！"

我说："当然。在这儿。我光等着你给我一个说话的机会哩。"

"好吧，快拿来给我！你不知道现在每一分钟都是宝贵的吗？可是他既然知道这个病没法儿治，那又拿些药来干什么？"

我说："只要有命，就有希望。"

"希望！莫第摩，你简直不知道你在说什么梦话，真不比一个没出娘胎的孩子强。你要是——唉，活见鬼，药瓶上写着每一小时服一茶匙！每小时服一次！——好像是我们还有一整年的工夫来挽救这孩子哩！莫第摩，请你赶快！给这快死的小家伙一汤匙，千万要快！"

"唉，亲爱的，一汤匙恐怕会……"

"别把我急疯了吧！……唉，唉，唉，亲爱的，我的好人！这是很讨厌的苦药，可是对奈莉有好处——能治妈妈的宝贝孩子的病，她吃了就会好的。好了，好了，好了，把她的小脑袋放在妈妈怀里，快去睡觉，过一会儿……啊，我知道她活不到明天早上！莫第摩，每隔半小时吃一汤匙，那就……啊，这孩子还需要吃点莨菪；我知道她应该吃——还有附子。拿来吧，莫第摩。你让我爱怎么办就怎么办吧，你对这些东西都一点也不懂。"

这下子我们就上床去睡觉，把孩子的小床靠着我老婆的枕头放着。这乱糟糟的一阵简直弄得我筋疲力尽了，两分钟之内，我就迷迷糊糊超过了半睡的程度。我太太又把我叫醒：

"亲爱的，火炉的风门打开了吗？"

"没有。"

"我早料到了。请你马上把它打开，这屋子里太冷。"

我把它打开，马上又睡着了。可是我又被叫醒过来：

"亲爱的，你把小床搬到靠你那边行不行？那儿离风门近一点。"

我把它搬了过来，可是和地毯碰了一下，把孩子惊醒了。我又迷迷糊糊睡着了，我老婆把受罪的孩子哄住。可是只过了一会儿，我又在云里雾里的非常困倦之中隐隐约约地听到这么一句话：

"莫第摩，我们要是有点儿鹅脂油才好哩——你按下铃好吗？"

我半睡半醒地爬起来，一下子踩着一只猫，它喵的一声提出抗议，我一脚踢去，想教训它一下，可是一把椅子替它受了委屈。

"喂，莫第摩，你为什么拧开煤气灯，又要把孩子弄醒呢？"

"因为我要看看我的脚伤得怎么样，卡罗琳。"

"唉，你也看看那把椅子吧——我相信它一定让你踢坏了。可怜的猫儿，要是你……"

"我可完全不打算替猫儿设想。要是让玛丽亚留在这儿，干这些事情，那根本就不会出这种岔子。她干这些事才在行，本不该轮到我头上。"

"唉，莫第摩，我觉得你说这种话未免太难为情。在这种倒霉的时候，我叫你做几桩小小的事情，你居然还觉得不应该，那真是不像话。你看我们的孩子……"

"好了，好了，随便你叫我干什么我都干。可是我不能按铃把人家吵醒，他们都睡觉了。鹅脂油在哪儿？"

"在育儿室里壁炉架上。你上那儿去给玛丽亚说一声……"

我把鹅脂油拿来，又睡着了。可是我又一次被叫醒：

"莫第摩，我实在不愿意再打搅你，可是屋子里还是太冷，我不能给孩子敷这东西。你把壁炉点着一下行不行？什么都准备好了的，只要点一根火柴就行了。"

我精疲力竭地爬起来把壁炉点着，然后坐下来，心里颇不痛快。

"莫第摩，可别坐在那儿，着了凉可是要命。快上床来吧。"

我正往床边走，她又说：

"可是等一会儿。请你再给孩子吃点药吧。"

我照办了。这种药叫孩子吃了精神多少有些旺盛，所以我老婆就趁着她醒的时候把她脱光衣服，给她浑身涂上鹅脂油。我不久又睡着了，可是又一次不得不起来。

"莫第摩，我觉得有风。我清清楚楚觉得，的确是有风。这种病一着风，那可是最糟糕不过。请你把小床搬到壁炉前面吧。"

我照办了。结果又碰了地毯，我就干脆把它丢到火里。我太太连忙从床上爬起来，抢救了地毯，还和我拌了几句嘴。我又获得了一个极短时间的睡眠，然后又奉命起来，弄了一副亚麻子敷药。这副敷药敷在孩子的胸前，让它在那儿担任治疗的职务。

木头生的火是不经久的。我每过 20 分钟就要起来添木柴，这就使我太太有了机会，把喂药的时间缩短 10 分钟，她对这点感到非常满意。有时候我还要把亚麻子敷药重新弄一下，再弄些芥子泥之类的药膏在孩子身上找出没有敷药的空地方给她敷上。唉，快到天亮的时候，木柴用完了，我老婆就叫我下楼到地窖子里去再取一些上来。我说：

"亲爱的，这是件很吃力的事情，而且孩子加了些衣服，一定也够暖和了。你看我们是不是可以给她加上一层敷药，再……"

我没有说完，因为我的话被打断了。我花了一些时间，费了老大的劲从下面搬木柴上来，然后又上床躺下，打起鼾来，这是只有一个气力用尽了和精神疲乏到极点的人才有的现象。天刚刚大亮的时候，我觉得有人在我肩膀上捏了一下，这使我突然神志清醒了。我老婆瞪着眼睛望着我直喘气，等她能开口说话的时候，她马上就说：

"一切都完蛋了！完蛋了！孩子在出汗！怎么办呀？"

"哎呀，你简直把我吓坏了！我可不知道该怎么办才好。也许我们可以把她身上的药膏子刮掉，再把她放到当风的地方——"

"啊，白痴！一分钟也不能再耽误了！快去请大夫来。你亲自去。告诉他非来不可，不管死活。"

我把那可怜的大夫从床上拽下来，和他一同来了。他看看那孩子，说她不会死。这使我高兴得无法形容，可是我老婆简直气疯了，好像是大夫侮辱了她似的。然后大夫说孩子的咳嗽不过是嗓子里有点儿痒或是什么不舒服引起的。我觉得我老婆一听这话，就想撵他出去。可是大夫说他要弄得孩子咳凶一点，好把那毛病咳出来。所以他就给她吃了一点什么药，结果她就大咳特咳了一阵，一会儿就咳出了一小块木屑样的东西。

"这孩子并没有害膜性喉炎，"他说，"她是拿一小块松木板或是这类东西在嘴里嚼，弄了点碎片在嗓子里，这不会对她有什么妨碍的。"

"是呀，"我说，"我很相信你这话。其实那里面所含的松脂精对于孩子们特别爱害的病还很有好处哩，让我太太给你说明一下吧。"

可是她并没有做声。她露出轻蔑的神气转过身去，随即离开了那个房间。从此以后，我们的生活中就有了一段我们永远都不提起的插曲。于是我们的日子就在深沉和相安无事的平静气氛中一天一天很顺利地过去。

爱德华·密尔士和乔治·本顿的故事

爱德华·密尔士和乔治·本顿这两个人原是关系很疏远的——大约是隔着七房的表兄弟，或是诸如此类的亲戚。他们还在襁褓中就成了孤儿，由布朗特夫妇收养下来。他们俩是没有儿女的，很快就对这两个娃娃产生了好感。布朗特夫妇常常说："只要你们纯洁、诚实、冷静、勤勉、多替别人设想，一生的成功就有把握。"在这两个孩子明白这句话的意义之前，已经听见过好几千次了，他们还不会做祷告的时候，就能默诵这句话。育婴室的门顶上用油漆写上了这句话，他们首先学会念的就是这些字。这句话注定了要成为爱德华·密尔士一生的坚定不移的信条。有时候布朗特夫妇把词句稍微改变一下，说："只要你们纯洁、诚实、冷静、勤勉、体谅别人，那就绝不会缺少朋友。"

密尔士这孩子对他身边所有的人都是一种安慰。他要吃糖而没有人给他的时候，他肯听大人讲的道理，没有糖也就心满意足。可是本顿要吃糖的话，就哭个不停，非等要到了糖，否则决不甘休。密尔士很爱护他的玩具；本顿却老是很快就把玩具毁坏了，然后吵吵闹闹，闹个没完，弄得大家很伤脑筋，以致大人为了息事宁人起见，只好哄着小爱德华，叫他把他的玩具让给乔治。

这两个孩子稍稍长大一点的时候，乔吉[1]就在这一方面成了一个很重的负担：他对他的衣服很不爱惜，因此他常常穿着新衣服，打扮得漂漂亮亮，而爱弟[2]却没有这份福气。两个孩子飞快地长大了。爱弟越来越给人安慰，乔吉越来越叫人担心。每逢爱弟有所要求，只要给他说一声"我看你还是不去为好"就行了——这是说游泳、溜冰、野餐、摘浆果、看马戏，以及孩子们所喜欢的种种事情。可是乔吉却随你怎么说也不依，对他的欲望必须迁就才行，否则他就硬干起来。所以当然就没有哪个孩子比他得到更多的机会去游泳、溜冰、摘

---

[1] 乔吉是乔治的昵称。

[2] 爱弟是爱德华的昵称。

浆果，或是干其他的事情。谁也没有他玩得痛快。夏季的晚上，布朗特夫妇不许孩子们在 9 点钟以后在外面玩，一到那时候就安排他们去睡觉。爱弟老老实实地睡下去，可是乔吉照例在快到 10 点钟的时候由窗户里溜出去，一直玩耍到半夜。要想打破乔吉这个坏习惯，似乎是不可能，可是布朗特夫妇终于设法拿苹果和石弹笼络他，叫他留在屋里。善良的布朗特夫妇枉费心机地花费他们全部的时间和精力，企图约束乔吉。他们含着感激的眼泪说，爱弟无须他们操心，因为他非常规矩，非常懂事，各方面都没有缺点。

这两个孩子不久就到了做事的年龄，于是他们都被送去学手艺：爱德华自愿地去了，乔治却是经过哄劝和收买才去的。爱德华勤勉而忠实地工作，从此就不是布朗特夫妇的负担了。他们很称赞他，他的老板也夸奖他；可是乔治却偷偷地跑掉，布朗特先生花了钱又淘了神才把他找到，叫他回来。不久他又偷跑了——又花了一些钱，淘了一些神。第三次他又逃掉了——并且是偷了几件小东西带着跑的。又给布郎特先生找了些麻烦，叫他花了些钱。而且他还费了很大的劲才说服了老板，叫他对这年轻人的偷窃行为不予惩罚。

爱德华一直很稳重地干下去，后来他终于和他的业师合伙经营那个生意。乔治却没有起色，他老让那两位年老的恩人慈爱的心中充满着烦恼，老让他们手头不得闲空，不得不千方百计地设法防止他遭到毁灭。爱德华还是个小孩子的时候，便热心参加主日学校、辩论会、教会募捐等等活动，以及戒烟团体、反对渎神的团体和诸如此类的事情；成人之后，他是教堂和戒酒会里一个沉默寡言而又踏实可靠的帮手，对一切以扶助别人为目的的运动都尽力赞助。这并没有使人传为美谈，也不曾引起大家注意——因为那是他的"天生的癖性"。

后来两位老人终于死了。遗嘱里声明他们对爱德华感到衷心的自豪，同时把他们的一份小小的财产留给乔治——因为他"有此需要"；而爱德华却"由于得天独厚"，并不需要这种照顾。财产留给乔治是有条件的：他必须拿这笔钱把爱德华的伙友那份生意顶过来，否则就要把它捐给一个叫作囚犯之友社的慈善机构。两位老人还留下了一封遗书，要求他们的亲爱的儿子爱德华代替他们关照乔治，并且像他们在世时那样帮助他、保护他。

爱德华很孝敬地顺从了，乔治就和他合伙做生意。他不是一个得力的伙友：他早已染上了喝酒的习惯，现在他很快就变成了一个经常的醉鬼，他的皮肤和眼睛都表现出这个令人不愉快的事实。爱德华向一个可爱的、好心肠的姑娘求爱，已经有一些时候了。他们俩相亲相爱，而且……可是就在这时候，乔治苦苦哀求地开始追求她，后来她终于哭哭啼啼跑去找爱德华，说她当前的崇高而神圣的义务是很明显的——她切不可让她自己的私欲妨碍这种义务：她必须嫁给"可怜的乔治"，并且"帮助他改过自新"。这是足以使她心碎的，她明知如此等等，然而义务究竟是义务。于是她和乔治结了婚，爱德华的心几乎碎了，她自己也是一样。可是爱德华恢复了常态，娶了另一个姑娘——她也是很了不起的。

两家都有了孩子。玛丽老老实实地尽力帮助她的丈夫改邪归正，可是她所承包的工程太大了。乔治继续好酒贪杯，后来他渐渐对她和孩子们残忍地虐待起来。有许多好心的人们都和乔治力争——事实上他们经常都在这上面下工夫——可是他却若无其事地把他们的苦心当成自己应得的照应和人家应尽的义务，而并不矫正他的行为。他不久又添了一种恶习——偷偷地去赌博的习惯。他负债很多，到处借钱都以商号的信用作担保，而且做得非常诡秘。他一直这么干了很久，都瞒得很好，直到后来有一天早上，执法官跑来没收了这个铺子，于是这表兄弟两人就一贫如洗了。

现在生活艰难了，而且越来越厉害。爱德华把家搬到一个顶楼上，日夜到街上乱跑，想找工作，他苦苦地寻求，可是实在找不到机会。他发现自己的面孔很快就不受欢迎，颇为吃惊；他发现人家一向对他的关怀很快地减退和消失了，心里又是惊奇，又是难过。不过他还是非找到工作不可，所以他就忍气吞声，拼命地继续钻门路，最后他找到了一个用木斗子往梯子上搬砖头的工作，这也使他谢天谢地。可是从此以后，大家都把他当成陌生人了，也没有人关心他。他没有力量给他所属的各种道德团体缴纳会费，眼看着自己遭到取消会员资格的耻辱，也只好忍受那剧烈的创痛。

然而爱德华越是迅速地被大家所遗忘和漠视，乔治却越是迅速地得到重视和关怀。有一天早晨，人家发现他躺在阳沟里，衣衫褴褛，醉得人事不省。一位妇女戒酒救济会的会员把他捞出来，并且还负责照应他，给他募了一笔捐款，叫他戒了一星期的酒，还替他找了一个职业。报纸上还发表了一切经过。

这样一来，就使得大家对这个可怜的人大为关心，有许多人都来找他，以他们的扶持和鼓励，帮助他戒除恶习。他整整两个月滴酒不尝，在这个期间里，他是好心的人们的宝贝。然后他又倒下了——倒在阳沟里，于是大家都为他难受得叹息。可是慷慨好义的姊妹们又拯救了他。她们把他洗得干干净净，给他东西吃，倾听他那悔恨交加、凄婉动人的调子，而且又给他找到了职业。

这个消息也在报上发表了，全城的人都为了这位着了酒杯的迷而力求解脱的可怜的犯戒者再度走上正路而大洒欢欣的泪。大家举行了一个大规模的戒酒奋兴会[1]，在几篇令人兴奋的演说完结之后，主席以动人的语调说道："现在我们就要请戒酒的朋友们签字保证了，我想马上就会有一种动人的情景，叫在座的诸位当中很少人能够看了不掉眼泪。"经过一阵意味深长的沉寂之后，乔治·本顿就由戒酒救济会的一队系着红腰带的妇女伴送着走上讲台，在保证书上签了名。空中响着雷鸣般的掌声，人人都欢喜得掉泪了。散会之后，人人都和这位新戒酒的人物握手，第二天他的薪金就提高了；他成了全城的话题，也成了大家心目中的英雄。一切经过又在报上发表了。

乔治·本顿照例每隔 3 个月犯戒一次，可是每次都有人忠心耿耿地把他挽救过来，对他下一番工夫，而且还给他谋到很好的职位。后来他被领到全国各地去，以一个戒了酒的醉汉的资格到处讲演，他获得很多的听众，起了很大很大的作用。

他在家乡很孚人望，而且很有信用——在他不喝酒的时候——因此他居然能够盗用一位首要公民的名义从银行里提到一笔巨款。大家运用了很大的压力，以求使他免于这次冒名提款的后果，而且部分地成功了——他只被"拘留"了两年。在一年期满时，那些乐善好施的人不倦的努力终于获得了最后的成功，于是他口袋里带着免罪证从监狱里出来，这时候囚犯之友社特地在门口迎接他，还给他找好了差事，薪金颇为优厚，其他一切乐善好施的人也来了，大家都对他进忠告，并给他鼓励和帮助。爱德华·密尔士曾经有一次在穷得走投无路的时候，到囚犯之友社去申请介绍职业，可是人家一问："你当过囚犯吗？"马上就把他打发了。

当这一切正在进行的期间，爱德华·密尔士一直在不声不响地与逆境奋斗。他还是很穷，不过他是一家银行里的一个受人尊重和信任的出纳员，薪金收入很牢靠，也还够用。乔治·本顿从不和他接近，也从来没有人听见他探听过爱德华的消息。后来乔治动辄就离开这个城市，很久不回来。于是就有关于他在干坏事的谣言，可是并无确实的根据。

一个冬天的晚上，有几个蒙面的强盗闯入那个银行，恰好只有爱德华·密尔士一人在里面。他们叫他说出开暗锁的方法，好让他们能把保险柜打开。他

---

[1] 奋兴会是基督教为了发展教友和加强教徒信仰的一种布道会。

不肯说，他们就威胁他，要他的命。他说东家信任他，他不能背叛这种信任。如果非叫他死不可，他尽可以死，可是他一日活着，他就一日要忠于主人。所以他始终不肯说出保险柜的暗锁的开法，结果强盗们就把他打死了。

侦探追缉了罪犯，为首的原来就是乔治·本顿。死者的孤儿寡妇获得了广泛的同情，全国所有的报纸一致要求全国所有的银行凑集一笔豪爽的捐款，接济失去了经济来源的死者家属，借此表示它们对这位被害的出纳员的忠诚和英勇的表扬。结果募得一大堆硬币，总数居然有 500 元之多——全国的银行平均每家将近捐了一分钱的八分之三。出纳员自己那家银行极力设法证明（可是遭到了可耻的失败）这位无比的忠仆账目不清，说他是自己用大头棒敲破了脑子自杀，以图逃避查账和处罚——这就是它表示感谢的方式。

乔治·本顿被传受审。于是人人都似乎忘记了死者的孤儿寡妇，只顾替可怜的乔治担心。大家千方百计地营救他，凡是金钱和势力所能做的都做到了，可是完全无效，他被判了死刑。马上州长就被减刑或免刑的请求所包围了：呈递请愿书的有泪眼汪汪的少女，有悲伤的老姑娘，有动人哀怜的寡妇代表团，有一群一群的令人感动的孤儿。可是不行，州长这一回始终不肯让步。

乔治·本顿在狱中信奉了宗教，这个喜讯立即遍传各处。从此以后，他的牢房里就经常挤满了姑娘们和妇女们，还有许多鲜花。一天到晚老有人祷告、唱圣歌、做谢恩祈祷、讲道、哭泣，从不中断，只有调换人的时候才偶尔有 5 分钟暂时的间歇。

这套把戏一直继续到犯人上绞架的时候，于是乔治·本顿戴着黑帽子，在当地最慈祥、最善良的一群恸哭的观众面前得意洋洋地回了老家。在若干时期内，他的坟上天天都有鲜花，墓石上刻着这样一句碑文："毕生奋斗，终获成功"，碑文上面还刻了一只向上指着的手。

那位勇敢的出纳员的墓石上刻的碑文是这样："只要你纯洁、诚实、冷静、勤勉、体谅别人，你就永远也不会……"

不知是谁叫那碑文就是这样止住，可是反正有人吩咐过要这么办。

据说现在那位出纳员的家属处境非常困窘，可是那没有关系。有些识好歹的人不愿意叫他那种勇敢和忠心的行为湮没无闻，已经募集了 42000 元——用来建筑了一座纪念他的教堂。

马克·吐温短篇小说选

麦克威廉士太太和闪电

是呀，先生——麦克威廉士先生继续说，因为这并不是他的谈话的起点——对闪电的恐惧心理是一个人所能遭到的最恼人的毛病之一。这种心理多半是限于女人，可是，偶尔有时候你会发现小狗也有这种毛病，有时候男人家也有。这是个特别恼人的毛病，因为它把一个人的勇气完全吓跑了，别的恐惧心理都没有这么厉害，这个毛病是不可理喻的，你想从一个人身上把它擦掉也办不到。一个碰到魔鬼——或是老鼠——都不害怕的女人，在闪电面前她就沉不住气，吓得魂不附体了。她的恐怖真叫人看着怪可怜哩。

噢，我刚才说过，我惊醒过来，耳朵里只听见那一阵令人窒息的、不知哪儿发出来的"莫第摩！莫第摩！"的哭喊声；我稍微定定神，马上就在暗中摸索着走过去，随后说道：

"伊凡吉琳，是你在那儿叫吗？怎么回事？你在哪儿？"

"藏在鞋柜里哪。外面大风大雨那么凶，你居然躺在那儿，睡得那么酣，也该知道害羞呀。"

"唉，一个人睡着了，哪儿还会害羞？这真是不近情理。一个人睡着了的时候，他是不会害羞的，伊凡吉琳。"

"你连试一试都不干，莫第摩——你自己明白，你是向来不肯试一试的。"

我听到了闷住的哭声。

这个声音把我说到嘴边的刻薄话一下子打断了，我把它改为——

"对不起，亲爱的——实在抱歉之至。我并不是有意那么做的。回来吧，我们好……"

"莫第摩！"

"天哪！怎么回事，亲爱的？"

"难道说你还在那床上吗？"

"噢，当然喽。"

"立刻下来吧。我看你要对你的性命稍加点小心才行，为了我，为了孩子们，哪怕你不为你自己设想。"

"可是，亲爱的——"

"别跟我说话，莫第摩。你也知道，像这么大的雷雨，随便什么地方也没有床上那么危险——所有的书上都这么说。可是你偏要躺在那儿，安心要把你的命丢掉——天知道这是居心何在，除非是为了要把你那套道理搬出来吵、吵、吵——"

"可是，活见鬼，伊凡吉琳，我现在已经不在床上了。我……"

（这句话忽然被一道闪电打断了，随后就是我太太吓得要命的小声尖叫和一声可怕的响雷。）

"哎呀！你看这就是报应。啊，莫第摩，你嘴里怎么这么不干不净，居然在这种时候咒骂起来？"

"我并没有咒骂。而且那也不是什么咒骂惹来的，无论如何。哪怕我一声不响，它也是照样要来的；你也很清楚，伊凡吉琳——至少你应该知道——空气中充满了电的时候，那就……"

"啊，是呀！那么你去说你那套道理吧，说，说！——你明知房顶上没有装避雷针，你的可怜的老婆和孩子们都完全在听天由命，可是你偏要这么满不在乎，真不知你是居心何在。你在干什么？在这种时候擦火柴！你简直疯透了顶吗？"

"岂有此理，你这婆娘，那有什么关系？这地方黑得就像邪教徒的肚子里面一样，而且……"

"快把它吹灭吧！马上吹灭它！你是不是打定了主意要把我们通通牺牲掉？你明知什么东西也不像火光那么能够招来雷电。（哟！——哗啦！砰——砰——砰——砰！）啊，你听！现在你该明白你闯了多大祸呀！"

"不，我不明白我闯了什么祸。据我所知，火柴是可以吸引电光的，可是它决不能产生电光——我愿意打赌。况且这次就算是吸引了，也毫无影响，因为那一阵雷假定是对准了我这根火柴打过来的，那它的瞄准的本领也就不高明——我敢说，100 万次里也许一次都打不中。嗐，要是在多利蒙[1]的话，像

---

[1] 一个打靶场所在的地方。

这样瞄准的本领……"

"不要脸，莫第摩！我们在这儿简直就是站在死神面前，可是在这种严重的时候，你居然有本事说出这样的话。要是你不打算……莫第摩！"

"怎么？"

"你今晚上做过祷告吗？"

"我……我……本打算祷告，可是我后来想要算出 12 乘 13 是多少，所以就……"

（哗！——砰——砰——砰——哗啦啦——轰隆！）

"啊，我们完蛋了，无可挽救了！在这种时候，你怎么居然忘了这桩事情呢？"

"可是原先并不是'这种时候'呀。天上连一点儿云都没有。我怎么会知道这么一点儿大意就会惹得老天爷这么大发雷霆呢？而且我觉得你明知我很少有这种疏忽，偏要这么大惊小怪，实在没有多大道理。自从 4 年前我招来那次地震之后，我一直没有忘记祷告哩。"

"莫第摩！你怎么这么说！你忘了那次黄热病了吗？"

"亲爱的，你老爱把那次黄热病栽到我头上，我觉得那是完全不近情理的。你哪怕是打个电报到孟菲斯那么远的地方去，也得转站才行，那么我在祷告这方面的一点小小的疏忽怎么会影响到那么远呢？我承认地震是我惹来的，因为那是在附近一带的事情；可是要我的命我也不能担当每一桩该死的……"

（哗！——砰——砰！砰——哗啦啦）

"啊，哎呀，哎呀，哎呀！我准知道这一下打中了什么东西，莫第摩。我们决不能活到明天天亮了；我们死了以后，你应该记住你说的那些不干不净的话，要是这对你有好处的话——莫第摩！"

"啊！又是怎么回事？"

"你的声音好像是……莫第摩，你当真是站在敞开的壁炉那儿吗？"

"我正是犯的这个罪。"

"立刻离开那儿！你的确好像是打定了主意要把我们通通毁掉。你难道不知道敞开的烟囱是传电最厉害的吗？现在你又跑到哪儿去了？"

"我站在窗户这儿。"

"啊，请你积德！你发神经病了吗？赶快离开那儿，马上走！连抱在怀里的小娃娃也知道有雷雨的时候站在窗户跟前是危险得要命的。哎，哎，我知道我决不能活到天亮了！莫第摩！"

"唉。"

"是什么东西在那儿沙沙地响？"

"是我。"

"你在干什么？"

"在找我的裤腰哪。"

"快着！把那东西丢掉！我知道你会故意在这种时候偏要把这种衣服穿上，可是你分明知道，所有的大学者都说毛料是吸引雷电的。啊，天哪，天哪，难道一个人不得不遭受天灾还不够，你还偏要想方设法增加这种危险！啊，别唱吧！你在想些什么？"

"那有什么关系呢？"

"莫第摩，我要是跟你说过，那就说过100遍了：唱歌引起空气的震动，空气的震动妨碍电流的流动，结果就……你把那扇门打开究竟是干什么？"

"哎呀，你这婆娘，那有什么关系？"

"什么关系？性命交关。无论谁只要对这个问题稍微留心过一下，就知道让风吹进来就等于把雷电引来。你还没把门关上一半，快关紧吧——赶快，否则我们全都完蛋了。啊，在这种时候和这么个疯子关在一个屋子里真是倒霉透了。莫第摩，你又在干什么？"

"没干什么。不过是开水管子。这屋子里实在是闷热得难受。我要洗洗脸和手。"

"你简直是一点儿脑筋都没有了！雷电打到别的东西上面一次，它就要打到水上50次。千万把它拧上吧。啊，天哪，我准知道绝对没有什么办法可以挽救我们。我好像觉得……莫第摩，那是什么？"

"这是他妈——是一张照片。把它碰下来了。"

"那么你是紧靠着墙呀！我从来没听说有这么粗心的！你难道不知道没有再比墙传电传得更凶的吗？快离开那儿！你还差点儿咒骂开了哩。啊，你怎么坏到这样不可救药呢？你一家人遭到多大的危险呀！莫第摩，你是不是照我给你说的，订了一副鸭绒床垫？"

"没有，忘了。"

"忘了！这说不定会要你的命。现在你要是有鸭绒床垫的话，就可以把它铺在屋子当中，躺在上面，那就高枕无忧了。进来吧——赶快进来，免得你再有机会干出胡闹的事情。”

我试了一试，可是小柜子关上了门就容不下我们两个，除非我们情愿闷死。我喘了一阵气，然后挣扎出来。我老婆大声喊道：

“莫第摩，一定要想个办法给你保持安全。你把壁炉架上当头放着的那本德文书拿给我，还要一支蜡烛；可是你别点着它，给我一根火柴，我在这里面来点。那本书里说得有些办法。”

我把书找着了——结果是牺牲了一只花瓶和几件别的容易打碎的东西，这位太太就点着蜡烛把自己关闭起来。我获得了片刻的安宁，然后她又大声叫道：

“莫第摩，那是什么响？”

“没什么，是那只猫。”

“猫！啊，完蛋了！快抓住它，把它关在脸盆柜里面。千万要快，亲爱的，猫儿浑身都是电。我准知道经过这一夜可怕的危险，头发都得吓白。”

我又听见了那闷住的低沉哭声。要不是为了这个，我绝不会动手动脚在黑暗中乱闯那一场。

可是我还是去执行我的任务——爬过椅子，碰到各种障碍物，都是硬的，而且大多数都是边上很锋利的——最后我才把小猫猫抓来关在脸盆柜里。结果碰破了许多家具，小腿也碰坏了，损失 400 多元。然后鞋柜里传出这么几句闷声的话：

“这上面说最安全的办法是站在屋子当中的一把椅子上，莫第摩，椅子的腿必须用不传导体绝缘才行。这就是说，你必须把椅子的腿都放在大玻璃杯里。（哟！——砰——哗啦啦！——轰隆！）啊，听这声音！赶快吧，莫第摩，别叫它打中了。”

我极力设法找到了大玻璃杯。我拿到手的是最后的 4 个——其余的通通打破了。我把椅子的腿垫好，再请求进一步的指示。

“莫第摩，这上面说，'Während eines Gewitters entferne man Metalle, wie z.B., Ringe, Uhren, Schlüssel, etc., von sieh und halte sich auch nichtan solchen Stellen auf, woviele Metalle bei einander liegen, oder mit andemKörpern verbunden sind, wie an Herden, Oefen, Eisengittern u.dgl.' [1] 这是什么意思，莫第摩？”

“哼，我也不大明白。这句话好像是有点含糊，德文书里所说的办法多少

---

[1] 这是德文，大意是说在有风雨雷电的时候，应避开各种金属的东西。

都有点含糊。不过我想那句话主要是属于与格的，有些地方为了吉利，掺进了一点儿属格和对格；所以我猜这是说你必须弄些金属在身边。"

"是呀，一定是这个意思。这么讲才有道理。金属有避雷针的性质，你知道吧。快戴上你那顶救火队的钢盔，莫第摩，那差不多全是金属的。"

我找到了钢盔，把它戴上——在那么热的夜里，屋子又关得很严，那实在是一个很笨重、很不舒服的东西。连穿着睡衣都似乎是超过了我的实际需要。

"莫第摩，我看你的腰部应该保护一下。请你把你那民兵队的马刀带在身上，好吗？"

我遵命照办了。

"还有，莫第摩，你应该想个办法保护你的脚。千万把马扎子带上吧。"

我又照办了——一声不响——尽量地忍住气。

"莫第摩，书上说，'Das Gewitter läuten ist sehr gefährlich, weil die Glocke selbst, sowie der durch das Läuten veranlasste Lufttzug und die Höhe desThurmes den Blitz anziehen könnten.'[1] 莫第摩，这是不是说有雷雨的时候不敲教堂的钟，就有危险呢？"

"对了，似乎是这个意思——要是这句话里用的是单数、主格、过去分词的话，我猜是这么的。是呀，我想这是说因为教堂的钟楼太高，又没有 Luftzug[2]，所以逢到暴风雨的时候要是不敲钟，那就很危险（sehr – gefährlich）；并且还有，你看，这句话的措词就……"

"别管它那么多，莫第摩！别浪费宝贵的时间说空话吧。快把那吃饭铃拿来，就在门道里。赶快，莫第摩，亲爱的，我们大致是平安无事了。啊，亲爱的，我的确相信我们终于可以得救哩！"

我们那所避暑的小别墅在一排高山的顶上，俯视着一个山谷。我们附近有几个农庄——最近的相隔只有三四百码的距离。

我在椅子上站着，拼命把那只铃子摇得当当地响，大约摇了七八分钟之后，我们的百叶窗突然从外面被人拉开，一盏晃眼的牛眼灯在窗口伸进来，随即有人粗声问道：

"这儿究竟出了什么事？"

窗口挤满了人头，那些头上尽是眼睛，睁得大大地盯住我的睡衣和我那副

---

[1] 德文，大意是说在雷雨交加的时候，敲教堂的钟可以吸引雷电，所以是很危险的。
[2] 德文，意思是"一股风"。

雄赳赳的装备。

我扔掉手里的铃子，慌慌张张地从椅子上跳下来，说道：

"并没出什么事，朋友们——不过是因为外面的雷雨，有点儿担心罢了。我是在打算避闪电哩。"

"雷雨？闪电？嘻，麦克威廉士先生，你发神经病了吗？今晚上天气多好，满天星斗，根本就没有风雨呀。"

我往外面望了一下，一时惊讶得说不出话来。随后我说：

"我不懂这是怎么回事。我们清清楚楚地从窗帘和百叶窗缝里看见一道道闪电的光，也听见雷响。"

那些人一个个笑得倒在地上——其中有两个人笑死了。活着的人当中有一个说道：

"可惜你没想到打开窗户往对面那座高山顶上望一望。你们听见的是大炮响；你们看见的是放炮的火光。你知道吗，半夜里来了个电报，带来一个消息，加飞尔被提名为总统候选人了——原来就是这么回事！"

"是呀，吐温先生，起头我就在说，"麦克威廉士先生说道，"预防雷电的办法那么好，那么多，所以在我看来，世界上最不可思议的事情就是居然还会有人能够让雷打着。"

他一面这么说，一面拿起他的小皮包和雨伞走了，因为火车已经开到了他所住的镇上。

被偷的白象 [1]

一

　　下面这个稀奇的故事是我在火车上偶然相识的一个人讲给我听的。他是一位年过七十的老先生，他那地道和善而斯文的面貌和真挚而诚实的态度使他嘴里说出来的每一桩事情都予人以无可置疑的真实的印象。他说：

　　你知道暹罗的皇家白象在那个国家里是多么受人尊敬的吧。你也知道，它是国王御用的，只有国王才能养它，而且它实际上甚至比国王多少还要高出几分，因为它不仅受人尊敬，而且还受人崇拜。好吧，五年前，大不列颠和暹罗两国之间的国界纠纷发生的时候，不久就证明了错误在暹罗方面，因此一切赔偿手续迅速执行了。英国代表说他很满意，过去的嫌隙应该忘记才行。这使暹罗国王大为安心，于是一方面作为表示感激，一方面也许是为了要消除英国对他可能还存在着的一点残余的不满情绪，他愿意给英国女王送一件礼物——照东方人的想法，这是与敌方和解的唯一妥当的方法。这件礼物不但应该是高贵的，而且必须是超乎一切的高贵才行。那么，还有什么礼物能比一只白象更适当呢？当时我在印度担任着一种特殊的文官职位，因此被认为特别配得上给女皇陛下贡献这件礼物的荣幸任务。暹罗政府特地给我装备了一只船，还配备了侍从、随员和伺候象的人。经过相当长的时间，我到了纽约港，就把我那受皇家重托的礼物安顿在泽西城，叫它住在很讲究的地方。为了恢复这只牲口的健康，然后继续航行，不得不停留一些时候。

　　过了两星期，一切安然无事——然后我的灾祸就开始了。白象被偷了！深

---

[1] 这个故事是从《海外浪游记》里抽掉的，因为当初作者唯恐某些情节言过其实，另外有些情节不可靠。在他证明了这种怀疑毫无根据的时候，那部书已经付印了。——马克·吐温

夜有人把我叫醒，通知我这个可怕的不幸事件。我一时简直因恐惧和焦急而发狂，我真不知如何是好。然后我渐渐平静下来，恢复了神志。我不久就想出了办法——因为事实上一个有头脑的人所能采取的办法只有一个。那时候虽然已经是深夜，我还是赶到纽约去，找到一位警察引我到侦缉总队去。幸好我到得正是时候，虽然侦缉队的头目——有名的督察长布伦特，正在准备动身回家。他是个中等身材、体格结实的人，当他深思的时候，他惯爱皱起眉头、凝神地用手指头敲着额部，马上给你一个印象，使你深信自己站在一个不平凡的人物面前。一看他那样子，就使我有了信心，有了希望。我向他申述了我的来意。这桩事情丝毫也不使他惊慌，看样子，这对他那铁一般的镇定并没有引起多大的反应，就好像我告诉他的事情是有人偷了我的狗一般。他挥手叫我坐下，沉着地说道：

"请让我想一会儿吧。"

他一面这么说，一面在他的办公桌前面坐下，用手托着头。好几个书记在办公室的另一头正在工作，往后的六七分钟里，我所听到的声音就只有他们的笔在纸上划出的响声。同时督察长坐在那儿，凝神沉思。最后他抬起头来，他的面孔那种坚定的轮廓表现出一种胸有成竹的神气，这给我说明他的脑子里已经想出了主意，计划已经拟定了。他说——声音低沉而且给人深刻的印象：

"这不是个普通案件。一切步骤都要小心周到，每一步都要站稳脚跟，然后再放胆走下一步。一定要保守秘密才行——深深的、绝对的秘密。无论对什么人都不要谈起这件事，连对报馆记者也不要提。他们这批人归我来对付吧，我会当心只叫他们得到一点符合我的目的、故意告诉他们的消息。"他按了按铃子，一个年轻人走过来。"亚拉里克，叫记者们暂时不要走。"那个小伙子出去了。"现在我们再继续来谈正经事吧——要有条有理地谈。干我这一行，要是不用严格和周密的方法，什么事也办不好。"

他拿起笔和纸来："那么——象姓什么？"

"哈森·本·阿里·本·赛林·阿布达拉·穆罕默德·摩伊赛·阿汉莫尔·杰姆赛觉吉布荷伊·都里普·苏丹·爱布·布德普尔。"

"好吧。叫什么名字？"

"江波。"

"好吧。出生的地方呢？"

"暹罗京城。"

"父母还在吗？"

"不——死了。"

"除了他而外，他们还生过别的吗？"

"没有——他是独生子。"

"好吧。在这一项底下，有这几点就够了。现在请你描写一下这个象的样子，千万不要遗漏细节，无论多么不重要的——这就是说，照你的看法认为不重要的。对于我们这一行的人，根本就没有什么不重要的细节；这种事情根本就不存在。"

于是我一面描述，他一面记录。我说完了的时候，他就说：

"好吧，你听着。要是我有弄错的地方，请你更正。"

他照下面这样念：

"身高 19 英尺；身长从额顶到尾根 26 英尺；鼻长 16 英尺；尾长 6 英尺；全长，包括鼻子和尾巴，48 英尺；牙长 9 英尺半；耳朵大小与这些尺寸相称；脚印好像一只桶子立在雪里印上的痕迹；象的颜色，灰白；每只耳朵上有一个装饰珠宝的洞，像碟子那么大；特别喜欢给旁观的人喷水，并且爱拿鼻子作弄人，不仅是那些和他相识的，连完全陌生的人也是一样；右后腿略跛，左腋下因从前生过疮，有一个小疤；被偷时背上有一个包括 15 个座位的乘厢，披着一张普通地毯大小的金丝缎鞍毯。"

他写的没有错误。督察长按了按铃子，把这份说明书交给亚拉里克，吩咐他说：

"把这张东西马上印 5 万份，寄到全洲各地的侦缉队和当铺去。"亚拉里克出去了。"哈——说了半天，总算还不错。另外我还得要一张这个东西的相片才行。"

我给了他一张。他很认真地把它仔细看了一阵，说道：

"只好将就吧，反正找不到更好的。可是他把鼻子卷起来，塞在嘴里。这未免太不凑巧，一定要使人发生误会，因为他平常当然不会把鼻子卷成这个样子。"他又按了按铃子。

"亚拉里克，把这张相片拿去印 5 万份，明天早上先办这件事，和那张说明书一同寄出。"

亚拉里克出去执行他的命令。督察长说：

"当然非悬赏不可啰。那么，数目怎么样？"

"你看多少合适呢？"

"第一步，我认为——呃，先来个25000块钱吧。这桩事情很复杂、很难办，不知有多少逃避的路子和隐藏的机会哩。这些小偷到处都有朋友和伙伴——"

"哎呀，您知道那些人是谁吗？"

那张习惯于把思想和感情隐藏在心里的谨慎的面孔使我猜不出一点影子，他那说得若无其事的回答也是一样：

"那个你不用管。我可能知道，也可能不知道。我们通常都是看犯案的人下手的方法和他所要弄到手的东西的大小，由这里去找到一点巧妙的线索，推测他是谁。我们现在要对付的不是一个扒手，也不是一个普通小偷，这个你可要弄明白。这回被偷的东西不是一个生手随便'扒'了去的。刚才我说过，办这个案子是要跑许多地方的，偷儿们一路往别处跑，还要随时掩盖他们的踪迹，查起来也很费劲，所以照这些情形看来，25000块钱也许还太少一点，不过我想起头先给这个数目还是可以的。"

于是我们就商定了这个数目，作为初步的悬赏。然后这位先生说道：

"在侦探史里有些案子说明某些犯人是根据他们的胃口方面的特点而破案的。那么，这只象究竟吃什么东西、吃多少分量呢？"凡是可以作线索的事情，这位先生没有不注意的。

"啊，说到他吃的东西嘛——他不管什么都吃。人也吃，《圣经》也吃——人和《圣经》之间的东西，不管什么他都吃。"

"好——真是好得很，可是太笼统了。必须说得仔细些——干我们这一行，最讲究的就是仔细。好吧，先说人。每一顿——再不然你爱说每一天也行——他要吃几个人呢，要是新鲜的话？"

"他不管新鲜不新鲜，每一顿他要吃5个普通的人。"

"好极了，5个人，我把这个记下来。他最爱吃哪些国家的人呢？"

"他对国籍也不大在乎。他特别爱吃熟人，可是对生人也并没有成见。"

"好极了。那么再说《圣经》吧。他每一顿要吃几部《圣经》呢？"

"他可以吃得下整整的一版。"

"这说得不够清楚。你是指的普通的8开本，还是家庭用的插图本呢？"

"我想他对插图是不在乎的。那就是说，我觉得他并不会把插图比简单的文本看得更宝贵。"

"不，你没听明白我的意思。我说的是本子的大小。普通8开本的《圣经》

大概是两磅半重，可是带插图的 4 开大本有 10 磅到 12 磅重。他每顿能吃几本多莱版的《圣经》[1] 呢？”

“你要是认识这个象的话，就不会问这些了。人家有多少他就吃多少。”

“好吧，那么照钱数来计算吧。这点我们总得大概弄清楚才行。多莱版每本要 100 块钱，俄国皮子包书角的。”

“他大概要 5 万块钱的才够吃——就算是 500 本的一版吧。”

“对，这倒是比较明确一点。我把这个记下来。好吧，他爱吃人和《圣经》，这些都说得很不错。另外他还吃什么呢？我要知道详细情形。”

“他会丢开《圣经》去吃砖头，他会丢开砖头去吃瓶子，他会丢开瓶子去吃衣服，他会丢开衣服去吃猫儿，他会丢开猫儿去吃牡蛎，他会丢开牡蛎去吃火腿，他会丢开火腿去吃糖，他会丢开糖去吃馅儿饼，他会丢开馅儿饼去吃洋芋，他会丢开洋芋去吃糠皮，他会丢开糠皮去吃干草，他会丢开干草去吃燕麦，他会丢开燕麦去吃大米，因为他主要是靠这个喂大的。除了欧洲的奶油之外，无论什么东西他都没有不吃的，就连奶油，他要是尝出了味道，那也会吃的。”

“好极了。平常每顿的食量是……大概要……”

“噢，从四分之一吨到半吨之间，随便多少都行。”

“他爱喝……”

“凡是液体的东西都行。牛奶、水、威士忌、糖浆、蓖麻油、樟脑油、石炭酸——这样说下去是没有用处的。你无论想到什么液体的东西都记下就是了。只要是液体的东西，他什么都喝，只除了欧洲的咖啡。”

“好极了。喝多大分量呢？”

“你就写 5 至 15 桶吧——他口渴的程度一时一样，别的方面，他的胃口是没有变化的。”

“这些事情都非常重要。这对于寻找他应该是可以提供很好的线索。”

他按了按铃子。

“亚拉里克，把柏恩斯队长找来吧。”

柏恩斯来了。布伦特督察长把全部案情给他说明，一五一十地说得很详细。然后他用爽朗而果断的口吻说（由他的声调可以听出他的办法已经拟定得很清楚，而且也可以知道他是惯于下命令的）：

---

[1] 多莱版《圣经》是印有 19 世纪法国名画家保罗·多莱（Paul G. Doré，1833—1883）的插画的讲究版本。

马克·吐温短篇小说选

"柏恩斯队长，派琼斯、大卫、海尔赛、培兹、哈启特他们这几个侦探去追寻这只象吧。"

"是，督察长。"

"派摩西、达金、穆飞、罗杰士、达伯、希金斯和巴托罗缪他们这几个侦探去追寻小偷。"

"是，督察长。"

"在那只象被偷出去的地方安排一个强有力的卫队——30个精选的弟兄组成的卫队，还要30个换班的——叫他们在那儿日夜严格守卫，没有我的书面手令，谁也不许走进去——除了记者。"

"是，督察长。"

"派些便衣侦探到火车上、轮船上和码头仓库那些地方去，还有由泽西城往外面去的大路上，命令他们搜查所有形迹可疑的人。"

"是，督察长。"

"把那只象的照片和附带的说明书拿给这些人，吩咐他们搜查所有的火车和往外开的渡船和其他的船。"

"是，督察长。"

"象要是找到了，就把他捉住，打电报把消息通知我。"

"是，督察长。"

"要是找出了什么线索，也要马上通知我——不管是这畜生的脚印，还是诸如此类的踪迹。"

"是，督察长。"

"发一道命令，叫港口警察留心巡逻河边一带。"

"是，督察长。"

"赶快派便衣侦探到所有的铁路上去，往北直到加拿大，往西直到俄亥俄，往南直到华盛顿。"

"是，督察长。"

"派一批专家到所有的电报局去，收听所有的电报，叫他们要求电报局把所有的密码电报都译给他们看。"

"是，督察长。"

"这些事情千万要做得极端秘密——注意，要秘密得绝对不走漏消息才行。"

"是，督察长。"

"照通常的时刻准时向我报告。"

"是，督察长。"

"去吧！"

"是，督察长。"

他走了。

布伦特督察长沉思了一会儿，没有做声，同时他眼睛里的那股子火气渐渐冷静下来，终于消失了。然后他向我转过身来，用平静的声音说道：

"我不喜欢吹牛，那不是我的习惯。可是——我们一定能找到那只象。"

我热情地和他握手，向他道谢；而且心里也确实是感谢他。我越看这位先生，就越喜欢他，也越对他这行职业当中那些神秘不可思议的事情感到羡慕和惊讶。然后我们在这天晚上暂时分手了，我回寓所的时候，比到他的办公室来的时候心里快活得多了。

二

第二天早上，一切都登在报上了，登得非常详细。甚至还增加了新的内容——包括侦探某甲、侦探某乙和侦探某丙的"推测"，估计这次的盗窃案是怎么干的，盗窃犯是谁，以及他们带着赃物到什么地方去了。一共有 11 种推测，把一切可能的估计都包括了，单只这一个事实就表示侦探们是些怎样的各出心裁的思想家。没有哪两种推测是相同的，甚至连大致相似的都没有，唯一相同的只有一个显著的情节，关于这一点，11 个人的见解通通是绝对一致的。那就是，虽然我的房子后面被人拆开了墙，而唯一的门又照旧是锁着的，那只象却并不是由那个口子牵出去的，而是由另外一条出路（还没有发现的）。大家一致认为盗窃犯是故意拆开一个豁口，迷惑侦探们。像我或是任何其他外行，恐怕绝不会想得出这个，可是一会儿也骗不了侦探们。所以我所认为没有什么奥妙的唯一的一桩事情实际上正是我弄得最迷糊的一桩事情。11 种见解都指出了盗窃嫌疑犯，可是没有两个人说的盗窃犯是相同的。嫌疑犯总数共计 37 人。报纸上的各种记载末尾都是说的一切意见中最重要的一种——布伦特督察长的意见。这种叙述有一部分是像下面这样说的：

督察长知道两个主犯是谁，即"好汉"德飞和"红毛"麦克发登。在这次盗窃事件发生前 10 天，他就感觉到会有人打算干这桩事，并且还暗中跟踪这两个有名的坏蛋；可是不幸在事件发生的那天晚上，他们忽然去向不明，还没有来得及找到他们的下落，那家伙已经不见了——那就是说，那只象。

德飞和麦克发登是干这一行的最大胆的匪徒；督察长有理由相信去年冬天在一个严寒的夜里从侦缉总队把火炉偷出去的就是他们——结果还没有到第二天早上，督察长和在场的每个侦探都归医生照料了，有些人冻坏了脚，有些人冻坏了手指头、耳朵和其他部分。

我看了这段的头一半的时候，对于这位奇特的人的了不起的智慧比以前更加惊叹。他不但以明亮的眼光看透目前的一切，就连未来的事情也瞒不住他。我不久就到了他的办公室，并且向他说，我不能不认为他早该把那两个人逮捕起来，预先防止这桩麻烦事和一切损失才对。可是他的回答很简单，而且是无可辩驳的：

"预防罪行发生不是我们的责任范围以内的事，我们的任务是惩治罪行。在罪行发生之前，我们当然不能先行惩治。"

我说我们第一步的秘密被报纸破坏了。不但我们的一切事实，连我们所有的计划和目的通通被泄露了，甚至所有的嫌疑犯的名字也被宣布出来了。这些人现在当然就会化装起来，或是隐藏着不露面。

"随他们去吧。叫他们看看我的本事，知道我要是打定了主意要抓他们的时候，我的手就会落在他们身上，把他们从秘密地方捉到，就像命运之神的手那么准确。至于报纸呢，我们非和它们通声气不可。名誉、声望，经常被大家谈到——这些事就是当侦探的人的命根子。他必须发表他的事实，否则人家还以为他根本不知道什么事实。他也必须发表他的推测，因为无论什么事情也赶不上一个侦探的推测那么稀奇、那么惊人，而且这也最足以使人对他特别敬佩。我们还必须发表我们的计划，因为报纸刊物非要这个不可，我们要是不给它们，就不免要得罪它们。我们必须经常让大家知道我们在干些什么，否则他们就会以为我们什么也没干。我们与其让报纸上说些刻薄话，或者更糟糕，说些讽刺话，就不如让它说：'布伦特督察长的聪明和非凡的推测是如此这般'，那要痛快得多了。"

"我知道您的话是很有道理的。可是我看出了今天早上报纸上发表您的谈话，里面有一段说到您对某一个小小问题不肯吐露您的意见。"

"是呀，我们常来这一手，这是颇有作用的。并且我对那个问题根本还没有一定的主张哩。"

我交了一笔数目相当大的款子给督察长，作为临时开支，于是坐下来等待消息。现在我们随时都准备着电报会陆续拍来。我把报纸再拿来看，又看看我们那份说明的传单，结果发现那 25000 元的悬赏似乎是专给侦探们的。我说我认为这笔奖金应该给任何捉到那只象的人。督察长却说：

"将来找到象的总是侦探们，所以奖金反正会归应得的人。要是别人找到这只畜生，那也无非是靠着留心侦探们的行动，利用从他们那儿偷来的线索和踪迹，才办得到，那么归根到底，奖金也还是应该归侦探们得才对。奖金的正当作用是要鼓励那些贡献他们的时间和专门智慧来干这类事情的人，而不是要把好处拿给那些幸运儿，他们不过是碰巧发现一件悬赏寻找的东西，并不是靠他们的才能和辛苦来赚得这些奖金的。"

不消说，这当然是很有道理的。现在角落上的电报机开始嗒嗒地响起来了，结果收到下面这份急电：

> 已有线索。附近农场上发现连串足迹甚深。向东跟踪 2 英里，无结果，料象已西去。拟向该方追踪。
>
> 纽约州，花站，上午 7 时半，侦探达莱

"达莱是我们队里最得力的侦深之一，"督察长说，"我们不久就可以再接到他的消息。"

第二个电报又来了：

> 刚到此地。玻璃工厂夜间被闯入，吞去瓶子 800 只。附近唯一多水处在 5 英里外。必向该地前进。象必渴。所吞系空瓶。
>
> 新泽西，巴克镇，上午 7 时 40 分，侦探贝克

"这也表示很有希望。"督察长说，"我给你说过这家伙的胃口可以作很

好的线索吧。"

第三个电报是：

附近一干草堆夜间失踪。想系食去。已有线索，再前进。

长岛，台洛维尔上午8时15分，侦探赫巴德

"你看他这么东奔西跑的！"督察长说，"我早就知道这事情够麻烦，可是我们终归还是可以把他抓到。"

向西跟踪3英里。足迹大而深，不整齐。适遇一农民，据云并非象脚印，乃冬寒地冻时挖出树秧之坑。请示机宜。

纽约州，花站，上午9时，侦探达莱

"呵哈！偷儿的同党！这事情越来越热闹了。"督察长说。
他口授了下面这个电报给达莱：

逮捕此人，逼供同伙。继续跟踪——必要时直抵太平洋岸。

督察长布伦特

其次一个电报是：

煤气公司营业部夜间被闯入，食去3个月未付款煤气账单。已获线索，续进。

宾夕法尼亚州，康尼点上午8时45分，侦探穆飞

"天哪！"督察长说，"他连煤气账单也吃吗？"
"他大概不知道——当然吃啰，可是这不能饱肚子。至少没有别的东西一起吃下去是不行的。"
这时候又来了这个令人兴奋的电报：

初抵此。全村惊惶万状。象于今晨5时过此村。或谓象已西去，

一说东行，一说北行，一说南行——但众人均称彼等未及细察。象触毙一马，已割取小块供线索。此系象鼻击毙者，由打击方式推断，似系自左方袭击。由此马卧地姿势判断，料象已沿柏克莱铁路北去。先行4小时半。拟立即跟踪追捕。

纽约州，爱昂维尔，上午9时半，侦探郝威士

我发出了欢呼。督察长还是像一尊雕像似的不动声色。他镇静地按了按铃。

"亚拉里克，请柏恩斯队长到这儿来。"

柏恩斯来了。

"有多少人可以马上派去出勤？"

"96个，督察长。"

"立刻派他们往北去。叫他们集中在柏克莱铁路沿线爱昂维尔以北一带。"

"是，督察长。"

"叫他们极端秘密的行动。另外还有别的人下班的时候，马上叫他们准备出勤。"

"是，督察长。"

"去吧！"

"是，督察长。"

马上又来了另外一个电报：

初抵此。8时15分象过此地。全镇人已逃空，仅留一警察。象显然未向警察袭击，而欲击灯柱，但击中两者。已自警察尸体割肉一块供线索。

纽约州，赛治康诺尔，10时半，侦探斯达谟

"原来象已经转向西边去了，"督察长说，"可是他逃不掉，因为我派出的人已经在那一带地方分布到各处了。"

其次的一个电报说：

初抵此。全村人已逃空，仅余老弱病夫。三刻钟前象由此经过。正值反禁酒群众大会开会，象由窗中伸入其鼻，自蓄水池吸水将大会

马克·吐温短篇小说选

冲散，有人遭水灌注——旋即死去，数人淹毙。侦探克洛斯与奥少夫纳西曾过此镇，但向南行——故与象相左。周围数英里地区均大为惊恐——居民均由家中逃出。逃往各处，均遇此象，丧命者颇多。

格洛华村，11 时 15 分，侦探布朗特

我简直要流泪，因为这场灾难太使我难受了。可是督察长只说：

"你看——我们正在一步步把他包围起来。他觉出了我们已经来到，又往东转了。"

可是还有许多叫我们伤脑筋的消息在后面。电报又带来了这个消息：

初抵此。半小时前象行经此地，曾引起极度惊恐与兴奋。象在各街横行——装管工两人路过，一人丧命，一得逃脱。众皆悲恸。

荷根波，12 时 19 分，侦探欧弗拉赫第

"这下子他可是让我的弟兄们包围住了，"督察长说，"怎么也逃不掉了。"

分布到新泽西和宾夕法尼亚各地的侦探们又拍来了一连串的电报，他们都在追踪各种线索，其中包括被蹂躏的粮仓、工厂、和主日学校的图书馆，大家都怀着很大的希望——实际上这些希望简直成了确有把握的事。督察长说：

"我很想能够和他们通消息，叫他们往北去，可是这办不到。侦探只到电报局去发电报来向我报告，马上他又走了，你简直不知在哪儿找得到他。"

然后又来了这个电报：

巴南愿出每年 4000 元代价，获使用此象供张贴流动广告之特权，由目前至侦探寻获此象时为止。拟在象身贴马戏团招贴画。盼即复。

康涅狄格州，桥港，12 时 15 分，侦探波格斯

"这简直是荒谬绝伦！"我大惊地说。

"当然是啰，"督察长说，"巴南先生自以为非常精明，可是他显然还看不透我——我可看透了他。"

于是他给这个急电口授回电：

谢绝巴南所提条件。需 7000 元，否则作罢。

督察长布伦特

"看吧，不要等多久就会有回电。巴南先生不在家，他在电报局——他在交涉生意的时候有这个习惯。不消三分……"

同意。——巴南。

电报机嗒嗒嗒的声音打断了督察长的谈话。我对这个非常离奇的插曲还没有来得及发表意见，下面这个急电就把我的心思引到另一个恼人的方面去了：

象由南方抵此，11 时 50 分过此向森林前进。途中驱散出殡行列，送葬者牺牲两人。居民放小炮击象后逃散。侦探柏克与我于 10 分钟后由北方赶到，但因误认若干地下土坑为象踪，致延误甚久，但终获象踪，追至森林。然后伏地爬行，继续注视象踪，追随至丛林中。柏克先行。不幸象已停步休息，故柏克因低头察看象踪，尚未发觉象在眼前，头已触其后腿。柏克即刻起立，手握象尾欢呼"奖金应归……"，但出言未毕，象鼻一击已使此勇士粉身碎骨而死。我向后逃，象转身穷追，直至林边，迅速惊人，我本非丧命不可，幸因老天保佑，送葬行列所余数人又与象遭遇，使其转移目标。现闻送葬者无一人生还，但此种损失不足惜，因死者多，将举行另一殡仪。象已再行失踪。

纽约州，波利维亚，12 时 50 分，侦探慕尔隆尼

分派到新泽西、宾夕法尼亚、得拉维尔和弗吉尼亚等地的那些骨干和有信心的侦探们都在跟着有希望的新线索追寻，我们除了从他们那里以外，始终没有得到任何消息，直到下午两点过后，才接到这个电报：

象曾到此地，周身贴马戏团广告，驱散一奋兴会，将改过自新者毙伤甚多。居民将象囚于栏中，派人守卫。其后侦探布朗与我来此，即入栏持照片与说明书对此象进行鉴定。各种特征一概相符，仅有一项不得见——即腋下疮疤。布朗为查明起见，匍匐至象体下细察，结

271

果立即丧命——头部被击碎，但碎脑中一无所有。众皆奔逃，象亦匿
去，横冲直撞，伤亡多人。象虽逃去，但因炮伤，沿途均留显著之血
迹。定能再度寻获。现象已穿越茂林向南前进。

巴克斯特中心，2时15分，侦探布朗特

这是最后的一个电报。晚上起了雾，非常之浓，以致3英尺外的东西都看
不见。浓雾整夜没有散。渡船不得不停开，甚至连公共汽车都不能行驶。

三

第二天早晨，报纸上还是像从前一样，登满了侦探们的推测。我们那些惨
剧也通通登出来了，另外还登了许多消息，都是报馆从各地电报通讯员方面得
来的。篇幅占了一栏又一栏，一直占到一版三分之一的地位，还加上一些显眼
的标题，使我看了心里发烦。这些标题一般的情调大致是这样：

白象尚未捕获！仍在继续前进，到处闯祸！各处村庄居民惊骇欲
狂，逃避一空！白色恐怖在他前面传播，死亡与糜烂跟踪而来！侦探
尾随其后。粮仓被毁，工厂被劫一空，收成被吃光，公众集会被驱散，
酿成惨剧无法形容！侦缉队中34位最出色的侦探的推测！督察长布
伦特的推测！

"啊哈！"督察长布伦特几乎露出兴奋的神色，说道，"这可真是了不起！
这是任何侦探机关从来没有碰到过的好运道。这个案件的名声会要传到天涯海
角，永垂不朽，我的名字也会跟着传出去了。"

但是我却没有什么可高兴的。我觉得所有那些血案似乎都是我干出来的，
那只象只不过是我的不负责任的代理人罢了。受害的人数增加得多么快呀！有
一个地方，他"干涉了一次选举，弄死了5个投重票的违法选民"。在这个举
动之后，他又杀害了两个不幸的人，他们名叫奥当诺休和麦克弗兰尼干，"前

一天才来到这全世界被压迫者的家乡[1]来避难，正想要第一次运用美国公民选举投票的光荣权利，恰好遭到这个暹罗煞星的毒手而丧命了。"到另一处，他"发现了一个疯狂的兴风作浪的传道士，正在准备他下一季里对跳舞、戏剧和其他不能还击的事物所要进行的英勇的攻击，一脚就把他踩死了"。又在另一个地方，他"杀害了一个避雷针经纪人"。遇难的人数越来越多，血腥气越来越重，伤心惨目的事件越来越严重。丧命的共达60人，受伤的240人，一切记载都证明了侦探们的活动和热心，而且结尾都是说"有30万老百姓和4个侦探看见过这个可怕的畜生，而这4个侦探之中有两个被他弄死了"。

电报机又嗒嗒嗒地响起来，我简直听了就害怕。随即消息就一条条传过来，可是这些消息的性质却使我感到快慰的失望。不久就明白了，象已不知去向。雾使他得以找到一个很好的藏身之所，没有被人发觉。从一些极荒谬的遥远地点打来的电报说是在某时某刻有人在雾里瞥见过一个隐隐约约的庞然大物，那"无疑是象"。这个隐隐约约的庞然大物曾在新港、新泽西、宾夕法尼亚、纽约州内地、布鲁克林，甚至在纽约市区，处处都曾有人瞥见过！但是处处都是这个隐隐约约的庞然大物很快就不见了，丝毫没有留下什么痕迹。强大的侦缉队分派到广大地区的那许多侦探，每人都按时来电报告，个个都有线索，而且都在跟踪。拼命往前穷追。

但是那一天过去了，并无其他结果。

第二天又是一样。

再往后一天还是一样。

报纸上的消息渐成千篇一律，其中的各种事实都是毫无价值的，各种线索都是没有结果的，各种推测几乎都是搜尽枯肠想出来故意使人惊讶、使人高兴、使人眼花缭乱的。

我遵照督察长的建议，把奖金加了一倍。

又过了4个沉闷的日子。然后那些可怜的、干得很起劲的侦探们遭到了一次严重的打击——报馆记者们谢绝发表他们的推测，很冷淡地说："让我们歇一歇吧。"

白象失踪两个星期之后，我遵照督察长的意见，把奖金增加到75000元。这个数目是很大的，但是我觉得我宁肯牺牲我的全部私人财产，也不要失掉我的政

---

[1] 有些美国人自以为美国是最自由平等的国家、被压迫者的避难所，作者在这里是讽刺这种谬说。

马克·吐温短篇小说选

府对我的信任。现在侦探们倒了霉，报纸上就转过笔锋来攻击他们，对他们加以最令人难堪的讽刺。这使一些卖艺的歌手们想出了一个好主意，他们把自己打扮成侦探，在舞台上用可笑至极的方法追寻那只象。漫画家们画出那些侦探拿着小望远镜在全国各地一处一处地仔细察看，而象却在他们背后从他们口袋里偷苹果吃。他们还把侦探们戴的徽章画成各式各样的可笑的漫画——侦探小说的封底上用金色印着这个徽章，你一定是看到过的——那是一只睁得很大的眼睛，配上"我们永远不睡"这几个字。侦探们到酒店去喝酒的时候，那故意逗笑的掌柜就恢复一句早已作废的话，说道："您喝杯醒眼酒好吗？"空中弥漫着浓厚的讽刺气氛。

但是有一个人在这种气氛中始终保持镇定，处之泰然，不动声色，那就是坚定不移的督察长。他那双大胆的眼睛永不表示丧气，他那沉着的信心永不动摇。他老是说：

"让他们去嘲笑吧，谁最后笑就笑得最痛快。"

我对这位先生的敬仰变成了一种崇拜。我经常在他身边。他的办公室对我已经成为一个不愉快的地方，现在一天比一天更加厉害了。可是他既然受得了，我当然也要撑持下去——至少是能撑多久就撑多久。所以我经常到他这里来，并且停留很久——我好像是唯一能够忍受得了的外人。大家都不知道我怎么会熬得下去。我每每似乎觉得非开小差不可，可是一到这种时候，我就看看那张沉着而且显然是满不在乎的脸，于是又坚持下去了。

白象失踪以后大约过了3个星期，有一天早上，我正想要说我不得不息鼓收兵的时候，那位大侦探却提出一个绝妙的拿手办法来，这下子可阻止了我那个念头。

这个办法就是和窃犯们妥协。我虽然和世界上最有机智的天才有过广泛的接触，可是这位先生的主意之多实在是我生平从来没有见过的。他说他相信可以出10万元和对方妥协，把那只象找回来。我说我相信可以勉强筹凑这个数目。可是那些可怜的侦探们非常忠心地努力干了一场，怎么办呢？他说：

"按照妥协的办法，他们照例得一半。"

这就打消了我唯一的反对理由，于是督察长写了两封信，内容如下：

　　亲爱的夫人，你的丈夫只要和我立即约谈一次，就可以得一笔巨款（而且完全保证不受法律干涉）。

督察长布伦特

他派他的亲信的信差把这两封信送一封给"好汉"德飞的"不知是真是假的妻子"，另一封给"红毛"麦克发登的"不知真假的妻子"。

一小时之内，来了这么两封无礼的回信：

你这老糊涂蛋："好汉"德飞已经死了两年了。

布利格·马汉尼

瞎子督察长，——"红毛"麦克发登早就被绞死了，他已经升天一年半了。除了当侦探的，随便哪个笨蛋也知道这桩事情。

玛丽·奥胡里甘

"我早就猜想到这些事情了，"督察长说，"这一证明，足见我的直觉真是千真万确。"

一个办法刚刚行不通，他又想出另外一个主意来了。他马上写了一个广告拿到早报上去登，我把它抄了一份：

子——亥戌丑卯酉。二四二辰。未丑寅卯——辰亥三二八戌酉丑卯。寅亥申寅，——二己！寅丑酉。密。

他说只要偷儿还活着，见了这个广告就会到向来约会的地点去。他还说明了这个向来约会的地点是侦探和罪犯之间进行一切谈判的地方，这次的约会规定在第二天晚上 12 点举行。

在那个时刻来到之前，我们什么事情也不能做，所以我赶快走出这个办公室，而且心里实在因为得到这个喘息的机会而有谢天谢地的感觉。

第二天晚上 11 点，我带着 10 万元现钞，交到督察长手里，过了一会儿他就告辞了，眼睛里流露出那勇往直前的、一向没有消失的信心。几乎无法忍受的一个钟头时光终于熬过去了，然后我听见他那可喜的脚步声，于是我喘着气站起来，一歪一倒地跑过去迎接他。他那双明亮的眼睛里发出多么得意的闪光啊！他说：

"我们妥协了！那些开玩笑的家伙明天就要改变论调了！跟我去！"

他拿着一支点着的蜡烛大步地走进一个绝大的圆顶地窖，那儿经常有60个侦探在睡觉，这时候还有二十来个在打牌消遣。我紧跟在他后面。他飞快地一直往地窖里老远的、阴暗的那一头走过去；我正在闷得要命、简直要晕倒的时候，他一下子绊倒了，倒在一个大家伙的伸开的肢体上。我听见他一面倒下去，一面欢呼道：

"我们这门高贵的职业果然是名不虚传。你的象在这儿哪！"

我被人抬到上面那办公室里，用石炭酸使我清醒过来了。整个的侦缉队都涌进来了，随后那一番欢天喜地的祝贺真是热闹非凡，我从来没有见过那种场面。他们把记者们邀请过来，打开一篓一篓的香槟酒来痛饮祝贺，大家握手、道贺，简直没有个完，兴头十足。当时的英雄人物当然是督察长，他的快乐到了顶点了，而且也是靠他的耐心、品德和勇敢换来的，所以叫我看了很欢喜，虽然我站在那儿，已经成了一个无家可归的穷光蛋，我受托的那个无价之宝也死了，我为本国服务的职位也完蛋了，一切都由于我向来似乎有个致命的老毛病，对于一个重大的托付老是粗心大意地执行。一双双传神的眼睛对督察长表示了深切的敬仰，还有许多侦探的声音悄悄地说："你瞧瞧人家——实在是这一行的大王——只要给他一点线索就行，他就只需要这个，不管什么东西藏起来了，他没有找不着的。"大家分那5万元奖金的时候，真是兴高采烈；分完之后，督察长一面把他那一份塞进腰包，一面发表了一篇简短的谈话，他在这篇谈话里说道："痛痛快快地享受这笔奖金吧，伙计们，因为这是你们赚来的，并且还不只这个——你们还给侦探这行职业博得了不朽的名声。"

又来了一个电报，内容是：

　　3星期来，初遇一电报局。随象踪骑马穿过森林，抵此地时已奔波1000英里，脚印日见其重，日见其大，且日益明显。望勿急躁——至多再一星期，定能将象寻获。万无一失。

　　　　密西根，孟禄，上午10时，侦探达莱

督察长叫大家给达莱三呼喝彩，给"侦缉队里这位能手"欢呼，然后吩咐手下给他打电报去，叫他回来领取他那一份奖金。

被偷的象这场惊人的风波就是这样完结了，第二天报纸上又是满篇好听的恭维话，只有一个无聊的例外。这个报纸说，"侦探真是伟大！像一只失踪了的象这么个小小的东西，他找起来也许是慢一点——白天他尽管整天寻找，夜里就跟象的尸体睡在一起，一直拖到3个星期，可是他终归还是会把他找着——只要把象错放在那里的人给他说明地点就行了！"

我永远失去了可怜的哈森。炮弹给了他致命伤，他在雾里悄悄地走到那个倒霉的地方；在敌人的包围之中，又经常有受到侦缉的危险，他连饿带熬，一直瘦下来，最后死神才给了他安息。

最后的妥协花掉我10万元；侦探的费用另外花掉42000元；我再也没有向我本国政府去申请一个职位；我成了个倾家荡产的人，成了个落魄人间的流浪汉——可是我始终觉得那位先生是全世界空前的大侦探，我对他的敬仰至今还是没有减退，而且一辈子都不会改变。

斯托姆斐尔德船长天国游记摘录

一

嘻，我在死后大约30年，就开始有点着急了。你要知道，我在那几十年中，一直就像彗星似的，在宇宙间飕飕地飞行着。像彗星那样！嘻，彼得士，我赛过了许多彗星哩！你知道吧，那些彗星当然没有哪一个是始终和我同路的，因为它们按照一个椭圆形的轨道走，像套索的圈子似的，而我却像射出去的箭似的，一直向来世飞去。但是我随时都要遇到一颗彗星和我同一小时左右的路，这时候我们就要拼命赛一赛。不过这种比赛一般都是单方面的行动，因为我从它们旁边掠过，就像它们是静止不动似的。一颗普通的彗星每分钟大约不过走20万英里。不消说，我遇到这样一颗彗星的时候——比如恩克彗星和哈雷彗星吧——那简直就只是一闪一灭罢了，你知道吧。你要是把这叫作赛跑，那是不大合适的。彗星好比运石子的火车，我却像电报那么快。但是我飞出了我们这个天文系统的范围之后，有时候就偶尔碰到一个像样的彗星。我们从来没见过那样的彗星——我们的彗星根本就算不上。有天夜里，我以很快的速度飞行着，一切都准备得好好的，又赶上了顺风——我估计当时每分钟大约是飞行100万英里——只有多，不会少。

——这时候我忽然发现在我的右舷大约3个方位[1]的地方，有一个非常大的彗星。从它的船尾的灯光判断，我估计它大约是朝东北偏北半东的方向前进。好吧，它离我的路线那么近，我当然不肯放弃赛跑的机会啰；所以我就掉转一个方位，掌稳了舵，向它追过去。你要是听见我飞行的飕飕响声，看见我身上

---

[1] "方位"是航海的术语，指罗盘的方位，1方位是360度的1/32，等于11度15分。

那闪着电光的毛皮飘动，那才有趣哩！大约过了一分半钟，我就被那个彗星尾部的电光照得浑身透亮，那道电光照亮了许多英里的范围，把整个天空照得像白天那么亮。我最初发现那个彗星的时候，它在远处发出蓝色的光，好像一个半明不灭的火炬似的，可是当我悄悄地飞近它的时候，它就渐渐变得越来越大了。我很快地向它溜过去，当我飞了大约 1.5 亿英里的时候，我已经离它非常之近，于是我就被它的尾部放射出来的磷光吞没了，那股耀眼的光线使我什么也看不见。我暗自想，和它相撞是不行的，因此我就闪到一边，尽快地往前飞。后来我赶到和它的尾部并齐的地方了。你知道那是什么情形？那仿佛像一只蟊虫向美洲大陆追赶似的。我拼命地继续往前飞。后来我沿着它的岸边飘了 1.5 亿英里，然后我才从它的形状看得出，我还连齐它的腰带的地方都没有飞到。嘻，彼得士，我们在下界对彗星根本就什么也不懂。如果你想要看看真正算得上彗星的彗星，你就得上我们的太阳系外面来——那儿才有它们活动的余地，你懂吧。我的朋友，我在那儿看到过一些绝大的彗星，它们即令想在我们那些最大的彗星的轨道里面躺下，也不能容身，非把它们的尾巴奔拉在外面不可。

嘻，我又飞快地向前跑了 1.5 亿英里，才赶到了和它的肩膀并齐的地方，可以这么说吧。老实说，我是觉得很痛快的。可是正在这时候，我发现那个彗星甲板上的船员走到船边，举起他的望远镜向我这边望。我马上就听见他大声嚷道——

"啊嗬，瞧下面那边！加油呀，加油呀！添上 1 亿亿吨硫磺，加足火力！"

"是——这就办，船长！"

"集合右舷值班的！全体上甲板！"

"是——这就办，船长！"

"派 2 万亿人上桅杆去，升起顶帆和三桅上帆！"

"是——这就办，船长！"

"卷起副帆！把所有的小帆都撑起来！从船头到舵房，都把缆索绷紧！"

"是——这就办，船长！"

彼得士，大约在一秒钟内，我就开始发觉我惊醒了一个相当厉害的家伙。还不到 10 秒钟，那个彗星就像一片火红的云彩似的，闪闪发光。它冲上了天，完全看不见了——原来的形体似乎是膨胀得很大，占了整个空间。火炉里的硫黄烟子——啊，真是，谁也描写不出它滚滚升腾、冲向天空的情景，谁也不能把它那股气味描写出一半来。那个庞大无比的飞船向前猛冲，谁也描写不出

马克·吐温短篇小说选

那种样子。那真是叫得热闹呀——几千个汽笛同时发出尖叫声，船上的水手有10万个我们这样的世界的居民那么多，他们齐声咒骂起来。嘻，我从来还没听见过那样的声音哩。

我们轰隆轰隆地并排前进，各自拼命卖劲地往前冲，因为我还从来没有碰到过一个赛得过我的彗星，所以我估计一定可以赛过这个，或是会撞破什么东西。我认为我在宇宙间是有点名气的，于是我就有意要保持这点名气。现在我发觉自己不像原先那么撵得快了，可是我总算还是撵上了一些。那个彗星上有一股热闹劲儿。将近有100亿旅客从下面拥挤着钻出来，跑到边上，开始拿这场赛跑来打赌。这当然使它向一边倾斜，减少了它的速度。哎呀，那个大副简直气疯了！他手里拿着喇叭，向那一群人暴怒起来，大声嚷道——

"到船当中来！到船当中来，你们这些——！[1] 要不我就把你们这些笨蛋一个个都敲碎脑袋！"

嘻，老兄，我一点一点地往前撵，后来我终于在那个庞大的老火团的鼻子旁边快快活活地溜过去了。这时候彗星上的船长离开了他的岗位，他穿着背心和睡鞋，头发乱七八糟，像老鼠窝一样，肩上挂着半边背带，在船头上的红光里，站在大副身边，那两个人显得多么晦气啊！我溜开的时候，简直禁不住把大拇指顶在自己鼻子上，大声嚷道：

"再见！再见！要我给你们家里带什么口信吗？"

彼得士，这一着搞错了。是的，老兄，我常常后悔不该那么做——这一着搞错了。你知道吧，那位船长本来不打算再赛跑了，可是我那句话太叫他讨厌了——他受不了。于是他向大副转过脸去，说道——

"我们自己现有的硫黄够做这次航行的燃料吗？"

"够，船长。"

"真的吗？"

"真的，船长——还有余哪。"

"我们给撒旦带了多少货？"

"1.8亿亿亿亿件皮袄。"

"好吧，那么，让他那儿寄住的人先挨一挨冻吧，且等下一个彗星来了再说。减轻船上的重量！赶快，喂，赶快，伙计们！把全部的货都扔下去！"

[1] 斯托姆斐尔德船长忘记那是两个什么字了。他说那是外国话。——原注。

彼得士，你盯着我的眼睛，沉住气吧。我往那边一看，发现那些皮袄大得要命，每一件都等于我们这种世界 169 个的体积那么大！他们把那一批货通通扔掉了。这些皮袄掉下去的时候，把一大批星子一扫而光，仿佛它们是蜡烛，有人把它们吹灭了似的。至于赛跑呢，那马上就结束了。那个彗星减轻了重量之后，立刻就从我身边闪过去，仿佛我是抛了锚似的。船长在船尾上靠近后面的吊柱站着，把他的大拇指顶在鼻子上，大声嚷道——

"再会！再会！也许你有什么信要托我带给地狱里的亲人吧！"

于是他撩起另外一边的背带，向船头走去，还不到三刻钟的工夫，他那条船就飞到老远，成了一个灰白的火把似的。是呀，彼得士，我那句话说错了。我看我恐怕永远也忘不了这件晦气事儿。我要是不做声，大概就赛过那个天上的霸王了。

但是我叙述我的故事，稍微有点儿离了本题，我又要言归正传了。你知道我飞行的速度有多么快。我刚才说过，我这么拼命往前冲，跑了 30 年之后，便开始有些着急了。啊，我在路上可以长很多见识，倒是够痛快的，可是那毕竟有点儿寂寞，你知道吧。并且我很想到达一个什么地方。我在空中飞行，并不是打算永远飞个没完没了。我开始起飞的时候，倒是乐得慢一点，因为我估计飞行终了，会要到个相当热的地方；可是快到最后的时候，我却渐渐觉得我宁肯到——嗐，差不多随便什么地方都可以，只要能结束心中的焦虑不安就行了。

嗐，有天夜里——天上老是黑夜，只除了我从一颗星子旁边冲过，它的火和光仿佛把整个宇宙都占据了的时候——那时候当然是够亮的，可是我一定是在一两分钟之内把它甩在后面，又跳进整整一个星期的黑暗里。天上的星星看起来好像彼此离得很近，其实并不是那样。我在哪儿？啊，对了！有天夜里，我一直向前飞行，后来发现前面的天边有老长老长的一排闪闪的亮光在远处出现了。我飞近的时候，它们就越来越高、越来越大，好像一些庞大的火炉似的。我暗自想道——

"天哪，我终于到了——到错了地方，果然不出我所料！"

于是我就晕过去了。我不知道我失去了多久的知觉，可是时间一定很久，因为我苏醒过来之后，黑暗已经完全消失了，变成了一片最可爱的阳光和最清新、最芬芳的空气。我眼前展开了一个惊人的神奇世界——一个非常光辉灿烂、美丽而迷人的地方。我以为是火炉的那些东西原来都是大门，有几英里高，全是闪闪发光的宝石做成的，这些大门穿过一道纯金的高墙，你简直看不到墙顶，两边都看不到尽头。我对准了一个大门飞去，自己亮得像一幢着了火的房子一般。这时候我才发现天空中到处挤满了千百万的人，都是朝那些大门飞去的。他们在空中猛冲，发出了多么喧闹的声音啊！地面上的人也挤得很密，像蚂蚁似的——我估计有好几十亿。

我也降落了。我随着一大群人溜到一个大门那儿，轮到我的时候，管事的头目一本正经地说——

"嘿，快说！你是从哪儿来的？"

"旧金山。"我说。

"旧金——什么？"他说。

"旧金山。"

他搔了搔头，显出一副莫名其妙的样子，然后说——

"那是个行星吗？"

我的天哪，彼得士，你想想看！"行星？"我说，"那是个城市。并且还是个最大、最漂亮、最——"

"得了，得了！"他说，"这儿没有谈话的闲工夫。我们不管城市。说大一点的地方吧，你是从哪儿来的？"

"啊，"我说，"对不起。您给我写上加利福尼亚州吧。"

我又叫他伤脑筋了，彼得士！他猜了一会儿，然后严厉而恼怒地说——

"我不知道这么一个行星——那是一个星座吗？"

"啊，我的天哪！"我说，"您是说星座吗？不——那是一个州。"

"伙计，我们这儿不管什么州的事儿。你告诉我们，大概说，你是从哪儿来的，好不好？——要说大一点的地方，你懂不懂？"

"啊，现在我明白你的意思了，"我说，"我是从美国来的——美利坚合众国。"

彼得士，你知道我又叫他伤脑筋了吗？我要是没有叫他伤脑筋，那才怪哩！他绷着脸，好像民兵比赛射击之后的枪靶子一样。他转过脸去，向一个手下的助理员问道——

"美国在哪儿？美国是个什么东西？"

那个助理员立刻回答说——

"没有这么一个天体。"

"天体？"我说，"嘻，你这是怎么说的，小伙子？那不是个天体，那是个国家，是一洲，哥伦布发现的。无论如何，我想你总该听说过他吧。美国——嗟，老弟，美洲——"

"住嘴！"那个管事头目说，"我再问你最后一次，你到底是从哪儿来的？"

"嗟，"我说，"我不知道再说什么才好——除非是笼笼统统说，我是世界上来的。"

"啊，"他脸上露出喜色来，说道，"这倒还像个话呀！什么世界？"

彼得士，这回他可把我难住了。我望望他，不知如何是好，他望望我，只是着急。然后他突然嚷道——

"快说，快说，什么世界？"

我说："嗟，世界就是世界，当然只有一个嘛。"

"只有一个世界！"他说，"哼！有好几十亿个哪！……下一个！"

这就是叫我让开，站在旁边。我照办了，随即有一个天蓝色的人，长着7个脑袋，只有一条腿，跳到我原来站的地方。我赶快溜掉了。这时候我才忽然发现我所看见的那无数千万涌到这个大门口来的，都是和这个家伙一模一样。我想碰见一个相识的人，可是那时候连一个熟人也找不到。于是我就把这桩事情全盘想了一遍，最后还是侧着身子腼腆地溜回原处，心里觉得相当狼狈，可以这么说吧。

"怎么？"管事的头目说。

"嗟，先生，"我羞怯地说，"我仿佛是弄不清楚自己究竟是从哪个世界来的。可是我给你说明这么一点，也许你就知道了——那是救世主拯救过的那个世界。"

他一听救世主的名字，就低下头来。然后他温和地说——

"他所拯救过的世界像天国的门那么多——谁也数不清。你那个世界属于哪个天文体系？——你说明这个，也许有点帮助。"

"那是包括太阳的那个星系——还有月亮——还有火星，"——他听见这些名字，都只是摇头——你瞧，他从来没听说过——"还有海王星——还有天王星——还有木星——"

"别忙！"他说——"停一会儿！木星……木星……我好像记得八九百年以前有个人从那儿来过——可是从那个星系里来的人是很少从这个大门进去的。"他忽然直瞪瞪地盯着我的眼睛，我仿佛觉得他要把我望穿似的。然后他很谨慎地说："你是从你那个星系里一直上这儿来的吗？"

"是的，先生。"我说——可是我这么说的时候，脸上稍有一点儿涨红了。

他很严厉地望着我说：

"这不是实话，这儿是不兴说假话的。你准是离开了轨道。那是怎么回事？"

我又涨红了脸，说道：

"对不起，我收回刚才说的话，老实招供吧。有一天我和一个彗星赛跑了一会儿——只赛了很短很短的工夫——只有一丁点儿——"

"原来如此，"他说——他的声音里丝毫没有甜蜜的味道。

我继续说：

"可是我只转了一个方位，赛跑完结的时候，我马上就回到原来的轨道上来了。"

"那也不相干——反正你离开了那一下，就惹出这些麻烦来了。那么一来，你就到了这个大门口，离你应该到的那个门有好几亿里格[1]远。你要是到了你自己那个大门的话，人家马上就会知道你那个世界的一切情况，那就不会耽搁了。不过我可以想想办法，把你安顿一下。"他转过脸去，向一个助理员说：

"木星在哪个星系？"

"我记不清了，您哪，可是我想在宇宙间那些世界稀少的角落里，有个老远的地方，有些新出现的小星系，其中有一个里面倒是有这么一个行星。我来查查看吧。"

他乘了一个气球，在一幅地图前面往上升了又升，那幅地图有罗德岛一州那么大。他继续上升，直到后来，终于看不见了，过一些时候，他又下来取点吃的东西，再升上去。闲话少说，他这么一上一下，不停地干了一两天，最后才下来说，他觉得已经找到了那个太阳系，可是那也许是一堆苍蝇屎。于是他带着一个显微镜，又上去了。结果总算比他所估计的好。毫无疑问，他把我们的太阳系找到了。他叫我描写我们的行星，说明它离太阳的距离，然后他向他的上司说：

"啊，现在我知道他说的是哪个星系了，总管。地图上有。那叫作'瘤子'。"

我心里想："小伙子，你要是亲自到那儿去看看，还把它叫作'瘤子'，那恐怕就不合适了。"

随后他们就让我进去了，还告诉我说，以后我会永远平安无事，再也不

---

[1] 长度名，1里格等于3英里。

会遭什么苦难了。

然后他们就转过身去，摆脱了我，继续干他们的事情，好像是认为我的问题已经完全解决，什么都十全十美了似的。我对这一点大为惊讶，可是我又没有胆量说出心里的话，提醒提醒他们。你要知道，我是很不愿意这么做的。他们手头的工作很忙，我再打搅他们，似乎是于心不忍。我有两次都打算不再说话，听其自然，所以我就两次动身要离开那儿，可是我马上就想到，凭我这副寒碜的打扮，要是走到那些超度了的人当中去，岂不显得太刺眼了？这么一想，我又退了回来，抛下了锚。人们开始打量我——是那些管事的，你知道吧——他们不知道我为什么还没有离开。这种情况，我再也忍受不了——实在太不痛快了。所以后来我就鼓起勇气，向那个管事的头目做了一个手势。他说：

"怎么！你还在这儿？还缺少什么？"

我用双手做一个喇叭，套在他耳朵上，小声小气、非常秘密地说：

"请你原谅，千万别怪我来提醒你一下，这好像是在找麻烦，可是你是不是忘记了什么事情？"

他仔细想了一会儿，然后说：

"忘记了什么事情？……不，我可不知道忘记了什么。"

"你想一想吧。"我说。

他想了一想。然后他又说：

"不，我大概不会忘记什么事情。是什么事？"

"你瞧瞧我，"我说，"把我浑身看一遍吧。"

他照办了。

"怎么样？"他说。

"嘻，"我说，"你什么也没看出来吗？我要是这么打扮，跑到那些升了天堂的人当中去，那不会引起大家注意吗？我岂不有点儿刺眼？"

"嘻，"他说，"我看一点儿也不要紧。你缺少什么？"

"缺少什么！哦，我缺少竖琴，缺少花环，缺少光轮，缺少圣歌集，还有棕榈树枝——朋友，凡是升了天堂的人必然需要的东西，我一样也没有。"

莫名其妙吗？彼得士，他简直是最感到莫名其妙的人，你可从来没见过。最后他终于说：

"嘻，无论从哪方面看来，你都像是个稀奇的角色。我从来就没听说过这些东西。"

马克·吐温短篇小说选

我非常吃惊地望了这个人一会儿，然后我说：

"喂，我希望你别见怪，因为我并没有恶意，可是说实在话，我估计你在天国已经呆得很久了，对天国的风俗习惯却好像是知道得太少。"

"天国的风俗习惯！"他说，"好朋友，天国是个很大的地方。那些大帝国还有各种各样的风俗习惯哩。连小小的领土都有各种不同的风俗习惯，不消说，根据你在'瘤子'上所看到的小规模的情况，你就会明白这一点。你怎么会想到我居然能把天国的无数地方各种不同的风俗习惯都弄清楚呢？我只要这么想一想，就觉得头痛。规定从我这个大门进去的人所住的地区流行的风俗习惯，我是知道的——你听我说吧，我日夜专心地研究这个问题，一直下了3700万年的工夫，拼命把这些知识装进脑子里，这就很够多的了。可是要打算熟悉那无边无际的天上所有的地方的风俗习惯——啊，朋友，你说得多荒唐呀！我并不怀疑，你所说的这种古怪的风俗习惯在你所属的那块天国里的地方是流行的，可是在这个地区，你不用那一套，决不会引人注意。"

既然天堂的情况是这样，我也就觉得很安心了，所以我就向他告别，离开了那儿。我向一个大得出奇的办公大厅老远的那一头走过去，整整走了一天，随时都希望着进入天堂，可是我弄错了。那个大厅是按照天堂的一般规划建筑起来的——那当然就小不了。后来我终于走得精疲力竭，再也不能往前走了，于是我就坐下来休息休息，开始找那些古怪到极点的陌生人攀谈，向他们请教，可是毫无所获。他们不懂我的语言，我也不懂他们的话。我简直寂寞得要命。我非常丧气，又很想哭，因此我有无数次都希望自己根本没有死才好。我当然就转身往回走了。大约在第二天中午，我终于回到了原处，又在登记处打交道了，我向那个管事的头目说：

"我现在才知道，一个人必须到了自己的天堂，才会快活。"

"千真万确，"他说，"你原来还以为同一个天堂可以适合所有的人的脾胃吗？"

"嗐，我原来的确是那么想的——可是现在我知道那种想法太傻了。我要到自己的区域去，应该往哪边走？"

他把上次查过地图的那个助理员叫来，那个人就给了我一些概括的指示。我向他道了谢，就动身了。可是他又说：

"等一会儿，你那个地方离这儿有几百万里格哩。你上外面去，站在那张红色的如愿神毯上，闭上眼睛，憋住气，只要想一下就到那儿了。"

"感激不尽，"我说，"我初到这儿的时候，你为什么没让我乘神毯飘过去呢？"

"我们这儿有许多事情需要动脑筋。你的事情应该由你自己想到，向我们提出要求才行。再见，我们也许在一千个世纪里不会在这个地区再见到你了。"

"既然是这样，再会吧。"我说。

我跳到神毯上，屏住气息，闭上眼睛，想着要到我自己那部分的登记处去。片刻之间，就有一个我所熟悉的声音用公事公办的口气喊道——

"一把竖琴和一本赞美诗集，一副翅膀和一个 13 号的光轮，给旧金山的艾利·斯托姆斐尔德船长！——给他开一张健康证明书，让他进去。"

我睁开了眼睛。果然不错，那是我从前在图莱尔县认识的一个皮乌特族印第安人。他是个呱呱叫的老好人——我还记得当初参加他的丧礼的情形，那个仪式包括他的火葬和其他的印第安人用他的骨灰抹在脸上，像野猫似的哇哇地哭。他见到我非常高兴，你尽可以相信，我也同样高兴见到他，觉得自己终于到了一个合适的天堂了。

你目力所能看到的地方，到处都有成群的办事人员，东奔西跑，忙得不可开交。他们给成千上万的美国人、墨西哥人、英国人和阿拉伯人，还有各种各样的人用新装束打扮起来；他们把我的一套服饰给我的时候，我戴上光轮，在镜子里照一照，马上就快活极了，简直高兴得只想跳过一所房子。"现在这才像个样子嘛！"我说。"喂，我现在很合适了——让我看看云吧。"

15 分钟之内，我就向云层那边走出了 1 英里，另外还有 100 万人和我同去。我们多半都想飞起来，可是有人摔断了腿，谁也没有飞成功。于是我们就决定暂时还是走路，且等学会了飞的时候再说。

我们开始遇到成群的人回来了。有些人只剩下了竖琴，别的什么也没有了；有些人只剩下了赞美诗集，别的什么也没有了；还有些人什么东西都没有。他们大家都显得很温顺、很不舒服，有个年轻人除了他的光轮而外，什么也没有剩下了，他连光轮也拿在手里，后来他忽然把它交给我，说道：

"请你替我拿一会儿，好吗？"

随后他就在人群中走得无影无踪了。我继续往前走。有一个女人要求我替她拿着她的棕榈树枝，然后她也不见了。有一个姑娘叫我替她拿着她的竖琴，天哪，她也不见了。一个又一个，老是这样，后来我简直快要吃不消了。随后又来了一位微笑的老先生，叫我替他拿东西，我揩掉了汗，相当刻薄地说：

马克·吐温短篇小说选

"朋友，我不得不请您原谅——我并不是一个衣架子呀。"

大约在这时候，我开始碰见这类东西成堆地甩在路上。于是我就悄悄地把我替人家拿着的那些多余的废物也甩在地下，和路上那些东西堆在一起。我向周围张望了一下，嗬，彼得士，跟着我走的那一大批人都像我刚才那样，抱着满怀的东西。回来的人群请他们帮忙替他们拿一拿东西，你知道吧。他们也甩掉了各人抱着的东西，于是我们又继续往前走。

我发觉自己和另外 100 万人一同栖息在云层上的时候，一辈子也没觉得这么痛快过。我说："现在事情照答应过的样子兑现了。我原来还有些怀疑，现在果然不错，我的确升了天堂了。"我把我的棕榈树枝摆动了一两下，表示祝福，然后我紧一紧竖琴的弦，弹奏起来。嗐，彼得士，你真想象不到，我们搞得多么热闹啊。听起来真是妙不可言，使人浑身都有一股乐滋滋的感觉，可是同时还有许多调子弹奏着，这却是那场合奏的一个缺点，你知道吧。并且那儿还有许多印第安部落，他们老是发出上阵的呐喊声，不免使我们的音乐大煞风景。后来我停止演奏，觉得需要休息休息了。有一位性情很温和的老先生坐在我身边，我发现他并没有参加奏乐。我鼓励他弹奏，可是他说他天生怕羞，不敢当着这么多人尝试。后来这位老先生又说，不知怎么的，他似乎永远也不能欣赏音乐。事实上，我自己也渐渐有同样的感觉，可是我什么话也没有说。于是他和我沉默了相当久的时间，不过这种情形在那个地方当然并不引人注意。大约过了十六七个钟头，我随时弹弹琴、唱唱歌——弹唱的老是一个曲子，因为我就只会这么一个——后来我终于把竖琴搁下，开始用我的棕榈树枝给自己扇起来。然后我们两人都不断地唉声叹气。最后他说——

"你整天老盯着这一个曲子弹唱，难道除此以外，就不会别的曲子了吗？"

"实在是一个也不会了。"我说。

"你难道认为不能再学会一个吗？"他说。

"绝对不行，"我说，"我试过，可是怎么都学不会。"

"时间太长了，老盯着这一个曲子可不行——你要知道，以后的时间是无穷无尽的。"

"别叫我的心都碎了吧，"我说，"我已经就够丧气的了。"

又沉默了很久之后，他说——

"你高兴在这儿吗？"

我说："老先生，我跟你坦白地说吧。现在这种情况，跟我从前上教堂的时候所想象的幸福境界，并不相近哩。"

他说："咱们干脆开小差不干了，你看怎么样？"

"我也这么想，"我说，"我一辈子还没有像现在这样想下班哩。"

于是我们就动身走了。随时都有好几百万人到云层上来，大家都快快活活，唱着赞美歌；随时都有好几百万人离开那儿，个个都显得郁郁不乐，真的。我们悄悄地等着那些新来的人，不久我就请他们替我把东西拿一会儿，然后我就恢复了自由，高兴得要命。正在这时候，我碰见了老山姆·巴勒特，便停住和他谈话，他是早就去世了的，我说——

"喂，请问你——这种情形要永远继续下去吗？难道没有别的事情可以变换变换吗？"

他说：

"我马上就可以给你说明这个问题。人们都把《圣经》上那些比喻的话和寓言照字面上理解，他们来到这儿，首先就要求一个光轮和一把竖琴，还有其余那些东西。无论谁在这儿提出什么没有害处和合理的要求，只要他的态度好，就不会被拒绝。所以他们想要这些东西，人家就一句话也不说，全部供给他们。他们去唱歌作乐，大约只有一天的工夫，从此以后你就再也不会在歌唱队里看见他们了。他们并不需要别人告诉他们，就知道那套把戏不能算是天堂的幸福生活——至少是不能使一个神经正常的人待一个星期之后仍然能保持神经正常的天堂。那个云层安排在喧闹的声音不会打搅老住户的地方，所以让每个人初到这里，马上就到那个云层上去治一治他的毛病，那是没有害处的。

"现在你只要记住这一点——天堂是幸福和可爱到极点的，可是它也正是你难得听到的一个最热闹的地方。在第一天之后，这儿根本就没有闲着的人。你听见牧师在讲坛上说到永无休止地唱着赞美诗歌、摆动着棕榈树枝的情景，总觉得那是很美妙的，可是把宝贵的时光消耗在这上面，其实是无聊透了。那只能使天堂成为一些糊涂虫唱歌的地方，你说是不是？'永远的休息'在讲坛上说出来，也是给人安慰的。嗐，你只要试一次，就知道时间会使你感到多么沉重。嗐，斯托姆斐尔德，像你这样的人，一辈子过着活跃和热闹的生活，来到天堂之后，什么事也没有你干的，你在6个月之内就会发疯。到天堂上来休息是最不相宜的——这可是千真万确呀！"

我说："山姆，我原来还以为我听了你的话会难受，现在却觉得很高兴哩。我高兴上这儿来了。"

他说："船长，你觉得身体疲劳不疲劳？"

我说："山姆，我简直疲劳得无法形容！我累得要命。"

"正是这样——正是这样。你挣得了安适的睡眠，你就会睡得好。你挣得了很好的胃口，你吃饭就会吃得香。这儿的情形和人间是一样的——你得规规矩矩，老老实实地挣得一样东西，然后才能享受它。你决不能先享受，然后才来挣得。可是这儿有这么一点是不同的：你可以选择自己的职业，只要你肯拼命干，天堂就会拿出它的一切力量来，帮助你取得成功。人间的鞋匠如果有诗人的灵魂，他在这儿就不用做鞋了。"

"这一切都是很合理、很恰当的，"我说，"工作多得很，而且是你所渴望的，再也没有什么痛苦、没有什么灾难了——"

"啊，别说了，这儿的痛苦多得很——可是那并不会要命。这儿的灾难也很多，可是并不持久。你知道吧，快乐并不是一种单独存在的东西——它不过是与不愉快的事情相对并存罢了。如此而已。你决说不出什么事情本身是快乐的——它之所以算是快乐，无非是与不快活的事情相对而论罢了。所以只要新奇的滋味过去了、对比的力量降低了之后，快乐就再也不成其为快乐了，这时候你就非找点新鲜事情不可。嗐，天堂的痛苦和灾难多得很——因此对比的事情也很多，快乐也就无穷无尽了。"

我说："山姆，这是我所听到过的最合情合理的天堂，不过它与我从小到大所在的那个天堂是大不相同的，正如一个活着的公主与她自己的蜡像的区别一样。"

在开始的几个月里，我到天国各地去游荡，到处交交朋友、看看风景，后来才在一个相当好的地方住定了，先休息休息，然后再动身到别处去。我继续结交朋友，采访消息。我和一个名叫散第·麦克威廉士的秃头老天使谈过许多话。他是来自新泽西州的某地的。我常和他在一起到各地去游历。我们常在热天的下午在岩石的阴影里随便躺着，那地方在很高的一个草场上，在他那蔓越橘农场的沼泽地外面；我们常在那儿谈各种事情和抽烟。有一天，我说——

"你大约有多大年纪了，散第？"

"72岁。"

"我也估计是这样。你在天上有多久了？"

"算到今年圣诞节为止，就是27年了。"

"你到天上来的时候，有多大年纪？"

"嘻，当然是 72 岁嘛。"

"你这绝不是说的真话！"

"为什么不是说的真话呢？"

"因为你当初如果是 72 岁，现在自然就是 99 岁了。"

"不，我可不是 99 岁。我的年纪始终和初来的时候是一样的。"

"噢，"我说，"我想起来了，这儿有一桩事情，我要请教请教。我在人间的时候，常常有一种观念，总认为我们在天堂，大家都会又年轻、又聪明、又活泼。""噢，只要你想年轻，就会年轻。你只要有这种希望就行了。"

"噢，那么你怎么没有存这种希望呢？"

"我希望过。大家都有这种希望。你将来想必也会要试一试吧，可是你不久又会厌恶这种变化。"

"为什么？"

"噢，我会告诉你。你一向是当水手的，你试过别种行业吗？"

"试过的，有一回在矿区里，我试过开杂货铺，可是我受不了，那种生活太单调了——既没有变动，也没有风暴，老是死气沉沉。那简直像是半死半活，又像死了，又像活着。我想要干出点名堂来。于是我很快就关了铺子，改行当水手去了。"

"你做得对。开杂货铺的人喜欢那一行，你可干不来。你分明知道，你对那种生活是不习惯的。嘻，我原来过不惯年轻人的生活，好像根本不能对它感兴趣。我很强壮，也很漂亮，长着一头鬈发——真的，还有翅膀哩！——漂漂亮亮的翅膀，像只蝴蝶似的。我和小伙子们去野餐、跳舞、参加晚会，还想跟姑娘们胡调、瞎说八道，可是那却毫无好处。我没法儿喜欢那种生活——事实上，那实在腻味透了。我只喜欢早睡早起，干点儿事情；事情干完了，我就要安安静静地坐着，抽抽烟、想想事情——不爱和一群疯疯癫癫的小伙子到处胡闹。你简直想不到我年轻的时候多么受罪啊。"

"你年轻了多久呢？"

"只有两个星期。那就够我受的了。天哪，我多么寂寞！你瞧，我有那 72 年的充足知识和经验。那些年轻人所能谈到的最深奥的问题，在我看来，不过是入门的常识罢了。你听到他们争论才妙哪——哎呀！要不是太幼稚得可怜的话，那倒还会有点好笑哩。嘻，我很想做做我从前所习惯的那些举动，做点头脑清醒的谈话，所以我就极力和那些年老的人攀谈，可是他们偏不爱理我。

他们以为我是一个自高自大的年轻暴发户，所以对我很冷淡。两个星期很够我受的了。我很高兴恢复我的秃头，再拿起我的烟斗来，在岩石和树木的阴影里打打盹、回忆回忆过去的事情。"

"嘻，"我说，"你难道是说你以后永远要停留在72岁上吗？"

"我不知道，我也不在乎。可是我决不肯再回到25岁了——这我倒是知道得很清楚。我比27年以前知道的事情多得多了，并且我始终都喜欢增长知识，可是我一点儿也不比从前见老。这是说的身体方面——我的心灵却越来越老、越来越强健、越来越熟悉、越来越完善了。"

我说："要是一个人在90岁的时候到这儿来了，他是不是要把年龄往后退？"

"当然要退啰。他要退回到14岁。他尝了两个钟头的滋味之后，就感觉像是个傻子似的，于是他又往前面迈了几步，变成20岁，可是情况仍旧没有多大改善。他又试过30岁、50岁、80岁，最后还是回到了90岁——他发觉自己恢复原来的年纪，比较自在、比较舒服一些，变来变去都不如这样。要不然，如果他在人间活到80岁的时候，他的心灵就不济事了，那么他在这儿就停留在那个年龄。他反正是钉住当初他的心灵最健全的时候所处的地位，因为那正是他最快活的阶段，也是他的行为最稳重、最有准则的阶段。"

"一个25岁的小伙子难道老是25岁，外表也像那样吗？"

"如果他是个傻瓜，那就是这样。要是他又聪明、又有志气、又肯努力，那么他所得到的知识和经验就会改变他的作风、思想和嗜好，使他感到自己与那些比他年纪大的人在一起是莫大的愉快。所以他就尽量让他的身体显得年纪大一些，符合他的需要，使他和那些年长的人在一起的时候，觉得舒服一些、合适一些。随着他的进展程度，他逐渐让他的身体显出年纪大的样子，后来他也就在外表上成了秃头，脸上有了皱纹，心里变得聪明而老练了。"

"小娃娃也是一样吗？"

"小娃娃也是一样。哎呀，我们在人间的时候，对这些事情的想法多么愚蠢！我们说我们到了天堂就会永远年轻。我们可没有说多么年轻——也许我们根本就没有想到这个问题——也可以说，大家的想法反正各有不同。我记得在7岁的时候，仿佛是曾经想过，我们在天上人人都会是12岁；到了12岁，我就以为我们在天上人人都会是18岁或是20岁；到了40岁，我的想法就开始倒退了；我记得当初我希望所有的人在天堂都是30岁左右。无论是大人或是小孩子，谁也不会认为自己的年龄是最适当的——他总要把适当的年龄比自己的年龄添上几岁或是减少几岁。然后他就把那个理想的年龄当成天堂的人们的一般年龄。他指望人人都永远钉住那个年龄——站住不动——还指望他们欣赏那个年龄！——试想一想，在天堂停住不动，那该会多么糟糕！试想天堂上的人假如全是一些 7 岁的小鬼，老在滚铁环或是玩弹子，那该会多么可笑！——如果尽是一些笨手笨脚、畏畏缩缩、感情用事的 19 岁的毛头小子，那又怎样！——如果尽是一些精力充沛的 30 岁的壮年人，头脑健全、充满雄心，可是手脚都捆在那个年龄和它的各种缺点上，像一些毫无办法的被强迫着划船的奴隶似的，那又怎样！试想一个社会，假如全是由一些年龄相同，相貌、习惯、嗜好和感情都一模一样的人组成，那该会多么单调！试想人间有那么多各式各样的类型、面貌和年龄都不同的人，在那种变化多端的社会里，无数的利害关系引起令人兴奋的冲突，产生朝气蓬勃的摩擦现象，那比天堂要强多少啊。"

"喂，"我说，"你知道你在干什么？"

"嗯，我在干什么？"

"你一方面使天堂相当舒服，另一方面又在给它捣蛋。"

"你这是什么意思？"

"嘻，"我说，"比如说有一个死掉了孩子的年轻母亲吧，她——"

"嘘！"他说，"你瞧！"

那是个女人。她还在中年，头发却花白了。她走得很慢，低着头，耷拉着翅膀；她显得非常疲乏，只是哭，可怜的人啊！她从我们身边走过，还是那样低着头，眼泪顺着脸上直往下流，她根本没有看见我们。随后散第轻声细语、充满怜恤地说：

"她在找她的孩子哪！不，我猜是找到了。天哪，她变得多厉害呀！可是我虽然已经有 27 年没见过她，还是马上就把她认出来了。她是个年轻的母亲，大约 22 岁或是 24 岁，反正差不多吧。长得很漂亮、很可爱——啊，真像一朵花！她的整个心和整个灵魂都寄托在她的孩子身上，那是个两岁的小女孩。她偏巧死了。这个妈妈伤心得发了疯，简直是疯了！她唯一的安慰就是以后还可以在天堂再和她的孩子见面——她说，'永远不再分离了，'并且还一遍又一遍地老是这么说，'永远不再分离了。'这句话使她很快活，真的，这的确使她快活；这句话使她欢欢喜喜。27 年前我临死的时候，她托我首先找她的孩子，还说她随后就来——'不久就来，不久就来，很快就来。'她这么希望着，也相信会很快！"

"嘻，散第，那可真可怜呀。"

他停了一会儿，什么话也没有说，只是坐在那儿，望着地下，想着心事。然后他有点哀悼地说：

"现在她终于来了！"

"怎么样？往下说吧。"

"斯托姆斐尔德，她也许还没找到她的孩子，可是我想她是找到了。我看好像是这样。从前我见过类似的情况。你瞧，她脑子里想着的那个孩子老是像从前一样，还是她抱在怀里摇来摇去的那个小胖娃娃。可是那孩子到这儿来之后，并不愿意老是一个孩子。不，她情愿长大，事实上也是长大了。在这27年中，她把她所能学到的高深科学知识都学会了，并且时时刻刻学了又学，继续不断地研究着，除了学习而外，她屁事也不注意。光是学习，光是和她自己那样的人讨论一些巨大的问题。"

"怎么样？"

"斯托姆斐尔德，你还不明白吗？她的母亲懂得蔓越橘，知道怎么种植这种东西，也知道怎么摘、怎么收藏、怎么出售，别的可是什么也不懂！现在她和她的女儿如果在一起，已经不大合适了，就像泥龟和极乐鸟在一起似的。可怜的人啊，她还想找一个孩子来抱在怀里摇晃哪！她想她是要落空的。"

"散第，她们会怎么样——永远在天上郁郁不乐地待着吗？"

"不，她们会凑到一起，慢慢就相安无事了。可是这不是今年的事，也不是明年的事。慢慢来吧。"

二

我的翅膀很使我伤脑筋。我在歌唱队里帮了忙之后那一天，我张开翅膀试飞了两下，可是很不走运。头一次起飞，我飞了30码，就撞着了一个爱尔兰人，把他撞下来了——事实上，我们两个都掉下来了。后来那一次，我和一位主教相撞——当然把他撞下来了。我们吵了几句嘴，我觉得自己这么荒唐，居然撞了那样一位庄重的老人，让100万陌生人看着，大家觉得好笑，心里不免有些晦气。

我知道我对掌舵还不熟练，所以我起飞的时候，拿不稳究竟要在什么地方停住。那一天其余的时间，我都是步行，让翅膀耷拉着。第二天清早，我到一个僻静的地方去练习练习。我爬到一个很高的岩石上，找到一个很好的起飞点，突然飞了下去，打算飞到300多码以外的一个矮树林那儿，可是我似乎是摸不准风向，当时的风大约在后面两个方位左右，我没有把它掌握好。我看得出我在朝矮树林背风的一边飞，所以我就慢慢地拍着右翅膀，拼命使劲拍动左翅膀，可是那也不灵；我看得出我有横转的危险，所以我就把两边的翅膀都放慢一些，落下来了。我再回到那个岩石上，又试了一次。我朝着矮树林右边两三个方位的方向飞去——是呀，还多一点哩——我偏得很远，几乎是顶着风飞。我倒是飞得挺好，只可惜太慢了。我分明看得出，遇上顶头风，翅膀是不行的。我看得出，迎着对面的风飞行，只要稍偏一点就行，可是正顶着风飞过去是飞不动的。我看得出，如果我要从家里到远处去，赶上了顶头风，那我就可能要等好几天，等到风向变了才行；我还可以看出，翅膀在暴风里是毫无用处的。如果你想顶着风飞，那就会出乱子，因为根本没有你收帆的机会——我是拿船上收缩帆篷打比方，你知道吧——你只好整个儿收掉——把羽毛紧紧地贴在腰上。那当然就可以让你着陆了。你可以把头顶着风停下来——你最多不过能做到这一步，而且连这么做都是很费劲的。你要是打算玩别的把戏，那你就准定非翻船不可了。

我想大概是在这以后两星期，有一天我给老散第·麦克威廉士写了一封信——那是个星期二——请他第二天过来，和我一同吃他的天粮和鹌鹑。他一走进来，首先就以狡猾的神态眨一眨眼睛，说道——

"喂，船长，你的翅膀上哪儿去了？"

我马上就明白，他这句开玩笑的话里含着几分讽刺的意思，可是我故意装作不知道。我只是说——

"拿去洗去了。"

"对，"他以冷淡的口气说，"大家的翅膀差不多都要拿去洗一洗——大约就在这时候——我时常注意到这点。新来的天使是很爱干净的。你估计什么时候可以取回来呢？"

"后天。"我说。

他又向我眨眨眼睛，微笑一下。

我说："散第，打开窗子说亮话。干脆——朋友之间不应该保守秘密。我看出来了，你根本就不带翅膀——还有许多别的人也都不带。我自己当了个傻瓜——对不对？"

"大概差不多吧。可是那也不要紧。我们大家起初都是一样上了当。那是十分自然的。你瞧，我们在人间的时候，对这儿的事情都有一些荒唐的猜想。我们在图画里老是看见天使们带着翅膀——这倒是不错，可是我们因此就推测他们是用翅膀到处飞——那就全猜错了。其实翅膀不过是一种制服，没别的作用。在执行任务的时候——比方说吧——他们总是带着翅膀的。你从来没见过一个天使上哪儿去传达神旨，不是带着翅膀的。这好比一个军官主持军法裁判的时候，没有不穿军服的，邮递员送信，或是警察巡逻，也都没有穿着便服的。可是翅膀并不是用来飞行的！那不过是作为装饰，并不实用。老有经验的天使都像正规部队的军官一样——他们不值班的时候，都穿便服。新天使好像民兵一样——老不肯脱掉军服——老是带着翅膀飞来飞去，东窜西窜，把人家撞下来，拍着翅膀到处乱飞，老想象着他们在引起大家的羡慕——嗐，他们简直自以为是天上最重要的人物哩。你要是看见有一个天使把一边的翅膀往上斜着、另一边的翅膀往下斜着飞过来，你就准知道他心里在想：'但愿阿肯色的玛丽·爱恩现在能看见我才好。我想她会后悔当初不该把我甩掉。'嗐，翅膀只是摆摆样子的，没别的用处——也就是摆摆样子罢了。"

"我看咱们大概把这个问题弄清楚了，散第。"我说。

"嗐，随你自己怎么看吧，"他说，"你生来就是不宜于用翅膀的——谁都是一样。你知道你从人间上这儿来，花了多少年的工夫——可是你的飞行速度比炮弹还快。假定你要靠翅膀飞那么远——那么等你飞到的时候，永恒的时间岂不要完了吗？当然啰。嗐，天使每天都要到人间去——好几百万哩——为的是在临死的孩子和善良的人们的幻想里出现，你知道吧——这是他们的主要任务。他们当然是带着翅膀出现的，因为他们有公事，而且他们如果不带翅膀，那些临死的人还不会知道他们是天使哩——可是你难道以为他们是靠翅膀飞去吗？照道理说，他们当然不会用翅膀。要是用翅膀飞的话，还不等飞到一半，翅膀就会坏了；连新生的毛都会脱光，翅膀的骨架也会像没糊上纸的风筝架子那么光光的。天上的距离还要大几十亿倍，天使们每天都要飞遍天堂，难道他们光靠翅膀就能飞得了吗？不行啊，真的。他们带着翅膀，只是为了派头，可是他们在片刻之间就要到无论多么远的地方去，那是全靠发愿。《天方夜谭》里那个飞毯倒是个聪明的主意——可是我们人间以为天使是用他们那拙笨的翅膀飞行，那可是个愚蠢的想法。

"我们那些年轻的圣徒，无论男女，都是经常带着翅膀的——有晃亮的红翅膀，也有蓝色和绿色的，还有金色的、杂色的、彩虹色的，还有带圈圈和条纹的——谁也不挑他们的毛病。这对他们那个年龄是合适的。那样的翅膀很美，把那些年轻人打扮得很漂亮。这是他们的装束最显眼、最可爱的一部分——光轮根本不算什么。"

"噢，"我说，"我把我的翅膀收在碗柜里去了，我打算让它老在那儿待着，永远不理会它了。"

"对——可是举行招待会的时候还是用得着它。"

"那是怎么回事？"

"噢，你要是愿意看看，今晚上就可以看到一个招待会。这儿要招待一个泽西城来的酒店老板。"

"讲下去吧——全告诉我。"

"这个酒店老板在纽约的慕第和散奇[1]的一个布道会上入了教之后，乘渡船回家去，偏巧撞翻了船，他就淹死了。他这种人，都以为自己这么一个特别倒霉的家伙升了天，天堂上所有的人都会欢喜得发疯，他们以为天堂上所有的人都会唱着赞美歌出来欢迎他们；他们以为那一天天堂上除了他们的事情，就不会有人谈到别的事情了。这个酒店老板以为多年以来，再没有什么别的事情像他来到这儿的消息这么使人兴奋了。我常常注意一个死去的酒店老板这种特点——他不但希望他来到的时候所有的人都出来欢迎，还希望大家举行火炬游行来欢迎他。"

"那么，我估计他是要失望的。"

"不，他不会失望。这儿是不许让人失望的。他来的时候，无论他有什么希望——这就是说，无论什么合理的要求和不亵渎神明的事情——都要让他如愿以偿。经常都有几百万、几十亿的年轻小伙子闲着没事儿，他们都非常愿意大声歌唱，拿着火炬出来凑热闹，拿欢迎一个酒店老板来取乐。这使新来的酒店老板心里乐滋滋的，高兴得安不下身来，那些年轻小伙子也很开心；这对谁也没有害处，又不用花一个屁钱，还可以保持天堂的名声，使大家都相信这儿是能使所有升天的人快快活活、心满意足的。"

"好极了。我一定到场，看看他们迎接那个酒店老板。"

"为了礼貌，必须穿上全套礼服去才行。你得带上翅膀，你知道吧，还有

---

[1] 慕第（D.L.Moody，1837—1899）和散奇（L.D.Sankey，1840—1908）是19世纪美国的两个传教士和圣诗作者，曾在各地组织过不少布道会。

别的东西。"

"还有哪些东西？"

"光轮、竖琴、棕榈树枝，什么都得带齐。"

"嘻，"我说，"我看我应该觉得害臊才对，事实上，那天我离开歌唱队的时候，把这些玩意儿全丢掉了。现在除了这件袍子和那副翅膀，我就什么穿戴的东西都没有了。"

"那倒不要紧。你要知道，那些东西已经有人给你收拾起来，替你保存着了。你叫人去取吧。"

"我就去取，散第。可是你刚才说有些人希望一些亵渎神明的事情，结果要落空，那究竟是怎么回事？"

"啊，人们希望做到、却不能如愿的事情多着哩。比如有一个布鲁克林的牧师，名叫达尔马施，他就给自己积下了许多要落空的愿望。他常常在讲道的时候说，只等他到了天堂，他首先就要拥抱亚伯拉罕、以撒和雅各[1]，还要和他们亲吻，对他们哭一场。世间有千百万的人存着这样的希望。每天有 6 万人到这儿来，都要一直跑到亚伯拉罕、以撒和雅各那儿去，拥抱他们，向他们哭一哭。你要知道，每天 6 万人，和那几个老人对比起来，人数当然太多了。如果他们答应那几万人的要求，他们就会一年到头什么事也不能做，只好老是站着，让人家拥抱，让人家向他们哭。24 小时内要接待 32 小时才行。他们会累得精疲力竭，一天到晚汗流浃背，像水獭似的浑身透湿。那么，对他们说来，天堂成了个什么地方？那就会变成一个使人只想摆脱的地方——这连你自己也知道。他们都是仁慈而和善的犹太老人，可是他们并不比你更喜欢和布鲁克林那些出色的人物亲吻。你明白吗，达先生表示亲密的愿望会被谢绝的。即令在天堂，上帝选定的人所能享受的特权也是有限制的。嘻，每个新来的人，凡是想要会见亚当、仔细看他几眼、要求他亲笔签名题词的，假如亚当肯跟他们见面的话，他就除了应付这些事情而外，永远不会有工夫干别的事了。达尔马施说走，他打算亲自来问候亚当，还有亚伯拉罕、以撒和雅各。可是他不得不改变他的主意。"

"你以为达尔马施真会上这儿来吗？"

"噢，当然会来！可是你别惊慌，他会和他那类人在一起，那种人多得很。这就是天堂最可爱的一点——各种各样的人都有——如果让牧师们说天堂的情

[1] 亚伯拉罕是《圣经》上所说的希伯来族的始祖，以撒是他的儿子，雅各是他的孙子。见《旧约·创世记》。

况，那就不会是这样。人人都可以在这儿找到他所喜欢的人，别的人都不必理会，人家也不会打搅他。上帝造天堂的时候，把它造得很好，规模也很大。"

散第派人回家去取他的东西，我也派人去把我的取来，大约到了晚上9点钟，我们就开始打扮起来。散第说——

"斯托米[1]，这可是你难得见到的一个伟大场面。人类的圣祖当中多半会有几位到场。"

"恐怕不会吧？"

"多半会来。当然，他们是相当高贵的。他们难得在普通群众面前出现。我相信除非为了一个快到最后关头才入教的信徒，他们根本就不会露面。本来在这种场合他们也是不会到场的，可是人间的习俗使他们非在这种场合出来增加光彩不可。"

"他们都出来吗，散第？"

"谁？——所有的圣祖吗？啊，不——很难得超过两个，你得在这儿住上5万年——也许还要久一些——才能看到所有的圣祖和先知。自从我到这儿来之后，约伯[2]出过一次场，有一次含和耶利米[3]同时出场了。可是我在这儿的期间所发生过的最了不起的事情是在一年左右以前，那就是欢迎查理·皮斯的招待会——人家把他叫作'旗头十字杀人犯'——是个英国人。那一次在主席台上有4个圣祖和两个先知——自从基德船长[4]来了之后，从来还没有这么热闹的场面。亚比勒[5]到场了——1200年中的第一次。有人传说亚当也要来，嘻，当然，光是亚比勒本人就足够引来一大群人，可是谁也赶不上亚当的吸引力那么大。这是个谣传，可是我刚才说过，这个消息传播开了。我要想再看到那样的场面，还得过很久才行。那次招待会当然是在英国人的地区举行，离新泽西地区有8.11亿英里。我和许多邻居一同去了，那种场面很好看，真的。所有各地区都有许多人成群结队地来了。我在那儿看见了爱斯基摩人，还有鞑靼人、黑人、中国人——各地来的人都有。你初到这儿的时候，在大歌唱队里看见过

[1] 斯米托是斯托姆斐尔德的昵称。
[2] 约伯是《圣经》上所说的希伯来族长，见《旧约·约伯书》。
[3] 含是《圣经》上所说的希伯来人始祖诺亚的次子，见《旧约·创世记》，耶利米是《圣经》上所说的希伯来先知，见《旧约·耶利米书》。
[4] 基德（William Kidd, 1645—1701）：英国著名海盗，据传说，他在靠近纽约的美国海岸埋藏了大批金银财宝。
[5] 亚比勒是《圣经》上所说的亚当和夏娃的次子，见《旧约·创世记》第四章。

马克·吐温短篇小说选

这么复杂的一些人，可是你难得再看见这种场面了。一共有几十亿人。他们唱歌和念赞美诗的时候，声音是很美妙的；即令在他们嘴里没有声音的时候，他们拍动翅膀的响声差不多也足够胀破你的脑袋了，因为满天都是密密麻麻的天使，他们仿佛像雨点那么多似的降落下来。亚当虽然没有来，反正还是热闹得很，因为主席台上有 3 位大天使——即令只有一个出场，也是很稀罕的事情。"

"他们像什么样儿，散第？"

"噢，他们有晃亮的面孔、晃亮的长袍和美妙无比的彩虹色翅膀，身材有 18 英尺高，他们都带着剑，以高贵的神态昂着头、像军人的样子。"

"他们有光轮吗？"

"没有——反正没有环形的光轮。大天使和高级的圣祖都戴着一种更漂亮的东西。那是一只结结实实的、灿烂发光的圆形金质光轮，叫人一看就晃眼。你在人间常常在图画里看见一个圣祖，头上戴着那个玩意儿——你还记得吗？——他那样子好像是把脑袋放在一只铜盘里似的。那根本就不能使你得到一个正确的印象——那种金质光轮还要亮得多、漂亮得多哩。"

"你跟那些大天使和圣祖谈过话吗，散第？"

"谁？——我吗？嗜，斯托米，你是怎么想的？我不配和他们那样的人物谈话呀。"

"达尔马施呢？"

"当然也不配。你对这些事情也像下界那些人一样，还是有些糊涂观念。我从前也是这样，可是后来已经纠正了。下界的人们都爱谈天上的王——这倒是不错——可是他们又老爱把天堂说得像一个共和国似的，仿佛是人人都与别人完全平等，人人都有权利拥抱他所碰见的任何人，并且还会和那些上帝的宠儿亲密往来，从最高级的一直往下，都包括在内。这是多么糊涂、多么荒唐的想法啊！你怎么能叫一个共和国归国王统治呢？在这个国家里，政府的首领是有绝对权力的，他永远保持着他的统治地位，既没有国会，也没有参议会干预他的事情，既没有人投票选举，也没有人当选，整个世界都没有人在这个政府里有发言权，谁也不要求参与国家大事，谁也不许参与，那你怎么能有一个共和国呢？这可是个绝妙的共和国，对不对？"

"嗯，对——这的确是与我原来所想的有点儿不同——可是我本来总以为我可以到处随便走走，反正可以跟那些大人物交交朋友——并不一定要和他们拥抱，你知道吧，不过我想至少总可以和他们拉拉手，消遣消遣。"

"是不是张三李四都可以拜会俄国的内阁大臣，和他们攀交情呢？——比如说，拜会戈察科夫亲王行不行？"

"我想那是不行的，散第。"

"嗐，这儿就是像俄国一样——不过还要厉害一些。无论什么地方，都没有一点儿共和国的影子。这儿是有等级的。有总督、有亲王、有省长、副省长和副副省长，还有上百种的贵族头衔，从大公爵的大天使一级一级地往下，直到最低的一层，就没有什么头衔了。你知道人间的内亲王是怎么回事吗？"

"不知道。"

"噢，内亲王并不一定真正属于王族，他也不属于王国的普通贵族阶级，他比一方面低一些，又比另一方面高一些。这儿的圣祖和先知的地位大概就像这样。这儿还有一些很高级的贵族——你我这样的人连给他们擦拖鞋都不配——他们又不配给圣祖和先知擦拖鞋。这多少可以使你理解他们的品级吧，是不是？你渐渐明白他们的地位有多么高，是不是？只要能看他们两分钟，那就是值得纪念的事情，可以向别人夸耀一千年。噢，船长，你想想看：如果亚伯拉罕在这个门口走过了一回，人家马上就会在他的脚印周围竖起一道栅栏，还要在上面盖一个棚子，从此以后，千百年中就会有许多人从天堂的各处涌过来，大家都要看看这个地方。亚伯拉罕就是布鲁克林的达尔马施先生所要亲近的人之一，他打算在来到天堂的时候就去拥抱他、和他亲吻、对他哭一场。他要积攒大量的眼泪，你知道吧，要不然他还没有得到机会掉眼泪，多半就会先把眼泪哭干了。"

"散第，"我说，"我过去也有这种念头，以为我在这儿可以跟所有的人平等，现在我要放弃这种想法了。这倒不要紧，我反正还是够快活的。"

"船长，你比处在另外那种情况还要更快活一些。这些老圣祖和先知的经历和见识比你的强得多；他们在两分钟内比你在一年里还知道得多些。你曾经向一个棺材铺老板请教过，和他讨论过风向、水流和罗盘的方位，得到过好处吗？"

"我懂得你的意思，散第。他不会使我感兴趣。他对那些事情是个门外汉——他会使我讨厌，我也会使他讨厌。"

"你算是明白了。你谈话的时候会使圣祖们讨厌，他们谈起话来，也会使你大伤脑筋。谈不了多久，你就会说：'再见吧，阁下，我下次再来拜访。'其实你不会再去找他了。你曾经邀请过擦机器的伙计到上舱来陪你一同吃饭吗？"

"我又明白你的意思了，散第。我跟圣祖和先知那类大人物在一起是不会

马克·吐温短篇小说选

习惯的，我和他们在一起，会觉得别扭，舌头也会打结，我一定会愿意快点摆脱他们。散第，圣祖和先知，哪一个的品级最高？"

"啊，先知在圣祖之上。连资格最浅的先知也比资格最老的圣祖更重要得多。真的，老兄，连亚当本人都得跟在莎士比亚后面走。"

"莎士比亚是个先知吗？"

"他当然是，荷马也是，还有许许多多的人。可是莎士比亚和其他的先知却要跟在田纳西来的一个名叫毕林士的普通成衣匠后面走，他们还要跟在阿富汗来的一个名叫萨卡的兽医后面走。耶利米、毕林士和释迦在一起并排走，他们紧跟在我们的天文体系以外的行星上来的一群人后面；他们背后是木星和别的世界上来的一二十个人；再后面是但以理^[1]、萨卡和孔子；再后面是我们的星系以外来的一些人；再后面是以西结^[2]、穆罕默德、琐罗亚斯德^[3]和古埃及来的一个磨刀匠；然后又是一长串的人，在他们背后，一直快到末尾的地方，才是莎士比亚和荷马，还有法国的偏僻地方来的一个名叫马德雷斯的鞋匠。"

"难道他们真的把穆罕默德和其余那些异教徒都欢迎到天堂上来了吗？"

"是呀——他们都有了任务，而且都得到了报酬。在人间没有得到报酬的人都不用着急——他们在这儿一定可以得到报酬。"

"可是他们为什么要对莎士比亚那么冷落，把他摆在那些鞋匠、兽医和磨刀匠下面呢？——这些人不是谁也没听说过的吗？"

"这正是天堂的公正——他们在人间没有得到过应得的报酬，可是在这儿他们终于得到了恰如其分的品级。那个田纳西的成衣匠毕林士写的诗，荷马和莎士比亚的作品根本赶不上。可是谁也不肯给他出版，除了他的邻居而外，谁也不读他的诗，而他那些邻居又是些无知无识的家伙，他们老拿他的诗开玩笑。每逢村里举行狂饮作乐的跳舞会，他们就把他拽进来，给他头上捆一些甘蓝菜叶子，假装着向他鞠躬。有天夜里，他害了病、饿得要死的时候，他们把他拽出去，给他戴上皇冠，然后叫他骑上木杠，抬着他在村镇上游街，大家敲着洋铁盒子，怪声叫嚷着，跟在后面。嘻，他不到天亮就死了。他从来没想到自己会升天，更想不到会有人热热闹闹地欢迎他，所以我估计大家给他举行招待会的时候，他大概是非常吃惊的。"

---

[1] 但以理是《圣经》中的人物，见《旧约·但以理书》。

[2] 以西结是《圣经》上所说的希伯来的先知，见《旧约·以西结书》。

[3] 琐罗亚斯德（Zoroaster）：公元前6世纪的人物，古波斯宗教创始者。

"你也到场了吗，散第？"

"哎呀，我没去！"

"为什么？你不知道会举行招待会吗？"

"噢，我想我是知道消息的。这些地方都普遍地谈过这桩事情——并且还不像那个酒店老板的情形，只谈一天，而是在他没死之前就谈了20年。"

"嘻，那么你到底为什么没去呢？"

"好家伙，你倒说得好！像我这种人居然去给一个先知的招待会找麻烦？我这种下等人居然打算插手进去，帮忙欢迎爱德华·杰·毕林士这么一个了不起的大人物？嘻，那我就会在周围10亿英里以内被人耻笑了。人家的笑话，我永远也会听不完哩。"

"噢，那么，谁去了呢？"

"你我能有机会看到的人，很少去到会的，船长。普通人连一个也没有看到先知招待会的运气，真的。所有的贵族、所有的圣祖和先知——一个也不缺——还有所有的大天使、所有的亲王、所有的省长和总督，都在场——就是没有小喽啰——一个也没有。你要知道，我说的还不光只我们那个世界上来的大人物哩，还有在天上发亮的所有的世界上来的所有的亲王和圣祖之类的人物，还有我们的太阳系以外的许许多多星系里的几十亿个世界上来的大人物，通通都在场。其中有些先知和圣祖，从品级和出色的程度等等方面来说，都是我们的先知和圣祖根本比不上的。有些是从木星和我们的太阳系里其他的世界上来的，可是最有名的是3个诗人，萨阿、波和苏夫，他们是从3个不同的、很远的星系里的大行星上来的。这3个名字在天堂的每个角落里都是大家所熟悉的，从天堂的一边到另一边，谁都知道——事实上，他们与那80个最高级大天使是完全齐名的——而我们的摩西、亚当和其余那些人却除了在我们的世界在天堂所占的一个小角落里而外，没有被人听到过，只有少数分散在各地的几个很有学问的人才知道他们——而且连这些人也常常把他们的名字弄错，把这一个人的行为与另一个人的事迹混为一谈，要是提到他们所属的地方，几乎照例只说他们是属于我们的太阳系的，并且还认为这就足够了，用不着太仔细，比如他们是从哪个世界来的，就可以不必说明。这好比一个有学问的印度人似的，他为了炫耀他的博学，只说朗费罗住在美国——仿佛他住的是整个美国似的，又好像是说那个国家小得可怜，只要往那儿扔一块砖，就非打中它不可似的，你我不是外人，我说老实话，我们太阳系以外那些大得出奇的世界上来的人那么

303

冷淡地轻视我们的小世界，甚至还看不起我们的太阳系，那可实在使我难堪。我们当然很看得起木星，因为和它比起大小来，我们的世界只不过像个土豆似的。可是在别的星系里，却有些世界大得不得了，木星和它们比起来，连一颗芥子都不如哩——比如固布拉行星吧，你要是把它挤到哈雷彗星的轨道里，那就非把轨道上的铆钉都弄歪不可。从固布拉来的游客（我是指的那些在那儿生、在那儿死的本地人）随时到这儿来，打听我们那个世界的情况，他们听说它小得可怜，一道电光在八分之一秒钟内就可以围绕着它转一周，他们简直笑得要命，非靠在什么东西上面不可。然后他们就在眼睛里嵌上一个放大镜，仔细察看我们，仿佛我们是一种古怪的外国小虫子或是这一类的东西似的。其中有个人问我，我们的白天有多长的时间，我告诉他说，我们的白天平均是 12 小时，他就问我，我所属的那个世界上的人是否认为了那么短的一天，还值得起床和洗脸。固布拉来的那些人说话的口气就是这么大——他们似乎是不失任何机会，总要向你夸口，说明他们的一天等于我们的 322 年那么久。这个年轻的势利鬼刚刚成年——他的年龄是六七千日——大约相当于我们的 200 万年——他还有年轻人所特有的那许多绒毛——那是表示一个人已经不是小孩子、却又不能完全算是一个大人的标记。要是在别的地方，不是在天堂的话，我就会给他进一番忠告。嗐，不管怎样，毕林士反正是受到了几千个世纪里所见到的最盛大的欢迎，我想那倒是可以产生一些很好的效果。他的名字会传到很远的地方去，还可以使人家谈谈我们的太阳系，也许还可以使他们谈谈我们的世界，提高我们在天堂的公众心目中的身价，使我们受到尊敬，嗐，你瞧——莎士比亚见了那个田纳西的成衣匠，居然毕恭毕敬地向后退步，还撒下鲜花，让他在上面走；荷马居然站在他的椅子背后，在筵席上伺候他。当然，他们在那儿，处在别的星系来的那许多远方大人物当中，的确是没有什么了不起，因为人家从来没听说过什么莎士比亚，也没听说过什么荷马，可是他们如果知道我们那个小地球上的情况，那可也是不可小觑的。我很希望那可怜的招魂术有点灵验，好让我们给家乡的人传点消息去。那么田纳西那个村子里就会给毕林士立一座纪念碑，他的手迹就会比撒旦的手迹更好卖一些。噢，他们在那个招待会上真是欢天喜地——有一个荷波恩 [1] 来的小贵族把一切情形都告诉我了——他就是从男爵理查·达弗尔爵士。"

---

[1] 荷波恩是美国新泽西州的一个海滨城市。

"怎么，散第，从荷波恩来的贵族？那是怎么回事？"

"这很容易解释。达弗尔开了个腊肠铺，他一辈子从来没有剩下一个钱，因此他老爱悄悄地把他卖剩的肉救济穷人。他救济的并不是那些流浪汉——不，那是另外一种人——是那些宁肯饿死也不向人讨饭吃的好汉——是那些失业的、老老实实的正派人。狄克[1]常常注意那些面带饿相的男男女女和儿童，尾随着他们回家，还向邻居们探听他们的情况，然后养活他们，还给他们找工作。不过因为没有人看见他帮人家的忙，他就背了个悭吝的名声。一直到死，他还是背着这个名声，大家都说他死了更好。可是他刚一到这儿，他们就封他为从男爵。这位荷波恩的腊肠商在天国登岸的时候，首先听到的话就是：'欢迎，理查·达弗尔爵士！'这使他有些诧异，因为他有理由相信他是注定要下地狱的。"

那一带地方忽然在 1101 声响雷般的炮声中全部震动起来，那些炮声是同时响起来的。散第说：

"你听，那是欢迎酒店老板的。"

我猛跳起来说：

"那我们赶快去吧，散第，这种事情我们可不能错过机会你知道吧。"

"先坐下吧，"他说，"他刚打电报来，没别的事。"

"怎么？"

"那阵炮声不过是表示望台上已经看见他了。他离开了桑德湾[2]。现在这儿有几个委员会的人要下去迎接他，陪他入港。还有些仪式和别的耽搁，他们暂时还不会到达海湾，还得过一些时候。反正离这儿有几十亿英里。"

"我本来也可以当一个酒店老板和一个倒霉蛋，决不会不如人家。"我想起自己来到的时候那种冷落的情景，想起当时根本没有什么欢迎委员会或是什么举动，便这么说。

"我听出你的口气像有点遗憾似的，"散第说，"这本来也是很自然的，可是过去的事就别提了吧，你来的时候，这儿是按照你的情况安排的，现在要改变也来不及了。"

"随它去吧，散第，我不在乎。可是你们这儿也有个海湾，是不是？"

"我们这儿什么都有，跟下界完全一样。美国的各州和准州、全世界所有的王国和海岛都在这儿安排齐全了，跟地球上一样——形状都与下界相同，大

---

[1] 狄克是理查的爱称。

[2] 纽约南约 15 英里的一个半岛。

马克·吐温短篇小说选

小比例也是一样，只是每一州、每个领土和每个岛都比下界的大好几十亿倍罢了。你听，又是一阵炮声。"

"这一回是干什么的？"

"这不过是另外一个炮台响应头一个炮台罢了。它们每一处都同时放1101炮——这是迎接一个11点才来的最迟的客人常用的礼炮。每100炮代表1小时，另外那一炮是表示客人的性别的。如果是个女人，那就会少放一炮，我们一听就知道了。"

"散第，那么多炮都是一齐放的，你怎么知道那是1101炮呢？——可是你当然是知道的。"

"到了这儿之后，我们的智力在某些方面大大地敏锐起来了，这就是其中之一。这儿的数目、大小和距离都是惊人的，所以我们必须有一种特殊的本领，要能够感觉出来才行——我们那些计数目、量距离和计算的老办法决不能给我们把事情弄清楚，只能使我们又迷糊、又着急、又头痛。"

我们把这个问题谈了一会儿之后，我说："散第，我发现我几乎看不见一个白种的天使，我碰到一个白天使，就得碰到1亿个黄铜色的——这些天使都不会说英语。这是怎么回事？"

"噢，在天堂的美国这个角落里，你无论上哪儿去，随便在哪一州或是哪一个准州，你都会发现同样的情况。我有一回在大群大群的天使当中，一连跑了整整一个星期，经过无数百万英里路，始终没看到一个白种天使，也没听见过一句能懂的话。你要知道，在白种人还没有来到之前，美国已经被印第安人和阿兹特克人[1]占领了10亿年以上。哥伦布发现美洲之后，在最初那300年中，把美国所有的白种人算在一起，从来就凑不够一个演讲会的听众——我是说全部都算在一起的话，连英国属地包括在内，在我们这一世纪开始的时候，还只有六七百万人——就算是700万吧；1825年还只有1200万到1400万；1850年大约2300万；1875年4000万。我们每年的死亡率一向是20‰。那么，这个世纪的头一年死了14万人；1825年死了28万人；1850年死了50万人；1875年大约死了100万人。现在我要尽量算得宽一些，作为从最初到今天，美国总共死了5000万人——随你的便，就算是6000万也行。算它1亿也不要紧——多算或是少算几百万根本没关系。嘻，现在你自己也该会明白，叫你把

---

[1] 阿兹特克人是墨西哥的原始居民。

这么一小撮的人分布在天上这个几千亿英里的美国领土上，那简直就好比把一角钱一盒的顺势疗法药丸撒在撒哈拉沙漠上，还想再找到它们似的。你休想我们在天堂能占什么重要地位，事实上我们的确算不了什么——这就是明显的事实，我们只好听其自然，随遇而安吧。从别的行星和别的星系来的有学问的人，在他们游历天国各地的时候，到这儿来逛一逛，然后回到他们自己的地区去，写一部游记，那里面谈到美国的大约只有五行。关于我们的情况，他们说些什么呢？他们说这片荒凉的地方住着一些疏疏落落的红种天使，人数只有几百万亿，间或还有一两个肤色很古怪的病人。你瞧，他们以为我们白种人和偶尔出现的黑人是生了什么麻风之类的病、皮肤变白或是变黑了的印第安人——变色的原因是这种人有什么特别下流的罪恶，你听见了吧。这对我们大家都是一桩难堪的事啊，我的朋友——连我们当中那些最不存奢望的人都以为他们会受到欢迎，好像是人家遗失了很久的一份公债券似的，他们还以为除此而外，还可以拥抱亚伯拉罕哩，其他的人更不消说，抱的希望更大了。船长，我还没有问过你什么详细情况，可是我估计大概是不用说——如果我的经验也有什么价值的话——你来到这儿的时候，并没有多么热闹的场面吧——你说是不是？"

"别提了，散第，"我这么说着，脸上有点儿发红，"我可不愿意叫家里人看见那种情况，哪怕你只让他们看一下也不行。换换话题吧，散第，换换话题吧。"

"噢，你打算在加利福尼亚这个幸福地区住家吗？"

"我不知道。我在家里人来到之前，在这方面还打不定主意哩。我看我还是不声不响地到处逛一逛，随后再打定主意好了。并且我认识许多死人，我打算找到他们，和他们谈谈闲话，打听打听朋友们的消息，聊一聊从前的事情，反正什么都可以谈谈，还可以问一问，据他们的经验，他们是否喜欢这儿的生活。不过我估计我太太会要在加利福尼亚区域住家，因为她那些去世了的亲人差不多都在那儿，她是喜欢和她所熟识的人在一起的。"

"千万别让她在那儿住家。你知道天国的泽西地区是专住白种人的，嗐，加利福尼亚地区要坏 1000 倍哩。那儿挤满了一些呆头呆脑的、泥土颜色的下等天使——你最近的白种邻居也许要离那儿 100 万英里。人在天堂最惦记的就是要有人往来——要有与他自己同类的、肤色和语言都相同的人和他往来。为了这个缘故，我曾经有一两次几乎在天国的欧洲部分住下了。"

"咦，你为什么没有那么做呢，散第？"

"啊，有各种原因。首先是，你在那儿虽然看见许多白种人，可是你很难懂得他们任何人的话，所以你东走西走，还是苦于没有人和你谈话，就像在这儿一样。我倒是喜欢看看俄国人或是德国人或是意大利人——如果我能有运气碰到一个正在干斯文事情的法国人，我也愿意看看他——可是光只看一看还不过是望梅止渴——你所希望的是谈话。"

"噢，还有英国呀，散第——天上的英国地区。"

"是呀，可是那也比天国的这一头好不了多少。你要是遇到300年以内出生的英国人，那倒是不错，可是你只要碰见伊丽莎白时代的人，他们的语言就有些模糊不清，再早一些，就更模糊了。我跟一个朗兰和一个名叫乔叟[1]的人谈过话——他们都是古代的诗人——可是毫无益处，我不大懂他们的话，他们也不大懂我的。后来我还接到过他们的信，可是那种英文太蹩脚了，我简直莫名其妙。比这些人更早的英国人干脆就是些外国人，不折不扣，他们说的是丹麦话、德国话和诺曼底的法国话，有时候把三种话掺在一起；比他们更早的人说的是拉丁话和古代英语、爱尔兰话和苏格兰迦厄耳族人的话；比这些人更早一些，就是十亿百亿的地道野人，他们说的那种蛮话连撒旦都听不懂。事实上，你在英国人居住的地区老是从无数的陌生人当中走过，他们说的话你根本摸不着头尾，说话能让你听得懂的人却难得碰见一个。你知道吧，在10亿年的过程中，世界上每个国家多半都充满了各种不同的人和各种不同的语言，所以天上这种乱七八糟的情况也就是必然的结果了。"

"散第，"我说，"你看见过历史上所说的许多大人物吗？"

"见过很多。我看见过一些国王和各种杰出的人物。"

"国王在天堂的地位和下界是一样的吗？"

"不，谁也不能把他的品级带到天上来。神权在人间是很能骗人的花招，可是在这儿却不中用。国王们来到天国，马上就降到普通人的水平。我和查理二世很熟识——他是英国地区最受欢迎的喜剧演员之一——非常叫座。当然还有些人比他更吃香——那是我们在人间从来没听说过的人——不过查理的名气的确不坏，大家都认为他是个大有希望的人。狮心王理查现在是个拳师，渐渐崭露头角了。亨利八世是个悲剧演员，他杀人的场面是演得最逼真的。亨利六世在这儿摆福音书摊。"

---

[1] 朗兰（William Langland，1330—1400）和乔叟（Geoffrey Chaucer，1340—1400）都是14世纪的英国诗人。

“你见过拿破仑吗，散第？”

“时常见到——有时候在科西嘉^[1]地区，有时候在法国地区。他常常寻找一个显著的地方，双臂交叉着，腋下挟着望远镜，显出一副与他的名声相称的威武气派，还有他那种忧郁和古怪的神情，他因为在这儿的军人当中占的地位不如他所预料的那么高，显得非常难受。”

“嘻，谁比他地位更高呢？”

“啊，有许多人，都是我们从前没听说过的——像鞋匠、兽医和磨刀匠那一类人，你知道吧——他们都是些乡下佬，不知是从哪儿来的，一辈子没拿过刀剑，也没开过枪——可是他们本来是有军人本色的，只是从来没有机会显一显本事罢了。现在他们在这儿取得了适当的地位，凯撒、拿破仑和亚历山大都只好居于他们之下。我们全世界出生过的最大的天才军事家是波士顿乡间某地来的一个泥水匠——在独立战争时期去世的——名叫阿布萨伦姆·琼斯。无论他到什么地方，大伙儿都跑来看他。你瞧，人人都知道，他要是有机会显显本事的话，就可以表现出非凡的军事才能，那就会使从前一切的军人带兵的本领都显得大为减色，好像是儿戏或是学徒的手艺似的。可是他从来没有得到过机会。他无数次想要入伍，当个士兵，可是他失去了两个大拇指，还缺两颗门牙，招兵的军官就认为不合格，不肯收他。可是我刚才说过，现在人人都知道他本来有多大的本领，所以大家只要听说他要到什么地方，就有成百万的人涌过来，要看他一眼。凯撒、汉尼波尔、亚历山大和拿破仑都在他手下，另外还有许许多多大将军哩。可是只要有他在场，大家就不大乐意看他们这些角色了。轰隆！又是一声礼炮响。那位酒店老板停航检阅的时间现在已经完了。”

散第和我把我们的装束披戴起来。然后我们默念了我们的愿望，立刻就到了接待的场所。我们站在空间海洋的边缘，向朦胧的远方望去，可是什么也看不清楚。大看台就在我们身边——一层又一层的暗淡的宝座伸向天顶。大看台的两旁伸展着一层一层的普通座位。这种座位一直伸展到许多里格以外——你简直看不见尽头。座位都是空着的，无声无息，显出不高兴的样子，那副神气很凄凉，好像观众没有到场之前的剧场一样——煤气灯拧得很小。散第说：

“我们就在这儿坐下来等着吧。我们不久就可以看见欢迎行列的前半截出现了。”

---

[1] 科西嘉是地中海的一个岛，拿破仑的出生地。

我说："这真是寂寞得很哩，散第。我看准是哪儿出了什么岔子。除了你我两人，谁也没来——这对那位酒店老板并不算什么热闹排场。"

"你别着急嘛，没错儿。回头再放一次礼炮——那时候你瞧吧。"

过了一会儿，我们发现天边老远的地方有一片微微发亮的红光。

"那是火炬游行的队伍的头。"散第说。

那片红光越来越大，越来越亮，不久它就发出强烈耀眼的光来，好像火车头的灯那样。这道光不断地变得越来越亮，后来终于像太阳从海上的地平线上冒出头来似的——又红又亮的光线高高地照射着天空。

"你瞧着大看台和那几英里长成排的座位吧——注意！"散第说，听着礼炮。

正在这时候，礼炮就响了，"砰—砰—砰！"仿佛是 100 万阵响雷一齐爆发了似的，整个天空都震动了。这时候，我们的前后左右忽然迸发出一片吓人的亮光，就在那片刻之间，那千百万的座位上通通都坐满了人，你向两边望过去，尽量往远处看，只见一片人山人海，到处都照得亮极了！那真是叫人大吃一惊，连气都透不过来。散第说：

"我们在这儿就是这样。一点也不耽误时间，谁也不会在启幕之后七零八落地入场。动个念头总比走路来得快一些。四分之一秒钟之前，那些人还离这儿好几百万英里哪。他们听到最后信号的时候，只要动个念头，就到这儿来了。"

非常洪亮的歌唱队唱起来了——

我们希望听到您的声音，
还要和您面对面相见。

那是高贵的音乐，可是那些没有受过教育的人也跟着唱，便把音调弄糟了，正如人间做礼拜的时候，会众常常把圣歌唱走了调一样。

现在游行行列的前头开始通过，那真是了不起的景象。队伍密密麻麻、挤得很紧，飞快地过去，50 万天使并排前进，每个天使都举着一个火把，一面唱着歌——他们的翅膀发出飕飕的响声，使人听了头痛。你可以顺着游行队伍往后面看，向天空斜着往上望过去，只见那个行列像一根闪闪发光的蛇形绳子似的，直到老远的地方，就只看见隐隐约约的一道亮光了。潮涌似的游行队伍继续不断地前进，走了很久，后来果然不错，那位酒店老板终于来了，于是大家都站起来，发出一阵震天的欢呼，那才真是响亮哩！他满脸笑容，他的光轮向一边的耳朵上偏斜一点，这要算是我所见到过的最心满意足的圣徒了。当他迈着大步走上大看台的台阶的时候，歌唱队又唱道——

广大的天空到处发出呼声，
等待着要听到那个声音。

大看台中央的一个宽大的有栏杆的平台上，有4个华丽的帐篷并排竖立在欢迎贵宾的荣誉位置，周围站着闪闪发光的仪仗卫队。这些帐篷原来一直是紧闭着的。酒店老板一面鞠躬、一面向大家微笑着，爬上台去，后来终于到了平台上，这时候这几个帐篷便忽然从顶上被推开了，于是我们就看见4个华贵的黄金宝座，镶着珠宝，当中的两个宝座上坐着两个白络腮胡子的老人，两旁的宝座上坐着两个服装非常华丽的巨人，他们头上都有圆盘形的光轮，身上披着美丽的盔甲。在场的千百万人全体跪下，凝神注视着，大家都露出了喜色，迸发出喜悦的低声谈话。他们说——

"两个大天使！——真了不起。另外那两个是谁呢？"

那两个大天使向酒店老板稍微鞠了一躬，行了一个生硬的军礼。另外那两个人也站起来，其中有一个说："摩西和以撒欢迎您！"随即这4个人就通通消失了，宝座也空了。

酒店老板稍微显得有点失望，因为我估计他正在打算拥抱那几个人，可是无数的观众却非常高兴、非常得意，那是你从来没有见过的——因为他们这回看到了摩西和以撒。人人都说："你看见他们了吗？——我是看见的——以撒的侧面向着我，可是我正对面看见了摩西，看得清清楚楚，就像我现在看着你这样！"

游行的行列又把酒店老板迎接过去，和他一同继续前进，于是观礼的人群就解散了。我们回家的时候，散第说这是一次成功的盛会，那位酒店老板很可以永远引以为自豪。他还说我们也很幸运，他说我们以后尽管参加4万年的欢迎会，也许不见得能有一次机会，看得见摩西和以撒这么两位高贵的大人物。后来我们才知道，这回几乎还看见了另外一位圣祖，还有一位地道的先知，可是临到最后的时刻，他们派人来通知，表示了不能到会的歉意。散第说，摩西和以撒站过的地方将要建立一座纪念碑，刻上日期和事情的经过，把这次的欢迎会原原本本地记载下来，以后千年万载的游客都会来望着它出神，爬到碑上去，在那上面划上他们的名字。

作者年表

1835 年　　11 月 30 日，塞缪尔·朗荷恩·克列门斯（马克·吐温）生于美国密苏里州的佛罗里达，他是家中的第五个孩子。

1839 年　　秋，全家迁居密苏里州的汉尼伯尔镇。

1847 年　　3 月 24 日，父亲约翰·克列门斯死于肺炎。
　　　　　　到印刷所当学徒、报童、排字工人。

1852 年　　5 月 1 日，处女作《拓殖者大吃一惊的花花公子》在波士顿的幽默周刊《手提包》上发表，时年 17 岁。

1859 年　　4 月 9 日，塞缪尔·克列门斯成为密西西比河上的领港员。

1861 年　　春，内战爆发，塞缪尔·克列门斯辞去密西西比河领港员工作，参加南方的叛军。7 月 18 日，前往西部的内华达州（准州）帮助其兄奥里翁（内华达州州长秘书，此职是林肯对其支持废奴的酬劳）。秋，加入当时西部的"淘金潮"，直至 1862 年夏。

1862 年　　8 月，担任弗吉尼亚城《事业报》的专业记者和专栏作家。

1863 年　　2 月 2 日，第一次采用"马克·吐温"作为笔名。

1864 年　　6 月，移居旧金山，任职《晨报》，并开始为当时主编为小说家勃勒特·哈特的《旧金山人》写稿。

1865 年　　11 月 18 日，短篇小说《卡拉维拉斯郡驰名的跳蛙》在纽约的《星期六邮报》上发表，这部作品使马克·吐温在美国声名鹊起。

1866 年　　3 月 7 日，因与《萨克拉门托联盟》签订了合同，而做檀香山之游，为之撰写旅游通讯。10 月 2 日，在旧金山发表以幽默为基调的演讲，讲述夏威夷之行，这是马克·吐温初次作为公共讲坛上的演讲人出现于讲坛上。12 月 15 日，作为《阿尔达——加利福尼亚》的通讯员动身前往纽约，于次年 11 月 2 日抵达。

1867 年　4 月 25 日，查尔斯·韦勒出版了马克·吐温的第一本书《卡拉维拉斯郡驰名的跳蛙和其他随笔》。6 月 8 日，作为《阿尔达——加利福尼亚》的记者搭乘"奎克城"号轮做欧洲之行，游历地中海，耗时五个月。11 月 21 日，康涅狄格州哈特福德的美国出版公司的易里夏·勃里斯约马克·吐温就游历欧洲之行写一本书。12 月27 日，马克·吐温认识了"奎克城"号上一位同船旅客的姐姐——后来的妻子奥莉薇娅·兰登。

1868 年　11 月 17 日，马克·吐温做第一次国内演讲旅行，在克里弗兰特首次演讲《美国人在国外的暴行》。

1869 年　7 月，《傻子国外旅行记》出版，发行者为易里夏·勃里斯。8 月 14 日，马克·吐温成为布法罗《快报》的老板之一，这主要缘于其后来的岳父杰尔维斯·兰登的支持。11 月，马克·吐温到波士顿作演讲，在那里结识了著名刊物《大西洋月刊》的主编——作家豪威尔斯，两人的友谊维系前后达四十年。

1870 年　2 月 2 日，与奥莉薇娅·兰登在纽约的埃尔弥拉结婚。7 月，马克·吐温与美国出版公司的易里夏·勃里斯签订合同，撰写一本有关内华达州和加利福尼亚州的书，商定六个月内交稿。8 月 6 日，岳父杰尔维斯·兰登因罹患癌症去世。11 月 7 日，第一个孩子兰登·克列门斯出生。

1871 年　秋，全家迁至康涅狄格州的哈特福德。

1872 年　2 月，《艰难历程》由美国出版公司的勃里斯出版。3 月 19 日，女儿奥莉薇娅·苏珊（爱称苏茜）出生。6 月 2 日，儿子兰登·克列门斯因患白喉不治夭折。

1873 年　冬，马克·吐温与作家查尔斯·特德雷·华纳合作，创作出《镀金时代》，当时两人在哈特福德毗邻而居。12 月，《镀金时代》出版，发行者为美国出版公司的勃里斯。

1874 年　6 月 8 日，在纽约的埃尔弥拉附近的夸雷农庄，第二个女儿克拉拉·克列门斯出生。同年夏，马克·吐温开始写《汤姆·索亚历险记》，并把《镀金时代》编成剧本。9 月，全家搬进在哈特福德陈设讲

马克·吐温短篇小说选

究的新居。9月16日,《镀金时代》在纽约上演,由著名喜剧演员约翰·特·雷蒙饰主角塞勒斯,此次演出大获成功,一直演到这年冬天,马克·吐温每个月收益900美元。

1875年　1月,《密西西比河上昔日的时光》第一篇在《大西洋月刊》上发表。

1876年　1月,《康涅狄格州最近的狂欢节上的罪行纪实》在《大西洋月刊》上发表。同年夏,马克·吐温开始在夸雷农庄创作《哈克贝利·费恩历险记》。10月,与勃勒特·哈特合写喜剧《阿星》,两个月后完成。12月,《汤姆·索亚历险记》由勃里斯出版。

1877年　7月31日,《阿星》在纽约的"第五条街剧院"演出,五周后停演。11月,开始写《王子与贫儿》。12月17日,作著名的"祝惠基埃生日"的演讲(即抨击"斯文传统"的著名演讲)。

1878年　春,全家前往欧洲旅行,并重点游览了德国,直至1879年夏,为《国外旅游记》收集了材料。

1880年　3月,《国外旅游记》出版,出版者为美国出版公司的勃里斯。7月26日,第四个孩子琪恩·克列门斯出生。

1881年　4月,马克·吐温任命其侄子查尔斯·勒·惠勃斯特为其业务上的经理。12月,《王子与贫儿》出版,出版者为波士顿的詹姆斯·勒·奥斯谷特。

1882年　4月,马克·吐温重访密西西比河,以便为其《在密西西比河上》的下半部收集材料。他遍访密西西比河流域,一直到5月底。

1883年　夏,马克·吐温在夸雷农庄完成了《哈克贝利·费恩历险记》,同年《在密西西比河上》由奥斯谷特出版。

1884年　冬,为了能更好地掌握其作品的出版事宜,马克·吐温开办了惠勃斯特出版公司。

1885年　2月18日,《哈克贝利·费恩历险记》由惠勃斯特出版公司出版。3月,麻省康谷尔顿的图书委员会称《哈克贝利·费恩历险记》为"无聊之作,只能供贫民窟阅读,不得放在书架上"而遭禁,其影响直至今日。虽然如此,到五月份时,《哈克贝利·费恩历险记》仍出售了51000本。12月,惠勃斯特公司出版了其《格兰特回忆录》。

1886年　1月,开始写《亚瑟王朝上的康涅狄格美国人》。同年秋,马克·吐温买下佩奇排字机公司一半的股票,答应承担房屋建筑、机器制造及销售的全部费用。

1889 年　12 月,《亚瑟王朝上的康涅狄格美国人》由惠勃斯特出版公司出版。
　　　　同年马克·吐温取得佩奇排字机公司的全部股权,预付 16 万美元,
　　　　以后 17 年中每年付 25000 美元。

1890 年　10 月,母亲珍妮·克列门斯逝世,享年 90 岁。

1891 年　春,克列门斯一家把其在哈特福德的住宅关闭,前往欧洲,希望
　　　　借此节省开支。在这以后的 9 年中,他们大半时间都住在国外。

1894 年　4 月 16 日,《汤姆·索亚在国外》由惠勃斯特公司出版。4 月 18 日,
　　　　马克·吐温宣告破产,原因是马克·吐温在 14 年前投资于佩奇排
　　　　字机公司后销路一直打不开,其法律顾问设法把马克·吐温著作
　　　　的版权归到了奥莉薇娅的名下。11 月,《傻瓜威尔逊》由美国出
　　　　版公司出版。

1895 年　7 月,马克·吐温开始其环球演讲计划,以便筹款偿还债务。预
　　　　计第二年将到太平洋西北部以及澳大利亚、新西兰、锡兰、印度
　　　　和南非等国作演讲。

1896 年　5 月,《冉·达克》由哈泼公司出版。8 月 18 日,单身一人居住
　　　　在英格兰,得悉爱女苏茜在哈特福德死于脑膜炎。11 月,《侦探
　　　　汤姆·索亚》由哈泼公司出版。

1897 年　11 月,《赤道环游记》由美国出版公司出版。

1898 年　11 月,马克·吐温偿清了所有的债务。并成为"美国反帝国主义联盟"
　　　　的领导人之一。

1900 年　10 月 15 日,马克·吐温返回美国。11 月 23 日,马克·吐温在纽
　　　　约勃克莱博物馆内举行的公共教育协会上发表演讲。

1901 年　2 月,《致坐在黑暗中的人》在《北美评论》上发表,这部作品
　　　　是马克·吐温反对帝国主义在世界各地实行侵略的名篇。

1904 年　6 月 5 日,妻子奥莉薇娅·克列门斯死于心脏病。同年秋,马克·吐
　　　　温迁居第五条街 21 号,在这里居住达 4 年。

1905 年　2 月 5 日,哈泼出版公司举行盛宴,庆祝马克·吐温七十寿辰,
　　　　作家薇拉·卡塞、煤油大王卡内琪等前来祝寿。

1906 年　1 月,马克·吐温正式约请阿尔勃特·比琪罗·潘恩为其作传记。
　　　　同年马克·吐温为支持高尔基来美为 1905 年开始的俄国革命筹款,

马克·吐温短篇小说选

说:"从出身、教养和信仰,我总是同情革命的。"

1907年　6月,马克·吐温由牛津大学授予荣誉文学博士学位,英王爱德华二世在温莎古堡设宴款待了马克·吐温。

1908年　6月,马克·吐温移居在康涅狄格州勒亭的斯笃姆菲尔特的新寓所,这里也是他最后的寓所。

1909年　10月,克拉拉·克列门斯嫁给钢琴家奥西浦·卡勃里格维区,两人前往欧洲做蜜月旅行,马克·吐温与小女儿琪恩·克列门斯待在家中。12月24日,琪恩在洗澡时突发癫痫病,不治逝世。

1910年　冬春,马克·吐温健康恶化。4月21日,马克·吐温因狭心症不治逝世。终年七十五岁。